ANNE FREYTAG

Mein Leben
basiert auf
einer wahren
Geschichte

ANNE FREYTAG

Mein Leben basiert auf einer wahren Geschichte

ROMAN

heyne›fliegt

Sollte diese Publikation Links auf Webseiten Dritter enthalten,
so übernehmen wir für deren Inhalte keine Haftung,
da wir uns diese nicht zu eigen machen, sondern lediglich
auf deren Stand zum Zeitpunkt der Erstveröffentlichung verweisen.

Verlagsgruppe Random House FSC® N001967

Für alle, die ihren Weg noch suchen.
Ihr findet ihn zwischen den Zeilen.

»And now that you don't have to be perfect,
you can be good.«

JOHN STEINBECK

Es ist noch gar nicht so lange her, da war Rosa nur eine Farbe und David mein bester Freund.

Seitdem ist viel passiert.

27. Mai. Noch zwei Tage.

Es fühlt sich an wie das Dach der Welt. Und wir stehen oben drauf. Ganz oben. Nebeneinander in einer mondlosen Nacht. Und das Gefühl ist so groß und laut, wie die Weite still ist. Ich war schon oft glücklich in meinem Leben, aber das hier ist anders. Wie ein Glas, das so voll ist, dass es überläuft. Die Sterne fließen langsam über den Horizont. Man kann dabei zusehen, wie sie hinter dem Rand der Welt verschwinden. Und die Milchstraße über unseren Köpfen scheint so nah, als könnten wir mit den Fingerspitzen in sie eintauchen wie in einen Teich. Unser Lagerfeuer brennt orange und rot in die Dunkelheit, es flackert in ein Blau, das fast schwarz ist, erhellt unsere Gesichter, dann sind sie wieder dunkel.

Außer uns ist niemand da. Und es fühlt sich an, als wären wir allein auf der Welt. Drei Punkte, die man vergessen hat. Die Funken steigen in den Himmel, und der Song, den wir hören, hallt aus den Lautsprechern in das weite Nichts um uns herum. Es ist ein Gefühl, als könnte ich lachen und weinen, und beides wäre richtig. Beides würde passen. Beides wäre ich. Es sind nur noch zwei Tage. Zwei Tage, dann sind wir vorbei. Dann gehen wir wieder zurück, jeder dahin, wo er hergekommen ist.

Aber noch nicht. Noch sind wir hier, stehen Hand in Hand auf dem Dach unseres Campers. Verwaschene Umrisse mit Mückenstichen und gebräunter Haut irgendwo im Outback. Die

Musik unterstreicht die Stimmung und die Farben und die vergangenen Monate. Sie untermalt uns wie ich in mein Buch.

Es läuft dasselbe Lied, das ich ein paar Wochen vor meiner Abreise gehört habe. Damals, als ich noch nicht wusste, was kommt.

Und dann kam alles anders.

Der Anfang.

Mitte Dezember, Sydney: Rosa

Der erste Satz, den er zu mir sagt, ist: *Willst du das obere oder das untere Bett*. Ich mag seine Stimme sofort.

»Ich nehme das untere«, sage ich.

Er lächelt mich an, es ist ein Lächeln zwischen schüchtern und erleichtert. Er wollte das obere Bett.

»Ich heiße Frank«, sagt er.

»Meine Schildkröte hieß Frank«, sage ich.

Mit dieser Antwort hat er nicht gerechnet. Ich wollte es auch eigentlich nur denken.

»Wie bist du auf den Namen gekommen?«, fragt er.

Mit dieser Antwort habe ich nicht gerechnet.

»Ich weiß nicht«, sage ich, »ich kannte nie jemanden, der Frank hieß.«

»Mochtest du Frank?«, fragt er.

»Ja«, sage ich, »sehr.«

»Lebt er noch?«

»Es war ein Weibchen«, sage ich.

»Frank war ein Weibchen?« Sein Tonfall ist fragend und amüsiert.

»Was soll ich sagen?«, sage ich. »Ich war ein seltsames Kind.« Pause. »Und nein, Frank ist tot.«

»Das tut mir leid«, sagt Frank.

»Muss es nicht«, erwidere ich, »Frank war ziemlich alt, als sie gestorben ist.«

»Das freut mich zu hören.« Er lächelt. Diesmal mit Schalk. »Wir haben sie in unserem Garten neben den Hamstern und Meerschweinchen begraben«, sage ich. »Ich habe ihr ein kleines Kreuz aus Zweigen gebastelt.«

»Klingt so, als hätte Frank es ziemlich gut getroffen«, sagt Frank.

»Hat sie. Mein Vater hat bei der Beerdigung sogar ein paar Worte gesagt. *Hier liegt Frank* oder so ähnlich.«

Ich denke an den Moment zurück. An Frank in dem Schuhkarton, an das kleine Kreuz, an meinen Vater. Er hat meine Hand gehalten. Das war lange, bevor er und ich aufgehört haben, miteinander zu sprechen.

Frank sagt: »Das volle Programm also.«

Ich sage: »Ja.« Und dann: »Zu dir passt der Name besser als zu meiner Schildkröte.«

»Das höre ich gern«, sagt Frank. »Und wie heißt du?«

»Rosa«, sage ich. »Ich heiße Rosa.«

Fünf Tage später: Frank

Ich machte mir nie wirklich viel aus Mädchen. Auch nicht aus Jungs. Ich bin nicht schwul. Lange dachte ich, ich wäre gar nichts, würde mich nur zum Denken hingezogen fühlen. Körperlichkeit erschloss sich mir nicht. Der ganze Schweiß und die aufdringliche Nähe, die seltsamen Laute, die Tatsache, was Menschen bereit waren, dafür zu tun.

Irgendwann schlief ich mit einem Mädchen aus meinem Kurs, ich tat es aus Neugierde, empfand es als angenehm, doch es löste sonst nicht viel in mir aus, jedenfalls nichts, was blieb. Danach war es vorbei, und ich dachte nicht mehr daran. Wie ein erledigter Punkt auf einer Liste. Ein gutes Gespräch hinterließ mehr bei mir, eine Art der Erregung, die nichts Körperliches an sich hatte und Stunden anhalten konnte, manchmal sogar Tage.

Rosa steht vor dem Spiegel. Sie wirkt nackt und ist doch bekleidet. Ein Trägertop mit Spitzenbesatz, eine kurze Jeans, mehr als kurz. Man sieht den Schatten ihres BHs, die Form ihrer Brust, die Länge ihrer Beine. Rosa steht da und schminkt sich, ich stehe da und sehe sie an, tue so, als würde ich auf mein Handy schauen, schaue daran vorbei, zu ihr, zu dieser Nacktheit, die ein fremdes Unbehagen in mir auslöst. Wie eine Überreizung meines Körpers. Schneller Herzschlag, feuchte Hände, trockene Schleimhäute.

Als ich Rosa zum ersten Mal sah, fiel mir auf, wie sehr sie versuchte, nicht hübsch zu sein. Doch das ist sie. Mit Augen, die mal tief, mal gelangweilt in die Welt blicken. Dunkel wie

Geheimnisse. Sie sagte, sie heiße Rosa, ich fand, das passt nicht zu ihr. Aber irgendwie tut er das doch. Auf eine paradoxe, seltsame Art und Weise. Ihr Name macht sie weiblicher, und sie hält mit ihrer Art dagegen.

Vergangene Nacht träumte ich, wie wir miteinander schliefen. So etwas träume ich nicht. Nie. Wie ich auf ihr lag und sie sich an mir festhielt. Ihr nackter Körper fühlte sich weich an, wie er sich gegen meinen presste, sie hatte die Hände in meinen Haaren vergraben. Als ich erwachte, war es mitten in der Nacht und ich schweißgebadet. Erregung und Schuldgefühle in einem Tauziehen, das meinen müden Verstand überforderte. Ich versuchte, wieder einzuschlafen, doch es gelang mir nicht, ich war zu aufgewühlt, also beschloss ich, duschen zu gehen – und holte mir einen runter.

Danach plagte mich ein schlechtes Gewissen.

Das tut es noch.

Zur selben Zeit: Rosa

Frank ist einer, der zu viel nachdenkt. Ich habe ihn gesehen, und da habe ich es gewusst. Noch vor dem ersten Satz. Noch vor dem Gespräch über Frank. Wir standen beide da neben dem Stockbett, und es war, wie in einen männlichen Spiegel zu schauen. Jetzt zeigt die Reflexion mich und hinter mir ihn. Ich drehe mich um, und Frank schaut weg. Die Art, wie er es tut, verrät, dass er mich angesehen hat. Ich weiß nicht, was seine Blicke mir sagen sollen. Frank ist schwer zu lesen. Einerseits ernsthaft, andererseits kindlich, zu alt für sein Alter und trotzdem jungenhaft. Mit ihm zu reden ist einfach, über ihn nicht. Dafür über alles andere.

Ich weiß nicht viel über ihn. Ein paar Fakten, den Rest dichte ich mir zusammen. Er lebt in Heidelberg, kommt aber ursprünglich aus Hamburg, er ist siebzehn Jahre alt. Sein Geburtstag ist der 15. Juli, sein Sternzeichen Krebs. Frank will Informatik und Psychologie studieren. Ich finde, das passt nicht zusammen, er sagt, das tut es doch. Frank hört am liebsten Jazz und klassische Musik. Er ist klug, mit einem interessanten Gesicht und Blicken mit sehr viel Subtext.

Frank und ich sind die beiden einzigen Alleinreisenden in einem Zimmer mit zehn Betten. Die anderen sind mit ihren besten Freunden, der Freundin, dem Freund oder sonst wem unterwegs. Nur wir nicht. Wir sind allein. Jeder für sich. Ich weiß nicht, was Franks Grund ist, ich kenne nur meinen.

»Kann ich dich was fragen?«, fragt Frank.

»Klar«, sage ich.

Er steckt das Handy ein.

»Wieso bist du allein hier? Ich meine, in Australien. Warum nicht mit jemandem zusammen?«

Ich mustere ihn. Wie kann er genau das fragen, was ich eben gedacht habe? Und warum passiert es mit ihm so oft? Er sieht mich wartend an, geduldig und interessiert, so wie meistens. Ich sage: »Ich weiß schon lang, dass ich nach Australien will. Und dann habe ich Simon kennengelernt.« Ich mache eine Pause. »Nach einem halben Jahr habe ich ihn gefragt, ob wir gemeinsam nach Australien fahren wollen, einen Camper kaufen.« Ich denke an den Moment zurück. An Simon und mich nachts am See. Wir hatten Sex im Wasser. Danach habe ich ihn gefragt. Er war noch in mir, hat mich festgehalten, ich hatte die Beine um seinen Körper geschlungen, wir waren Brust an Brust und unsere Küsse nass. »Er wollte lieber eine Interrail-Tour machen«, sage ich. »Durch Europa.«

»Und du?«, fragt Frank. »Was wolltest du?«

»Ich weiß es nicht«, lüge ich. »Und dann war es ohnehin egal. Ein paar Monate später war Schluss.«

Ich erzähle ihm eine Wahrheit mit Leerstellen. Keine Lüge, aber auch nicht alles.

Frank sieht mich ein paar Sekunden lang an, dann fragt er: »Wer hat Schluss gemacht, du oder er?«

»Er«, sage ich.

Fünf Monate zuvor: Rosa

Ich versuche zu verstehen, was er gerade gesagt hat. So wie einen komplizierten Satz bei einer Übersetzung. Als würde ich alle Worte kennen, bis auf das eine, das man braucht, damit der Inhalt Sinn ergibt. Eine seltsame Übelkeit liegt in meinem Magen, mein Körper zittert angespannt, ich fühle mich, als wäre ich krank und gerannt. Mit Fieber und Schweißausbrüchen. Ich sitze reglos da, alles passiert innen, draußen ist nur Leere, weil der Satz in meinem Kopf einfach nicht ankommen will. Das Wort *Schluss*, die Bedeutung von *vorbei*. Mein Körper versteht es vor meinem Verstand.

Simon schaut mich an, als wäre sein Blick Erklärung genug. Seine Augenbrauen liegen wie ein Dach in seinem Gesicht. Wie bei einem Hund, der Mitleid hat.

»Es tut mir ehrlich leid«, sagt er zum dritten Mal.

Ich sage zum dritten Mal nichts.

Das zwischen uns stimmt für mich nicht mehr.

Du bist mir immer noch wichtig, aber (ein Seufzen) *ich glaube, es ist besser, wenn wir Schluss machen.*

Die Zeit mit dir war schön.

Ich hoffe, du hasst mich jetzt nicht.

Irgendwann steht er auf, und die Matratze federt. Es ist dieselbe Matratze, auf der wir vorgestern noch miteinander geschlafen haben. Da war die Zeit mit mir sicher auch schön.

Er geht in Richtung Tür, ich schaue ihm nach mit brennenden Augen und einem Gefühl, als wäre ein Knoten in meiner Brust.

Er ist so groß, dass mein Herz dagegen schlägt. Mein Kopf ist voll mit Leere und Erinnerungen. Mit einem Abspann von Simon und mir. Er läuft wie ein kleiner Film, den man bei einer Beerdigung zeigt.

Simon dreht sich um und schaut mich an. Er steht in der Tür, mit einem Fuß schon aus meinem Leben verschwunden, mit dem anderen noch da. Ich weine nicht, sage nichts, sehe ihn nur an. Anfangs wollte ich nichts von ihm. Er war mir zu glatt, zu sehr von sich eingenommen, zu beliebt, zu wenig wie ich. Und jetzt liebe ich ihn, und er hofft, dass ich ihn nicht hasse.

Mein Herz schlägt schnell und schwer, als wäre es anstrengend, als wäre es beschädigt oder angebrochen. Durchzogen von unsichtbaren Haarrissen. Und dann geht er. Ohne ein weiteres Wort, ohne einen Abschied, ohne ein viertes Mal: *Es tut ihm leid.*

Simon war ein Jahr meines Lebens. Und jetzt ist er ein Fremder, der meine Geheimnisse kennt.

19. Dezember, Sydney: Frank

Ich frage mich, was Rosa denkt. Vermutlich an ihn, was genau, bleibt verborgen hinter einer Maske aus Gleichgültigkeit. Ich frage nicht nach, ihr Blick sagt, es geht mich nichts an. Und das tut es nicht.

»Was ist mit dir?«, fragt sie. »Warum bist du allein in Australien?«

Sie ahnt es, da bin ich sicher. Ich erwähnte David beiläufig, nannte ihn meinen besten Freund, danach sagte ich nichts mehr über ihn. Hätte ich es getan, hätte Rosa gespürt, wie wütend ich bin, und dann hätte ich es erklären müssen. Und dann wäre sie auf meiner Seite gewesen, zum einen, weil ich im Recht bin, zum anderen, weil sie David nicht kennt. Sie hätte schlecht über ihn gesprochen, und ich hätte mich dazu verpflichtet gefühlt, ihn zu verteidigen. Aber ich will ihn nicht verteidigen, er hat es nicht verdient, verteidigt zu werden. Als letztes von mir.

»Es war anders geplant«, sage ich schließlich.

»David und du«, sagt sie, »ihr wolltet zusammen nach Australien, richtig?«

Ich nicke.

»Was ist passiert?«, fragt sie.

»Es hat nicht geklappt«, sage ich.

Wir sehen einander an. Als würden unsere Augen das Gespräch weiterführen, während wir schon fertig sind. Ich werde nicht mehr dazu sagen. Die Wahrheit über David passt nicht in einen Satz. Die Wahrheit dauert länger.

Rosa mustert mich, dann sagt sie: »Was hältst du von Rührei mit Toast?«

Wir stehen in der Küche des Hostels, sie ist aufgeräumt, aber nicht sauber. Ein Zustand, den ich nicht ausstehen kann. Alle putzen ein bisschen, aber niemand richtig. Die Edelstahloberflächen sind verschmiert, sie wurden halbherzig abgewischt, ich sehe die Bahnen, die der Lappen genommen hat. Kurven und Strecken, die den Dreck nur verteilen. Überall sind Essensreste und Krümel, auf dem Tresen neben uns steht benutztes Geschirr, jemand hat es stehen lassen. Ich hole Teller und Besteck aus einem Schrank und spüle alles ab, die Rückstände, das eingetrocknete Ei auf der Gabel.

Die Küche ist voll ausgestattet, doch die Messer sind stumpf, die Pfannen widerlich, die meisten Teller haben abgeschlagene Kanten oder Sprünge, weil niemand auf die Sachen achtet, sie gehören ihnen nicht, sie benutzen sie nur.

Rosa macht uns Rührei mit Käse. Es ist mehr Käse als Ei, doch ich beschwere mich nicht, es schmeckt gut, so eins hatten wir gestern bereits. Ich sehe ihr gerne zu, wie sie die Eimasse hin und her schiebt. Immer dieselben Bewegungen, nach links, nach rechts, dann im Kreis.

Ich buttere den Toast. Rosas Toast muss *sofort* gebuttert werden, gleich wenn er aus dem Toaster springt. Die Butter muss hineinschmelzen, man darf sie nicht mehr sehen. Ich frage mich, ob ihr Typ das auch weiß. Ob er das auch gemacht hat. Ob er wie ich auf derlei Kleinigkeiten achtete, weil ihn alles an ihr interessierte, so wie mich alles an ihr interessiert – so wie mich noch nie alles an jemandem interessiert hat.

»Hier«, sagt Rosa und reicht mir einen Teller.

Wir setzen uns an einen der Tische und essen. Sie stützt den Ellenbogen ab. Das tut sie immer. Mein Großvater würde sagen, es ist unkultiviert, ich finde, es sieht bequem aus. Rosa isst nur mit einer Gabel, als wäre sie zu faul, beide Hände zu benutzen. Die linke hat sie fast immer in den Haaren. Ich mag, wenn sie die Haare offen trägt. So dunkelbraun und lang. Oft zieht sie ein Bein an den Körper, meistens das rechte, dann sieht es aus, als würde sie es umarmen.

Sie isst, und ich esse. Als sie von ihrem Toast abbeißt, klingt es knusprig. Wir schweigen auf diese Art, auf die man nur mit wenigen schweigen kann, ab und zu treffen sich unsere Blicke über der Tischplatte. So wie jetzt. Rosa schaut mich an, nicht ernst, aber auch nicht freundlich, einfach ein Blick, echt und direkt so wie sie. Wie ein Konzentrat ihres Wesens in fast schwarzen Augen. Wir kauen und sehen einander an. Der Moment ist angenehm und unangenehm zugleich, zwei widersprüchliche Gefühle, die sich in meinem Inneren gegeneinander stemmen. Ich will sie fragen, was sie denkt, mich stundenlang mit ihr unterhalten, einfach nichts sagen und weiter schweigen, sie anfassen, ihre Haut, ihr Knie, ihren Arm. Mit ihr will ich alles. Ich wollte nie alles, immer nur reden, immer nur den Bruchteil des Ganzen.

Rosas Augen lächeln, ihre Lippen nicht, dafür tun es meine. So wie meistens, wenn ich sie ansehe. Es passiert ohne mein Zutun, als wäre es die natürliche Reaktion meiner Mundwinkel auf ihren Anblick.

Drei Tage zuvor: Rosa

Frank hat mir verraten, warum er im Stockbett nicht gern unten schläft: Weil er, wenn er dort liegt, nicht aufhören kann, sich vorzustellen, wie es zusammenbricht und ihn zerquetscht. Er meinte, dass er das schon als Kind hatte. Im Schullandheim und auf Klassenfahrten. Ich habe ihm erzählt, dass ich immer oben schlafen wollte, aber dass mein älterer Bruder das Vorrecht hatte – ganz einfach, weil er älter war. Ich habe Frank erzählt, dass ich Julian eines Abends gefragt habe, ob ich vielleicht auch mal eine Nacht oben schlafen darf, und dass er Nein gesagt hat. Also habe ich das getan, was kleine Geschwister eben tun: Ich habe mir gewünscht, dass er aus dem Bett fällt. Und genau das ist passiert. Mein Bruder hatte eine Gehirnerschütterung und ich ein schlechtes Gewissen. Danach habe ich nie wieder gefragt, ob ich oben schlafen darf.

Wenn ich jetzt nachts daliege und hochschaue am anderen Ende der Welt, dann vermisse ich die Leuchtsterne, die ich als Kind an den Lattenrost meines Bruders geklebt hatte. Wenn ich ehrlich bin, vermisse ich nicht nur sie. Hier ist es sehr dunkel und sehr weit weg.

Ich liege da und bin wach, und mein Körper ist seltsam schwer. Meine Arme fühlen sich an, als würden sie nicht zu mir gehören, als würden sie und meine Beine nur das Bett mit mir teilen – wie Wärmflaschen, die die Hitze noch unerträglicher machen. Ich bin in einem Raum voller Atemgeräusche. Fünf Stockbetten, zehn Menschen, Kleiderschränke, ein Tisch, zwei Fenster. Alles

Pressspan und Plastik. In einem dieser Betten liege ich. Und über mir Frank. Seine Matratze ist ein schwarzes Rechteck vor einer schwarzen Decke. Ich kann ihn nicht sehen, aber ich weiß, dass er da ist. Eines dieser Atemgeräusche gehört zu ihm. Seltsam, was das für einen Unterschied macht. Ich hatte diese genaue Vorstellung davon, wie es sein wird, in Sydney anzukommen. Wie ich sein werde. Wie es sich anfühlen wird. Aber so war es nicht. Nichts davon. Es ist ein ziemlich schmaler Grat zwischen Wegfahren und Ankommen. Manchmal liegen Welten zwischen dem, was man denkt, und dem, wie es dann ist. Vor zwei Wochen wollte ich nach Hause. Jetzt habe ich nur noch Heimweh.

13 Tage vorher, 3. Dezember: Rosa

Ich bin 1,65 m groß, daran hat sich nichts geändert, aber ich fülle mich nicht aus. Mein Inneres schlackert wie ein einst maßgeschneiderter Anzug, der nun nicht mehr passt. Man merkt es mir nicht an, so wie man mir nie etwas anmerkt, wenn ich es nicht will. Doch unter der Oberfläche sieht es anders aus. Die Unsicherheit nagt an mir, ich bin kleiner als sonst. Als wäre Selbstsicherheit etwas, das man überzieht wie einen Pullover, und ich habe meinen verloren. Die Stimme in meinem Kopf hatte mich gewarnt. Sie hat gesagt:

Was, wenn dich niemand mag?

Was, wenn dein Englisch nicht gut genug ist? Was ist, wenn dich keiner versteht? Was ist, wenn du nichts verstehst?

Und warum überhaupt Sydney? So toll ist es da doch gar nicht.

Fahr lieber nach London.

Oder besser noch: Bleib zu Hause.

Ich bin nicht zu Hause geblieben. Ich bin geflogen – und hatte die ganze Zeit Angst. Seit die Maschine in München abgehoben ist, fühlt sich dieser Schritt an wie ein Fehler. Die Selbstzweifel fressen sich an mir satt und füllen den freiwerdenden Raum mit negativen Gedanken.

Lang wird es nicht dauern, dann gibt sie auf, wirst sehen.

War ja klar, dass sie es nicht lange alleine aushält.

Sie ist wirklich erbärmlich.

Versagerin. Versagerin. Versagerin.

Ich will nicht weinen, und ich tue es auch nicht, doch der Tränenschleier ist die ganze Zeit da, wie eine Decke, die nicht wärmt, sondern nur das Bild verzerrt. Ich dachte, Alleinsein liegt mir. Ich dachte, ich genüge mir als Gesellschaft. Ich dachte, es reicht, woanders zu sein, um anders zu sein. Und ich bin anders, doch ich wollte ein besseres Anders. Als würde mir Australien etwas schulden, weil das Flugticket so teuer war. Aber Australien schuldet mir nichts – das hat es mir unmissverständlich klargemacht. Gleich nach der Landung. Vor ein paar Stunden.

Es sind die längsten meines Lebens.

Der Himmel war grau und die Luft getränkt in Regen, der dann nicht gefallen ist. Ich bin mit einem Shuttle in die Stadt gefahren, es ging schnell. Ich wäre gern noch länger in dem gekühlten Bus sitzen geblieben. Der Rucksack schien schwerer als die vierzehn Kilo. Aber das Schwere war nicht der Rucksack, das Schwere war ich. Eine Mischung aus Gedanken und Müdigkeit.

Das Hostel zu finden, war nicht ganz einfach. Und als ich es dann gefunden hatte, wollte ich nicht bleiben. Mein erster Gedanke war einfach nur Nein. Keine Erklärung, nur Nein. Aber ich hatte die ersten Nächte bereits bezahlt und für eine Stornierung war es zu spät, also wurde aus dem Nein ein Ja.

Jetzt stehe ich in irgendeiner Straße in Sydney, überall sind Menschen, die hier zu Hause sind, die sich auskennen, die hierhergehören. Ich bin viel zu lange wach. Ich will schlafen. Aber es ist noch hell, mitten am Tag, noch zu früh, um schlafen zu gehen. Menschen umspülen mich wie eine Insel in einem Fluss, manche genervt, die meisten bemerken mich gar nicht.

Seit ich in München ins Flugzeug gestiegen bin, habe ich mit fast niemandem gesprochen. Ein paar Sätze mit irgendwelchen Flugbegleiterinnen, eine Bestellung bei McDonald's in Dubai, ein kurzer Anruf bei meiner Mutter, um ihr zu sagen, dass ich angekommen bin, ein flüchtiges *Hello* am Flughafen bei der

Passkontrolle. Die Einsamkeit hält mich fest, als hätte sie acht Arme. Leute gehen an mir vorbei und ihrem Leben nach. Sie sind im Jetzt und ich allein. Ich würde gern mit einem von ihnen reden, einen von ihnen einfach festhalten, irgendwas fragen. Aber ich tue es nicht, ich schließe lieber kurz die Augen und konzentriere mich auf das Geräusch von Reifen auf Asphalt. Es klingt wie zu Hause. Aber ich bin nicht zu Hause. Die Sonne brennt auf mich herunter, meine Winterhaut kribbelt. Es ist Dezember und viel zu heiß. Der Gehweg ist voll, viele Füße in verschiedenen Schuhen, Sandalen, Flipflops, Anzugschuhe, sauber und schmutzig. Alles ist anders. Es sieht ähnlich aus, aber das ist es nicht. Die Jahreszeit, die Sprache, der Verkehr auf der linken Seite, die Hochhäuser, der goldene Fernsehturm. Alles erinnert mich daran, dass ich weit weg bin von allem, was ich kenne.

Eine einzelne Träne läuft über meine Wange und verschwindet in meinem Mundwinkel. Einsamkeit ist ein sehr viel größeres Gefühl, als ich dachte. Sie hat mich verschluckt, und jetzt treibe ich in ihr wie in einem riesigen Becken, bin unter Wasser und weiß nicht, wo oben und wo unten ist. Wie in einer Blase, die sich mit mir bewegt, die mich in ihrer Mitte hält. Dieses Gefühl erinnert mich an den Film *Passengers* mit Jennifer Lawrence. Simon und ich haben ihn damals zusammen im Kino angeschaut. Und auf dem Heimweg hat er mich zum ersten Mal geküsst. Wenn ich an diesen Abend zurückdenke, erinnere ich mich hauptsächlich daran. An diesen ersten Kuss. Und an die Szene mit dem Pool und der Schwerelosigkeit. Die habe ich kaum ausgehalten. Alles daran war unerträglich. Als würde ich es nicht nur von außen mit ansehen, sondern als ginge es um mich, als würde *ich* ertrinken. Genauso fühle ich mich in diesem Moment. In der Einsamkeit. Auch wenn da nirgends Wasser ist und ich nicht im Weltraum bin. Auch wenn die Schwerkraft mich hier stehen lässt, vollkommen reglos, das Gefühl ist dasselbe.

Ich setze mich auf eine Parkbank in irgendeiner Straße, von der ich den Namen nicht kenne, das Handy in der Hand, kurz davor, meine Mutter anzurufen, kurz davor zu weinen, kurz davor zu vergessen, warum ich hierher wollte.

Ich schicke Simon meine australische Nummer und warte. Und er antwortet nicht. Unter meiner Nachricht steht: *gelesen*. Es sollte dastehen: *ignoriert*.

Ich stecke das Handy weg, ziehe die Beine an den Körper, ganz nah an die Brust, mache mich klein, noch kleiner, als ich bin. Darin bin ich gut. Und dann kommen die Tränen. Sie laufen über mein Gesicht und Menschen an mir vorüber. Es sind so viele, sie sind überall. Und ich wie unsichtbar. Als gäbe es mich nicht.

18. Dezember: Rosa

Es war ein Dienstagmorgen, als ich beschlossen habe, meinen Rückflug umzubuchen. Ein paar Tage lang bin ich durch Sydney geirrt, von einer Sehenswürdigkeit zur anderen, als würde ich darauf hoffen, irgendwo doch noch der Rosa zu begegnen, die ich in Australien werden wollte. Aber ich habe sie nicht gefunden. Sie war entweder nicht da oder immer einen Schritt voraus. An diesem Dienstagmorgen habe ich die Adresse von Emirates gegoogelt. Zwei Stunden später stand ich an einem ihrer Schalter. Meine Hände waren so kalt, dass ich meine Finger nicht mehr richtig abwinkeln konnte. Nur ein Wort in meinem Kopf. Immer und immer wieder.

Versagerin, Versagerin, Versagerin.

Als ich an der Reihe war, meinte die Mitarbeiterin, dass sie mich auf einen Flug in elf Wochen umbuchen könnte. *Elf Wochen.* Kurz habe ich nichts gesagt, stand einfach nur da und habe sie angeschaut, als würde das etwas ändern. Als würde sie dann bestimmt doch einen früheren Flug finden. Aber so war es nicht. Irgendwann habe ich mich bedankt und bin gegangen. Durch Häuserschluchten und heiße Luft, zurück in ein Hostel, in das ich nicht wollte. Das mich offensichtlich auch nicht wollte, denn als ich dort ankam, hieß es, dass ich mein Zimmer räumen müsse, weil es auf dem Stockwerk einen Befall von Bettwanzen gegeben habe.

Ich musste umziehen. Aber erst in der dritten Jugendherberge hatten sie ein Bett frei. Ich dachte, das wäre der Tiefpunkt, aber es war der Anfang. Der Anfang von Frank und mir. Meistens weiß man nicht, wenn etwas beginnt. Nicht gleich. Nicht in dem Moment. Wenn überhaupt, dann viel später. Aber manchmal ist es anders. Manchmal spürt man, dass sich etwas ändert, in der Sekunde, in der es sich ändert. Das mit Frank war so ein Moment. Als wären wir zusammen abgebogen, als hätten wir die Richtung geändert, er meine und ich seine.

Wir haben angefangen, Dinge zusammen zu machen. Zu frühstücken, einzukaufen, zu kochen. Wir haben nicht groß darüber geredet, wir haben uns einfach verstanden. Und aus einem Essen wurden zwei und aus zwei Spaziergängen wurden drei, und heute haben wir uns den ganzen Nachmittag unterhalten, weiter in den Abend, die halbe Nacht. Vorgestern habe ich ihm gezeigt, wo er eine Prepaid-Karte bekommt, und im Gegenzug hat er mir gezeigt, welche Tipps er sich in seinem Reiseführer markiert hat.

Ich glaube, Frank ist der letzte Mensch unter fünfundsechzig, der Reiseführer liest. Er blättert sie nicht nur durch, er schaut nicht nur die Bilder an, so wie ich es tue, er studiert sie richtig. Von Anfang bis Ende. Manchmal denke ich, Frank ist ein alter Mensch, gefangen im Körper eines Jungen. Die Art, wie er spricht, die Wörter, die er benutzt, die Sache mit den Reiseführern, die Musik, die er mag, die Bücher, die er liest, die Schuhe, die er trägt – Birkenstocks aus dunkelbraunem Leder. Er tut das alles, als wäre es ganz normal, als würde das jeder machen. Diese Eigenschaft mag ich besonders an ihm. Dass er sich nicht am Rest der Welt orientiert, sondern nur an sich selbst. Es gibt nicht viele Menschen, die so sind.

Ich glaube, ich kenne nur einen. Ihn.

Frank

Der einschneidendste Moment meines Lebens war der Tod meines Großvaters. Ich war nicht bei ihm, als er starb. Niemand war bei ihm. Er saß in seinem Sessel. Ich lag in meinem Bett und schlief, ein Stockwerk darüber. Das Kaminfeuer brannte sich leer, die Glut war noch heiß. Ich stand morgens in der Tür zum Wohnzimmer, dreizehn Jahre alt und schaute in tote Augen. In der Hand hielt ich ein Päckchen. Zu seinem letzten Weihnachtsfest hatte ich ihm nichts geschenkt, ich war nicht rechtzeitig fertig geworden. Dann war es fertig und mein Großvater tot. Ich würde viele Tage meiner Zukunft für einen Abschied geben. Für ein paar Minuten mit ihm. Monate, sogar Jahre.

Der 27. Dezember vor fünf Jahren war ein Tag mit Schnee und Eis, die Kälte fraß sich in die Haut, machte sie rissig. Es roch nach Frost, die Wiesen und Fenster waren bedeckt von Reif und Eisblumen. Mein Großvater hatte dieses Wetter geliebt. Den Winter, das milchige Blau des Himmels, die klirrend kalte Luft, den Schnee und seine Stille. Er hatte den Tag gut gewählt.

Meine Mutter war jung Mutter geworden. Jung und zu früh. Zwei Jahre zuvor hatte sie ihre eigene verloren. An einen Krebs, der zu lange unbemerkt blieb. Meine Mutter war siebzehn, als sie meinen Vater traf. So alt wie ich heute. Sie verliebten sich, mit ihm ging es ihr besser, doch die Beziehung zerbrach. Wir waren nicht ganz ein Jahr eine Familie, zu kurz, um sich daran zu erinnern. Mein Vater beendete, was nie hätte beginnen dürfen.

Sie hatten nie zusammengepasst. Wenig später gab es bereits eine andere, vielleicht auch schon vorher, wahrscheinlich schon vorher. Mein Vater hatte immer irgendeine Frau, ohne ging es nicht, ohne konnte er nicht sein. Ohne mich schon. Das fiel ihm leicht.

Ich blieb bei meiner Mutter. Die Bruchstücke, die ich aus dieser Zeit noch weiß, ergeben kein schönes Bild. Eine kleine dunkle Wohnung, meine Mutter, die weint, Augenringe. Ich war fünf, als mich mein Großvater zu sich nahm. Die Gründe hat er nie genannt. Weder warum genau dann, noch warum überhaupt – warum nicht früher, warum nicht später. Ich erinnere mich noch, dass ich anfangs Angst vor ihm hatte. Vor seinem faltigen Gesicht und diesen hellblauen Augen, kalt wie gefrorenes Wasser. Seine Haut war gebräunt, nicht grau und fahl wie bei den meisten alten Leuten, die schon im Leben leblos aussehen. Er hatte ein vom Wetter gegerbtes Gesicht, war groß, mit strengem Blick und breiten Schultern, seine Haltung aufrecht wie ein Ausrufezeichen. Er wirkte wie ein Soldat, nicht wie ein alter Mann. Doch wenn er lachte, wurde er ein anderer Mensch und die Falten freundlich. Sie wischten den Zorn von seiner Stirn, den Horror, den er gesehen haben musste, die Erinnerung an den Tod. Mein Großvater erzählte mir oft Geschichten. Von früher, vom Krieg, davon, wie er meine Großmutter kennengelernt hatte, diese wunderschöne Frau mit dem haselnussfarbenen Haar und den veilchenblauen Augen. Wenn er von ihr sprach, musste ich an meine Mutter denken. Auch sie hatte veilchenblaue Augen.

Im Internat wurde ihre Adresse wieder zu meiner, doch ich war nie dort, immer bei David oder im Gebirge. Meine Mutter und ich hatten dieses stillschweigende Übereinkommen, uns aus dem Leben des jeweils anderen herauszuhalten. Wenn sich jemand von der Schule bei ihr meldete, gab sie vor, über alles Bescheid zu wissen, was mich betraf. Im Gegenzug blieb ich weg.

Meine Mutter hatte irgendwann einen neuen Freund und dementsprechend keine Verwendung für einen Sohn. Mich störte das nicht, sie war mir im Laufe der Zeit zu fremd geworden, um sie zu vermissen. Wir hatten einige halbherzige Versuche unternommen, einander kennenzulernen, doch die Kluft war zu groß, um sie zu überwinden. Wenn ich sie ansah, sah ich keine Mutter, ich sah lediglich ein Gesicht, das mich entfernt an mein eigenes erinnerte.

Manchmal frage ich mich, wie ich geworden wäre, wenn mein Großvater mich damals nicht zu sich geholt hätte. Wenn ich bei ihr geblieben wäre in dieser dunklen kleinen Wohnung. In ihrer Trauer. In diesem unguten Gefühl, das immer da war, nicht sichtbar, aber überall. In ihr, in mir, in den Vorhängen und Wänden. Ich wäre nicht ich geworden. Jedenfalls nicht dieses Ich, eher ein anderes. Vielleicht ein gutes, aber vermutlich nicht. Was ich an mir mag, habe ich von ihm. Er war konservativ, aber nicht rückständig, unglaublich stur, der sturste Mensch, dem ich je begegnet bin. Er war geduldig, wurde nie laut. Er konnte mit Blicken mehr sagen als die meisten Menschen mit Worten. Er liebte den Geruch von Leder und von brennendem Holz. Und von Milch, kurz bevor sie kochte. Er reparierte Dinge, er sagte, es wäre wichtig zu wissen, wie sie innen aussähen, wie sie funktionierten, sie zu *verstehen* und nicht nur zu benutzen. Mein Großvater hasste Ungerechtigkeit. Und Sprichwörter und Floskeln. Er sagte: *Finde deine eigenen Worte, nimm nicht die von anderen.* Und er sagte: *Bleib bei dir.* Lange wusste ich nicht, was er damit meinte, erst einige Jahre später. Es war ein guter Rat. Es war einer von vielen.

Im Haus meines Großvaters lagen überall dunkle Schokolade und harte Bleistifte herum. In Schubladen, im Bücherregal, auf dem kleinen Tisch neben seinem Sessel, in der Küche. Er sagte: *Schreib deine Gedanken auf, Junge, sonst sind sie weg.* Er notierte seine bis zu seinem Tod. Jeden Abend und jeden Morgen. In kleine Bücher mit linierten Seiten und schwarzem Ledereinband. Er trug immer eines bei sich. Immer in der hinteren Hosentasche.

Als er starb, hat er sie mir vermacht.

Der letzte Eintrag ist vom 26. Dezember, nur wenige Stunden vor seinem Tod. Er lautet:

Es war ein gutes Leben.

24. Dezember, Weihnachten: Frank

Ein paar Gedanken.

In drei Tagen ist der 27. Dezember. Vergangene Nacht habe ich wieder von ihm geträumt. Wir standen in unserem Waldstück, irgendwo zwischen hohen Tannen in einer ruhigen Dunkelheit, die alles leiser machte. Der Himmel war wie ein Deckel über uns, voll mit Sternen, mehr als ein Himmel haben kann. Erst sprachen wir nicht, standen einfach nebeneinander, barfuß im Schnee, in einer Kälte, die ich nicht wahrnahm, weil er bei mir war. Er musterte mich mit ernsten Augen, sein Haar war weiß, ich fragte mich, ob es wirklich so weiß gewesen war, und wusste es nicht mehr. Altersflecken, buschige Brauen, eine Haut wie Papier. Ein bisschen wie Clint Eastwood. Sie hatten Ähnlichkeit, nicht nur in meinem Traum.

Er fragte, wie es mir geht. Ich sprach sofort von Rosa. Von meiner Verwirrung, von meinen Gefühlen für sie. Ich erzählte ihm alles, nicht nur einen Auszug der Wahrheit, die ganze Wahrheit, ungefilterte Gedanken, unordentlich und durcheinander — genau wie ich. Ich erzählte ihm von meinen Ängsten, der Erregung, den Reaktionen meines Körpers, fremd und gut und doch zu viel.

Er antwortete nicht, nicht mit Worten, doch sein Blick sagte: So fühlt es sich an, wenn man das erste Mal liebt, mein Junge.

So körperlich?

Ja, auch so körperlich.

Dann ist es nicht falsch?

Nein, ist es nicht.

Dann weinte ich. Vollkommen still, Tränen ohne jeden Laut. Vielleicht aus Erleichterung, ich weiß es nicht. Mein Großvater legte seine Hand auf meine Schulter, wie er es so oft getan hatte. Seine große schwere Hand, warm wie ein Versprechen. Als er sie wegnahm, wurden meine Füße kalt, und ich wachte auf. Zuletzt sah ich noch sein Gesicht. Hellblaue Augen mit weißen Wimpern. Mein erster wacher Gedanke war, wie sehr er mir fehlt. Mein zweiter war David.

Ich schaute zu Rosa hinunter, sie schlief neben ihrem Schlafsack, ein Schweißfilm glänzte auf ihrer Haut, ihr Haar wirkte nicht dunkelbraun, sondern schwarz auf dem weißen Kissen. Als mir David vor ein paar Wochen eröffnete, dass er doch nicht mit nach Australien kommen würde, war ich wütend auf ihn. Nicht nur wütend. Es war mehr. Ich war enttäuscht. Australien war seine Idee gewesen. Ich hatte monatelang neben der Schule gearbeitet. So viele Nachhilfestunden in so vielen Fächern. Seinetwegen. Weil er wegwollte, aber nicht allein, aber unbedingt weg. Ich wollte nicht weg, es gab keinen Grund zu gehen. Nur ihn. Also ließ ich mich überreden, so wie ich mich schon so oft von ihm hatte überreden lassen. Weil er mehr war als ein Freund, und weil ich es mochte, wichtig zu sein.

Ich sagte zu — und er mir dann ab. Keine Entschuldigung, nur ein Satz zwischen anderen Sätzen, nebenbei. Als spielte es keine Rolle. Er ließ mich hängen.

Jetzt bin ich froh, dass er es getan hat.

Zur selben Zeit, woanders: David

Das alles hier ist so eine verlogene Scheiße. Die Jacht, dieses Frühstück, mein Vater, der die ganze Welt bemerkt, nur mich nicht. Ich sehe ihn an, esse einen Toast mit Butter und rauche eine Zigarette dazu – was alle am Tisch nervt, aber keiner sagt etwas. Verdammte Heuchler. Ich würde es gerne sagen, es laut aussprechen: *Ihr. Seid. Heuchler.* Ich lege den Toast weg und schaue von Gesicht zu Gesicht. Schein von guter Laune, soweit das Auge reicht. Sie lachen und essen, reden über den bevorstehenden Ausflug, das Wetter, die *fluffigen* Pancakes – kein Witz, Franzi, diese komische Bekannte meiner Mutter sagt das wirklich. *Fluffig*, sie kriegt sich kaum ein, sagt es immer wieder. Es sind die besten verfickten Pancakes, die sie je gegessen hat. Wir haben es verstanden. Am liebsten würde ich einen davon nehmen und ihr damit das Maul stopfen. Aber das wäre nicht nett, und wir sind doch alle nett. Und höflich. Und verdammt noch mal gut gelaunt.

Ein kurzes Räuspern, dann ergreift mein Vater das Wort. Alle verstummen, als wäre Gott persönlich zu unserem Scheißfrühstück erschienen. Ich höre nicht zu, zünde mir lieber die nächste Zigarette an, weil es Franzi nervt. Alles, was Franzi nervt, heitert mich auf.

Ihre Tochter Sandra lächelt mich zweideutig an. Das tut sie schon die ganze Zeit. Sie und ihr Bruder sind angepasst und neureich, aber wer ist das in diesen Kreisen nicht. Nathan spricht nicht viel, vielleicht tue ich ihm unrecht, vielleicht ist er anders. Aber Sandra ist genau wie ihre Eltern: Sie will um jeden Preis gefallen – im Moment vor allem mir. Ich frage mich, wie weit sie gehen würde, wenn ich es darauf anlege. Wahrscheinlich nicht weit. Ich wette, sie ist eine von denen, die einen Rückzieher machen, kurz bevor es zur Sache geht. Am besten, wenn man schon auf ihr draufliegt. Es gibt viele solche Mädchen. Die denken, sie wollen, und dann sehen sie einen erigierten Penis, und dann wollen sie doch nicht. Mit denen halte ich mich nicht auf.

Irgendwann beendet mein Vater seinen Monolog. Es fehlt nicht viel, und die Idioten am Tisch klatschen. Ich würde gerne meinen Zigarettenstummel in Franzis Richtung schnippen. In ihre Haare. Sie würden bestimmt gut brennen. Es kostet mich einiges an Beherrschung, es nicht zu tun.

»Dann wollen wir mal«, sagt mein Vater, aber ich will nicht. Noch in derselben Sekunde sind sie alle auf den Füßen. Wie verängstigte Schulkinder, die einen Hieb mit der Rute fürchten, wenn sie nicht spuren. Soldaten in Badebekleidung.

Ich bleibe sitzen. Mein Vater tut so, als würde es ihm nichts ausmachen, aber es ärgert ihn, das weiß ich.

Die letzten beiden Züge von meiner Zigarette nehme ich allein. Ich kann nicht glauben, dass ich Frank wegen dieser Scheiße hier abgesagt habe. Wegen ihr und der Aussicht auf einen Job, den ich gar nicht haben will. Ich bin so ein verfickter Vollidiot.

Weihnachten, irgendwann mittags: Rosa

Es ist Weihnachten. Mein Bruder hat mir eine Nachricht geschrieben, und ich habe geantwortet, aber in meinem Kopf kommt es trotzdem nicht an. *Fröhliche Weihnachten, kleine Schwester,* stand da. *Du fehlst hier.* Er fehlt mir. Er und Mama. Und meine kleine Schwester Pia. Ich glaube, ich vermisse sogar Edgar ein bisschen, und den hab ich noch nie vermisst. Meine Mutter und er haben vor vier Jahren geheiratet. Ich hab ihn wirklich gern, aber er ist nicht mein Vater, nur der von Pia. Er ist die Sorte Mann, die sonntags Frühstück macht und meine Mutter zum Lachen bringt. Ganz anders als mein Vater. Als Mama mich vorhin angerufen hat, hat sie geweint. Sie meinte: *Es ist ganz anders hier ohne dich.* Ich wollte ihr sagen, dass sie mir fehlt, aber ich habe es nicht getan. Frank saß mir gegenüber, und ich kam mir albern vor. Wie ein kleines Kind, das seiner Mama sagt, dass es sie vermisst, während er nichts zu vermissen scheint. Als wäre er mittig ausgerichtet, wie ein Pendel, das aufgehört hat zu schwingen. Ich habe meiner Mutter später eine Nachricht geschrieben, aber das ist nicht dasselbe.

In ein paar Stunden gibt es bei meiner Familie Abendessen. Gans und Knödel und zum Nachtisch Edgars Mousse au Chocolat. Sie stehen gerade alle in der Küche. Alles wie immer. Ich hätte nicht gedacht, dass es mir so zusetzen würde, heute nicht bei ihnen zu sein. Vielleicht bin ich ja doch ein Mensch.

Frank geht neben mir her und sagt nichts. Es hat knapp unter vierzig Grad, und die Luft steht stickig in den Straßen wie ein trotziges Kleinkind, das nicht weitergehen will. Leuchtende Plastik-Weihnachtsmänner und Rentiere zieren die Schaufenster, in den Geschäften laufen Christmas-Carols. Frank und ich holen zwei Pizzen und gehen weiter zum Bondi Beach. Ich kann mir kaum etwas Unweihnachtlicheres vorstellen.

Wir setzen uns auf Strandtücher und bohren unsere Füße in den Sand. Ich schaue den Surfern zu, während Frank mit seinem winzigen Taschenmesser die Pizzen aufschneidet. Er braucht ewig, und mein Magen knurrt. Irgendwann legt er endlich das Messer weg, schließt den Karton und macht Musik an. Der Song ist jazzig und entspannt und irgendwie wie Frank. Als ich nachsehe, wie er heißt, steht auf dem Display: »Severe Season«, Interpret: Howe Gelb & Lonna Kelley. Das Lied macht mich traurig und glücklich.

Frank reicht mir meinen Pizza-Karton, und ich öffne den Deckel. Und dann muss ich lachen.

Jedes Stück sieht aus wie ein Weihnachtsbaum. Frank hat mir acht kleine Weihnachtsbäume mit Salami geschenkt.

Ich glaube, ich habe selten etwas Schöneres bekommen.

Zur selben Zeit: David

Wir haben sehr früh zu Abend gegessen. Hummer und den ganzen Scheiß. Typen mit weißen Handschuhen sind mit tausend Tellern an den Tisch gekommen. Ganz ehrlich, es war die reinste Völlerei.

Ich gehe ins Wasser, stehe einfach nur da, mitten in den Farben, unter einem riesigen Himmel, der so verdammt kitschig aussieht, dass er fast schon wieder geil ist. Rosa und rot und lila und alles. Es haut mich fast um. Ich stehe auf einer Sandbank irgendwo im Ozean, und es ist friedlich. Wären da nicht diese Scheißgedanken an M. – ich schiebe sie weg, drücke sie unter Wasser, bin ein Fleck auf der Welt, neben einem lächerlich großen Boot.

Vorhin standen wir alle hier bis zum Bauch und haben Champagner getrunken. Es wurde laut gelacht und war verlogen. Ich habe alles und fühle nichts. Weil es die falschen Menschen sind. Leute, die sich eigentlich nichts zu sagen haben, aber andauernd reden. Mein Vater ist ein Meister darin, Worthülsen so klingen zu lassen, als hätten sie Inhalt. Meine Mutter ist auch nicht schlecht. Bei ihr sind es nur andere Themen. Der Garten, Cocktailpartys, Maniküre, Schuhe, der Tennisclub. Sie kann sich stundenlang mit anderen Frauen über nichts unterhalten und dabei eine richtig gute Zeit haben. Ich war früher auch so. Beim Segeln, beim Skifahren, beim Weggehen. Ich konnte mit jedem: reden, Spaß haben, rummachen. Ich hatte bedeutungslose Gespräche, bedeutungslose Beziehungen und bedeutungslose Freundschaften.

War immer umgeben von Leuten, doch die meisten waren Fremde. Und dann kam das mit M. Eine Nacht, die alles verändert hat. Nicht lange danach lernte ich Frank kennen. Einen stillen, seltsamen Jungen mit halblangen Haaren und einer inneren Ruhe, die sofort etwas mit mir gemacht hat. Frank ist mein Gegenteil. Er denkt, wo ich handle, er ist still, wo ich laut bin. Er mag Bücher, ich Filme. Er steht früh auf, ich schlafe lang. Ich mache Sport, er nicht.

Wir haben nichts gemeinsam. Und irgendwie alles. Ich wollte immer einen Bruder. Und dann hatte ich ihn. Jemanden, mit dem ich reden konnte. Jemanden, der zugehört hat.

Jemanden, der zu mir gehört hat.

Fünf Tage später: Rosa

Frank und ich sitzen auf dem Dach unseres Hostels, es ist einer unserer Lieblingsplätze geworden, ein Ort, von dem niemand etwas weiß, weil alle anderen sich von dem kleinen Verbotsschild abschrecken lassen. Ich hätte mich auch abschrecken lassen. Frank nicht. Er sagte: *Sie werden uns kaum erschießen* und öffnete die Tür.

Es dämmert, und alles ist blau. Wir waren den ganzen Nachmittag hier oben, weit weg von allem. Wie eine Geschichte, die parallel zu einer anderen verläuft, ein zweiter Handlungsstrang neben der Realität. Frank hat gelesen – einen Roman von John Steinbeck –, ich habe in mein Buch geschrieben, wir haben spät zu Mittag gegessen, wir haben uns unterhalten, aber die meiste Zeit waren wir einfach nur hier oben, jeder für sich, nebeneinander. So stelle ich es mir vor, mit jemandem glücklich zu sein. Zu zweit allein, aber niemals einsam.

Ich beobachte Frank, während er liest. Er schaut aufs Papier, wie er manchmal mich ansieht. Als wäre ich etwas Zerbrechliches, etwas, auf das man achtgeben muss. Er betrachtet die Zeilen fast zärtlich, seine Blicke haben etwas von Händen. Er hält das Buch und liest, dann schaut er an seinem Buch vorbei zu mir. In meine Augen, in mich hinein. Wenn er mich so ansieht, fühle ich mich schutzlos, und gleichzeitig ist es, als hätte mich vor ihm noch nie jemand wirklich gesehen – nicht so. Nicht wie er.

»Ist alles in Ordnung?«, fragt Frank.

»Ja«, sage ich. »Bei dir?«

Er nickt.

Ich warte darauf, dass unser Blick abreißt, dass Frank weiterliest, doch er tut es nicht. Er legt den Roman zur Seite und setzt sich aufrecht hin. Die Luft riecht kurz nach ihm. Sauber und warm. Nach Haut und Mann und Deo.

Dann sagt er: »Es erstaunt mich, dass du Tagebuch schreibst.«

»Es erstaunt dich?«, frage ich. »Warum?«

»Weil du in allem versuchst, kein Mädchen zu sein«, erwidert er.

»Das ist nicht wahr«, sage ich.

»Ich denke doch«, sagt Frank.

Und ich sage nichts. Vielleicht, weil es stimmt. Ich will kein typisches Mädchen sein, obwohl ich nicht mal weiß, was das ist – ein typisches Mädchen. Vermutlich genau das, was ich mit Simon war. Diese Version von mir, die das Richtige sagen und das Richtige tun wollte. Das Richtige war alles, was ihm gefallen hat. Es hatte nichts mehr mit mir zu tun, nichts mit dem, was ich will. Ich hätte nicht gedacht, dass ich so werde, wenn ich mich verliebe. So ein Klischee. Eins von den Mädchen, über die ich selbst gelacht hätte.

»Was denkst du?«, fragt Frank.

»Gar nichts«, sage ich, weil *zu viel* eine komische Antwort wäre. Eine, die ich erklären müsste, aber nicht erklären will. Stattdessen sage ich: »Ich schreibe nicht nur. In mein Buch, meine ich.« Pause. »Ich zeichne überwiegend.«

»Und das macht es weniger zu einem Tagebuch? Die Tatsache, dass du zeichnest?« Er fragt es nicht von oben herab, nicht rechthaberisch, es ist einfach nur eine Frage.

Und weil ich nicht weiß, was ich sagen soll, sage ich: »Nicht nur Mädchen schreiben Tagebuch.«

»Ich weiß«, entgegnet er. »Ich tue es auch.«

Natürlich tut er das. Und es passt zu ihm, es einfach so zu sagen. Weil es ihm egal ist, was ich darüber denke, was irgendjemand denkt. In Franks Kopf sind keine Schubladen, das Wort *man* kennt er nicht, in seiner Welt spielt es keine Rolle, was *man* tut oder nicht tut. Dieses *man*, von dem niemand so recht weiß, wer es ist, sich aber dennoch daran hält.

»Ich habe dich nie in ein Tagebuch schreiben sehen«, sage ich.

»Ich schreibe meist dann, wenn du schläfst«, sagt er.

Ich will ihn fragen, ob er etwas über mich geschrieben hat, und weiß nicht, ob ich es tun soll.

»Hast du etwas über mich geschrieben?«, frage ich.

»Selbstverständlich«, antwortet er.

»Was hast du über mich geschrieben?«

Er sieht mich an mit einem von seinen langen Blicken, dann erwidert er: »Das, was ich dir nicht sagen kann.«

Es ist nur ein Satz, aber er sagt so viel, dass ich schweige. Vielleicht, weil es mir mit ihm genauso geht.

Zwei.

31. Dezember, Silvester: Frank

Rosa trägt ein Kleid und eine Netzstrumpfhose mit Maschen, die so groß sind wie meine Handteller. Darunter nichts als Haut. Ihre Haare sind offen und glänzen. Sie ist geschminkt, stärker als sonst, die Augen dunkel, die Lippen rot. Ich konnte Silvester nie sonderlich viel abgewinnen. Es waren Traditionen und Bräuche, die nichts in mir auslösten. Ganz im Gegensatz zu diesem Anblick – was zugegebenermaßen nur wenig mit Silvester zu tun hat. Rosa steht da in ihrem viel zu kurzen Kleid, die Chucks passen nicht dazu, dafür zu ihr. Die Kombination ist wie sie: widersprüchlich und spannend. Oben elegant und unten nicht. Mit unglaublich langen Beinen. Gott, sie hat lange Beine.

Rosa kommt näher, und ich nehme die Kopfhörer ab.

»Lass uns abhauen«, sagt sie. »Ich bin am Verhungern.«

Wir verlassen das Hostel, betreten Straßen und Gehwege voller Menschen. In der Ferne erhebt sich die Harbour Bridge in den Himmel. Die Luft ist noch heiß vom Tag, der Asphalt und die Gebäude glühen nach, eine stehende Hitze zwischen hohen Häusern. Frauen in schwarzen Kleidern, die dunkel glitzern in einer Nacht wie warmes Wasser, Männer in weißen Hemden und zu viel Aftershave, Backpacker in kleinen Gruppen, die laut lachen. Wir fließen alle in Richtung Hafen, so verschieden wir sind, ein zäher Brei aus guter Laune und Vorfreude. Als wäre so ein neues Jahr ein Versprechen dafür, dass alles besser wird.

Ich blicke auf Rosas Hand und möchte danach greifen. Ihre

kleine Hand in meine nehmen. Ich rieche ihr Shampoo. Es riecht cremig und ein bisschen nach Kokos. Mein Handy vibriert in meiner Hosentasche. Vermutlich ist es David. Ich schaue nicht nach, ich gehe nicht hin. Es ist mir egal.

Ein paar Minuten später erreichen Rosa und ich das Restaurant. Es ist ein kleiner Sushi-Laden mit nur sieben Tischen. Wir waren bereits zwei Mal dort, bestellten etwas zum Mitnehmen und aßen es dann am Hafen. Rosa weiß nichts von dem reservierten Tisch, sie denkt, wir essen unterwegs, am Straßenrand, im Gehen, in irgendeinem Hauseingang.

Eine junge Frau mit porzellanfarbener Haut und flächigem Gesicht kommt auf uns zu. Mit ihr hatte ich gesprochen, als ich vergangene Woche allein herkam. Auf ihrem Namensschildchen stand Lea. Sie sagte, es wäre kein Problem. Plötzlich die Frage, ob sie es vergessen haben könnte, ob es vielleicht sogar besser wäre. Ein reservierter Tisch hat etwas von einer Verabredung. Mein Magen wird flau, ein Gefühl kurz vor der Übelkeit, weiche Knie, ein nach außen hin nicht erkennbares Zittern, innen ist es überall.

Lea nimmt zwei Speisekarten von einem Stapel und zeigt auf den letzten freien Tisch.

Rosa sagt: »We just want to order some take-away.«

Lea sieht kurz zu mir, ich schüttle den Kopf, und sie lächelt.

»This young man made table reservations.«

Rosa schaut von Lea zu mir.

»Du hast einen Tisch reserviert?«, fragt sie.

Ihre Stimme klingt überrascht, ihre Augen verraten nicht, ob gut oder schlecht. Sie hat ihr skeptisches Gesicht, mit dem geraden Mund und den zusammengezogenen Brauen. Rosa wartet auf eine Antwort, Lea wartet auf uns. *Sag etwas*, denke ich, doch dann reicht es nur für ein Nicken. Ich spüre meinen Herzschlag im ganzen Körper, bis in die Haut. Die Sekunden breiten sich leer in mir aus.

Plötzlich lächelt Rosa. Sie sieht mich an und dann weg, führt kurz die Hand zum Mund, eine verlegene Geste, die ich von ihr nicht kannte, die nicht zu ihr passt und sehr zu ihr passt. Sie sieht mich wieder an. Es ist ein Von-unten-Blick, ein Augenaufschlag. Mein Lächeln geht über mein Gesicht hinaus, als würden selbst meine Schultern lächeln. Dann bringt uns Lea zu unserem Tisch.

Fünfunddreißig Minuten später: Rosa

Ich halte mich an der Tischplatte fest und bekomme kaum noch Luft vor Lachen. Meine Bauchmuskeln stehen kurz vor einem Krampf. Frank sitzt mir gegenüber, Tränen laufen über seine Wangen, er lacht lautlos in seine Sushi-Platte, die Stäbchen vibrieren in seiner Hand. Seine Stoffserviette ist runtergefallen, sie liegt unter dem Tisch. Frank holt Luft, atmet ein, lacht weiter, dieses Mal laut, er steckt mich damit an, wie ich eben ihn. Um uns herum essen sechs Paare zu Abend. Dazwischen Frank und ich. Als wir uns vorhin hingesetzt haben, habe ich mich gefragt, wie wir zusammen aussehen. Ich habe mich gefragt, ob wir herausstechen, ob wir zu jung sind, was die anderen wohl von uns denken – die *echten* Erwachsenen. Ich fand meine Schuhe auf einmal unpassend. Und dann dachte ich, wenn meine Schuhe unpassend sind, sind Franks Birkenstocks es auch. Jetzt ist es mir egal. Das alles. Die sechs Paare, und was sie vielleicht denken.

Ich spüre ihre Blicke. Spüre, dass sie gern wüssten, warum wir so lachen. Was so komisch ist. Aber ich weiß selbst nicht, was so komisch ist. Alles. Nichts davon. Wir. Es ist, als würden Frank und ich einen seltenen Dialekt sprechen, den abgesehen von uns niemand versteht. Er lacht mit mir und ich mit ihm. Nicht wir über andere, sondern zusammen. Sein Lachen ist unkontrolliert und raumgreifend, nicht leise und zurückhaltend, wie sein Lächeln es ist. Es ist ein großartiges Lachen. Kehlig und warm.

Ich weiß nicht, womit es angefangen hat. Es war irgendeine Kleinigkeit. Etwas, das für jemand anders vermutlich nicht besonders lustig gewesen wäre. Vielleicht war es auch nicht lustig. Vielleicht war es die seltsame Situation. Die plötzliche Anspannung zwischen uns. Oder die kaum hörbare asiatische Musik, die im Hintergrund lief. Diese Stille. Das fehlende Geräusch von Besteck auf Geschirr, nur lautlose Stäbchen und leise Unterhaltungen. Ein Meer aus Gemurmel, durchbrochen von unserem Lachen.

Irgendwann lässt es nach, tröpfelt aus uns heraus, bis es schließlich verstummt. Bis wir erschöpft und glücklich dasitzen, einander gegenüber. Es sind dieselben Stühle, aber wir sind einander näher als zuvor. Frank wischt sich die Tränen aus dem Gesicht, legt die Stäbchen zur Seite. Dann bückt er sich nach seiner Serviette. Sein Oberkörper verschwindet unter dem Tisch, den er für uns reserviert hat. Er ist extra hierhergekommen und hat ihn reserviert. Heimlich. Weil er mich überraschen wollte. Weil er weiß, wie gern ich Sushi esse. Weil er mir zuhört.

Als Frank wieder auftaucht, sieht er mich an. Es ist ein Blick, für den es keine Worte gibt. Wäre da kein Tisch und wäre es nicht falsch, dann würde ich ihn jetzt küssen.

Stattdessen sage ich: »Lass uns zusammen weiterfahren.«

Seine Wangen sind noch rot, seine Augen werden ernst. »Was ist mit dem Camper, den du kaufen wolltest?«, fragt er.

»Den kaufen wir zusammen«, sage ich.

Franks Stirn ist gerunzelt, die Art, wie er mich ansieht, so direkt, dass ich Gänsehaut bekomme.

»Was sagst du?«, frage ich.

»Ich verstehe die Frage nicht«, sagt er.

Zwei Stunden danach: Rosa

Ich verlasse das Jahr ganze acht Stunden vor meiner Familie. Ein seltsamer Gedanke. Frank und ich stehen in ihrer Zukunft und in unserer Gegenwart. Als wäre ein Bein hier und eines dort. Ich bin ein bisschen angetrunken, Frank ist nüchtern, er hatte nur Orangensaft. Wir sind am Hafen, fast Körper an Körper. Die Stimmung ist positiv aufgeladen, als hätten alle genug von diesem Jahr. Als wäre es Zeit weiterzugehen. In zwei Minuten und sechsunddreißig Sekunden endet es. Das Jahr, in dem Simon mich verlassen hat. Das Jahr, in dem ich Abitur gemacht habe. Das Jahr, in dem Deutschland in der Vorrunde aus der Fußballweltmeisterschaft ausgeschieden ist. Das Jahr, in dem alles anders wurde. Ich bin nicht traurig, dass es vorbei ist.

Frank und ich stehen nebeneinander, ich spüre, dass er mich ansieht, und erwidere den Blick nicht, damit er nicht damit aufhört. Dafür, wie viele tausend Menschen hier stehen, ist es erstaunlich ruhig. Eine gespannte Stille, die Luft ist voll mit Erwartung. Im Hintergrund Gespräche und Stimmen, die wie ein beständiges Rauschen klingen. Erste Pfiffe. Der Hafen ist dunkel, nur die Brücke ist leicht beleuchtet. Sie, die Oper und ein paar Boote. Vor genau einem Jahr waren Simon und ich mit meinem Bruder und ein paar Freunden in Berlin. Es fühlt sich an, als wäre ich nicht dabei gewesen. Als wäre es die Erinnerung von jemand anderem. Als würde ich die Distanz spüren, die zwischen uns liegt. Zwischen damals und hier. Zwischen ihr und mir. Noch zwei

Minuten und fünf Sekunden. Wo Simon jetzt ist, weiß ich nicht. Vielleicht wieder in Berlin, vielleicht auch woanders. Es wird lauter, die Rufe nehmen zu, das Pfeifen, die Ungeduld. Ein Meer aus Stimmen umgibt das Wasser. Es schwillt immer weiter an. *Darling Harbour, was für ein schöner Name,* denke ich. Wir stehen dicht an dicht und starren in die Dunkelheit. Frank füllt möglichst unauffällig Sekt aus einer kleinen Flasche in zwei Pappbecher. Ich trage ein kurzes ärmelloses Kleid und friere nicht. Ein Sommer mitten in meinem Winter. Er war so plötzlich da wie ich hier. Noch eine Minute und vier Sekunden. Das Erste, was ich damals im neuen Jahr getan habe, war, Simon zu küssen. Ich erinnere mich noch, wie kalt es war und an die Wärme seiner Lippen. Unser Atem ist verdampft, und die Luft hat verbrannt geschmeckt.

Eine erste Rakete explodiert. Ein roter Knall. Sie ist wie ein Startschuss. Lautes Tosen und Jubeln bricht aus, Klatschen, Pfiffe, Rufe in die Nacht. Der Countdown beginnt, und alle zählen mit. Wie die Stimme eines Riesen, die übers Meer hallt. Frank reicht mir einen der Pappbecher. Seine Augen leuchten schwarz in der Dunkelheit, er lächelt mich an. SEVEN SIX FIVE FOUR THREE TWO ONE ... und dann startet das Feuerwerk und die Musik und die Gänsehaut. Menschen fallen sich in die Arme, küssen sich, halten einander fest. Ich blicke zu Frank, und der Moment wird lautlos. Als würde die Art, wie wir einander ansehen, den Lärm schlucken. Dann kommt die Welt zurück. Die Musik und das Feuerwerk und die Stimmen. Ich habe noch immer Gänsehaut, lege meine Arme um Franks Nacken und ziehe mich an ihm hoch. Ich küsse ihn nicht lang, nur ein paar Sekunden, vielleicht drei oder vier. Sein Atem riecht nach Orangensaft, und seine Lippen sind so weich, wie ich sie mir vorgestellt habe. Erst als ich das denke, wird mir klar, dass ich es mir vorgestellt habe. Ich öffne die Augen und sage viel zu leise: *Schönes neues Jahr,* und er erwidert: *Dir auch, Rosa.* Dann stoßen wir an, trinken einen Schluck, schauen zusammen in den Himmel, zu den Farben und Formen, die kurz da sind und dann nicht mehr. Rauchschwaden ziehen über die Stadt wie Nebel. Und alle sehen zu. Von überall. Vom Hafen, von der anderen Seite der Stadt, von den Booten, vom Opernhaus. Kurz ist es dunkel, eine lange Sekunde vollkommen schwarz. Und einen Moment denke ich, dass es vorbei ist, doch dann geht es erst richtig los: das neues Jahr. Und mit ihm meine Reise durch Australien.

1. Januar, später Vormittag: David

Mein Schädel platzt fast, als ich die Augen aufmache. Ein erster Januar wie jeder erste Januar. Mein Gehirn fühlt sich zu heiß an, mir ist zwischen flau und kotzübel. Ich drehe den Kopf und sehe Sandra. *Fuck.* Sie ist nackt, es ist, als würden ihre Brüste mich anstarren. Und da erinnere ich mich. Wir haben gevögelt. Es war gut. So gut, dass ich immer wieder wollte. Irgendwo habe ich mal gelesen, dass etwas, das man öfter als ein Mal macht, kein Fehler ist, sondern eine Entscheidung. Wenn das stimmt, habe ich mich vier Mal entschieden. Die Bilder kommen zurück und setzen sich nach und nach zu einer ganzen Nacht zusammen. Erst das Essen, dann ein paar Drinks. Sandra sah gut aus. Es war ein Kleid, das sie nur angezogen hat, um von mir ausgezogen zu werden. Mein größenwahnsinniger Vater hat ein privates Feuerwerk organisieren lassen. Um zehn habe ich Frank angerufen, aber der ist nicht drangegangen. Danach noch mehr Drinks. Kaum war ein Cocktail leer, stand der nächste schon da. Wir haben getanzt, Sandra und ich. Es war nicht wirklich meine Musik, aber in dem Zustand war es mir egal, da ist alles meine Musik. Sandra hat ihre Arme um meinen Nacken gelegt, und ich habe mitgemacht. Es war vollkommen harmlos, zumindest am Anfang. Dann nicht mehr. Ich hatte einen Steifen, und ihr hat das gefallen. Sie hat es darauf angelegt. Wenn ein Mädchen, das so aussieht, ihren Hintern an deinem Schwanz reibt, wirst du hart, das ist einfach so. Ich bin in meine Kabine gegangen. Der Plan war, mir einen runterzuholen und dann ins Bett zu gehen, es war schon spät. Fast halb vier. Dann hat sie geklopft. Und eins führte zum anderen. Gleich vier Mal. Ich schließe die Augen, als wäre es dann nicht wahr. Ich wünschte, es wäre nicht wahr. Und ich wünschte, es wäre nicht so gut gewesen. In dem Moment, als ich das denke, spüre ich, dass Sandra aufwacht. Spätestens jetzt ist es passiert.

Ein paar Stunden zuvor, Sydney: Frank

Mein Großvater sagte immer, das Leben beginnt da, wo die Angst endet. In den Sekunden, in denen wir die Möglichkeiten sehen und nicht das, was dagegenspricht. Die Stadt hat durchgemacht, sieben Stockwerke unter uns, und wir hier oben auf dem Dach. Das Sonnenlicht ist milchig orange und fällt zart auf Rosas Gesicht. Sie sitzt mit angezogenen Beinen neben mir und kratzt sich den Nagellack von den Nägeln, ich sehe ihr dabei zu. Vor ein paar Stunden hat sie ihn aufgetragen. Jetzt ist da nur noch ein Rest.

Ich schaue sie an, und sie war nie schöner. Nicht nur ihr Aussehen, nicht, weil sie mit mir weiterfahren will, nicht wegen dem Kleid, das sie trägt – sie ist es einfach. Ihre Müdigkeit, ihr mattes Lächeln, das Funkeln in ihren Augen, die Art, wie ihr das Haar in diesem Moment über den Rücken fällt, wie sie ihre Knie umarmt, einen Fuß auf den anderen gestellt, wie sie es so oft tut.

Ich bin erschöpft vom vielen Reden und wach vom Wachsein und ihrer Gegenwart, müde vom Lachen, will nicht, dass die Nacht endet, obwohl sie längst vorbei ist und der Tag bereits beginnt. Der erste eines neuen Jahres, nur ein paar Stunden alt, die ich alle mit ihr verbrachte.

Rosa blickt in meine Richtung, lehnt sich an mich, legt ihren Kopf auf meine Schulter, ich lege meinen auf ihren. Als ich ein Kind war, dachte ich, wenn man sein Ohr fest genug gegen einen Schädel presst, könnte man die Gedanken darin hören.

Mein Großvater sagte, Gedanken wären persönlich und dass
es deswegen nicht funktioniere.

Ich wüsste gern, was sie denkt.

Jetzt.

Immer.

Vier Tage später: Frank

Wir sind auf dem Weg nach Melbourne, liegen wieder in einem Stockbett, diesmal im Nachtzug, Rosa unten, ich oben. Unser Zweierabteil ist winzig mit einem großen Fenster, draußen ist es dunkel, wir sehen nichts, nur das spiegelverkehrte Abbild unseres Abteils. Ich grüble vor mich hin, Rosa schreibt in ihr Buch, ich wüsste gerne was. Ich höre, dass sie Musik hört, zwischen den Geräuschen des Zuges ist da immer wieder die Ahnung einer Melodie, zu leise, um den Song zu erkennen, doch eindeutig da. Ich denke an unsere Unterhaltung von neulich Nacht. Wie sie sagte: *In dem Moment wusste ich, dass ich nach Australien muss.* Der Moment war »Move On« von Jet. Das Lied lief im Radio, auf einem Sender, den sie für gewöhnlich nie hörte. *Da läuft sonst immer nur schlechte Musik*, sagte sie. Und dann Jet. Für Rosa war es mehr als nur der Text und die Melodie und eine gute Stimme. Sie meinte, es habe sich angefühlt, als hätte der Song damals etwas zu ihr gesagt. Wie eine Seele zu einer anderen. Rosa sah mich an und fragte: *Kennst du das?*, und ich nickte, weil es mir mit ihr so geht. Es sei wie ein Kippschalter gewesen, sagte sie. Als hätte das Lied sie eingeschaltet.

Sie googelte die Band. Bei Wikipedia stand: *Origin: Melbourne, Victoria, Australia.* Es war ein Mittwoch gewesen, ein später Nachmittag. Rosa sagte, es habe so geregnet, dass man das Nachbarhaus nicht mehr hatte sehen können. Und dass es sich angefühlt habe, als flösse Strom durch ihren Körper, ganz knapp unter ihrer Haut.

Derartige Aussagen übersetzt mein Verstand neuerdings augenblicklich in Nacktheit und bündelt sie in einer Erektion. Früher kannte ich so etwas nicht, jetzt passiert es oft und grundsätzlich ungebeten. An jenem Abend beispielsweise saßen Rosa und ich zusammen auf meinem Bett, und allein diese Tatsache genügte, um mich zu erregen. *Sie und ich auf einem Bett.* Nicht auf dem Dach, auf dem wir so oft saßen, nicht auf zwei Stühlen, nicht am Strand, sondern zusammen auf einem Bett. Vollkommen bekleidet, ohne den Hauch einer Chance auf mehr, ohne eine Andeutung ihrerseits. Nur sie und ich auf diesem Bett. Bei genauerer Betrachtung ist es beinahe lächerlich und überhaupt nicht ich. Sie erzählte mir von diesem Moment, der so viel in ihr verändert hatte, und ich konnte an nichts anderes denken als ihre Brüste, die sich so weich unter dem weißen Stoff ihres Oberteils abzeichneten. Ich zwang mich dazu, ihr in die Augen zu sehen, *nur* in die Augen, und hoffte, sie würde weder die Anspannung in meinem Inneren noch die in meinem Schritt wahrnehmen.

Rosa hielt inne und fragte: »Wo war ich?«

Und ich sagte: »Du meintest, es habe sich angefühlt wie Strom, der durch deinen Körper fließt.« Ein Pulsieren in meinem Schritt, ein Nicken von Rosa.

»Richtig«, sagte sie, und sie hatte keine Vorstellung, wie schwer es mir fiel, sie nicht zu küssen – wenn auch nur in meiner Fantasie. Stattdessen hörte ich ihr zu und merkte mir jedes einzelne Wort als eine Art Buße für meine Gedanken.

An dem Abend, als sie das erste Mal »Move On« von Jet gehört hatte, hatte sie angefangen, alles aufzuschreiben: jeden Ort in Australien, den sie sehen wollte, die Route, die sie fahren wollte, die Musik, die sie dabei hören wollte. Sie hatte Reiseblogs gelesen und unzählige Markierungen auf Google Maps gesetzt, hatte wichtige Links gespeichert – wo man ein Visum beantragen kann, wo es die günstigsten Flüge gibt, welche Hostels empfehlenswert sind –, und dann den Rucksack ihres Bruders aus dem Keller geholt und ihn testweise so oft umgepackt, bis er exakt vierzehn Kilo gewogen hatte. Kein Gramm mehr. Auf einem Blog hatte sie gelesen, dass man mehr nicht benötige.

Ihr Entschluss stand fest. Nach dem Abitur würde sie nach Australien fliegen.

Dann kamen die ersten Zweifel.

Und Simon.

Und der Plan einer Interrail-Tour durch Europa.

Ein paar Stunden später: Rosa

Von Sydney nach Melbourne dauert es mit dem Zug elf Stunden. Beinahe doppelt so lang wie von München nach Hamburg. Ich habe die meiste Zeit geschlafen, aber nicht besonders gut. Flach und unruhig. Ich glaube, ich bin hauptsächlich aufgewacht, und dazwischen hatte ich ab und zu die Augen zu. Es fühlt sich an, als wäre da eine seltsame Distanz zwischen meinem Körper und mir, eine Restmüdigkeit, die uns voneinander trennt. Wie eine Fettschicht oder Watte. Vielleicht dauert es deswegen etwas länger, bis ich endlich begreife, wo ich bin.

In meiner Zukunft stand ich immer genau hier. Auf diesem Stückchen Boden mit Blick auf diesen Bahnhof. Gleich ist es 10:34 Uhr. Nicht mal eine Minute. In meiner Vorstellung war ich allein, in meiner Realität sind wir zu zweit. Frank und ich stehen auf dem Gehweg und sagen nichts, schauen einfach nur auf den gelben Bahnhof vor uns mit seiner großen Kuppel. Es ist der 5. Januar, und die Sonne brennt von einem wolkenlosen Himmel direkt auf uns herunter. Meine Haare werden heiß. Frank öffnet Spotify und drückt auf Play. Erst kommt die Akustikgitarre, dann die Stimme. Der Straßenlärm vermischt sich damit, eine Tram fährt durchs Bild. Mein Hals ist plötzlich eng und trocken. Frank macht die Musik lauter, und mein Blick fällt auf die Uhr. Und dann kommt die Stelle: *10:34, Flinders Street Station*. Der Moment ergreift mich. Und ich ohne nachzudenken nach Franks Hand.

Ich habe es wirklich getan.
Ich bin wirklich hier.
In Melbourne.
An diesem Bahnhof.
Um 10:34 Uhr.

Am nächsten Tag, morgens: Rosa

Letzte Nacht hat Simon mir eine Nachricht geschrieben. Die erste seit Monaten. Die erste, seit ich hier bin. Seit ich ihm meine australische Handynummer geschickt habe. Als hätte er gerochen, dass ich nicht mehr an ihn denke. Dass ich endlich anfange, ihn zu vergessen. Seitdem erinnere ich mich wieder. Arschloch. Ich betrachte die drei Wörter: *Denk an dich*. Das *Ich* hat er weggelassen. Das Ich hat er immer weggelassen. Als würde gar nicht er an mich denken, sondern irgendjemand, den er kennt. *Liebe dich, fehlst mir, vermiss dich*. Simon konnte nie mit einem Ich hinter dem stehen, was er gefühlt hat. Vielleicht hat er aber auch einfach nicht genug gefühlt.

»Liest du etwa schon wieder seine Nachricht?«, fragt Frank.

»Nein«, sage ich und lege das Handy weg. Dann schweigen wir. Der Balkon der Airbnb-Wohnung, die wir angemietet haben, ist klein und angenehm schattig. Frank hat uns etwas zum Frühstücken geholt, und ich habe Leute angeschrieben, die ihre Camper verkaufen.

»Wie lange wart ihr eigentlich zusammen? Du und der Typ, meine ich«, sagt Frank und beißt von seinem Croissant ab. Er sagt nie Simon, er sagt immer *der Typ*. Irgendwie mag ich das.

»Fast ein Jahr«, sage ich.

»Er ist ein Idiot«, sagt Frank. Und dann: »Kam schon eine Reaktion bezüglich eines der Camper?«

Ich schüttle den Kopf, und Frank nickt.

»Kommt schon noch«, sagt er und isst weiter sein Croissant. Er hat ein markantes Kinn, ein bisschen spitz, und einen breiten Kiefer. Der Rest von ihm ist noch jungenhaft, nicht ganz ein Mann, ganz kurz davor. Daran können auch die dichten Augenbrauen und seine Körpergröße nichts ändern. Frank überragt mich um einen ganzen Kopf, er ist schmal gebaut, fast ein bisschen hager. Irgendwann wird das anders sein. Die Schultern breiter, die Arme muskulöser. Ich hoffe, sein Haar bleibt genau so, wie es ist. Zwischen kurz und halblang und gewellt, gerade nicht schwarz, aber mehr als braun. Es sind Haare, die man anfassen will. Einzelne Locken fallen ihm in die Stirn, ihm fällt das gar nicht auf. Frank trinkt einen Schluck Kaffee und blickt über das Geländer. Das, was ihn so interessant macht, ist nicht in erster Linie sein Aussehen – obwohl er gut aussieht. Es ist die Art, wie er die Dinge betrachtet. Mich, die Welt, das Leben. Frank schaut in Moll. Etwas in seinen Augen ist immer ein bisschen schwer, ein bisschen wehmütig. Sein Blick ist zu gleichen Teilen intelligent und melancholisch. Als würde sich seine Seele darin abzeichnen. Wie ein Fingerabdruck auf einem Wasserglas. Ich mochte selten jemanden so schnell und so sehr wie ihn. Vielleicht sogar noch nie.

Zur selben Zeit: Frank

Rosa sitzt mir mit angezogenen Beinen gegenüber. Sie sind glatt rasiert und nackt, die kurze Jeans ist von der Tischplatte verdeckt, es sieht aus, als trüge sie nur dieses weiße, schlabbrige Shirt, das an den Armen so weit ausgeschnitten ist, dass ich ihren BH sehen kann. Er ist schwarz und schlicht und doch aufreizend. Rosa sieht aus, als wäre sie meine Freundin, als hätte sie in meinen Armen geschlafen, zumindest stelle ich es mir so vor. Nur ein Shirt und Unterwäsche, das Haar offen und ungekämmt. Ich trinke einen Schluck Kaffee, und ich bin froh, dass sie nicht weiß, was ich denke. Rosa raucht eine Zigarette und schaut auf einen unbestimmten Punkt in der Ferne, irgendwo weit weg. Wir sind beide mit unseren Gedanken beschäftigt. Meine kreisen um sie, ihre um einen anderen.

Ich wüsste gern, ob wir etwas gemeinsam haben, der Typ und ich. Etwas außer ihr. Rosa bindet sich das Haar zusammen, es ist wohl zu heiß, um es offen zu tragen. Dabei verrutscht ihr Oberteil, und ich sehe eine kleine Tätowierung knapp unter ihrer Brust. Zwei Wörter in Schreibschrift und Pink, die ich bisher nicht gesehen hatte, auch nicht, als wir am Strand waren und sie lediglich einen Bikini trug. *Fuck you* steht da. Bei diesem Anblick muss ich lachen.

Rosa schaut in meine Richtung. »Was ist?«, fragt sie.

»Nichts«, sage ich.

Als sie nachhaken will, vibriert ihr Handy auf der Tischplatte. Es ist eine neue Nachricht. Ich denke, es ist er, doch er ist es nicht.

»Die zwei Französinnen haben geantwortet«, sagt Rosa und hält mir das Handy hin. »Wenn wir wollen, können wir ihren Camper haben.«

Währenddessen: David

»Was hast du dir nur dabei gedacht?«, fragt mein Vater tonlos. Die Wahrheit ist: Ich habe gar nicht gedacht. Aber das kann ich nicht sagen, denn das wäre eine weitere Enttäuschung. Mein Vater denkt, dass nur er von mir enttäuscht ist. Er hat ja keine Ahnung.

»Dir ist ja wohl klar, dass es für Sandra mehr war, oder?«
Wie könnte es das sein? Sie kennt mich doch gar nicht.
»Ich habe dich etwas gefragt«, sagt mein Vater.
»Ich dachte, das wäre rhetorisch gewesen«, entgegne ich.
Er mustert mich abschätzig. Als hätte er in seinem ganzen Leben nie so einen abstoßenden Fehler gemacht. Er ist auf dem Rücken anderer reich geworden, hat aber die Moral gepachtet. Eine Weste, die so weiß ist, dass sie selbst im Dunkeln leuchtet.

»Was wirst du jetzt tun?«, fragt er.
Ich frage mich, was er von mir hören will. Sie heiraten? Soll ich sagen, dass es mir leidtut? Dass es ein Fehler war? Das war es, ja. Aber jetzt lässt sich das nicht mehr ändern. Das Kind ist in den Brunnen gefallen – oder sie in mein Bett. Woher hätte ich wissen sollen, dass sie so drauf ist? Dass sie plötzlich vor meiner Tür sitzt und nicht mehr aufhört zu heulen? Wir hatten ein paar Nächte Sex, mehr war es nicht. Keine tiefschürfenden Gespräche, keine Liebesschwüre. Nur ich in ihr und sie auf mir. Als sie mehr wollte, habe ich Nein gesagt. Dann kam das Drama. Und sie hat allen davon erzählt.

»Ich warte«, sagt mein Vater. Und ich weiß nicht worauf. Es geht ihn nichts an.

»Sandra wollte mit mir schlafen«, antworte ich schließlich. »Ich hab sie zu nichts gezwungen.«

»Sie ist siebzehn«, sagt mein Vater, als wäre das eine Erklärung für alles. Ein Synonym für Unzurechnungsfähigkeit.

»Und ich bin achtzehn«, entgegne ich. »Rein alterstechnisch passt das doch ganz gut.«

»Du findest das also komisch, ja?«

»Ein bisschen«, gebe ich zu.

Ein paar Sekunden schaut er mich nur an mit diesem langen wertenden Blick, den ich so gut von ihm kenne. Seine Augen sagen das, wofür mein Vater sich viel zu fein ist.

Er steht auf und atmet ein. »Ich will, dass du verschwindest«, sagt er dann. Diesen Satz hat er bisher nie gesagt. »Morgen gehst du. Nach dem Frühstück.« In seiner Stimme ist nichts, das mich mag. Nur Verärgerung darüber, dass ich nicht so bin, wie er mich wollte. Zu wenig wie er und zu viel wie ich. »Buch den Flug gleich.« Er macht eine Pause, dann fügt er hinzu: »Meine Kreditkartendaten hast du ja.«

Zurück in Australien, später Nachmittag: Frank

Wir warten auf dem Parkplatz eines Coles-Supermarkts am Stadtrand. Eine riesige überdachte Fläche vollgestellt mit Autos. Heiß wie eine Wüste. Der hintere Bereich dagegen ist vollkommen leer. Die Stellplätze sind wohl zu weit weg vom Eingang und der rettenden Klimaanlage. Genau dort sitzen Rosa und ich schweigend im Schatten eines Gebüsches und schauen in entgegengesetzte Richtungen. Wir hatten keinen Streit, waren uns aber uneinig, das erste Mal, seit wir uns kennen. Es hatte mit dem Camper zu tun. Eine kurze Internetrecherche nach Eintreffen der Nachricht der beiden Französinnen hatte ergeben, dass man einen Mitsubishi L 300, Baujahr 89, mit 90 PS und einer Laufleistung von knapp 220 000 Kilometern in Deutschland für unter 2000 Euro bekommt – manchmal sogar für 1500. Joëlle und Magali wollen 6000 australische Dollar für ihren Camper, das sind knapp 3800 Euro. Das Doppelte. Ich wollte absagen, Rosa nicht.

Sie sagte: »Außer den beiden hat sich niemand auf unsere Anfragen hin gemeldet. Es ist ja nicht so, als gäbe es einen billigen Camper und ich will unbedingt den teuren kaufen. *Es gibt nur den einen.*«

Ich war skeptisch, nicht nur des Preises wegen, auch aufgrund der Tatsache, dass Joëlle und Magali nur ein Bild des Wagens hochgeladen hatten. Ein Bild, auf dem man kaum etwas erkennen konnte. Keine Innenansichten, keine Details. Das machte mich stutzig.

Rosa meinte, dass das vielleicht unser Glück sei.

»Hätten sie mehr Bilder hochgeladen, hätten sich bestimmt mehr Leute gemeldet«, sagte sie.

»Oder es gibt keine Fotos, weil es ein Schrotthaufen ist«, entgegnete ich.

»Das werden wir ja dann sehen«, sagte sie. Und damit war das Thema beendet. Rosa würde ihn ansehen, und ich würde sie begleiten – das wusste sie genau. Ich fühlte mich ins Abseits gedrängt, sagte aber nichts. Meine Antwort war Schweigen.

Es dämmert bereits, als Joëlle und Magali mit ihrem schmutzig-weißen Bus neben uns anhalten. Sie steigen aus, und wir stellen uns vor. Es ist eine typische Backpacker-Unterhaltung. Etwas aufgesetzt, etwas zu gut gelaunt. Wer wo herkommt, wer wo hin will, wer wann wieder abreist. Es ist seltsam, dass ich für den Small Talk zuständig bin, das war ich nie, immer nur David. Er ist offen und charismatisch, und ich stand still daneben. Es ist, als hätte ich seine Rolle eingenommen und Rosa meine. Sie lässt mich reden und sie schweigen. Oder es ist eine kleine Rache, und sie zwingt mich, freundlich zu sein, während sie sich in aller Ruhe den Bus ansieht.

Joëlle und Magali sind nett und zuvorkommend. Ich mag die Art, wie sie Englisch sprechen. Mit diesem starken französischen Akzent, ohne Hs, mehr gesungen als gesprochen. Es hat etwas verletzlich Erotisches an sich. Ein Klischee, das seine Wirkung nicht verfehlt.

Ich sage ihnen, dass ich skeptisch bin, entscheide mich kurzerhand für Ehrlichkeit, spreche den Preis an, den Kilometerstand, die Tatsache, dass man ein vergleichbares Modell in Deutschland viel günstiger bekommt.

Sie sagen, der Camper sei nicht ausgebaut gewesen, als sie ihn vor sechs Monaten für knapp dreitausend Dollar kauften – sie hätten einen Kaufvertrag, den könnte ich sehen. Und Rechnungen für alles, was sie haben richten und einbauen lassen. Joëlle hält mir eine Mappe entgegen, ich blättere sie durch. Neue Reifen, ein neuer Keilriemen, eine Inspektion. »We have been looking for a camper for weeks and weeks«, sagt Magali. »But nothing. Finally we found this one. It was a lot of work, but it was worth it.«

Die Nachfrage nach solchen Bussen sei groß, sagen sie. Viele Backpacker wollen lieber kaufen als mieten, weil achtzig bis hundertfünfzig Dollar pro Tag ganz schön ins Geld gingen, und das seien nun mal die gängigen Preise. Die Materialkosten für den Umbau hätten sie gar nicht mitgerechnet, sagen sie.

Ich werde kleiner und kleiner, schrumpfe innerlich wie äußerlich zusammen, bin der Deutsche, der keine Ahnung hat, aber so tut, als hätte er sie.

»When we bought the bus«, sagt Joëlle, »it was completely empty. No storage, no blinds, no mattress, nothing. We built everything ourselves.«

Ich schaue zu Rosa und sie zu mir, ihr Blick spricht Bände.

»Can I take a look?«, frage ich und zeige auf die Schiebetür.

»Of course«, sagt Magali, es klingt wie *Off Corrs*.

Sie öffnet die zweite Schiebetür. Der hintere Bereich ist dunkel, die Jalousien sind heruntergelassen. Außen sind sie silbern, um das Licht zu reflektieren, innen schwarz. Rosa klettert in den Wagen, ich bleibe draußen, bücke mich, inspiziere die Holzkonstruktion, auf der die Matratze aufliegt. Wie ein Lattenrost auf Hüfthöhe, darunter sehe ich ein paar farbige Plastikkörbe mit Kochutensilien und Putzzeug. Weiter hinten bemerke ich die zwei großen Rucksäcke. Man kann sie bequem über den Kofferraum erreichen, daneben ist noch Platz.

Rosa klettert aus dem Wagen. Magali hebt die Matratze an. Die Anfertigung darunter erinnert an die Vorderseite eines Schranks. Holz, zwei Türen, die sich nach oben hin öffnen lassen, wie die von alten Kühltruhen. Wenn man die dünne Matratze zur Seite schiebt, kann man die Türen öffnen und kommt so an den hinteren Stauraum, ohne jedes Mal alles ausräumen zu müssen.

»How did you do this?«, frage ich, kaschiere nicht, wie beeindruckt ich bin. Sie lächeln beide.

»We had help«, sagt Joëlle.

»But only a little«, sagt Magali.

Ein Schreiner hat ihnen geholfen.

»But it was our idea.«

Rosa sieht mich an. Mit einer leicht gehobenen Augenbraue, einem kaum sichtbaren Lächeln und diesem Funken herablassender Zufriedenheit, den man ausstrahlt, wenn man recht hatte.

»Why did you only post one picture?«, fragt sie dann.

Ich lächle gegen meinen Willen, schüttle leicht den Kopf, hätte wissen müssen, dass sie das ansprechen würde. Die nächste Antwort wird der Todesstoß.

»There was hardly any internet coverage. It took ages to upload this *one* picture, let alone more pictures.«

Dieses Mal weiche ich Rosas Blick aus, kontrolliere lieber den Motor, fahre mit Joëlle ein Stück über den Parkplatz, sie fragt, ob ich es versuchen will, ich lehne ab. Sie demonstriert das Funktionieren der Bremsen, ich teste die Kupplung, die Scheibenwischer.

Rosa redet unterdessen mit Magali. Ich höre sie lachen. Kurz denke ich, sie lachen über mich, es hinterlässt ein unbehagliches, fast befangenes Gefühl. Ich ignoriere es, überprüfe die Fenster. Sie sind dicht und lassen sich alle öffnen, das Radio funktioniert, der Tank ist fast voll. Die Mängel, die es gab, gibt es nicht mehr. Ein paar kleine Roststellen, mehr nicht.

»The Camper is great«, sage ich.

»So, you want to buy it?«, fragt Magali.

Ich schaue zu Rosa. Sie nickt.

»Yes«, sage ich.

Rosa gibt ihnen das Geld, mein Herz schlägt schneller, Aufregung macht sich in mir breit, in meinem Magen auf meinen Handflächen. Es ist das erste Mal, dass ich ein Auto kaufe. Eine erste erwachsene Entscheidung, irgendwo auf einem Parkplatz in der Dämmerung. Wie Kleinganoven.

Joëlle überreicht uns die Fahrzeugpapiere und zwei Schlüssel.

»Since when are the two of you together?«, fragt Magali, als sie das Geld einsteckt.

»We are not together«, sagt Rosa.

»Only friends«, sage ich. Wenn auch nur ungern.

Zwanzig Minuten später hieven Joëlle und Magali ihre Rucksäcke aus dem Wagen und gehen. Sie winken, und wir winken.

Und einfach so gehört etwas, das sechs Monate lang ihnen gehörte, uns.

Derselbe Tag, abends: Rosa

Wir haben die Airbnb-Wohnung geräumt, die Schlüssel abgegeben und unsere Sachen in den Camper gepackt. Jetzt üben wir fahren. In einem geisterhaft leeren Wohnviertel am Stadtrand von Melbourne. Es erinnert mich an ein verlassenes Filmset, eine Kulisse kurz nach Feierabend. In ein paar Häusern brennt Licht, das einzige Zeichen von Leben. Der Horizont ist eine hellblaue Linie, eine letzte Erinnerung an den Tag, der gerade geht. Es ist nicht mal acht Uhr, seltsam, wie früh es hier dunkel wird.

Der Motor stirbt ab, und Frank startet ihn wieder – stoisch, so wie die letzten siebzehn Male. Ich schaue aus dem Fenster, damit er nicht sieht, dass ich lache. Er gibt sich Mühe, sich nicht anmerken zu lassen, wie genervt er ist. Und bis auf das eine Mal, als er beim Versuch zu schalten mit voller Wucht gegen die Fahrertür geschlagen und dabei leise geflucht hat, gelingt es ihm auch. Ich schaue ernst und dann wieder zu ihm. Und dann frage ich mich, wie es wohl aussieht, wenn Frank wütend wird. Wird jemand wie er überhaupt jemals wütend? Was müsste passieren, damit seine aufgeräumte Fassade bricht?

Sein Handy vibriert auf der Ablage vor der Windschutzscheibe. Wieder steht auf dem Display *David*. Und wieder geht Frank nicht dran.

»Wieso ignorierst du seine Anrufe?«, frage ich. Bisher habe ich es immer nur gedacht, nie gefragt.

Frank blinkt rechts und biegt in eine kleine Seitenstraße ab.

»Ich ignoriere sie nicht«, sagt er.

»Doch, das tust du«, sage ich. Frank reagiert nicht. »Habt ihr Streit?«

»Nein«, sagt er, schlägt wieder gegen die Tür, murmelt wieder ein *Verdammt* in Richtung Fenster.

»Ich dachte, David wäre dein bester Freund«, sage ich.

»Das ist er auch«, sagt Frank.

»Und warum gehst du dann nicht dran, wenn er anruft?« Irgendwann hängt David auf, und Frank hält an. Sein Blick sagt *Halt dich da raus*, Frank sagt: »Es ist kompliziert.«

»Noch komplizierter als der Linksverkehr?«, frage ich und lege den Kopf schräg.

Frank parkt den Wagen, stellt den Motor ab und wendet sich mir zu. Er mustert mich, sitzt mir gegenüber, in Gedanken ist er woanders, irgendwo zwischen der Wahrheit und einer Lüge, die ihm vermutlich leichter über die Lippen käme.

»Ich bin sauer auf ihn«, sagt er dann.

»Was hat er gemacht?«, frage ich und strecke die Beine aus, meine Zehen berühren fast seinen Oberschenkel. Die vordere Sitzbank ist durchgehend, drei Plätze ohne Lücke, bezogen mit Kunstleder in einem Farbton wie Eierschalen. Frank betrachtet meine Füße. Ich frage mich, ob sie ihn stören, ob ich sie wegnehmen soll, lasse sie aber dort.

»David wollte nach Australien«, sagt Frank und schaut von meinen Füßen wieder zu mir. »Das alles war seine Idee.«

»Und warum bist du dann hier und er nicht?«, frage ich.

»Weil er mir abgesagt hat.« Frank macht eine Pause, die irgendwann zu lang ist für eine Pause. Und dann verstehe ich, dass es gar keine war, sondern ein Schlusspunkt, das Ende der Geschichte – zumindest, wenn es nach ihm geht.

»Dann ist er zu Hause geblieben?«, frage ich.

»Nein«, sagt Frank. »Er ist auf den Philippinen.«

»Allein?«

»Mit seinen Eltern und irgendwelchen Bekannten der Familie.«

»Verstehe«, sage ich, obwohl ich es nicht verstehe. »Nein, eigentlich verstehe ich es nicht«, sage ich dann. »Warum kommt er nicht einfach nach?«

»Weil sein Vater will, dass er direkt im Anschluss in seiner Firma zu arbeiten anfängt«, sagt Frank.

»Okay?«, sage ich halb gefragt, halb festgestellt. »Ich dachte, ihr hattet einen Plan, David und du?«

»Den hatten wir auch«, sagt Frank.

»Aber?«

»Aber er und sein Vater haben ein schwieriges Verhältnis.«

»Hm«, mache ich.

Das Lied, das bis eben lief, endet, und kurz ist es vollkommen still. Still und heiß. Dann startet »Big Old World« von Fraser A. Gorman, und es ist nur noch heiß.

»Geht es dir ums Prinzip oder vermisst du ihn?«, frage ich dann.

»Es geht ums Prinzip«, sagt Frank. Das passt zu ihm.

»Du wärst also eigentlich nicht lieber mit ihm hier.«

Wieder etwas zwischen Frage und Feststellung.

»Nein«, sagt er. »Ich bin lieber mit dir hier.«

Zehn Stunden zuvor: David

Ein Kopf wiegt zwischen sieben und neun Kilo. In einem Raum-
anzug kann man nicht pfeifen. Es gibt Schneckenarten, die drei
Jahre am Stück schlafen können. Ich kann nicht schlafen. Ich bin
wach. Und Frank ist sauer. Immerhin das hab ich jetzt kapiert.
Anfangs dachte ich, er hat kein Netz, dann dachte ich, sein Akku
ist leer, inzwischen weiß ich, dass er mir aus dem Weg geht – was
bei der Entfernung, die zwischen uns liegt, denkbar einfach ist.
Ich schließe die Augen und frage mich, ob Frank in den vier
Jahren, die wir uns kennen, jemals sauer auf mich war. Wenn es
so ist, hat er es sich nicht anmerken lassen. Oder ich habe es nicht
begriffen. Beides wäre möglich. Ich öffne die Augen und schaue
in ein Nichts aus Menschen. Sie warten am Check-in, schieben
Rollwägen vor sich her, stehen neben Koffern, Kinder kreischen
und Eltern blenden es aus.

Frank hat es geschafft, einen Punkt zu machen, ohne ein einziges Wort zu sagen. Das schafft nicht jeder. Ein stilles Aufbegeh-
ren. Ein lautloser Aufschrei. Ich wünschte, diese Kinder könnten
das auch.

Der Flughafen in Manila ist voll, meine Maschine geht erst in
knapp einer Stunde, ich mache Musik an. »Aurora« von Alex
Gopher. Dann greife ich nach meiner Jacke und decke mich damit zu. Verfickte Scheißklimaanlage. Draußen verreckt man fast,
weil es so heiß ist, und hier drin wird man runtergekühlt, als wäre
man schon tot.

Eine Frau setzt sich mir gegenüber auf einen der freien Flätze. Sie sieht unzufrieden aus und lächelt dabei. Bei diesem Anblick muss ich an meine Mutter denken. Sie hat mich zum Abschied umarmt, als wäre ich eine ansteckende Krankheit. Ich denke an Franzis herablassenden Gesichtsausdruck und an meinen Vater, der sich nicht mal hat blicken lassen. Er wollte, dass ich verschwinde, und er hat dafür bezahlt. 2416 Euro und 74 Cent – in der Economy-Class hätte derselbe Flug unter vierhundert gekostet. Er wird es nicht mal bemerken.

Kurz bevor ich losmusste, kam Sandra in meine Kabine. Sie stand da und hat gesagt: *Es tut mir leid.* Ich hätte sie am liebsten angespuckt, stattdessen haben wir gevögelt. Ich schätze, damit habe ich ihre Entschuldigung angenommen. *Was wirst du jetzt zu Hause machen?*, hat sie gefragt. Ich habe nur mit den Schultern gezuckt, weil die Wahrheit sie einen Scheiß angeht. *Werden wir uns wiedersehen?*, wollte sie wissen. *Irgendwann bestimmt*, habe ich geantwortet. Dann hat sie sich angezogen, und ich bin duschen gegangen. Das Letzte, was ich von ihr gesehen habe, war ein Lächeln. Ich habe es erwidert. Sandra war nicht das Problem. Das Problem liegt woanders: in diesem Moment auf einer Bank im Wartebereich des Flughafens in Manila. Und es sieht aus wie ich.

Manchmal tut man Dinge, von denen man weiß, dass sie falsch sind. Man weiß es davor, man weiß es währenddessen, und man spürt es danach. Ich meine nicht das mit Sandra – das war im Nachhinein betrachtet tatsächlich das Einzige, was sich gelohnt hat. Nein, ich meine, dass ich Frank abgesagt habe. Und wofür? Für ein paar Stunden mit meinem Vater, die es dann nicht gab. Und die Aussicht darauf, mich hochzuarbeiten. *Du wirst natürlich ganz unten anfangen, so wie alle anderen auch.* Ich hätte ihm sagen sollen, dass er sich ins Knie ficken kann. Aber dann meinte er: *Ich will Weihnachten mit meiner Familie verbringen* – und dieser eine Satz von ihm hat genügt. Sieben Wörter. Und dahinter so viele Lügen. Trotzdem hat das Kind in meinem Kopf ihm geglaubt. So wie es ihm immer geglaubt hat. Wir haben Weihnachten nie als Familie gefeiert. Weil wir nie eine waren. Wir waren Vater, Mutter, Kind. Jeder auf seine Art unzufrieden oder nicht da. Und obwohl ich das alles weiß, versuche ich immer noch, ihm zu gefallen.

Zurück in Australien, später Abend: Rosa

Wir sind rausgefahren aus Melbourne, weil ich die Sterne sehen wollte. Jetzt stechen sie hell durch die Dunkelheit, die uns einhüllt wie ein Umhang. Wir haben beschlossen hierzubleiben, auf diesem sandigen Parkplatz in der Nähe von gar nichts. Hinter den Hügeln liegt Melbourne wie ein Leuchtturm. Wir sitzen im Schneidersitz auf dem Dach des Campers, Knie an Knie, neben uns brennen zwei Teelichter, ich trinke Wein aus einem Karton, Frank bleibt nüchtern und trinkt Wasser. Wir teilen uns eine Zigarette. Ich spüre die Wärme seiner Lippen am Filter, als ich daran ziehe.

»Wer ist Mona Chopsis?«, fragt Frank.

Ich antworte nicht, reiche ihm die Zigarette.

»Du hast den Namen vorhin in dein Buch geschrieben«, sagt er, und sein Blick sagt: *Ich habe dich nicht beobachtet, ich habe es nur zufällig gesehen.* Frank zieht an der Zigarette und gibt sie mir zurück. »Du hast denselben Namen neulich schon mal auf eine Serviette gekritzelt.« Stille. »Ich glaube, deswegen ist es mir aufgefallen.« Er lächelt verhalten, und ich schaue weg. In der Ferne höre ich das Meer rauschen. Irgendwo ganz dahinten sind die Zwölf Apostel. »Wir müssen nicht darüber reden, wenn du nicht willst«, sagt Frank. Und sein Tonfall verrät, dass es stimmt. Er wäre mir nicht beleidigt. Es wäre okay.

Vielleicht erzähle ich es ihm deswegen. Ich weiß es nicht.

»Mona Chopsis ist kein Name, ich benutze das Wort nur so.«

Frank sieht mich an, und ich schaue woanders hin. »Der Begriff kommt aus dem Englischen«, sage ich noch. Es ist ein Füllsatz. Ich hasse Füllsätze. Genauso wie Menschen, die sie benutzen.

Frank fragt: »Und was bedeutet monachopsis?«

Es ist das erste Mal, dass er etwas nicht weiß, das ich weiß. Zumindest ist es das erste Mal, dass es mir auffällt. Ich müsste es ihm nicht sagen, er könnte es googeln. Doch da er es googeln kann, kann ich es ihm auch sagen. Es macht keinen Unterschied. Ich sehe ihn noch immer nicht an, als ich ihm antworte.

»Monachopsis beschreibt das subtile, aber beständige Gefühl, fehl am Platz zu sein«, sage ich. »Nicht dazuzugehören.«

Frank nimmt mir die Zigarette aus der Hand. Seine Finger berühren meine, ich schaue ihn an, und er sagt: »Das ist ein gutes Wort.«

Ich sage nichts.

»Deswegen wolltest du weg. Nach Australien.«

Ich nicke.

Eine gespannte Stille breitet sich zwischen uns aus. Sie ist voll mit Blicken und erinnert mich an Silvester. An die Sekunden, bevor die erste Rakete explodiert ist.

»Dann wolltest du im Grunde gar nicht mit dem Typ hierherkommen«, sagt Frank. Sein Atem riecht nach einer Mischung aus Kaugummi und Zigarette.

»Nein«, sage ich. »Ich wollte allein nach Australien.«

»Aber jetzt bist du nicht allein«, sagt er.

Ich sage nichts.

»Wärst du lieber allein?«

»Nein«, sage ich.

Dieser Moment ist wie kurz vor einem Kuss. Mein Herzschlag, meine feuchten Handflächen, mein trockener Mund, Franks Gesicht so nah an meinem. Er schaut mich an, und ich schaue zurück. Wir bewegen uns nicht, keinen Millimeter. Als hätte jemand das Jetzt angehalten. Nur die Kerzen flackern noch, ich spüre den Wein. Frank und ich kennen uns noch nicht lange, aber irgendwie kenne ich ihn gut. Mehrere Wochen jeden Tag und sogar nachts. Ich habe nur mit ihm geredet, nur mit ihm gegessen, meine ganze Welt bestand aus Frank und ein paar Fremden. Wir sind uns ähnlich, er und ich. Das zu denken ist wie ein Kompliment an mich selbst.

Ich nähere mich ihm, nur einen Zentimeter, vielleicht zwei. Ich denke nicht darüber nach, der Entschluss fällt ohne mich – irgendwo zwischen Herz und Bauch. Die Bewegung, die ich mache, kann man kaum so nennen, doch wir bemerken sie beide. Wie die ersten Tropfen, wenn es beginnt zu regnen, wie einen Blitz, der sich in schwüler Luft entlädt. Ich rieche seinen Atem nicht nur, ich fange an, ihn zu schmecken. Einen Anflug von Minze. Mein Herz schlägt schnell, ich spüre, wie die Härchen an meinem Körper sich aufrichten, wie sich meine Haut darunter zusammenzieht. Es ist heiß, die Luft feucht und schwül und der Moment aufgeladen.

Mit mir und meinen Gedanken.

Mit dem, was möglich ist.

Mit Frank.

Im selben Moment: Frank

Ihre Wärme mischt sich mit meiner, und unsere vermengt sich mit abgestandener Nachtluft. Die Dunkelheit verbirgt, wie erregt ich bin, sie verbirgt mich vor Rosa und Rosa vor mir. Mein Schamgefühl, meine Gedanken, meine angezogene Nacktheit. Doch ich spüre die Beklemmung, das enge Gefühl um die Brust, die feuchten Handflächen. Ich versuche, normal zu atmen, ein und aus, doch meine Rippen ziehen sich immer enger zusammen, als würde ich langsam Luft verlieren. Und mein Herz schlägt nicht, es rast, ist kurz davor, stehen zu bleiben. Mir entgleitet die Kontrolle. Ich falle in Zeitlupe. Weiter und weiter in den Augenblick, immer tiefer in meine Empfindungen, durch unzählige Schichten meiner Selbst. Sie sind wie fremde Welten. Ich schlucke ins Leere, es ist trocken und laut. Und dann frage ich mich, was Rosa denkt, ob sie überhaupt etwas denkt, oder ob sie tut, was sie tut, weil sie angetrunken ist. Weil sie den Moment lebt, und das Danach im Moment keine Rolle spielt. Doch es spielt eine Rolle, im echten Leben tut es das. Wie geht es weiter, wenn wir zu weit gehen? Dann gibt es kein Zurück, dann will ich sie und sie mich nicht. So wie es gestern war, wäre es morgen wieder.

Ich möchte sie berühren und wenn nicht sie, dann wenigstens mich, aber ich tue nichts. Und dieses Nichts ist schon zu viel. Es fühlt sich an, als wäre ein anderer in meiner Haut, einer, der die Kontrolle an sich reißen will, es vielleicht schon getan hat. Er will sie küssen. Er will mit ihr schlafen. Unter diesem Himmel in dieser Nacht. Er will die körperliche Nähe, die geistig längst da ist. So bin ich sonst nicht. Nicht gierig, nicht rastlos in Fantasien, die sich um Dinge drehen, die ich nie aussprechen würde. Worte, die zu schmutzig klingen, um sie zu sagen, Ausdrücke, die mich früher abgestoßen hätten und nun plötzlich anmachen.

Rosas Blick ist mehr als nur ein Blick. Aufgeladen und ununterbrochen. Ich frage mich, wie ich all die Nächte, die noch kommen werden, neben ihr liegen soll, wie ich leugnen soll, was ich denke, wenn ich manchmal an nichts anderes denken kann – obwohl ich an alles andere denken will. Nur nicht an ihre Lippen, nicht an den Übergang ihrer Leiste zu ihrem Schambein, nicht an die Art, wie sie schauen kann und vielleicht schauen würde, wenn ich auf ihr läge, mich bewegen würde an einem Ort, tief in ihr vergraben. Es mir vorzustellen, füllt mich aus.

Das sind nicht meine Gedanken. Ich denke nicht so. Das bin nicht ich. Zumindest war ich es nie. Und jetzt bin ich es zu oft. Und ein Teil von mir zu gern. Durcheinander und erregt. Davon, wie sie denkt. Wie sie riecht, wie sie mich ansieht, wie sie sich das Haar hinters Ohr streicht, wie sie im Schneidersitz dasitzt mit offenen Schenkeln und verschlossenen Waden, die sagen: Komm näher und dann: Bleib weg. Ich liebe ihre Stimme, ihre dunklen Augen, die direkte Art, mit der sie mich ansieht, ihre Brüste, die so aussehen, als würden sie genau in meine Hände passen.

Vor Rosa war ich mir nicht fremd, sondern ich. Sie ist wie ein Hunger, der nicht zu stillen ist, eine Leere, die ihre Form hat, die ihres Körpers, ihrer Blicke. Ich sitze ihr gegenüber, bin bis unter die Haut angefüllt mit Emotionen, zerreiße fast daran, doch ich werde ihnen nicht nachgeben. Ich weiß, welche Auswirkungen sie haben können. *Ich* bin so eine falsche Entscheidung. Das Ergebnis eines schwachen Moments. Einer unüberlegten Handlung. Zu viel vom Moment und zu wenig nachgedacht.

Dann berühren Rosas Lippen meine. Meine Vernunft bricht

in sich zusammen. Sie sind sanft und warm, sie sind der Zugang zu einer Welt, in die ich unbedingt will, aber nicht kann. Warum eigentlich nicht? Ich weiß es nicht mehr. Meine Hände setzen an, um nach ihr zu greifen, meine Lippen öffnen sich zögernd, die Gründe dagegen schweigen, mein Verstand ist unendlich weit weg und ich kurz davor, alles zu vergessen.

Im selben Augenblick vibriert mein Handy. Es ist kaum zu hören, nicht mehr als ein unschuldiges Summen. Wie eine Warnung. Wie ein Stromschlag, der mich knapp verfehlt, aber genügt, um meine ausgefallene Vernunft wieder einzuschalten. Mein Atem ist flach und heiß, mein Körper angespannt, meine Augen noch geschlossen. Es fühlt sich an, als stünde ich auf einer Klippe, vor mir und hinter mir Abgrund, überall Abgrund, als gäbe es kein Vor oder Zurück, als wäre jeder Schritt ein Ende.

Ich zögere einen Moment zu lang, und die Vernunft gewinnt.

Ein paar Minuten zuvor: David

Ich würde das Mädchen hinter dem Tresen am liebsten an den Schultern packen und fragen: *Was soll das heißen, Frank Lessing ist nicht mehr hier?*, aber das wäre nicht in Ordnung. Und abgesehen davon würde es nichts ändern, also tue ich es nicht. Stattdessen stehe ich da und schaue sie einfach nur an. Ein bisschen leer und ein bisschen blöd, weil ich nicht weiß, was ich als Nächstes tun soll. Mein Plan ging nur bis hier. Manila war A, das hier war B. Sie fragt, ob ich ein Bett brauche. Aber ich brauche kein Bett, ich will wissen, wo Frank ist. Vor ein paar Tagen war er noch h.er, das weiß ich, zumindest hatte er das vor. Aber ein paar Tage sind ein paar Tage. Und jetzt ist er nicht mehr hier. Jetzt ist er woanders.

»Es ist spät«, sagt das Mädchen in akzentfreiem Deutsch.

Genau genommen ist sie eine junge Frau, gar kein Mädchen, ungefähr so alt wie ich, vielleicht sogar ein bisschen älter, aber irgendwie kommt sie mir nicht so vor – weder älter noch wie eine junge Frau. Ihr Blick ist kindlich. Sie erinnert mich an jemanden. An jemanden, den ich mag, keine Ahnung an wen. Normalerweise bin ich gut mit Gesichtern. Nicht mit Namen, die vergesse ich sofort. Als würde mein Gehirn es nicht einsehen, sich etwas zu merken, was es nie wieder brauchen wird. Ein Name sagt nichts. Wenn überhaupt verrät er etwas über den Geschmack der Eltern oder den Kulturkreis, oft tut er nicht mal das. Ich heiße David – aber so heißen viele andere auch.

»Willst du nun ein Bett für die Nacht?« Sie fragt es geduldig und ruhig und lächelt dabei. »In zehn Minuten schließe ich die Rezeption.«

Ich nicke langsam, dann sage ich: »Okay. Ich geh kurz telefonieren.« Ich warte nicht auf ihre Antwort, lasse sie einfach stehen. Und dann denke ich, wie verdammt unhöflich das ist und wie mich unhöfliche Menschen ankotzen, also drehe ich mich zu ihr um und sage: »Ich beeile mich. Bin gleich wieder da.«

»Kein Problem«, sagt sie, und ich verlasse den Eingangsbereich des Hostels, stehe wenig später auf dem Gehweg direkt davor und lehne mich mit dem Rücken an eines der großen Fenster.

Meine gesamte Anrufliste besteht aus Franks australischer Handynummer. Die meiste Zeit ist er nicht drangegangen. Und wenn er mal drangegangen ist, war er kurz angebunden. Es wundert mich, dass er sie mir überhaupt geschickt hat. Ich tippe auf einen der Einträge mit dem Titel *Frank Australien*. Dann klingelt es.

Nimm ab, du Arsch. Nimm endlich ab.

Und er nimmt ab. Zumindest höre ich etwas. Einen Atem und Stille.

»Frank?«, frage ich. »Bist du da?«

»Ja«, sagt er, mehr nicht.

Kurz bin ich sprachlos. Ein paar Sekunden schweigen wir uns an, jeder in sein Handy, ich irgendwo in Sydney, er irgendwo anders.

»Was gibt's?«, fragt er schließlich.

Was es gibt?, denke ich.

»Ich bin in deinem Hostel«, sage ich. »Und du bist nicht da.«

Zwei Mädchen gehen an mir vorbei. Sie sind ziemlich angetrunken, eine von ihnen zwinkert mir zu.

»Wie meinst du das, du bist in meinem Hostel?«, fragt er.

»So wie ich es sage«, sage ich. »Ich bin in Sydney.«

»Und ich in Melbourne«, sagt Frank.

Ich merke, wie ich wütend werde. Wie ich anfange, am ganzen

Körper zu schwitzen. Ein dünner Film, der mich abkühlen will, den ich total widerlich finde. Ich spüre ihn auf den Armen und Beinen, im Nacken und in den Kniekehlen. Wenn Frank bei nur einem meiner verfickten dreihundert vorherigen Anrufe drangegangen wäre, hätte ich gewusst, wo ich hinkommen soll. Ich hätte einen Flug nach Melbourne buchen können, es wäre kein Problem gewesen. Aber er ist nicht drangegangen. Kein einziges Mal. Und ich darf nichts sagen, weil ich Frank habe hängen lassen. Ich bin der Arsch dieser Geschichte. Frank schuldet mir nichts.

Also sage ich: »Sag mir einfach, wo du bist, dann komme ich da hin.«

Aber Frank sagt nichts. Er schweigt.

Das Mädchen vom Tresen klopft von innen gegen die Scheibe und schaut mich fragend an.

»Komm schon, Frank«, sage ich. »Wo bist du?«

Ich höre sein Zögern. Die Sekunden ziehen sich hin. Als ich ihn gerade fragen will, was die Scheiße eigentlich soll, sagt er: »Na gut.«

»Na gut, was?«, frage ich.

»Ich schick dir meinen Standort«, sagt er. Es ist seine Stimme, doch er klingt anders. Nicht ganz fremd, aber fast. Wie jemand, der mich nicht wirklich mag. »Wir sind noch bis morgen Mittag hier«, sagt er. »Dann fahren wir weiter.«

»Moment. Soll das heißen, du bist nicht allein?«

»Genau das soll es heißen«, sagt er.

Mein Kopf ist voll mit Sätzen – hundertmal meine Stimme und dazwischen die meines Vaters.

Natürlich ist er nicht allein.

Er hat dich ersetzt.

Du bist ihm egal.

Ich blende die Gedanken aus, aber die Gefühle bleiben da. Allem voran Enttäuschung. Worüber genau, weiß ich nicht.

»Ich nehme den nächsten Flug«, sage ich.

»Okay«, sagt er.

Stille. Ich beende sie mit einem: »Dann bis morgen.«

»Bis morgen«, sagt Frank und dann: »Wir brechen um zwölf auf.« Was er damit eigentlich sagt, ist: *Ich werde nicht auf dich warten.*

»Gut«, sage ich, »ich werde da sein.«

Der nächste Tag, 7 Uhr morgens: Frank

Ich sehe Rosa im Halbdunkel des Wagens liegen, kaum zugedeckt, die Augen geschlossen, das Gesicht vollkommen entspannt. Ich lag die Nacht über neben ihr, die erste Nacht in diesem Camper, die erste Nacht so nah, wach und in Gedanken verloren. Ein Netz aus Sätzen und Gefühlen. Ich bin gereizt und müde. Rosa murmelt etwas im Schlaf, und ich schaue sie an.

David ist in Sydney.

In meiner Welt.

Sein Anruf kam wie eine Tornadowarnung. Wie eine schlechte Nachricht in einem perfekten Moment. Er ist auf dem Weg hierher. Genau jetzt. Er ist vielleicht schon am Flughafen. Oder in einer Maschine nach Melbourne. Noch ist alles normal, noch ist nichts passiert, man merkt nichts, aber man weiß es. *Ich* weiß es. Ich liege in der Ruhe vor dem Sturm. Etwas kommt auf uns zu. Etwas Großes, Unaufhaltsames, jemand, der alles verändern wird.

Die Luft im Wagen ist abgestanden und zu oft geatmet, mein Herz schlägt, als würde ich rennen, obwohl ich mich nicht bewege. Ich liege nur da und sehe Rosa an, die neben mir schläft, ganz nah, aber nicht nah genug, und alles, woran ich denken kann, ist, den Motor anzulassen und so weit wegzufahren wie möglich. Irgendwohin, wo David uns nicht finden kann, wo Rosa und ich zu zweit sind und vielleicht das werden, was wir hätten sein können. Ich möchte die Zeit zurückdrehen und mich anders entscheiden. Davids Anruf ignorieren und sie küssen. Aber ich habe mich nicht so entschieden. Ich war wieder nur ich, so wie immer. Und David ist mein bester Freund, wie ein Bruder, eine Familie, die ich im Gegensatz zu meiner noch lebenden mag. Ich würde ihn nie einfach stehen lassen, auch wenn er das verdient hätte. Ich könnte es nicht. Ich *kann* es nicht. Obwohl ich will.

Noch ist alles friedlich, wie eine glatt gezogene See, nur in mir schlagen die Wellen bereits höher. David wird kommen, und alles wird werden, wie es immer war: er im Zentrum und ich an den Rand gedrängt. Rosa wird über seine Witze lachen, weil sein Humor so viel besser ist als meiner, und ich werde überflüssig neben ihnen stehen und mitansehen müssen, wie Rosa sich jeden Tag ein bisschen mehr in ihn verliebt, und er wird mit ihr spielen, weil David es nie ernst meint, und am Ende wird er der nächste Typ auf Rosas Liste sein, der ihr das Herz gebrochen hat, und sie die Erste auf meiner, und sie wird es nicht mal wissen, weil ich es ihr nicht gesagt habe, so wie ich nie etwas sage, weil schweigen so viel einfacher ist, als sich preiszugeben. Und David wird das alles nicht merken, weil er so ist, wie er ist: im Hier und Jetzt und völlig fixiert auf sich selbst. Ich werde Rosa verlieren, weil David David ist und ich ich und weil sie mir nie gehört hat.

Wir könnten losfahren, sie und ich. Jetzt gleich. Ich könnte sie wecken und ihr alles erklären. Ich könnte den Moment umkehren und das tun, was dieser laute schweigsame Teil in meinem Inneren seit Tagen herausschreien will.

Aber ich tue es nicht. Ich tue gar nichts, schaue nur zu Rosa, die neben mir liegt und schläft, während ich irgendwo ganz tief in mir drin, so tief, dass es meine Oberfläche nicht erreicht, aus Leibeskräften brülle. An diesem Ort raste ich aus, ich schlage um mich, weine vor Wut, eingesperrt in mir selbst, in einem reglosen Körper, der vor Erregung bebt, mit einem Ausdruck im Gesicht, der mich vollkommen vor der Welt verbirgt.

Mich. Und alles, was ich fühle.

Zur selben Zeit: David

Die Schatten unter meinen Augen sind zwischen grau und lila. Ich bin nach dem Telefonat mit Frank direkt zum Flughafen gefahren, es gab keine Nacht im Hostel, kein Gespräch mit dem Tresen-Mädchen, keine Zeit. Ich bin wach geblieben, es war mir lieber so. Jetzt wünschte ich, ich hätte geschlafen. Mein Körper ist auf diese Art müde, die man überall spürt. In den Muskeln, in den Knochen, aber vor allem im Kopf. Jeder Gedanke braucht länger, die Welt ist nicht so scharf wie sonst. Mein Blick fällt auf die Anzeigetafel. In etwas über neunzig Minuten geht mein Flug. Er dauert eine Stunde fünfunddreißig. Bis zu Franks Standort sind es vom Flughafen aus dann noch einmal vierzig Minuten. Wenn alles gut geht und ich gleich ein Taxi finde, bin ich zwischen 11:00 und 11:15 Uhr dort. Es muss alles gut gehen. Es muss.

Mein Handy piept. Eine neue Nachricht. Das ist jetzt Frank, der mir schreibt: *Wir fahren doch jetzt schon los. Mach's gut. Man sieht sich.* Es wäre nicht viel anders als das, was ich getan habe und damit die ultimative Rache. Aber so ist Frank nicht. So bin ich. Er war immer der Bessere von uns beiden. Der Gute. Der Sohn, der meinem Vater vorenthalten wurde. Der Sohn, der ihm und seinen Erwartungen entsprochen hätte. Frank würde sich nie so verhalten. Zumindest der Frank, den ich kenne. Den von gestern kannte ich nicht. Bei diesem Gedanken schlägt mein Herz schneller, und meine Handflächen fangen an zu schwitzen. Ich ziehe mein Handy aus der Hosentasche und schaue aufs Display. Und da steht ERZEUGER, nicht Frank. Die Erleichterung ist so groß, dass klar wird, dass ich mir selbst nicht geglaubt habe. Dass ich insgeheim tatsächlich dachte, Frank würde mir absagen. Aber das hat er nicht. Und dieses Gefühl ist so gut, dass ich es kaum beschreiben kann. Wie ein Platzregen nach Monaten der Trockenheit, wenn eine Wand aus Wasser auf den staubigen Boden trifft und von der Erde aufgesaugt wird.

Frank will mich vielleicht hassen, und er will mir vielleicht schreiben, dass ich zur Hölle fahren soll, aber er tut es nicht, weil ich ihm nicht egal genug bin.

Ich wische meine feuchten Handflächen am Stoff der Badehose ab, die ich noch immer anhabe, und öffne die Nachricht meines Vaters. Es ist mir scheißegal, was er schreibt. Diesen Moment kann er nicht kaputt machen.

> ERZEUGER: Ich habe das Sicherheits-
> system des Hauses überprüft.
> Der Alarm wurde nicht deaktiviert.
> Wo bist du?

Weg, denke ich. *So wie du es wolltest.*

Ich antworte ihm nicht. Es geht ihn nichts an, wo ich bin. Abgesehen davon kann er es über seine Kreditkarte sowieso herausfinden, die bucht sofort ab. Wenn es ihn also wirklich interessiert, wird er nachsehen. Aber schreiben werde ich ihm nicht. Kein Wort.

Ich lehne mich zurück und stelle mir meinen Vater vor, wie er auf seiner Jacht sitzt und auf sein Handy-Display schaut. Auf dieses kleine kursive Wort *gelesen* direkt unter seiner unbeantworteten Nachricht. Es wird ihn nicht lange beschäftigen, weil es nur um mich geht, doch für diesen Augenblick macht es ihn wütend, und das ist mehr Gefühlsregung, als ich sonst von ihm kenne.

Drei.

Derselbe Tag, kurz nach elf: Rosa

Als ich aufgewacht bin, lag anstelle von Frank ein Zettel neben mir. Darauf stand:

Bin spazieren. Wollte dich nicht wecken.

Es war eine Lüge, und die ist zwei Stunden her.

Ich liege auf dem Dach des Campers, und das Blau über mir ist überall. Es ist ein Blau, wie ich es noch nie gesehen habe. Als hätte jemand die Sättigung hochgedreht. Ein Instagram-Himmel, den die Welt mit mir teilt. Ohne eine Wolke. Da ist nur blau – und darunter irgendwo ich auf einer karierten Decke.

Mein Blick verliert sich in der Ferne. Ich höre »Mystery of Love« von Sufjan Stevens und höre nicht wirklich hin. Als würde die Musik in meine Ohren laufen und an den Fragen in meinem Kopf abprallen wie an einem Damm. Ich schaue hoch in das Blau und frage mich, was gestern passiert ist. Zwischen Frank und mir. Ob überhaupt etwas passiert ist. Reicht so ein unspezifischer Anfang, um von einem *Etwas* sprechen zu können? War es ein Kuss? Oder doch nur der Wein in einer anderen Form? Ich denke an den Moment zurück und daran, dass ich plötzlich nur noch Haut war, überall Haut, die berührt werden wollte. Nicht von irgendwem – von ihm. Von Frank. Ich weiß nicht, was das zu bedeuten hat. Vielleicht gar nichts. Und eigentlich will ich nicht darüber nachdenken. Aber ich kann nicht aufhören. Genauso wie man aus einem fahrenden Karussell nicht aussteigen kann.

Warum ist Frank ans Handy gegangen?

Warum genau in dem Moment?
Wollte er es etwa nicht?
Doch, er wollte es.
Er wollte es bestimmt.
Aber warum ist er dann ans Handy gegangen?
Unsere Lippen haben sich berührt, nicht wirklich lang, aber eindeutig. Seine Wärme war wärmer als meine, fast fiebrig. Das gestern war nicht Nichts. Aber es war auch nicht viel. Zu wenig für *Etwas*. Und jetzt geht Frank spazieren – oder mir aus dem Weg.

Ich schließe die Augen, und hinter meinen Lidern ist es schwarz und hell von der Sonne. Frank ist ans Handy gegangen. Er ist ans Handy gegangen, als meine Lippen auf seinen lagen. Mehr muss man eigentlich nicht sagen. Der Rest ergibt sich von selbst. Vor allem, wenn man bedenkt, dass er David die Tage zuvor eisern ignoriert hat. Immer wieder. Und dann plötzlich nicht mehr. In so einer Situation. Dieser Anruf war Franks Notausstieg. Der kleine Hammer, mit dem man eine Fensterscheibe einschlägt, wenn es brennt. Ich frage mich, was wohl passiert wäre, wenn David nicht angerufen hätte. Wenn mehr passiert wäre als nur dieser Anfang. Wenn wir weitergegangen wären. Hätten wir miteinander geschlafen? Und wenn ja, hätten wir es am nächsten Morgen bereut? Oder schon vorher? Direkt danach? Wäre es ein Fehler gewesen?

Ich stelle mir uns beide vor. In diesem schmutzig-weißen Bus, der sich noch fremd und nicht nach uns anfühlt. Stelle mir vor, wie Frank auf mir liegt. Wie wir miteinander schlafen. Es wäre langsam und intensiv gewesen, wenig Bewegung und viel Tiefe. Und wir so nah aneinander, dass nichts mehr zwischen uns gepasst hätte. Vielleicht gibt es ja irgendwo eine alternative Realität, in der ein anderer Frank und eine andere Rosa sich anders entschieden haben. Eine Realität, in der es keinen Anruf und keinen David gibt.

In dem Moment, als ich das denke, spüre ich eine Erschütterung unter mir, ein plötzliches Vibrieren, als würde jemand zu mir aufs Dach klettern. Ich öffne die Augen und erwarte Frank, aber es ist nicht Frank, es ist ein Fremder.

Irgendwie hatte ich mir David anders vorgestellt.

Und gleichzeitig genau so.

Derselbe Moment: David

Sie schaut kurz dem Taxi nach, nimmt die Kopfhörer ab und setzt sich auf, dabei mustert sie mich mit einem Blick zwischen müde und angewidert.

»Bist du das *wir,* mit dem Frank unterwegs ist?«, frage ich.

Ich hoffe nicht. Aber sie nickt. War ja klar.

»Ich bin Rosa«, sagt sie, mit einer Stimme, die nicht zu ihrem Namen passt.

»Rosa?«, frage ich. »So wie die Farbe?«

»Das hast du toll kombiniert«, sagt sie.

Sie hat eine gute Stimme, weich und tief. Der Unterton ist genervt bis herablassend, und sogar das mag ich.

»Ich bin David«, sage ich.

»Ach was«, entgegnet sie.

Ich stehe auf dem Dach, sie sitzt vor mir, was irgendwie komisch ist, also setze ich mich zu ihr auf die Decke. Sie sieht mich an, als hätte ich sie fragen sollen, ob das okay ist, und vielleicht hätte ich das, doch jetzt sitze ich bereits, und abgesehen davon hätte sie auf diese Frage vermutlich mit Nein geantwortet, und ich hätte stehen bleiben müssen, worauf ich keinen Bock hatte.

Wir sitzen einander gegenüber im Schneidersitz. Bei ihr sieht es bequem aus, ich hasse es, so zu sitzen.

»Und?«, sage ich. »Wo ist unser gemeinsamer Freund?«

»Keine Ahnung«, sagt sie mit einem Blick, der fast so dunkel

106

ist wie ihre Stimme. Danach macht sie keine Anstalten weiterzusprechen, sie schaut mich einfach nur an, so als wäre ich ein Moderator und sie zu Gast in einer unglaublich langweiligen Sendung.

»Woher kennt ihr beiden euch?«, frage ich.

»Wird das ein Verhör?«, fragt sie zurück.

»Wenn du freiwillig antwortest, wird es ein Dialog.«

»Ein Dialog also«, sagt Rosa, aber etwas in ihrem Blick lächelt. Widerwillig zwar, aber nicht zu leugnen.

»Komm schon«, sage ich. »Es gibt keinen Grund, so zurückhaltend zu sein. Wenn man es genau nimmt, sind wir zwei so gut wie befreundet.«

»Du verstehst das völlig falsch«, sagt sie ruhig, »ich bin nicht zurückhaltend. Ich bin unfreundlich.«

Das Lachen überfällt mich wie ein unerwarteter Hustenreiz, so als hätte ich mich verschluckt. Es passiert so plötzlich, dass ich davon überrascht werde. Als würde jemand anders lachen und nicht ich.

»Okay«, sage ich irgendwann. »Gibt es dafür einen konkreten Grund oder ist das Teil deines gewinnenden Wesens?«

Rosa zuckt mit den Achseln, ein Träger ihres Oberteils rutscht ihr von der Schulter, der des BHs bleibt, wo er ist. Sie trägt schwarze Hotpants und Chucks, die aus mehr Stoff bestehen als die Hose, die sie anhat. Rosa zeigt viel Haut, aber nicht so, wie die meisten Mädchen das tun. Sie hat nicht mehr an, aber es sagt mehr aus – was vermutlich weniger an ihrer Kleidung, als an ihrer Art liegt. Wie sie schaut, irgendwie gelangweilt und jungenhaft mit geschminkten Augen und langen Wimpern und diesem tiefen Ausschnitt, der eindeutig zeigt, dass sie kein Junge ist und dass sie auch keiner sein will, aber ein Mädchen irgendwie auch nicht – zumindest kein normales, keins von den anderen, was auch immer das bedeuten mag. Rosa schaut mir direkt in die Augen, ohne Umwege, kein bisschen schüchtern. Sie versucht nicht, mir zu gefallen.

Und genau das gefällt mir.

Zurück auf dem Parkplatz: Frank

Ich habe die Hände zu Fäusten geballt, was mir nicht gleich auffällt. Erst als ich die schmerzhaften Male spüre, die meine Fingernägel in meinen Handflächen hinterlassen. Sie und den Schweißfilm auf meiner Haut. Vielleicht kommt er von der Hitze, von dem Spaziergang. Oder doch von diesem Anblick. David sitzt da, wo gestern noch ich saß. Auf meinem Platz. Zu nah an Rosa. Es ist ein seltsames Gefühl, sie und ihn in einem Bild zu sehen. Es ist fremd und falsch. Und es ging zu schnell. Meine Eingeweide sind ein Klumpen aus Wut und noch etwas. Eifersucht. Bis gestern war es nur ein Wort, eine Emotion, die ich der Bedeutung nach kannte, von der ich jedoch nicht wusste, wie sie sich anfühlt. Wie bitter sie schmeckt, wie heiß sie durch den Körper fließt, wie geladen sie einen ausfüllt. Jetzt ist sie ein Teil von mir, so sehr da, dass sie mich überdeckt. Wie ein Gefäß, das man über ein Insekt stülpt, das dann langsam darunter erstickt.

Ich hätte sie küssen sollen. Dann wäre David jetzt irgendwo und nicht hier und ich nicht außen vor, sondern an seiner Stelle. Der Konjunktiv war schon immer meine Zeit. Der richtige Moment und ich haben uns meistens knapp verpasst.

Ich nähere mich dem Camper, und es fühlt sich an, als würde ich zu weit gehen. Als würde ich bei etwas stören, obwohl er stört – zumindest mich. Ich stehe neben ihnen, ich unten, sie oben. Und als hätte mein Blick etwas gesagt, schauen sie beide zu mir runter, jedoch nicht auf mich herab. David sieht mich und grinst. Ich habe es ihm zu leicht gemacht, das weiß ich jetzt. Ich erkenne es an dem Grinsen. Er wusste, dass ich nicht ohne ihn weiterfahren würde, dass er sich verhalten kann, wie er will. Er die Axt und ich der Wald. Und ich lasse es mit mir machen. Aus Dummheit oder Freundschaft, bei mir ist diese Grenze fließend. David erhebt sich und springt in einer geschmeidigen Bewegung vom Dach. Bei ihm sieht so was lässig aus, ich kann es nicht, versuche es nicht mal. Er steht vor mir, einen Viertelkopf kleiner als ich, mit breiteren Schultern und in Badehose. Er riecht nach zu Hause und Sonnencreme. Und ein bisschen nach Reise. Nach trockener Flughafenluft und Klimaanlage. Ich sehe sein Gesicht an wie einen alten Bekannten. Er ist braun geworden, die Haare etwas heller, nur das Blau seiner Augen ist gleich geblieben, dunkel mit einem Schuss grün. Er macht einen Schritt auf mich zu und nimmt mich in die Arme.

Und in derselben Sekunde fällt mir wieder ein, dass ich ihn mag. Und was ich an ihm mag. Dass es viele Dinge sind, Kleinigkeiten, die uns verbinden, Wahrheiten über mich, die nur er kennt, Wahrheiten über ihn, die nur ich kenne. Er war da, als es niemand war. Es gab ihn und mich und irgendwo den Rest der Welt. All das fällt mir ein – in nur einer Umarmung. So wie eine einzige Welle reichen kann, um einen umzuwerfen.

»Es tut gut, dich zu sehen«, sagt David.

Es tut auch gut, ihn zu sehen. Ich sage es nicht, denke es nur. Es tut besser, als ich zugeben will.

Zwei Tage später: Rosa

Frank, David und ich sitzen bei McDonald's und essen Burger. Wir könnten auch in Köln sein oder Hamburg oder München. Alles sieht gleich aus. Die Theke, die Einrichtung, die Bilder an den Wänden. Das Einzige, was verrät, dass wir in Australien sind, ist der McOz – ein Burger mit Roter Bete. Allein bei der Vorstellung wird mir schlecht. Doch die Australier lieben Rote Bete. Rote Bete, Fleisch und Barbecue. David hat mit dem Gedanken gespielt, ihn zu probieren, ich bin bei meiner üblichen Bestellung geblieben. Bei dem, was ich kenne.

Wir sitzen da und essen. Die Stimmung ist nicht im Keller, aber ein Höhenflug sieht anders aus. Wir reden nur wenig, und das wenige, das wir sagen, haben wir zuvor gefiltert. Das Ergebnis ist Langeweile in Wortform, die man sofort wieder vergisst. Sätze, die keinen vor den Kopf stoßen können, weil sie keinen Inhalt mehr haben. Wir stehen zu dritt in einem knöcheltiefen Gespräch, das weder Frank noch David noch mich interessiert.

Auf einer der Mädchentoiletten in meiner alten Schule stand ein Satz, den ich beim Rauchen immer wieder gelesen habe. *Sag, was du zu sagen hast, auch wenn deine Stimme dabei zittert.* Ich mag diesen Satz. Und ich habe immer danach gelebt. Aber das hier ist was anderes. Frank und ich sind nicht länger zu zweit, wir sind einer mehr, und dieses Dreieck bietet sehr viel Raum für Probleme. Bei dreien ist fast immer einer zu viel, und ich befürchte, dass das *zu viel* in unserem Fall nicht David wäre, sondern ich.

Was Frank mit ihm verbindet, sind Jahre, und die wiegen schwerer als die paar Erinnerungen mit mir. Alles, was ich sage, kann mich ins Abseits drängen, und am Ende sind sie eine Gerade und ich ein einzelner Punkt, der sich immer weiter von ihnen entfernt. Ich weiß nicht, ob David das Problem ist oder ob Frank nur eins mit ihm hat. Vielleicht ist es die Kombination aus beidem – oder aus den beiden. Was es auch ist, sie haben eine lange Geschichte, und ich bin nur ein Kapitel, ein kurzer Abschnitt, der jederzeit enden könnte. Wenn ich eins über Jungs-Freundschaften gelernt habe, dann, dass sie ohne viele Worte auskommen. Das ist auch ein Grund, warum sie halten. Zumindest war es bei den Freundschaften meines Bruders so. Es wurde nicht gestritten, sondern lang genug geschwiegen, und irgendwann war genug Zeit vergangen, und alle Beteiligten hatten das Problem vergessen. Ich habe Freundinnen kommen und gehen sehen. Wir haben alles geteilt, manchmal auch zu viel, vor allem Geheimnisse, und dann gab es Streit und viele Tränen und Lästereien, und wir waren vorbei.

Ich hätte einiges zu sagen. Zum Beispiel, dass ich es total zum Kotzen finde, dass Frank mich nicht gefragt hat, ob es für mich okay ist, wenn David mitkommt. Derselbe David, der ihn von einem Tag auf den anderen versetzt hat. Derselbe David, dessen Anrufe er ignoriert hat, weil er sauer auf ihn war. Derselbe David, der in diesem Moment mit uns am Tisch sitzt, als wäre nichts gewesen.

Aber es ist nicht nichts gewesen. Und er ist nicht wie wir. Frank und ich haben beide monatelang gejobbt, um uns das hier leisten zu können, David hat einfach nur die Kreditkartennummer seines Vaters in irgendein Feld getippt. Für ihn war es eine Sache von ein paar Minuten. Und genau so verhält er sich. Von oben herab wie ein verwöhntes Kind. Er ist einer, der denkt, ihm gehört die Welt, weil er sie sich leisten kann. Und jetzt ist er Teil von meiner – was ich nie wollte, was jetzt aber so ist. David wird nicht weggehen, er ist gekommen, um zu bleiben. Und wir haben Platz zu machen, weil er es nicht anders kennt. Weil alles sich um einen wie ihn dreht. Ich hätte kein Problem damit, ihm das alles zu sagen. Genau so. Ins Gesicht. David ist mir scheißegal. Ich glaube sogar, es würde mir gefallen, ihm zu sagen, was ich denke. Aber es geht nicht um ihn. Ich halte mich nicht seinetwegen zurück. Ich tue es für Frank. Weil David ihm nicht egal ist und er mir nicht. Ich wünschte fast, es wäre so. Das würde alles so viel einfacher machen. Dann würde David mir meinen Anteil des Campers auszahlen, und ich wäre raus. Aber ich stecke bereits zu tief drin. Und außerdem will ich nicht raus. Frank würde vielleicht sagen, dass da zwischen ihm und mir nichts ist, aber zwischen mir und ihm ist etwas. Es gab diesen Moment, auch wenn wir nicht darüber reden. Meine Lippen auf seinen Lippen ist passiert. Es war nicht der Wein, es war die Wahrheit.

Vielleicht sollte ich es dabei belassen und diese paar Sekunden als Erinnerung ablegen, die irgendwann so blass ist, dass ich nicht mehr weiß, ob es sie jemals wirklich gegeben hat. Aber das will ich nicht. Ich will, dass es wieder passiert. Ich will es nicht vergessen, sondern wiederholen – genau da weitermachen, wo wir aufgehört haben.

Ich will mehr von Frank. Was genau, weiß ich nicht. Nur mehr. Wenn ich ihn jetzt vor die Wahl stellen würde, *David oder ich*, er würde sich gegen mich und für David entscheiden. Noch.

Eine halbe Stunde später: David

Rosa geht mir auf die Nerven. Sie ist wie eine Strafe dafür, dass ich Frank abgesagt habe. Eine Strafe, die gut aussieht und mich nicht mag. Frank sagt, sie ist klug, ich kann das nicht beurteilen, weil sie nur mit mir spricht, wenn es unbedingt sein muss – und das muss es fast nie. Ich frage mich, ob sie auch so wäre, wenn sie die ganze Geschichte kennen würde, nicht nur Franks Version der Wahrheit, sondern das komplette Bild. Andererseits: Was kümmert es mich? Es geht sie nichts an. Nicht mal Frank kennt alle meine Gründe. Dann mag sie mich eben nicht. Es ist ihr Problem.

Wir verlassen den McDonald's genauso schweigsam, wie wir gekommen sind. Aber wenigstens sind wir satt. Rosa geht voraus, Frank schaut ihr nach und sie auf den Boden. Ich frage mich, ob zwischen den beiden was gelaufen ist. Frank waren Mädchen meistens egal. Er hatte mal was mit einer aus unserer Stufe. Ich hab ihren Namen vergessen. Miriam, Nina, irgendwie so was. Keine Ahnung, ob sie Sex hatten, ich glaube schon. Er hat nicht groß darüber gesprochen, und ich habe nicht danach gefragt.

Doch mit Rosa ist es anders. Er ist anders. Was die Sache unnötig erschwert. Wäre sie ihm nicht wichtig, könnte ich sie irgendwie loswerden, und dann wären es wieder Frank und ich und damit so, wie ich es will. Aber er hat Gefühle für sie, auch wenn er sich größte Mühe gibt, das zu verbergen. Ich kenne ihn besser. Rosa bedeutet ihm etwas. Mehr als etwas.

Nur ein falsches Wort, ein blöder Kommentar, und ich könnte gehen. Das Einzige, was ich nicht kapiere, ist, warum sie nichts sagt. Sie könnte sagen, dass ich verschwinden soll, warum tut sie es nicht einfach? Weil sie davon ausgeht, dass Frank es nicht zulassen würde? Dass er sich auf meine Seite stellt? Vielleicht sogar mit mir geht? Ist es das? Oder weil sie nicht weiß, dass er was von ihr will? Was würde Frank tun, wenn sie ihn vor die Wahl stellen würde? Wäre er insgeheim froh, wenn ich weg bin?

Wir erreichen den Bus, und Frank schließt die Tür auf. Ich will einsteigen, doch Rosa stellt sich mir in den Weg. Sie schaut mich von unten an, nicht unterwürfig, sondern herablassend. Was mich vermutlich sogar beeindrucken würde, wenn es nicht um mich ginge. Sie bietet mir die Stirn, fast einen Kopf kleiner als ich, mit einem Blick, der mir unmissverständlich klarmacht, dass ich geduldet werde und nicht gemocht. Dann sagt sie: »Du schuldest Frank und mir noch deinen Anteil für den Camper.« Ich sehe sie an. »Natürlich nur, wenn du mit uns weiterfahren willst.«

Mit *uns*. Plötzlich sind Frank und sie das Uns. Vor ein paar Wochen waren es noch wir.

»Okay«, sage ich. »Wie hoch ist denn der Anteil?«

»Zweitausend Dollar«, erwidert sie und deutet in Richtung Straße. »Da vorne ist ein Geldautomat.« Ihre Augen sind dunkel und abschätzig, ihre Wimpern werfen lange Schatten auf ihre Wangen. »Ich nehme an, das ist kein Problem, oder? Du hast ja Papas Kreditkarte.«

Ich würde ihr gerne sagen, dass sie mich mal kann, dass sie ein beschissenes Miststück ist, das von nichts eine Ahnung hat, schon gar nicht von mir, aber das wäre wahrscheinlich das Letzte, was ich sage, bevor Frank und sie in den Wagen steigen und gemeinsam in den verfickten Sonnenuntergang fahren. Also reiße ich mich zusammen und gehe in Richtung Straße.

Was Rosa nicht weiß, ist, dass ich mich mit diesen zweitausend Dollar bei ihrer Reise einkaufe wie bei einem Pokerspiel. Wenn sie das Geld erst mal angenommen hat, wird sie mich nicht mehr los. Sondern ich sie.

Unterwegs.

Eine Woche später, früh am Morgen: Frank

Wir sind unterwegs. Endlich. Vor uns liegen fünf Monate. Ich kann es mir nicht vorstellen. Weder die Reise noch die Dinge, die passieren werden. Ich frage mich, ob wir uns unterwegs trennen oder bis zum Schluss zusammenbleiben. Es ist eine Frage, auf die es keine Antwort gibt. Noch nicht.

Der Moment des Aufbruchs lag tagelang in der Luft. Er fühlte sich an wie etwas, das sich weiter entfernte, je näher wir ihm kamen. Als würden wir niemals losfahren, als würde es nie weitergehen, sondern auf dem Parkplatz enden, bevor es beginnen konnte. Vielleicht lag es daran, dass ein Teil von mir nicht wollte, dass wir zu dritt fahren, ich weiß es nicht.

Rosa war zuständig für die Verpflegung, ich für Wasserkanister, Batterien und Gaskartuschen, David widmete sich dem Wagen. Er prüfte den Ölstand und das Kühlwasser, besorgte sogar neue Wischblätter – obwohl die Wahrscheinlichkeit, dass sie je zum Einsatz kommen werden, relativ gering ist.

Wir waren ein gutes Team – insbesondere dann, wenn wir Dinge getrennt voneinander erledigten. Ich muss gestehen, dass ich die Zeit ohne Rosa und David genoss. Die Stille, die so völlig unaufgeladen war. Ein paar friedliche Stunden, in denen nichts Unausgesprochenes lag, in denen niemand so tat, als wäre er gut gelaunt, in denen die Luft rein war, weniger dick, wenngleich genauso warm. Ich fühlte mich nicht zerrissen wie das Scheidungskind zwischen seinen Eltern, ging meinen Dingen nach, konzentrierte mich auf mich. Irgendwann jedoch glitt ich vom Wohlfühlen in die Einsamkeit und ertappte mich dabei, mich auf die beiden zu freuen. Nicht nur auf die eine oder den anderen. Auf beide. Aus unterschiedlichen Gründen.

Zurück auf dem Parkplatz hörte ich aus der Ferne, wie David und Rosa diskutierten. Als ich dann den Bus erreichte, hörten sie unvermittelt auf. Als wäre ich die Stummschaltung auf einer Fernbedienung. Der Grund der Auseinandersetzung waren die Stereoanlage und die Lautsprecherboxen, die David mit der Kreditkarte seines Vaters für den Camper gekauft und bereits eingebaut hatte. Er sagte: *Die alten waren Schrott.* Rosa sagte: *Es war Geldverschwendung.*

Ich sah es wie David. Der Klang der neuen Boxen ist nicht von dieser Welt. Mit geschlossenen Augen ist es beinahe so, als wäre man auf einem Konzert, als wären die Musiker wirklich da, als läge man zwischen ihnen auf irgendeiner Bühne. Ich verbrachte einen Großteil des restlichen Tages mit geschlossenen Augen auf der Vorderbank und hörte Musik. Stundenlang Max Richter. Ich hörte sein Stück »The Twins« auf Endlosschleife, verlor mich in den Klavierklängen, vergaß, wo ich mich befand, war ganz bei mir und im Moment, weit weg vom Dort und allem, was nicht stimmte. Irgendwann bat mich Rosa, etwas anderes anzumachen, etwas weniger Depressives. Dieser Satz hätte auch von David kommen können. Er versteht meine Musik oft auch nicht.

Rosa behauptet nach wie vor, der Unterschied zu vorher wäre nur marginal, nicht nennenswert, doch es ist offensichtlich, dass sie lügt, dass sie es nur sagt, um David zu provozieren – was ihr beinahe jedes Mal gelingt.

Wir fahren die Great Ocean Road entlang, im Hintergrund läuft Rosas Playlist, gerade »San Berdoo Sunburn« von den Eagles of Death Metal. Ich blicke immer wieder zu David hinüber, warte darauf, dass er etwas Herablassendes wegen des Songs sagt, dass er ihn abwertend kommentiert oder genervt seufzt. Die Stimmung zwischen den beiden hat sich über die vergangenen Tage aufgeladen, ist angeschwollen mit jedem Satz, der nicht gesagt wurde, um unseren fragilen Frieden zu wahren. Wie ein Ballon, prall mit Luft, noch ein bisschen mehr und er platzt. Jeder Kommentar könnte die Stecknadel sein.

David bewegt sich nicht, schaut nach draußen, Rosa schweigt und fährt. Ich sitze dazwischen und warte darauf, dass die Stimmung kippt, bin wie winzige Antennen, die jede Schwingung wahrnehmen, ein emotionaler Thermostat, der die Atmosphäre misst. So war es immer. So war *ich* immer. Es ist die Rolle meines Lebens, eine Rolle, die ich hasse und doch ausfülle, weil sie mir liegt. Ich übersetze zwischen Menschen, die nicht miteinander reden, oder aneinander vorbei. David und sein Vater, mein Vater und meine Mutter, meine Mutter und ihr Vater, mein Vater und sein Bruder. Ich dachte lange, ich würde helfen, doch eigentlich mache ich es ihnen nur leichter, rücksichtslos zu sein.

David blickt weiter aus dem Fenster, Rosa fährt weiter die Straße entlang. Irgendwas liegt in der Luft, wie eine Drohung, ein Streit, der sich langsam nähert, alles, was gedacht und nicht gesagt wurde. Ich verdränge die Vorahnung, sehe nach draußen und verfolge den Verlauf der Straße, wie sie sich zwischen Bäumen hindurchwindet, der Himmel über uns ist wolkenlos. Kurz frage ich mich, ob das Grün hier grüner ist – grüner als zu Hause. Oder ob es an dem Blauton liegt, an dem Kontrast, der die eine Farbe von der anderen trennt. Für den Moment vergesse ich die seltsame Stimmung, schaue nur in die Baumkronen, durch die das Sonnenlicht dringt – hell, dunkel, hell, dunkel –, als David plötzlich sagt: »Wieso heißt diese Drecksstraße eigentlich Great Ocean Road, wenn man dann nirgends das Meer sieht?«

Das ist der Funke, denke ich. *Die Vorlage, auf die Rosa gewartet hat.* Ich sehe von ihm zu ihr.

Und sie sagt: »Das wüsste ich auch gern.«
Stille. Sie sind sich einig. Sie sieht es wie er. Und warum freut mich das nicht? Das sollte es doch. Oder? Das ist es, was ich wollte.
Rosa nimmt eine Kurve und der Moment eine Wendung. Und dann ist da das Meer. Es erhebt sich neben uns aus dem Nichts. Ich kann nicht sagen, wo wir sind. Aber plötzlich sind wir da.

Die zwölf Apostel: Rosa

Ich wusste, dass es schön aussehen würde. Aber nicht so. Das Licht ist anders, viel goldener als in meiner Vorstellung, mit ein bisschen Rot, und der Himmel wie eine halbe Kugel, die jemand über uns gestülpt hat. Vorhin war es wolkenlos, jetzt türmen sie sich, stehen fast reglos im Blau wie die Felsen im Wasser. Neben uns rostrote Klippen, durchsetzt von kleinen Büschen. Das Meer glitzert in der Sonne, türkis mit Schaumkronen, und der Strand ist zwischen Sand und Gold. Ich stehe da und betrachte die Linien, die sich auf der steilen Felswand abzeichnen, die Schichten, die der Ozean Stück für Stück abgetragen hat.

Ich kannte Postkarten von diesem Ort, ich kannte Dokumentationen, ich kannte Fotos und Google Maps – aber erst jetzt spüre ich den Wind. Erst jetzt rieche ich die salzig-feuchte Luft, die Frische, die auf die Hitze trifft. Ich bin in meiner Vorstellung schon so oft hier gewesen. Aber erst jetzt bin ich es wirklich. Irgendwo am Rand der Welt.

Frank, David und ich stehen nebeneinander und schweigen, so wie man in einer Kirche schweigt, und das Meer rauscht in der Tiefe, als würde ich mir eine Muschel ans Ohr halten. Frank legt die Arme auf der Holzabsperrung ab und blickt zu den Steinformationen, die wie dort abgesetzt in den Wellen stehen. Als hätte sie jemand hingebaut. Irgendwann wird es sie nicht mehr geben. Irgendwann wird das Wasser sie brechen. Stück für Stück. Zwei gibt es schon nicht mehr. Die anderen haben wir noch gesehen.

Ich schaue zu David hinüber, er blickt in die Ferne, das Herablassende in seinem Gesicht ist verschwunden, das, was übrig ist, ist fast sympathisch. Er passt gut an diesen Ort. Farblich und von der Statur. Als würde er irgendwie hierhergehören. Sand und Stein und Blau und er dazwischen.

Als ich das denke, sieht er in meine Richtung, ich habe den Drang wegzusehen, bin aber zu langsam. Der Blick wird länger, als er sollte. David lässt ihn abbrechen und zieht sein Handy aus der Hosentasche. Dann sagt er:»Ich will ein Foto machen.«

Er sagt nicht *mit euch*, er sagt nicht *von uns*. Jedenfalls nicht mit Worten, dafür mit den Augen. Offen und tiefblau. Ich zögere kurz, Frank dreht sich zu mir und schaut mich an. Sein Blick fragt: *Was denkst du?*

Und ich sage:»Okay.«

Frank stellt sich zwischen uns, wir legen die Arme um ihn und er seine um uns. Meine Hand berührt Davids Rücken, seine meine Rippen. Er streckt den rechten Arm aus, und wir blicken in die Kamera.

Und dann er hält den Moment fest.

Uns drei.

Und die Zwölf Apostel.

Drei Stunden später, London Bridge: David

Es ging mir gut. Jetzt tut es das nicht mehr. Manchmal ist das bei mir so. Das Gute ist ganz plötzlich weg, so wie die Luft eines Autoreifens, wenn er platzt. Oft hat es nicht mal einen Grund. Es passiert einfach. Doch dieses Mal hat es einen. Das Hoch war zu hoch. Es ging mir *zu* gut. Wir standen bei den Zwölf Aposteln, und es hat sich angefühlt, als hätte sich etwas in mir verschoben, wie Kontinentalplatten meines Wesens. Als hätte ich etwas verstanden, was ich vorher nicht verstanden hatte. Es war ein Gefühl, das sich kaum in Worte fassen lässt. Wie Brause auf der Zunge. Oder Sex, kurz bevor man kommt. Man steht nicht mehr auf dem Boden, man schwebt ganz knapp darüber. Ich war high. Vom Moment und vom Leben und den Farben. Und von der Erkenntnis, wie unwichtig ich bin. Manchmal ist es eine Erleichterung, keine Rolle zu spielen. Weil man nichts kaputt machen kann. Man existiert einfach, und das reicht.

Dann sind wir in den Camper gestiegen und weitergefahren, nicht besonders weit, nur bis zum nächsten braunen Schild, das am Straßenrand stehend verraten hat, dass sich hinter den Büschen etwas Sehenswertes verbirgt.

Jetzt sitzen wir hier an der London Bridge, einem Stück Felsen, das aufgrund seiner Form an eine Brücke erinnert, aber isoliert und abgeschnitten dasteht.

Es ist das Gegenteil einer Brücke. Eine Brücke verbindet eine Seite mit einer anderen. Dieser Felsen verbindet nichts. Er wirkt einsam. Das Meer fließt unter ihm hindurch und an ihm vorbei, so wie das Leben an mir. Der Strand in der Tiefe ist leer, die Aussichtsplattform verwaist, nur Frank, Rosa und ich. Eine Kombination, die nicht passt, die wir irgendwie passend machen, weil die Alternative keine ist. Das, was sich eben noch so gut angefühlt hat, finde ich jetzt zum Kotzen. Hier zu sein. Mit zwei Menschen, die mich nicht dabeihaben wollen. Die aus verschiedenen Gründen so tun als ob, es aber nicht so meinen. Bei Rosa ist mir das egal, bei Frank nicht. Sich unwichtig zu fühlen, kann ziemlich schnell umschlagen. Von Leichtigkeit zum Gegenteil. Ich hatte schon oft den Eindruck, nicht zu genügen. In einer Schulnote wäre ich immer befriedigend oder ausreichend, niemals gut oder sehr gut. Mittelmaß. Dieses Gefühl zieht sich wie ein roter Faden durch mein Leben. Es ist präsenter, als mein Vater es je war. Ja, ich weiß, der arme reiche Junge, der laut ist, weil er Aufmerksamkeit braucht. Ich wollte sie nur von einem. Aber der hat nie hingeschaut. Weil alles andere wichtiger war. Was für ein Wichser.

Seltsam, wie fließend die Grenze zwischen Wut und Enttäuschung doch ist. Genauso durchlässig, wie ich mich durchsichtig fühle.

Wenn mich jemand vor ein paar Monaten gefragt hätte, warum ich nach Australien will, wäre meine Antwort gelogen gewesen. Leere Sätze, die glaubwürdig klingen und von jedem hätten kommen können. Ich hätte irgendwas von der Weite geschwafelt, von den Ähnlichkeiten und Unterschieden der Kulturen, von meiner Faszination für die einmalige Tierwelt – was absoluter Bullshit ist. *Meine Faszination für die einmalige Tierwelt.* Ja, klar. Das bin total ich. Ich hätte es gesagt, weil die Leute so was von einem erwarten. Und weil es sich besser anhört als die Wahrheit. Besser als: *Ich will einfach nur weg. So weit weg wie möglich.* Eigentlich sogar noch weiter. Ich wollte eine ganze Welt zwischen mich und meinen Vater bringen. Einen Puffer aus Kontinenten und Ozeanen und Landesgrenzen. Ich dachte, das würde etwas ändern, aber das hat es nicht. Gefühle muss man nicht einpacken, um sie mitzunehmen, das weiß ich jetzt.

Ich schaue zu Frank und Rosa. Es beginnt zu dämmern, und die Luft kühlt langsam ab. Um uns herum ist nichts als Nichts und Meer. Die Holzdielen der Aussichtsplattform sind noch warm, die Sonne geht unter, und wir sitzen nebeneinander, jeder in seiner Welt, körperlich anwesend, aber im Kopf getrennt. Es gibt verschiedene Arten, sich allein zu fühlen. Manche davon sind kein Problem, andere halte ich ganz schlecht aus. Diese hier zum Beispiel. Genau so habe ich mich als Kind gefühlt, wenn meine Eltern mal wieder wochenlang verreist waren und mich bei irgendwelchen Kindermädchen oder Verwandten geparkt hatten. *Du wirst eine richtig schöne Zeit mit XY haben*, hat meine Mutter dann immer gesagt. *Du wirst sehen, David, das wird ganz toll!* Im Nachhinein habe ich mich oft gefragt, wen sie damit wirklich beruhigen wollte, mich oder ihr schlechtes Gewissen.

Rosa schreibt in ihr Buch, Frank hört Musik. Das Meer ist dunkelgrün mit Blau, vorhin fand ich es noch freundlich, jetzt wirkt es bedrohlich. Ich schaue weg und spüre diesen verfickten Druck in den Augen, dumpf und laut wie Kopfschmerzen, die aber keine sind. Als würde etwas an ihnen saugen oder an den Muskelsträngen ziehen. Direkt dahinter wartet die Traurigkeit. Ich habe sie lange nicht mehr so deutlich gespürt. Als würde sie jeden Moment mein Gesicht wie ein Stück Papier zerreißen und jedem zeigen, was ich zu verbergen versuche. Meine Augen wollen weinen, sie sind kurz davor, aber ich lasse sie nicht. Das wär's jetzt noch, dass ich hier sitze und heule wie ein Mädchen.

Meine Eltern sind gestern Vormittag nach Deutschland zurückgeflogen. Das bedeutet, meinen Vater und mich trennen in diesem Moment über 16 000 Kilometer. Eine ganze Welt. Kontinente und Ozeane und Landesgrenzen.

Aber er ist genau so da wie immer.

Und ich bin derselbe Mensch. Nur woanders.

Zu viel.

Acht Stunden später: Rosa

Ich mag Adelaide auf Anhieb. So wie man einen Menschen mag, den man gerade erst getroffen hat und eigentlich noch nicht mögen kann, weil man ihn nicht kennt – und trotzdem mag. David fährt. Ich schaue zu ihm rüber, er konzentriert sich auf den Verkehr, Frank ist irgendwann unterwegs eingeschlafen. Sein Kopf liegt auf meiner Schulter, ich spüre seinen Herzschlag und seinen gleichmäßigen Atem. Seine Nähe ist zu warm, aber ich will ihn nicht wecken, also halte ich still.

Seit wir vor einigen Stunden von der London Bridge losgefahren sind, läuft Davids Musik. Sie ist entweder laut oder leise. Zwischen den Extremen gibt es nicht viel. Ich glaube, er ist genauso. Ich kenne keines der Lieder, höre einfach nur hin und muss zugeben, ich mag seine Musik. Was mich wundert. Ich hätte nicht gedacht, dass Elektro mir gefallen könnte, andererseits habe ich mich nie damit beschäftigt, woher hätte ich es also wissen sollen? Im Moment hören wir »Wilde Rose« von Ferhat Sonsoz. Elektro und orientalisch. Titel und Interpret laufen dunkelblau über die Digitalanzeige der Stereoanlage. Der Song hat etwas Beruhigendes an sich, endlose Wiederholungen, die Melodie ist unaufgeregt und monoton. Die gesamte Fahrt war so.

Ich schaue aus dem offenen Fenster. Das Lied unterstreicht den Augenblick, der Wind in meinem Gesicht ist warm, als hätte der Tag ihn vergessen. Viele Bäume, viel Nachthimmel, die meisten Häuser sind niedrig, nur ein oder zwei Stockwerke hoch, sie erinnern mich an England mit ihren schmiedeeisernen Geländern und Verzierungen. Es ist kurz nach Mitternacht, und überall sind Menschen. Sie sitzen auf den Wiesen, in den Parks, in Cafés und Restaurants, sie essen Eis, sie trinken etwas, manche von ihnen sind unterwegs. Ich frage mich, wohin sie gehen. Was sie noch vorhaben.

Die Ampel schaltet auf Rot, und David hält an. Der Wagen kommt ganz sanft zum Stehen. So sanft, dass ich nichts davon bemerke. Ich mag, wie er fährt. Es ist tatsächlich so angenehm, dass ich einschlafen könnte. Das ist bei mir ungewöhnlich. Normalerweise bin ich ein angespannter Beifahrer, einer, der mitbremst und Anweisungen gibt, einer, der sich in jeder Kurve festhält. Ich hasse Leute, die so sind. Ich hasse es, dass ich so bin, aber es lässt sich nicht abstellen. Die meisten meiner Freunde fahren schlecht, und wenn nicht schlecht, dann unsicher. Deswegen fahre ich selbst, wenn ich kann. Mit David ist es anders. Bei ihm fühle ich mich, als könnte mir nichts passieren. Es ist eine Art von Geborgenheit, die mich an meine Kindheit erinnert. Als ich das denke, schaut er in meine Richtung, und ich schaue weg, wieder nach draußen, zu einem der Hauseingänge an der Straße. Im Halbdunkel sitzen ein junger Mann und eine junge Frau. Sie unterhalten sich. Ihr Körper sagt zu ihm: *Ich bin interessiert, aber ich will nicht verletzt werden.* Seiner sagt zu ihr: *Bitte weis mich nicht ab.* Die beiden sind noch nicht lange ein Paar. Oder sie sind gerade erst dabei, eins zu werden, ganz am Anfang, im Vorspann einer Beziehung. Ihre Blicke sind voll mit allem, was sie denken, die Spannung ist fast greifbar, sie sitzen einander zugewandt, ihre Knie berühren sich, der Rest bleibt auf Abstand.

Die Ampel wird grün. Wir fahren los, und der Moment ist vorbei. Für sie geht er weiter, ich werde nie wissen, was danach geschah, ob es zu dem Kuss kam oder nicht. Unsere Leben haben sich nicht gestreift, da war keine Überschneidung, wir haben nur einen Augenblick ihrer Geschichte geteilt. Etwas, das ich weiß und sie nicht.

David biegt links ab, vor uns Bremslichter, über uns schwarze Bäume und das verstreute Licht von Straßenlaternen. Fetzen von Musik dringen aus den umliegenden Autos in die Nacht. Wir sind ein Teil von etwas, das wir nicht kennen, fließen durch die Straßen der Stadt wie Zellen durch einen Organismus. Ich könnte ewig so durch die Gegend fahren. Ohne zu reden, mit Davids Musik und dieser ruhigen Stille, die uns begleitet. Als würden wir uns mögen. Als wären wir mehr als Fremde, die in einem Auto sitzen.

David fährt auf einen Parkplatz. Er ist groß und dunkel, der hintere Bereich ist leer, perfekt für die Nacht. Ein Ort, an dem wir untergehen können. Ich bin müde und gleichzeitig wach. Es ist dieses Gefühl, das man nach langen Autofahrten hat, wenn man endlich angekommen ist. Der Körper ganz steif gesessen, die Beine kribbelig und schwer. Als ich klein war, war ich dann immer zu aufgeregt, um schlafen zu gehen, und zu müde, um wach zu bleiben. Ein Zustand, der meistens in Tränen endete oder Wut, weil ich nicht wusste, wohin mit mir.

David parkt den Camper unter einem Baum, dann stoppt er den Motor und schaltet die Scheinwerfer aus, die Musik läuft leise weiter. Er öffnet die Fahrertür, macht aber keine Anstalten auszusteigen.

»Was jetzt?«, fragt er leise.

»Ich weiß nicht«, sage ich genauso leise. Frank liegt auf meiner Schulter und schläft. Die Playlist geht zu Ende. Dann ist es still.

»Wir könnten was zu essen machen«, sage ich.

»Du meinst, du und ich?« Er grinst. »*Zusammen?*«

»Vergiss es«, sage ich.

»Nein«, sagt er und steigt aus. »Lass uns was zu essen machen.«

Wenig später: David

Ihr Vorschlag kam überraschend. Aber was hätte ich stattdessen tun sollen? Neben Frank im Auto sitzen und warten, bis er aufwacht? Aus so einem Zustand wacht der nicht auf, dafür kenne ich ihn zu gut. Und Rosa ist besser als nichts. Um ehrlich zu sein, ist sie mir lieber als die meisten Menschen. Was schockierend ist, immerhin will ich sie nicht mögen. Genauso wenig wie sie mich. Wenigstens darin sind wir uns einig. Vielleicht reden wir deswegen nicht miteinander. Vielleicht befürchten wir, dass wir uns tatsächlich etwas zu sagen hätten, wenn wir erst einmal damit anfingen.

Also sagen wir nichts, und ich baue ohne ein Wort den Gaskocher neben dem Camper auf. Die Schiebetür auf der Beifahrerseite ist weit geöffnet, Frank liegt auf der vorderen Sitzbank und schläft. Wir sind leise, um ihn nicht zu wecken, Rosa zündet Kerzen an, sie machen ein intimes Licht und flackern im Wind. Ich will was Blödes sagen, tue es aber nicht. Sie holt Spaghetti, eine Dose geschälte Tomaten und Zwiebeln aus dem Essensfach, ich kümmere mich um den Topf und die Pfanne, setze Wasser auf und suche einen Dosenöffner. Eigentlich ist es viel zu heiß zum Kochen. Aber schlafen gehen geht irgendwie noch nicht, obwohl es fast halb eins ist, und bevor Rosa und ich nur schweigen, machen wir lieber Nudeln.

Es ist vollkommen still, man hört nur, wie das Wasser im Topf sprudelt. Rosa wollte unbedingt diese Alutöpfe, da ließ sie nicht mit sich reden. Ich hätte die billigen genommen – warum unnötig viel für so was Beschissenes wie Töpfe ausgeben? –, aber sie hatte recht.

»Du hattest recht mit den Töpfen«, sage ich. Vielleicht ist es nur ein verzweifelter Versuch, ein Gespräch zu beginnen, irgendwas zu sagen, die Stille zu füllen, aber es ist die Wahrheit. Sie hatte recht.

Rosa schaut mich an. Ich habe sie mit dieser Aussage überrascht. Und nicht nur sie. Es sieht mir nicht ähnlich, Fehler einzugestehen, nur sie zu machen.

Du bist so eine Enttäuschung.

Ich warte auf einen schneidenden Kommentar von ihr, doch es kommt keiner. Sie sieht mich einfach nur an, es ist ein neuer Blick, immer noch skeptisch, aber etwas weniger als sonst.

Dann sagt sie:»Und du hattest recht mit den Lautsprechern.«

Waffenstillstand. Interessant. Vielleicht auch nur vorübergehend. Nach ihrer Antwort schweigen wir wieder. Aber es ist ein anderes Schweigen. Eins, mit dem ich umgehen kann, nicht feindlich, sondern beschäftigt. Rosa schmeckt die Soße ab, ich hole die Boombox aus dem Wagen und mache Musik an – eine von ihren Playlists, die wir bisher noch nicht gehört haben, um mein Friedensangebot auf die Spitze zu treiben.

So vergehen ein paar Minuten. Als die Nudeln fertig sind, seihe ich sie über einem Gully ab. Der Wasserdampf steigt heiß in mein Gesicht. Rosa verteilt die Spaghetti auf Plastiktellern, dann die Soße. Frank schläft weiter, wir heben ihm eine Portion auf. Er wird sie morgen früh kalt essen. Frank steht auf kalte Nudeln. Ich frage mich, ob Rosa das weiß. Ich weiß viel mehr über ihn. Sie holt den geriebenen Käse und zwei Dosen Cola aus dem Kühlfach, ich reiche ihr Besteck. Dann essen wir.

Per Definition ist es ein Candle-Light-Dinner. Ja, es ist nur ein Parkplatz, und wir sitzen auf dem Asphalt, und das Geschirr ist aus Plastik, aber es flackern Kerzen im Wind, und wir essen. Ich habe noch nie mit einem Mädchen bei Kerzenschein gegessen. Und Rosa wäre vermutlich die Letzte auf meiner Liste gewesen, die ich mir dafür ausgesucht hätte. Doch es gefällt mir, mit ihr hier zu sitzen und kein Wort zu sagen. Nur wir und Musik, mehr nicht. Ein ehrlicher Moment, das Gegenteil von der Zeit auf der Jacht. Der Song, den wir hören, ist gut. »*Little Red Rooster*« – *Rolling Stones* steht auf dem Display. Ich bin kurz davor, Rosa zu mögen. Wegen der Soße, wegen dem Song, weil sie nicht reden muss. Wir essen weiter, und das Lied endet. Ein anderes beginnt. Ich kenne es nicht, aber es passt zur Stimmung.

Als ich nach der Tüte mit dem geriebenen Käse greife, fällt mein Blick auf Rosa. Sie sitzt reglos da und starrt in die Dunkelheit, die Gabel in der Hand, den Teller auf dem Schoß. Als hätte sie jemand angeschossen. Ihr Blick ist eine Mischung aus leer und enttäuscht. Etwas ist passiert. Ich weiß nicht was. Würden wir uns mögen, würde ich sie fragen, was los ist. Weil ganz offensichtlich etwas los ist. Etwas, das mit dem Song angefangen hat und seitdem weitergeht. Aber wir kennen uns nicht, Rosa und ich. Ich kenne nur diesen Ausdruck in ihren Augen, will plötzlich meine Hand ausstrecken und auf ihre Schulter legen – eine Geste, die mir nicht ähnlich sieht. Ich bin kein netter Kerl. Aber irgendwas an der Art, wie sie schaut, geht mir nahe. Das Verletzliche in ihrem Gesicht, das man nur erkennt, wenn man weiß, wie es sich anfühlt. Wie schwer Leere sein kann.

Ich lege die Gabel weg und stelle meinen Teller zur Seite. Rosa reagiert nicht darauf. Ich berühre nun doch ihre Schulter, Rosa schaut in meine Richtung, als wäre ihr wieder eingefallen, wo sie ist und dass ich auch da bin, nur einen Blick lang, dann schließt sie die Augen. Und der Song ist zu Ende.

Rosa

Die Tränen bleiben hinter meinen Lidern. Und in der Dunkelheit meiner Gedanken sehe ich meinen Vater. Sein Gesicht sieht aus wie damals, jetzt ist es bestimmt älter. Er hat dieses Lied geliebt. Manchmal glaube ich, ich höre seine Musik, um mich an ihn zu erinnern. Ich höre sie, damit ich ihm nah sein kann. Damit wir etwas gemeinsam haben. Mehr als die paar Chromosomen, die er zu mir beigetragen hat. Ich weiß nicht, ob ich seine Musik höre, weil ich sie mag, oder ob ich sie mag, weil es seine Musik ist. Ich glaube, es ist ein bisschen von beidem.

Ich habe diese Playlist erstellt, weil ich ein Stück von ihm mitnehmen wollte, aber ich weiß nicht, ob ich je wirklich vorhatte, sie anzuhören. Wohl eher nicht. Und wenn doch, dann allein.

Mein Vater hat diesen Song oft gehört und wir mit ihm. Seine Lieblingslieder erzählen Geschichten aus meiner Kindheit, die außer mir niemand hören kann. Sie sind versteckt zwischen den Zeilen. Wie wir getanzt haben, wie wir zum Eisessen gefahren sind, wie er gelacht hat.

Mein Vater hat das beste Lachen, das man haben kann. Wenn ich an ihn denke, denke ich daran. Es gab nichts Schlechtes an diesem Lachen. Die Tränen hinter meinen Lidern stauen sich. Sie drücken gegen meine Augäpfel. Ich will sie nicht weinen, aber ich werde sie weinen. Ein paar mehr, es macht keinen Unterschied.

Das Lied ist vorbei, aber das Gefühl ist geblieben. Ich spüre, wie mein Hals enger wird, sehe sein Lachen, das mich immer glücklich gemacht hat, und jetzt plötzlich traurig, weil ich es nicht mehr kenne, nicht mehr höre, weil es weg ist aus meinem Leben und besser so.

Ein anderes Lied beginnt, so wie das Leben einfach weitergeht, und ich öffne die Augen. Die Dunkelheit ist verschwommen, ich sitze da und weine. Kein Schluchzen, nur ein paar Tränen. David sieht mich an. Es ist ein Blick, den ich ihm nicht zugetraut hätte. Ein Blick, der mich so gut versteht, dass ich nicht weiß, was ich sagen soll. Dass ich nichts sagen muss. Als hätte ich es bereits gesagt, als wüsste er Bescheid.

Er steht auf, steht hinter mir, geht in die Hocke. Plötzlich liegen seine Arme um mich, er hält mich fest, und ich lasse ihn, vergrabe mein Gesicht an seiner Schulter, sein Hemd saugt meine Tränen auf. *Es wird später Flecken haben*, denke ich. *Wimperntusche geht schwer raus.* Doch dann ist es mir egal. Mir ist alles egal. Ich spüre seine Brust an meinem Rücken, seine Arme um meine Arme, seine Hand an meiner Wange, er streicht mir übers Gesicht, beruhigend und langsam, wie einem Kind. Ich weiß nicht, ob ich jemals so gehalten wurde. So fest und genau richtig. Körperlich und seelisch, als wären er und ich dieselbe Person – und ich bei ihm richtig.

So bleiben wir eine Weile. Ein oder zwei Lieder lang. Bis ich irgendwann nicht mehr weine und der Moment der Erinnerung vorüber ist. Wie ein Unwetter, das sich entladen hat und dann weiterzieht.

Irgendwann lässt er mich los und setzt sich wieder neben mich. Ohne seinen Körper an meinem ist es plötzlich kalt.

David schaut mich an und sagt nichts.

Und ich schaue ihn an und sage:»Danke.«

Meine Stimme klingt anders als sonst.

»Keine Ursache«, sagt er. Er fragt nicht nach den Gründen, er fragt gar nichts.

Das muss er auch nicht.

Er hat jedes Wort verstanden, das ich nicht gesagt habe.

Ein paar Minuten zuvor: Frank

Er hält sie fest. Es ist mehr als Arme um einen anderen Menschen, es ist ein Mensch um einen anderen Mensch, er um sie gewickelt. Ich sehe sie an, sie zusammen, ihn so nah an ihr. Das Gefühl ist größer als ich, ein Gefühl voller Hitze, die in mir aufsteigt, in die Brust und dann zu Kopf. Ich wünschte, es wäre nicht echt. Bloß ein Albtraum, eine Angst geformt zu Bildern, die mein Verstand mir vorspielt, will aufwachen, doch ich bin wach, wacher als je zuvor. Es roch nach Essen, ich glaube, das weckte mich. Der Geruch oder der Hunger. Ich wollte aussteigen. Es war dunkel, nur ein Flackern von draußen, ein Licht wie von Kerzen, rot und orange. Und in diesem Licht dann Rosa in seinen Armen. Ich wusste, dass es passieren würde, er und sie, aber nicht so schnell, nicht bei der ersten Möglichkeit, die sich ihnen bietet, nicht während ich nur ein paar Meter daneben liege und schlafe. Ich dachte, sie können sich nicht ausstehen, doch dann denke ich an den Moment während der Fahrt, daran, dass sie sich einig waren. Jetzt überrascht es mich nicht mehr, jetzt ergibt es Sinn. Mir bricht der Schweiß aus, das Blut rauscht in meinen Ohren wie starker Regen, mein Atem geht stoßweise, zu schnell und zu wütend. David hatte immer alles, aber alles hat ihm nie gereicht, es musste noch mehr sein. Ich versuche, klar zu denken, doch die Gedanken sind nicht klar, sie sind wirr und verletzt. Vielleicht gibt es einen Grund für diese Umarmung, einen anderen als den in meinem Kopf. Vielleicht sind die

Kerzen das falsche Licht, vielleicht machen sie aus dem Moment mehr, als er ist. Doch dafür dauert er zu lang. Mehrere Minuten. Und welchen Grund könnte David sonst haben, so hinter ihr zu hocken, sie so festzuhalten, ihr so übers Gesicht zu streichen?

Ich sitze im Dunkeln und schaue zu ihnen hinaus, wie eingefroren, weil ich mich sonst vergessen würde, ausrasten, David von ihr wegreißen, ihn schlagen. Ich hatte noch nie das Bedürfnis, jemanden zu schlagen, es ist fast so stark wie ich. Wie ein Armdrücken zwischen ebenbürtigen Gegnern.

Dann endlich lässt er sie los, ich kann sofort besser atmen. Er setzt sich neben sie, nach wie vor zu nah, aber wenigstens weiter weg. Er sagt nichts, sie sagt etwas, sie sehen einander an. Es ist ein tiefer Blick, zu tief. Ich schaue zu, bin aber kein Teil davon, ihre Gedanken stehen ihm offen, mir nicht. Dieser Blick ist fast noch schlimmer als seine Arme um sie. Es ist mehr Nähe als David an ihrem Körper. Er ist in ihrem Kopf. Das ist *meine* Ebene. Unsere Ebene, die von Rosa und mir. Ich spüre jeden Herzschlag dumpf und fest hinter meinen Rippen, verstehe zum ersten Mal, weshalb es Herzschlag heißt, spüre Schmerzen von innen.

Dann schaut David in meine Richtung. Gehört haben kann er mich nicht, ich saß still da, gab keinen Laut von mir.

»Frank«, sagt er, irgendwie überrascht und irgendwie nicht. »Was machst du denn noch im Bus? Komm raus. Wir haben dir was zu essen aufgehoben.«

Frank

David scheint gut gelaunt. Er kann das, ganz gleich was war. Rosas Augen glänzen feucht, sie sind gerötet. Die Stärke, die sie sonst ausstrahlt, ist einer Schwäche gewichen, die sich wie zwei Hände um meinen Hals legt und langsam zudrückt. Zerbrechlich, verletzt.

»Was ist mit dir?«, frage ich, doch Rosa antwortet nicht, weicht erst der Frage, dann meinem Blick aus.

An seiner Stelle hätte ich sie auch umarmt, genauso fest, vielleicht noch länger. War es das? Zwei Menschen, einer, der weint, und einer, der ihn umarmt. Aber warum weinte sie? Und warum war ich nicht da, um sie zu trösten?

Ich sehe zu David hinüber, doch der hebt nur die Hände und schüttelt den Kopf. Es ist eine Geste, die sagt: *Ich habe keine Ahnung, was mit ihr los ist.* Doch ich weiß nicht, ob ich ihm das glaube, denn etwas in seinem Blick passt nicht zum Rest. Wie eine kleine Lüge in zu fröhlichen Augen.

Ich schaue zurück zu Rosa.

»Hat es etwas mit uns zu tun?«, frage ich. »Mit David oder mir?«

Sie schüttelt den Kopf.

»Womit dann?« Mein Ton ist vorsichtig und doch drängend; ich wollte nicht so klingen.

Sie antwortet nicht.

»Rosa?«, sage ich.

Sie schaut in ihren Schoß, auf ihre Hände hinab. An ihrem linken Daumennagel ist noch ein kleiner Rest des Nagellacks. An jenem Abend war David noch nicht da. Es waren nur wir zwei, sie und ich, ihr Kopf auf meiner Schulter. Da wollte ich wissen, was sie denkt, und auch jetzt will ich es wissen, möchte sie fragen, *Warum hast du geweint? Was ist los mit dir?*, möchte sie umarmen, doch ich tue es nicht, nichts davon, sitze nur vor ihr in der Hocke und warte darauf, dass sie mich ansieht, so wie eben noch ihn. Es geht nicht um mich, das ist mir klar, wenigstens meinem Verstand. Der Enge in mir nicht, sie will ihr näher sein als er.

Ich lege meine Hand auf Rosas Knie, sie schaut auf, ein offener Blick, ein geschlossener Mund.

»Was ist passiert?«, sage ich, wieder drängend.

Sie sagt nichts. Und ich zu deutlich und mit zu viel Druck: »Rosa.«

»Das reicht«, sagt David. »Lass sie in Ruhe.«

Ich schaue von ihr zu ihm.

»Was hast du gesagt?«, frage ich. Ich sage es seltsam bedrohlich, es klingt nach meiner Stimme, aber nicht nach mir.

»Dass du sie in Ruhe lassen sollst«, erwidert er, als ginge es um ihn, als ginge es ihn was an. Kurze feste Schläge in meinem Brustkorb, abgefangen von meinen Rippen, keine Gedanken mehr, nur noch Wut. Weil er recht hat, weil er sich einmischt, weil es ihn nichts angeht, weil er sie umarmt, als dürfte er das – und er durfte, immerhin ließ sie es zu –, weil er sich zwischen uns drängt, weil er da ist und es nicht sein sollte. Erst sagt er ab, dann taucht er auf, ganz wie er will.

»Ich weiß, dass es mich nichts angeht«, sagt David. »aber ...«

»Genau so ist es«, unterbreche ich ihn, »es geht dich nichts an.«

Die nächsten Sekunden sind wie ein Zischen in der Luft.

Dann sagt er: »Dich auch nicht.«

»Fick dich«, sage ich, ich spucke es ihm entgegen, nicht laut, aber deutlich, stehe unvermittelt auf, und Rosa mit mir. Sie hält mich am Arm fest, mit beiden Händen. Ich sehe sie an, sehe den Puls in meinen Augen und die Traurigkeit in ihren, daneben etwas Beschwörendes, wie eine Warnung, auf die ich nicht höre. David hat recht, es geht mich nichts an. *Sie* geht mich nichts an.

»Ich soll mich also ficken, ja?«, sagt er, sein Gesicht zu nah an meinem, er ist aufgestanden, ich habe es nicht mitbekommen. »Und warum noch mal genau? Weil ich sie umarmt habe?«

Rosa schüttelt den Kopf, stellt sich zwischen uns. »Ich glaube nicht, dass es darum geht«, sagt sie, ihr Tonfall beschwichtigend.

»Ich glaube, dass es nur darum geht«, sagt David.

Ich stehe da und sage nichts, weil ich nichts sagen kann, ohne mich zu verraten, ohne zu gestehen, was ich empfinde.

»Das ist es, richtig?«, sagt David dann. »Das ist dein Problem.«

»Ich habe kein Problem«, entgegne ich.

»Bullshit«, sagt er.

Ich baue mich vor ihm auf, als wollte ich ihn schlagen, als wäre ich der Typ dafür, als wüsste ich überhaupt, wie das geht.

»Denkst du, ich will was von ihr?«, fragt er und nickt mit dem Kinn in Rosas Richtung. »Das denkst du doch, oder?« Ich sage nichts. »Dass ich scharf auf sie bin. Dass ich versuchen werde, sie flachzulegen, weil ich alle Frauen flachlege.« Noch eine Pause. »Das denkst du. Oder?«

»Ja«, sage ich. Mehr nicht. Nur ja.

Sein Blick ist wütend und direkt, ein Blick, den ich gut von ihm kenne, doch normalerweise gilt er nicht mir, immer nur anderen.

»Warum hast du nicht einfach gesagt, dass du mit ihr allein weiterfahren willst?«, fragt er nach einer Weile. »Du hättest es sagen können. Hast du aber nicht. Warum?«

Er redet, als wäre Rosa gar nicht da, als stünde sie nicht zwischen uns.

»Ich habe dich nicht gebeten zu kommen«, sage ich.

»Ich wollte es wiedergutmachen«, sagt er.

»Was? Dass du mich hast hängen lassen? Ein paar Tage vor der Abreise?«

Er schaut kurz weg, nur den Bruchteil einer Sekunde, dann sagt er: »Du weißt, warum.«

»Es ist scheißegal, warum«, erwidere ich. »Ich hätte das nie mit dir gemacht.«

David sieht mich an.

»Ich weiß«, sagt er.

»Du bist ein Arschloch«, sage ich.

Er nickt. »Ich weiß.«

Dann ist es still. Als hätten wir alles gesagt oder wenigstens genug für den Moment. Wir stehen in flackerndem Kerzenlicht, es riecht nach Essen, Rosas Augen sind nicht mehr ganz so rot, und ich bin nicht mehr ganz so wütend. Sie hält mich noch immer mit einer Hand am Arm fest, als es ihr auffällt, lässt sie los.

»Hast du Hunger?«, fragt David.

Ich schaue in den Topf.

»Die Nudeln sind echt gut.«

Eine Stunde später: David

Komischer Abend. Ziemlich abgefuckter Abend eigentlich. Aber irgendwie besser als dieses beschissene So-tun-als-Ob. Irgendwie ehrlicher. Und nein, ich wollte nicht wissen, was er denkt. Andererseits wusste ich es die ganze Zeit. Man kann jemanden nicht so etwas wie seinen Bruder nennen und es dann nicht wissen. *Du bist ein Arschloch.* Er hat recht. Ich bin ein Arschloch. Nicht immer und ausschließlich, aber immer mal wieder und vermutlich zu oft. Und zu den falschen Menschen. Früher war ich viel schlimmer, kein Vergleich zu jetzt. Den David von damals hat er nie kennengelernt. Ich will nicht an ihn denken.

Frank und ich spülen ab, ohne die Musik wäre es drückend, die verdammte Hitze und die Stille, aber so ist es okay. Rosa verstaut den Gaskocher, sie hat während des restlichen Essens nichts gesagt, kein Wort. Ich werde irgendwie nicht wirklich schlau aus ihr. Will sie was von Frank? Mal wirkt es so, dann wieder nicht. Keine Ahnung. Aber ich hab generell nicht viel Ahnung von Mädchen, ich schlafe nur mit ihnen, wir flirten und haben Spaß zusammen, aber was in ihnen vorgeht, geht in ihnen vor und mich nichts an. Um ehrlich zu sein, interessiert es mich auch nicht. Es ist mir meistens zu viel Drama. Außerdem denken Mädchen zu viel, sie denken so lange nach, bis jeder Gedanke zersetzt ist.

Das gilt nicht nur für Mädchen, Frank ist da genauso. Er denkt sich bis in die Unfähigkeit, weil es immer Gründe dafür und dagegen gibt, und wenn sie sich die Waage halten, halten sie dich an Ort und Stelle, pinnen dich zu Boden.

Ich glaube, es gibt etwas zwischen unüberlegt handeln und gar nicht handeln – nicht, dass ich das immer hinbekommen hätte, ganz im Gegenteil, allerdings trotzdem öfter als Frank. Ich schaue zu ihm rüber, sehe dabei zu, wie er den letzten Teller abtrocknet, er macht es so gewissenhaft, wie er alles tut, kein Wassertropfen bleibt übrig. Einer wie Frank küsst ein Mädchen nicht einfach. Er denkt an alle Konsequenzen, denkt nicht von A nach B, nicht mal von A nach C, sondern von A nach X. So lange warten Momente aber nicht. Sie sind kurz da und dann wieder weg. Wie Ideen. Wie Menschen. Frank ist nicht nur vernünftig, er ist die Vernunft. Und ich glaube, er hasst es.

»Was ist?«, fragt er gereizt.

»Nichts«, sage ich und wende mich ab.

Es ist kurz nach zwei und wir noch keine zwanzig, und Rosa putzt schon Zähne. Wir könnten uns ins Nachtleben stürzen und in irgendeinen Club gehen. Und was machen wir? Wir gehen schlafen. Wir sind wirklich eine Party-Crew. Aber vielleicht haben die beiden auch einfach eine andere Vorstellung von Spaß? Wenig reden, viel lesen und früh ins Bett gehen. Wenn sie das Bett dann wenigstens nicht nur zum Schlafen nutzen würden, würde ich es ja noch verstehen. Aber so? Jeder hat seine Seite und alles seine Ordnung. Wie nach vierzig Jahren Ehe.

Ich hole meinen Schlafsack aus dem hinteren Bereich des Busses. Frank und Rosa haben das Bett, ich das Dach. Ich könnte auch im Zelt schlafen, aber ich hab echt keinen Bock drauf, es jede Nacht aufzustellen und morgens wieder abzubauen. Und die vordere Sitzbank ist eindeutig zu kurz. Ich müsste mich zusammenklappen wie ein Messer. In der ersten Nacht hab ich es versucht, danach nicht mehr. Rosa ist die kleinste, eigentlich müsste sie vorne schlafen, aber sie weigert sich. Sie sagt, das vorne sei kein Bett. Womit sie recht hat. Das Dach allerdings auch nicht, und ich schlafe trotzdem dort. Wenn auch nur kurz. Ausschlafen ist bei der Hitze nämlich nicht drin. Oft ist schon einschlafen ein Problem. Deshalb schlafe ich nur in Boxershorts und liege *auf* dem Schlafsack – was nachts scheißegal ist, aber morgens meistens unangenehm endet, wenn irgendeine Frau mittleren Alters mit ihren Wocheneinkäufen neben dem Camper steht und mich angafft. Ich stehe da nicht besonders drauf. Abgesehen davon ist es viel zu hell. Und Rosas Angebot, mir ihre Flugzeug-Schlafbrille zu überlassen, habe ich ausgeschlagen. So weit kommt es noch.

Ich habe vorgeschlagen, dass wir uns mit dem oben Schlafen abwechseln. Aber das will Frank natürlich nicht. Ich kann mir vorstellen, warum. Rosa und ich in einem Bett. Franks Albtraum. Ich schaue in ihre Richtung. Sie steht neben dem Gully, in den ich vorhin das Nudelwasser geschüttet habe, hält sich das Haar aus dem Gesicht und spuckt den Zahnpastaschaum aus. Sie trägt ihre Schlafshorts und ein dünnes Top. Den BH hat sie schon ausgezogen, man sieht ihre Brustwarzen durch den Stoff, selbst im schwachen Licht. Sie zeichnen sich ab, und Rosa schaut mich an. Ich bemühe mich zu lächeln.

Dann sagt sie: »Schlaf du heute im Bus.« Pause. »Ich schlafe auf dem Dach. Oder ich baue das Zelt auf.«

Ich sehe, wie Frank erstarrt, aber er sagt nichts, vielleicht, weil er zu überrascht ist.

Ich mustere sie. »Ist schon okay«, sage ich. »Es stört mich nicht.« Was nicht stimmt, aber was soll's.

»Nein, es ist nicht okay«, entgegnet Rosa. »Es ist auch dein Camper. Wir sollten uns abwechseln.«

Frank kommt näher, er sagt: »Ich will nicht, dass du auf dem Dach schläfst.«

»Warum nicht?«, fragt sie.

Ich bin gespannt auf seine Antwort.

Er sagt: »David könnte sich verteidigen, wenn irgendwas ist, ich vielleicht auch noch.«

»Ach, und ich nicht?«, fragt Rosa.

»Könntest du?«, frage ich.

Sie zuckt mit den Schultern.

»Dann kannst du es nicht.«

Rosa macht ein abschätziges Geräusch. »Was soll schon passieren?«, fragt sie.

»Ich will nicht, dass du auf dem Dach schläfst«, sagt Frank noch einmal.

»Ich auch nicht«, sage ich, keine Ahnung warum, aber es stimmt.

»Wow, ihr seid euch einig«, sagt sie, schaut von ihm zu mir und wieder zurück. »Dann wärst jetzt eigentlich du dran, Frank. David hat die ganze Zeit oben geschlafen, und ihr wollt nicht, dass ich oben schlafe, bleibst also nur du«, sagt Rosa. Frank öffnet den Mund und schließt ihn wieder. »Oder aber wir schlafen zu dritt im Bus.«

»Zu dritt ist zu eng«, sagt Frank.

»Ich brauche nicht viel Platz«, sagt Rosa. »Aber ich schlafe ganz sicher nicht in der Mitte.«

Ich muss fast lachen, die Vorstellung von ihr zwischen uns ist absurd. Frank schaut mich an, als würde er mich am liebsten umbringen und auf diesem Parkplatz verrotten lassen. Ich hätte nicht gedacht, dass er so besitzergreifend sein kann. Früher haben wir alles geteilt, doch bei Rosa hört das Teilen wohl auf.

»Dann schlafe ich eben in der Mitte«, sagt Frank.

»Wie aufopferungsvoll«, sage ich.

»Halt die Klappe«, sagt Rosa. Und dann zu Frank, der gerade Luft holt, um etwas zu erwidern: »Dasselbe gilt für dich.«

Er wirkt vor den Kopf gestoßen, ich finde es irgendwie

amüsant. Nicht, dass er sich vor den Kopf gestoßen fühlt, sondern die gesamte Situation. Wie Rosa dasteht in ihrem halb durchsichtigen Top mit zerzausten Haaren und diesem ernsten Blick, viel kleiner als wir, und Frank und ich wie zwei Schuljungen, die Ärger bekommen, weil sie etwas angestellt haben.

»Ist euch eigentlich klar, dass ihr mich nie gefragt habt, was ich von der ganzen Sache halte?«, fragt Rosa. »Ob ich damit einverstanden bin, dass David sich uns anschließt?«

Jetzt finde ich es nicht mehr so amüsant.

»Ihr habt mich nicht gefragt, kein einziges Mal«, sagt sie, »es hat euch überhaupt nicht interessiert.« Sie schaut zu Frank und Frank zu Boden. »Wenigstens du hättest mich fragen müssen, immerhin waren wir zusammen unterwegs.«

Rosa wartet auf eine Antwort, aber Frank gibt ihr keine. Ein paar Blätter rascheln im viel zu warmen Wind, weit entfernt das Hupen eines Autos.

»Ich weiß nicht, was genau zwischen euch vorgefallen ist«, sagt Rosa dann, »und es ist mir auch egal. Aber ihr seid nicht allein hier. Ich bin auch noch da.«

Natürlich bist du das, du bist des Pudels Kern, denke ich, sage es aber nicht.

Frank schaut hoch. Es ist ein Blick, den ich nicht von ihm kenne. Entschuldigend und unterwürfig. Ihn so zu sehen, ist irgendwie ergreifend und irgendwie lächerlich.

»Diese Reise ist nicht so, wie ich sie mir vorgestellt habe«, sagt Rosa und blickt in meine Richtung. »Im Gegensatz zu dir habe ich monatelang geschuftet, um mir das hier leisten zu können. *Mir* bedeutet das etwas.«

»Ach, und mir nicht?«, sage ich.

»Ich weiß es nicht«, sagt sie, »tut es das?«

Mein Blick fällt auf die Zahnbürste in ihrer Hand, dann nicke ich.

»Wenn es nicht besser wird und wenn wir keine Lösung finden, die für uns alle passt, dann reise ich alleine weiter. Ihr zahlt mir meinen Anteil aus, und ich bin weg.«

Frank schüttelt den Kopf. »Ich will nicht, dass du gehst«, sagt er.

Ich sehe sie an. Und da wird mir klar, dass auch ich nicht will, dass sie geht. Dass ich nicht nur kurz davor bin, sie zu mögen, sondern dass ich sie längst mag.

Eine Stunde später: Frank

Die erste Nacht zu dritt ist heiß und eng, aber ich genieße die Nähe zu Rosa, uns trennen nur ein paar Zentimeter, manchmal auch gar keine. Und wenn einer von uns sich bewegt, dann berührt plötzlich ihr Arm meinen oder mein Fuß ihren. Ich weiß nicht, ob sie schläft, doch ich weiß, dass David wach ist. Als könnte ich ihn nachdenken hören, direkt neben mir, als wäre sein Denken zu laut. Mein Handrücken spürt die Wärme von Rosas Handrücken, und ich bin weit davon entfernt einzuschlafen.

»Bist du wach?«, fragt David im Flüsterton.

»Ja«, flüstere ich zurück.

Kurz ist es still, dann sagt er: »Es tut mir leid.«

Ich atme ein, warte einen Moment, frage: »Was tut dir leid?«

»Das alles. Dass ich dich hab hängen lassen.« Pause. »Und vielleicht auch, dass ich hergekommen bin.«

Ich sage nichts, ich wüsste nicht was.

»Wäre es dir lieber, ich würde gehen?«, fragt David flüsternd. »Wärst du lieber allein mit ihr?«

Mein Herz schlägt schneller, ich habe keine Antwort darauf, hoffe, dass Rosa wirklich schläft, hoffe, dass sie ihn nicht gehört hat. Doch sie liegt reglos da, atmet gleichmäßig. Meine Nähe hält sie nicht wach, nur ihre mich.

»Ich weiß es nicht«, sage ich. »Manchmal.«

Ein paar Sekunden schweigen wir, ich frage mich, ob es das war, ob er jetzt schlafen wird und ich als Einziger wach bleibe, der

Gedanke erfüllt mich mit Unbehagen. Ich schaue an eine schwarze Decke, warte darauf, dass David noch etwas sagt, überlege, was ich sagen könnte.

»Wollen wir noch ein Bier trinken?«, fragt er.

Ich trinke nicht, denke ich.

»Es ist nur ein Bier«, sagt David, als hätte er meine innere Stimme gehört.

»In Ordnung«, sage ich. »Ein Bier.«

David und ich sitzen nebeneinander auf dem Asphalt, genau da, wo wir zuvor zu dritt gegessen haben. Der Boden ist warm, gibt fast nach, ist noch weich von der Hitze des Tages, selbst so viele Stunden später. Die Situation ist wie eine Wiederholung, nur anders, wie eine Erinnerung an die vielen Male, die wir schon irgendwo zusammen saßen. In Davids Zimmer, mit Blick auf den Pool in seinem Garten, immer nur daneben, niemals darin; am See auf dem Steg liegend, den Blick in den Himmel gerichtet; auf der Autobahnbrücke, auf deren Geländer David immer balanciert hat und ich bewunderte, dass er vor nichts Angst zu haben schien.

Es geht ein leichter Wind, die Luft ist angenehm, die Stimmung zwischen uns nicht ganz freundlich, aber friedlich. Ein Teil der Stadt ist eingeschlafen, ein anderer ist noch wach. Es ist beinahe vier Uhr morgens, die Nacht mattes Schwarz, die Kegel der Laternen liegen kreisrund auf dem Parkplatz. David und ich sitzen im Halbdunkel ohne Licht mit unserem Bier. Ich trinke einen Schluck. Es schmeckt mir nicht, ist kalt und bitter, aber erfrischend. Es löscht den Durst fast besser als Wasser.

»Frank«, sagt David.

»Hm«, mache ich.

»Ich hab eine Idee.« Er hat immer Ideen. Die meisten sind gut. Ein paar der besten Erinnerungen begannen mit diesem Satz.

»Was für eine?«, frage ich.

»Wir fahren nach Sydney zurück«, sagt er. »Du, Rosa und ich.«
Ich schaue ihn an, sein Gesicht ist ein Schatten mit zwei dunklen Flecken. »Das ist eine Scheißidee«, sage ich.
»Nein, ist es nicht«, entgegnet er.
»Die sinnvollste Route von hier aus ist in Richtung Outback.«
»Das ist richtig«, sagt David. »Aber das sind über viertausend Kilometer. 4307, um genau zu sein.«
»Und weiter?«
»Denkst du nicht, bei so einer Distanz sollte man sich mögen? Ich meine, nicht nur irgendwie ertragen, sondern mögen.« Er hat einen Punkt. »Auf dieser Strecke trifft man so gut wie keine anderen Menschen, es gibt kaum Städte, kaum Sehenswürdigkeiten und die Reiseziele liegen teilweise achthundert Kilometer auseinander.« David nimmt einen Schluck Bier. »Man ist verdammt viel auf der Straße, auf engstem Raum und außenrum ist nichts.«
Ich weiß, dass er mich ansieht, auch wenn ich seine Augen nicht erkenne. »Sag mir, wenn ich mich täusche, aber ich glaube, so weit sind wir nicht.« Pause. »Vielleicht werden wir es nie sein.«
Ich frage nicht, was er damit meint, stelle mir stattdessen uns drei vor, vollkommen allein, abgeschnitten vom Rest der Welt, nur Sand und wir und ein paar Sterne. Rosa und ich kennen uns ein bisschen, David und sie fangen gerade erst damit an. Ich will mir nicht ausmalen, wie es ist, wenn sie sich mögen. Und ich will es mir nicht ausmalen, wie es ist, wenn sie es nicht tun.
David wartet auf eine Antwort, irgendwann sage ich: »Du hast recht. Aber Sydney ist auch keine Lösung.«
»Es ist ein Anfang«, sagt er.
»Ein Anfang«, wiederhole ich.
»Ja. So eine Art Reset.«
Ich reagiere nicht, nippe nur an dem Bier, das langsam warm wird. Er wartet, dann fragt er: »Wäre es dir lieber, wenn ich abreise?«

»Ich sagte doch bereits, dass ich es nicht weiß«, sage ich.

»Das ist nicht gut genug, Frank.«

Ich schaue zu David und sehe so gut wie nichts, nur, wie direkt er mich ansieht.

»Ich werde das die kommenden Monate auf keinen Fall mitmachen«, sagt er. »Entweder sagst du mir, dass ich gehen soll, und dann tue ich das, oder du willst, dass ich bleibe. Aber diese passiv-aggressive Scheiße kotzt mich langsam an.«

»Die kotzt dich also an, ja?«, sage ich.

»Ja«, sagt er. »Ich habe einen Fehler gemacht, und ich habe mich entschuldigt.«

»Ach so, und das macht alles gut«, sage ich.

»Nein«, sagt er, »aber das, was du machst, tut das auch nicht.«

»Ich habe nichts wiedergutzumachen«, sage ich.

»Ja, ich weiß, du bist unfehlbar«, erwidert er. »Du bist der, der alles richtig macht.«

»Nicht alles«, sage ich.

Ich höre David seufzen, irgendwann erwidert er: »Wenn ich's versaut habe, dann hab ich's versaut, aber dann sag es.«

Er schaut weg, irgendwo in die Ferne.

»Du hast mich enttäuscht«, sage ich nach einer Weile.

Er wendet sich mir wieder zu, nicht nur das Gesicht, den gesamten Oberkörper. Es ist ein langer Moment, ein Moment, der mir seltsam nahegeht. Als wäre Davids Schweigen das Lauteste, was er sagen kann. Er schluckt in die Dunkelheit, räuspert sich, sagt: »Und das tut mir leid.«

Ich weiß, dass es stimmt. Das wusste ich immer. Das macht es nicht richtig, es macht ihn nur menschlich.

Abgesehen davon bin ich mir nicht mal sicher, ob ich noch sauer auf ihn bin. Wenn es so ist, dann nicht deswegen, es sind andere Gründe: Dass er mich überflüssig macht, dass ich neben ihm zur Leerstelle werde, dass Rosa begreifen wird, dass er der

Bessere von uns beiden ist. Locker und offen, einer, der andere für sich einnimmt. Wenn er einen Raum betritt, dann ist er der Raum, das Licht, zu dem es alle zieht. Und ich sein langer Schatten, der mit der Dunkelheit verschmilzt. Er hat Erfahrung mit Mädchen, im Bett, wie er sie berühren muss, was sie mögen, wie er sie zum Lachen bringt. Ich weiß nichts von alldem. Das, was ich weiß, ist zu wenig. Ich wüsste nicht, was zu tun ist. Ich könnte ihn fragen, aber ich kann es nicht, die Worte wollen sich nicht zu Sätzen formen.

David trinkt sein Bier aus, meins ist längst lauwarm, irgendwann sage ich: »Und du stehst wirklich nicht auf Rosa?«

Ich weiß, dass er mich mustert, ich muss den Blick nicht sehen, dann schüttelt der den Kopf.

»Weder auf die Farbe noch auf das Mädchen«, sagt er.

»Es lief also nichts zwischen euch.«

»Ich habe sie umarmt«, sagt er. »Das war alles.«

»Ja, das habe ich mitbekommen«, murmle ich. Es ist ein aggressives Murmeln. Bis eben war mir nicht bewusst, dass man aggressiv murmeln kann.

»Wenn du wissen willst, ob ich es wieder tun würde«, sagt David, »Ja, das würde ich. Sie hat geweint, und ich habe sie getröstet.«

»Wie ritterlich von dir.« Die Spitze in meiner Stimme ist unüberhörbar und peinlich.

David macht ein passendes Geräusch, etwas zwischen verzweifelt und amüsiert. »Es war eine Umarmung, Frank. Kein Quickie auf irgendeinem Klo.«

»Wäre es ein Quickie gewesen, hätte ich dich umgebracht.«

Mein Satz steht da, als wären wir plötzlich zu dritt. David weiß, dass ich es nicht so meine und dass ich es genauso meine. Dass er für mich gestorben wäre. Dass es davon kein Zurück gäbe.

»Da war nichts«, sagt er.

Ich weiß nicht, ob das stimmt, irgendwas war da, irgendwas habe ich gesehen. Den Anfang eines Funkens, ein Gefühl der Vertrautheit, eine Intimität, die über Körperlichkeit hinausgeht, etwas, das nicht hätte da sein sollen.

Er legt seine Hand auf meine Schulter. »Lass uns nach Sydney fahren«, sagt er. »Ich will was von der Stadt sehen, und abends gehe ich weg, ihr beide wärt mehr allein.« Pause. »Und wenn du merkst, dass es ohne mich besser ist, dann fahrt ihr zu zweit weiter, und ich fliege nach Deutschland zurück. Wegen mir sage ich sogar, dass ich zurück will, damit du nicht blöd dastehst.« Noch eine Pause. »Aber wenn du merkst, dass es mit mir besser ist, dann nimmst du meine Entschuldigung an, und wir reden nicht mehr über das, was war. Deal?«

Ich denke einen Moment darüber nach, dann nicke ich.

»Deal.«

Zurück auf Anfang.

Zwei Tage später, Sydney,
1 Uhr morgens: Rosa

Rein objektiv betrachtet war es absolut hirnrissig, von Adelaide aus mit der Ostküste zu beginnen. Viel sinnvoller wäre es gewesen, nach Port Augusta weiterzufahren und dann Richtung Outback. Das war auch erst der Plan. Über Coober Pedy nach Alice Springs und dann über Mount Isa nach Cairns in Richtung Cape Tribulation. Ein bisschen dort sein und dann die Ostküste runter. Eine kluge Route. Aber wir haben uns anders entschieden. Seit knapp sechs Stunden sind wir wieder in Sydney.

David wollte weggehen, ich weiß nicht, was ich wollte, und Frank wollte nicht. Letztlich sind wir hier gelandet, in irgendeinem Club mitten in der Stadt. Ich bin ziemlich fertig von der Fahrt, die Musik ist zu laut, und wir haben David verloren. Er hat gesagt: *Ich geh kurz aufs Klo*, das ist fünfundzwanzig Minuten her.

Wir haben einen Treffpunkt, er weiß, wo der Camper steht, wir könnten einfach abhauen, so haben wir es ausgemacht. Jeder geht, wann er will. Vielleicht sollten wir das.

Frank lehnt neben mir, seine Gefühlslage irgendwo zwischen müde und lustlos. »Willst du noch lang bleiben?«, fragt er über den Lärm hinweg.

Ich schüttle den Kopf. »Was ist mit David?«

»Der kommt irgendwann nach.«

Ich wäre gern jemand, der bei so etwas Spaß hat. Jemand, der die Augen schließt und stundenlang tanzt. So lange, bis die Sonne aufgeht. Die Luft ist warm, über mir der Nachthimmel mitten in der Stadt. Ich weiß nicht, wie der Club heißt. David hat es zwei Mal gesagt, und ich habe es zwei Mal vergessen. Ich mag die Musik, ich kenne sogar den Song, der gerade läuft, »Bam Bam« von Sister Nancy. Die Stimmung ist gut. Aber irgendwas fehlt. Ich weiß nicht, was es ist, nur, dass es so ist.

Frank und ich warten weitere fünf Minuten, dann verlassen wir den Club. Es kommt mir falsch und gleichzeitig richtig vor. Wie fast bei allem in meinem Leben. Bei mir gibt es keine eindeutigen Antworten. Nicht nur nicht eindeutig, meistens sogar widersprüchlich. Ich bin gern allein und dann wieder nicht, weil ich irgendwann einsam werde. Ich will, dass Menschen da sind, aber wenn sie dann da sind, will ich mit den meisten von ihnen nichts zu tun haben. Ich hätte gern mehr Freunde, aber es fällt mir schwer, mich zu öffnen, und Oberflächlichkeit finde ich ekelhaft, also habe ich kaum welche.

Frank und ich gehen eine ruhige Seitenstraße hinunter. Kein Auto, kein Passant, nur wir. Es ist wie ein Déjà-vu, wir zu zweit in unserer Stille, irgendwo in Sydney. Kurz frage ich mich, was David wohl macht und ob wir doch auf ihn hätten warten sollen. Aber dafür ist es zu spät, wir sind gegangen. Vermutlich besser so.

Es ist seltsam, wieder hier zu sein. Da, wo wir angefangen haben – alle drei, jeder für sich, jeder allein. Irgendwie sind wir es geblieben. Allein, meine ich. Obwohl wir zu dritt sind. Aber in den letzten Tagen hat sich etwas verändert. Wir waren besser zusammen – vor allem die Jungs. Als hätten sie von einer Nacht auf die andere heimlich Frieden geschlossen.

Vielleicht hat es mich deshalb so erstaunt, als David gestern beim Frühstück plötzlich meinte: *Was haltet ihr davon, wenn wir uns zwei Wochen geben, um herauszufinden, ob wir zusammen weiterreisen wollen. Wenn nicht, trennen wir uns.* Ich hatte nicht damit gerechnet. Ich glaube, ich mochte den Vorschlag auch nicht. Trotzdem habe ich zugestimmt. Das ist der Grund für die Ostküste.

Sollten wir uns trennen, ist es hier sehr viel einfacher, den Camper loszuwerden oder sich allein durchzuschlagen. Man findet leichter Anschluss, es gibt mehr Unterkünfte und mehr Möglichkeiten – und für David besonders wichtig: internationale Flugverbindungen. Ich habe mitbekommen, dass sein Vater drei Mal angerufen hat, und dass er drei Mal nicht drangegangen ist. Bei Frank hätte mich diese Reaktion nicht gewundert, er ist einer, der Konfrontationen ausweicht, bei David überrascht es mich. Ich hätte gedacht, er wäre jemand, der laut streitet, der flucht, einer, der alle Register zieht, um das letzte Wort zu haben. Manchmal glaube ich, er ist ganz anders, als ich denke. Als er mich getröstet hat, war er anders, auf der Fahrt war er anders. Eigentlich ist er es oft.

Ich frage mich, wie diese zwei Wochen enden werden. Ich allein und sie zu zweit? Frank und ich? Wir zu dritt?

»Worüber denkst du nach?«, fragt Frank.

»Über die nächsten zwei Wochen«, sage ich. »Du?«

»Ja«, sagt er. »Ich auch.«

Der Gedanke daran, ohne die beiden unterwegs zu sein, gefällt mir nicht. Andererseits gibt es genug Situationen, in denen mir die Aussicht darauf, mit ihnen unterwegs zu sein, genauso wenig gefällt. So wie es war, war es nicht okay, und so, wie es ist, ist es komisch. Aber es heißt schließlich, alles *wird* gut, *wird*, Zukunft. Vielleicht stimmt das ja. Irgendwann werden wir zurückschauen auf diesen Anfang, und dann werden wir das Ende kennen und alles dazwischen – aber noch nicht. Noch sind wir unterwegs. Vor ein paar Stunden irgendwo im Landesinneren, alles war flach und rostrot, ein paar Bäume mit weißer Rinde, ab und zu eine Kleinstadt, die meisten davon trostlos, blauer Himmel und Wolken, die reglos am Horizont standen. Und jetzt sind wir hier, zwischen Hochhäusern, die wie Lichtschwerter in die Nacht ragen, Frank und ich und David woanders. Vor ein paar Wochen waren wir noch Fremde. Und noch ein paar Wochen davor war ich noch zu Hause. Damals wusste ich noch nicht, dass ich in dieses Flugzeug steigen würde, so wie ich jetzt nicht weiß, wie es von hier aus weitergehen wird.

»Denkst du, dass man jemals weiß, was kommt?«, frage ich unvermittelt. Frank sieht mich an. »Oder redet man es sich nur ein?«

»In Bezug auf was?«, fragt er zurück.

»Egal was. Alles«, sage ich.

Er atmet tief ein, dann wieder aus. »Ich glaube, man redet es sich ein«, sagt er nach einer Weile. »Im Grunde wissen wir gar nichts.«

Frank legt den Arm um mich, und wir gehen weiter. Das hat er noch nie getan, und ich mag, dass er es tut. Ich habe auch manchmal darüber nachgedacht. *Nur* darüber nachgedacht. Wir nähern uns dem Camper, er steht dunkel und unschuldig im Schatten eines Baums. Frank nimmt seinen Arm weg und schließt auf, David hat den anderen Schlüssel. Als er die Schiebetür öffnet, geht ein kleines Licht an, es leuchtet in die Nacht.

Ich hatte oft keine Ahnung, was ich will, und ich wusste nie, was kommt. Meistens hatte ich Angst davor, vor diesem *nicht Wissen*. Davor, dass ich nichts in der Hand habe außer meinen Entscheidungen, Entscheidungen, die ich unmöglich treffen kann, weil ich mich sonst gegen so viele andere Dinge entscheiden muss.

Ich denke an mich zurück, an mich auf dem Bett, das Notizbuch auf dem Schoß, den Kopf voller Gedanken. Ich denke an die sieben Gründe zu gehen und die sieben Gründe zu bleiben. Aus dem Jetzt betrachtet, wirkt das verdammt weit weg.

Einige Monate zuvor: Rosa

7 Gründe zu gehen:

1. Ich weiß nicht, was ich hier tue
2. Die Zukunft ist schon da, und ich bin noch nicht fertig
3. Ich war noch nie wirklich allein
4. Meine Familie
5. Simon
6. Simon
7. Mona Chopsis

7 Gründe zu bleiben:

1. Simon
2. Simon
3. Meine Familie
4. Ich war noch nie wirklich allein
5. Ausziehen und studieren
6. Meine Angst
7. Meine Angst

Ich schaue auf das offene Buch in meinem Schoß. Das mit den Notizbüchern hat vor ein paar Jahren angefangen und hatte keinen besonderen Grund. Das ist gelogen. Es hat angefangen, als mein Vater ausgezogen ist, aber es hatte nichts mit ihm zu tun, genauso wenig, wie er mit mir zu tun haben wollte. Der erste Satz, den ich damals in das erste Buch geschrieben habe, lautete: *Wo ist meine Schublade?* Ich war damals zwölf, und ich habe noch immer keine Antwort darauf. Isi hat irgendwann gesagt, wir passen nicht in Schubladen. Und jetzt ist sie in Berlin. Vor ein paar Wochen saßen wir noch nebeneinander im Englischkurs. Ich wusste, dass es so kommen wird, ich wusste, dass sie geht, aber ich habe es mir irgendwie anders vorgestellt. Die Lücke, die sie hinterlassen hat, ist größer als sie. Ein leerer Abgrund. Wir wollten uns viel schreiben und schreiben uns wenig, eigentlich so gut wie gar nicht. Vielleicht, weil wir nie wirklich Freundinnen waren, uns hat hauptsächlich verbunden, dass wir die meisten Leute uninteressant fanden. Es geht also eigentlich nicht um Isi. Es geht um etwas anderes.

Darum, dass ich keine Ahnung habe, was ich tun soll. Meine Zukunft war immer weit genug weg, etwas, das man vergessen konnte. Und dann war sie da und ich völlig unvorbereitet. Wie auf einen unangekündigten Test, von dem alle wussten, nur ich nicht. Ich hatte nie die Zügel. Bisher hat immer jemand anders mein Leben geplant. Meine Eltern – nach der Trennung dann nur noch meine Mutter –, meine Lehrer, das Kultusministerium. Alles kam von außen: Wann ich eine Pause mache, wann ich aufs Klo gehen darf, wann es etwas zu essen gibt. Ich habe das gelernt, was ich lernen sollte, auswendig, und dann habe ich es ausgekotzt und das meiste davon gleich wieder vergessen. Das System hat mir entsprochen, mein Notendurchschnitt lag bei 1,5. Und auf einmal soll ich tun, was ich will. Aber ich weiß nicht, was ich will. Das hat mir keiner beigebracht. Verantwortung zu übernehmen und Entscheidungen zu treffen, gehört nicht zur Allgemeinbildung. Ich habe fürs Leben gelernt und trotzdem keine Ahnung davon.

Überall schreiben sie Warnungen drauf, auf meinen Zigarettenschachteln sind schwarze Lungen und Überreste von Beinen abgedruckt, aber niemand hat mich vor dem *Danach* gewarnt. Vor dem hier. Vor diesem Gefühl. Sie sagen, die ganze Welt steht mir offen. Aber die ganze Welt ist ganz schön groß. Und ich bin noch nicht mal zwanzig und schon zynisch.

Früher habe ich mit meinem Bruder geredet, wenn ich nicht weiterwusste. Aber Julian ist vor ein paar Monaten ausgezogen. Und außerdem ist er nicht wie ich. Er hätte so getan, als würde er verstehen, was ich meine, aber er hätte es nicht verstanden, weil er immer wusste, was er will. Medizin studieren. Mein großer Bruder hatte Ziele und ich schöne Haare. Julian meinte mal, dass er deswegen so ehrgeizig ist, weil er nicht so gut aussieht wie ich. *Wenn alles schiefgeht, kannst du immer noch einen reichen Mann heiraten*, hat er gesagt. *Ich kann das nicht.*

Was mich zum nächsten Punkt auf meiner Liste bringt: Simon. Vielleicht ist er nicht reich, vielleicht nicht mal ein Mann, aber trotzdem. Ich hätte nicht gedacht, dass ich mich so in ihn verlieben würde. Am Anfang war es noch unkompliziert und schön. Am Ende dann nicht mehr. In meinen letzten drei Notizbüchern ging es fast ausschließlich um ihn. Buch Eins: Er und ich (wie alles begann). Buch Zwei: Er (ist meine Welt). Buch Drei: Ich ohne ihn (eine unendliche Geschichte).

Eigentlich ist es seltsam, dass ich Tagebuch führe. So regelmäßig, jeden Tag. Früher klang das so rosa und nach kleinem Schloss. Aber ich brauchte jemanden zum Reden. Und weil ich nicht gut bin im Reden, habe ich angefangen zu schreiben. Ich kann jemandem problemlos ins Gesicht sagen, dass er sich ins Knie ficken soll, aber ich kann nicht zeigen, wie es mir geht, nicht wirklich – sprechen ja, mich öffnen nein. Als wäre die Verbindung zwischen meinen Gefühlen und meiner Zunge unterbrochen.

Manchmal glaube ich, mein Vater hat sie durchtrennt, als er gegangen ist. Ein sauberer Schnitt zwischen sich und uns, zwischen ihm und mir. Ich schreibe und zeichne auf leere Seiten. Es ist ein bisschen so, als wären meine Stifte Zauberstäbe, und alles, was mich beschäftigt, fließt erst durch mich und dann durch sie und endet schließlich auf dem Papier. Eine letzte Ruhestätte für alles, das ich nicht sagen kann. Ich stelle mir dann vor, dass die dünnen Linien der Zeilenmarkierung zu Gitterstäben werden, die alles auf den Seiten festhalten. Ein Käfig für meine Gedanken. Leider wachsen sie nach. Mein Gehirn ist der perfekte Nährboden für das, worüber ich nicht nachdenken will. Und mein Leben ist der Dünger.

In letzter Zeit bin ich nicht wirklich traurig, ich fühle mich nur leer. Als wäre ein Großteil von meinem Ich ausgelaufen. Das Problem mit der Leere ist, dass sie sich nicht einfangen lässt. Ich kann sie weder beschreiben noch zeichnen. Weil ich zu tief in ihr drinsitze, ganz unten am Grund. Ich bin am Boden und Simon auf einer Party. Ich denke an ihn, während er mich langsam vergisst und dazu ein Bier trinkt. Ich hoffe, er erstickt an seinem Scheißbier.

Vor ein paar Wochen habe ich mein Abiturzeugnis bekommen. Ich bin frei und seitdem hauptsächlich in meinem Zimmer. In einem Zimmer, das von Tag zu Tag kleiner wird, und trotzdem verlasse ich es nicht. Nur, wenn ich arbeiten gehe. Danach komme ich wieder zurück, und es ist alles wie vorher.

Ich weiß nicht, worauf ich warte. Vielleicht auf Simon. Oder eine Eingebung. Auf irgendein Zeichen, etwas, das mir sagt, was ich tun soll. Aber es kommt nicht. Weil nichts kommt, wenn man auf etwas wartet.

Ich muss damit aufhören. Nur, dass ich leider nicht weiß, wie das geht.

Zurück in Sydney, 3:36 Uhr: David

Ihr Lippenstift ist verschmiert. Vorher war er rot, jetzt ist er eine rosa Wolke um ihren Mund. Ich glaube, der Rest ist in meinem. Die Farbe schmeckt künstlich und cremig wie ein zu süßer Joghurt. Ein bisschen Lippenstift ist an ihrem Hals und an meinen Fingern. Ich denke an Bienen, die Pollen verteilen. Von ihren Lippen auf meine, von meinen auf ihren Hals. Sie dreht sich im Kreis, ihr Lachen wird von der Musik geschluckt, ihre Augen leuchten, als sie meine finden. Im Moment bedeutet sie mir etwas, morgen nicht mehr. In ein paar Stunden ist sie mir egal. Vielleicht schon vorher. Vielleicht schon jetzt.

Als wir zwanzig Minuten später den Club verlassen, fragt sie, ob ich mit zu ihr komme. Ich hab ihren Namen vergessen. Wie sollte es auch anders sein. Vicky, glaube ich, ich weiß es nicht mehr. Sie studiert Kunstgeschichte und ist zwei Jahre älter als ich – das habe ich mir gemerkt.

Sie will mir ihre Nummer geben, ich reiche ihr mein Handy. Wenn ich Glück habe, speichert sie ihren Namen mit ein. Dann tut sie, was ich vermeiden wollte: Sie ruft sich von meinem Handy aus an. Jetzt hat sie auch meine Nummer. Ganz toll.

»Do you wanna come to my place?«

Ich stecke mein Handy ein. Es wundert mich, dass sie noch mal fragt. Das erste Mal habe ich nicht reagiert. Ich war mir sicher, das war's.

Sie sieht mich von unten an. Es ist ein Frauen-Blick, groß mit langen Wimpern. Ich glaube, Typen können nicht so schauen. Vielleicht schauen sie auch einfach nur mich nicht so an, keine Ahnung.

»How far away is it?«, frage ich. Ich habe echt keinen Bock, hundert Jahre zu laufen.

»Only a couple of minutes. Maybe five.«

Es ist ein Flüstern, ein Hauchen. Dann tue ich, was ich immer tue, wenn ich mir nicht sicher bin. Ich stelle mir vor, wie wir vögeln. Wenn ich einen Ständer bekomme, sage ich Ja, sonst komme ich mit irgendeiner Lüge. Lügen kann ich in egal welchem Zustand.

Vicky, oder wie auch immer sie heißt, lächelt mich an, in meiner Vorstellung sitzt sie auf mir drauf, und ich werde hart.

»Okay, let's go«, sage ich, dann gehen wir.

Ihre Wohnung besteht aus einem Zimmer und das Zimmer praktisch nur aus ihrem Bett. Sie ist nackt, und ich bin nackt, knie auf der weichen Matratze, rolle das Kondom ab, sie spreizt die Beine, wie eine Flügeltür, die sich für mich öffnet. Ich taste mich vor, wir sind Körper an Körper.

Ich stehe auf den Moment kurz davor. Er ist wie Strom, alles ist in Erwartungshaltung. Ich spüre, wie ich langsam in ihr versinke, spüre ihren Atem und dann, wie sie ihn anhält.

Und in genau der Sekunde denke ich an Rosa.

Später am Morgen, 9:46 Uhr, Frank:

Ich lasse die Augen geschlossen, denn wenn ich sie öffne, ist es vielleicht nicht wahr, und sie liegt nicht auf meiner Schulter, mein Arm nicht um ihren Körper, meine Hand nicht auf ihrer Hüfte. Dann spüre ich nicht wirklich ihren Atem an meinem Hals und vereinzelte Haarsträhnen an meinem Kinn. Dann träume ich das alles. Falls es so ist, will ich nicht aufwachen. Falls es echt ist, will ich nachsehen. Sonnenlicht dringt durch meine Lider, es fällt durch die Frontscheibe zu uns nach hinten, goldgelb und warm. Ich rieche Rosas Shampoo und ihre Haut, zwinge mich schließlich, die Augen zu öffnen. Sie liegt auf meiner Schulter, mein Arm um ihren Körper, meine Hand auf ihrer Hüfte. Sie schläft bei mir. Wäre dieser Moment Musik, klänge er wie »Carousel #3« von Federico Albanese. So fühlt er sich an, der Augenblick. So ruhig und endlos und wunderbar. Unaufgeregt und voller Spannung.

Ich mache meine Augen zu und lasse mich wieder einschlafen, atme mit Rosa, die nichts von meinen Gedanken ahnt, die woanders ist und doch in meinen Armen. Ich spüre das Lächeln in meinem Gesicht und überall sonst. Vielleicht ist das der Anfang von allem, was ich je wollte. Der Anfang von Rosa und mir. Dem ersten Uns meines Lebens. Ich fühle ihren Herzschlag dumpf und ruhig an meinen Rippen, meiner geht schneller, so als würde er vorausgehen. Ich küsse sie sanft auf die Stirn. Sie wacht nicht auf.

Und irgendwann schlafe ich wieder ein und wir für zwei Stunden weiter.

Zwei Stunden später: Rosa

Ich wache auf mit diesem Gefühl, das man nach einem guten Traum hat. So, als wäre der ganze Körper ein Lächeln. Ich liege auf Franks Schulter. Wie ich dort hingekommen bin, kann ich nicht sagen, wer von uns beiden den Anfang gemacht hat, auch nicht. Was ich aber sagen kann, ist, dass ich mich wohlfühle, hier in dieser Höhle zwischen seinem Arm und seinem Oberkörper, in dem warmen Geruch seiner Haut.

»Guten Morgen«, sagt er und klingt verschlafen.

»Guten Morgen«, sage ich und klinge genauso.

Kratzige, müde Stimmen, die erst wieder glatt werden müssen. Ich stütze mich auf dem Ellenbogen ab, unsere Gesichter sind sich nah. Es ist ein seltsamer Moment, neu und irgendwie schamhaft, als wäre ich nackt, als hätten wir die Nacht miteinander verbracht, was wir in gewisser Weise haben, aber eben nicht so. Ich weiß nicht, wie ich mich verhalten soll, oder was genau es zu bedeuten hat, ich auf seiner Schulter. Es gab schon viele Nächte, auch viele nebeneinander, doch keine davon endete so.

»Wollen wir Kaffee machen und irgendwo was zum Essen holen?«, fragt er.

Ich stelle mir uns beide beim Frühstücken vor und nicke.

Erst da fällt mir auf, dass David nicht da ist. Seit Adelaide haben wir immer zu dritt hier hinten geschlafen. Heute Nacht nicht.

Frank setzt sich auf. »Ist alles in Ordnung?«, fragt er.

»David ist nicht zurückgekommen«, sage ich.

»Der ist mit irgendeinem Mädchen nach Hause gegangen. Das macht er dauernd.«

»Oh«, sage ich. Mehr nicht.

Frank mustert mich, ich schaue so neutral wie möglich.

»Mach dir keine Sorgen«, erwidert er, »es geht ihm bestimmt gut.«

Ich öffne die Schiebetür auf meiner Seite, Frank auf seiner, der Wind drängt die alte Luft nach draußen, als würde er die Nacht beenden. Das gute Gefühl nimmt er mit. Ich tue so, als wäre nichts anders, lächle Frank an und steige aus.

Ich habe David nicht vermisst vergangene Nacht, nicht an ihn gedacht, ich habe nicht gemerkt, dass er nicht zurückgekommen ist, und trotzdem stört es mich. Keine Ahnung, warum. Es sollte mich nicht stören. Vielleicht stört es mich auch gar nicht. Vielleicht nervt es mich nur. Immerhin war es sein Vorschlag, dass wir nach Sydney fahren, um herauszufinden, ob wir zusammen weiterreisen wollen. Bedeutet das nicht, dass wir eher mehr Zeit miteinander verbringen? Uns besser kennenlernen? Stattdessen lässt er uns stehen, bei der ersten Möglichkeit, die sich ihm bietet. Dann können wir uns auch eigentlich gleich verabschieden. Er scheint ohnehin kein Problem damit zu haben, ein warmes Bett für die Nacht zu finden.

»Laut meinem Reiseführer gibt es ein paar Straßen von hier eine gute Bäckerei«, sagt Frank. »Ich könnte uns was holen.«

Er denkt an unser Frühstück und ich an David. Das ist auf so vielen Ebenen falsch.

»Was meinst du?«, fragt er.

»Klingt toll«, sage ich.

»Hast du irgendeinen speziellen Wunsch?«

»Eine Semmel und noch was Süßes«, sage ich.

Die Art, wie er mich anlächelt, ist intim, als wären wir jetzt mehr als vorher. Für mich fühlt es sich auch so an und doch auch wieder nicht.

Frank geht die Straße hinunter. Ich sehe ihm nach, bis er weg ist. Dann räume ich den Camper auf und mache Kaffee, suche Musik heraus, damit ich nicht nachdenke, entscheide mich für »Howling At Nothing« von Nathaniel Rateliff & The Night Sweats, ein Song, bei dem es mir normalerweise sofort besser geht, sobald ich ihn höre. Dieses Mal nicht. Trotzdem summe ich mit, während ich zwei Tassen aus dem Plastikkorb hole und die karierte Decke auf dem Dach ausbreite. Ich streiche sie glatt und verteile das Geschirr, dann klettere ich wieder runter.

Ein paar Minuten später erinnert mich mein Handy daran, dass ich die Kontaktlinsen wechseln muss. Der Monat ist vorbei, die Ersatzpackung irgendwo ganz tief in meinem Rucksack vergraben. Ich suche meine Brille, dann nehme ich die Linsen raus und werfe sie weg. Ich hatte vergessen, wie unscharf meine Welt wirklich ist, ich kenne nur die Lüge. Die Brille zu tragen, ist ungewohnt, plötzlich hat alles einen schwarzen Rand, aber irgendwie ist es angenehm, als würden meine Augen aufatmen.

Das Wasser kocht, und ich fülle es in die Bodum-Kanne, die Joëlle und Magali uns überlassen haben – ein ziemlich abgenutztes Teil mit Siebeinsatz, das seinen Zweck aber noch erfüllt. Ich rühre das Kaffeepulver um.

Als ich aufschaue, steht David vor mir. Er hält eine Packung Pringles in der Hand. Sour Cream and Onion. Die mag ich am liebsten.

»Hey«, sagt er.

Seine Stimme klingt nach Bett, als hätte er kaum geschlafen, sein Gesicht wirkt müde, aber auf eine gute Art. Ihm stehen lange Nächte. Er war wach, während wir geschlafen haben, sein Leben ist weiter gegangen als unseres. Ich hätte es nie zugegeben, aber er sieht gut aus. Wie einer, der nicht nur lebt, sondern erlebt, dieses bisschen mehr als der Rest von uns.

»Hey«, sage ich und deute auf den Kaffee. »Willst du einen?«

»Unbedingt«, antwortet er und hält mir die Pringles entgegen. »Frühstück?«

Ich nicke.

»Kannst den Rest haben, sind nicht mehr viele drin.«

»Was ist mit Frank?«, frage ich.

»Der mag keine Chips«, sagt David.

Dann schweigen wir. Ich will nicht wegen letzter Nacht fragen, weder wo er war noch mit wem. Es geht mich nichts an. Aber sonst fällt mir leider nichts ein. Kein anderes Thema. Nur dieses eine.

»Ihr wart gestern plötzlich weg«, sagt er.

»Das waren wir nicht«, entgegne ich. »Du warst weg. Wir sind dann nur gegangen.«

Ich reiche ihm eine Tasse Kaffee, und er nimmt sie.

»Danke«, sagt er. »Wann seid ihr gegangen?«

»So um eins«, sage ich, dann öffne ich die Chipspackung. Ich glaube, ich tue es, damit ich ihn nicht doch noch frage, wo er war. Oder *wie* es war. Wie *sie* war. Ich schüttle die Pringles auf meine Hand. »Das sind wirklich nicht mehr viele.«

»Ich hatte Hunger«, sagt David.

Ich esse sie, dann hole ich drei Teller und Besteck aus dem Plastikkorb neben mir und drücke ihm alles in die Hand.

»Hier«, sage ich. Dann klettere ich mit der Kaffeekanne aufs Dach. Er folgt mir.

»Was ich dich mal fragen wollte«, sagt er, als er sich mir gegenüber auf die Decke setzt. »Wie heißt du eigentlich mit Nachnamen? Ich meine, wir teilen ein Bett und ich weiß nicht mal, wie du heißt.«

»Willst du damit etwa sagen, du kennst von all deinen Errungenschaften den vollen Namen?«, frage ich. »Ich bin beeindruckt.«

»Keineswegs«, sagt er und grinst. »Ich bin furchtbar schlecht mit Namen.«

»Aber?«

»Aber du bist keine von meinen Errungenschaften.«

»Nein, das bin ich nicht«, sage ich.

Die Stimmung kippt in eine seltsame Richtung. Die Art, wie David mich ansieht und wie ich wegsehe. Ich stelle mir Dinge vor, die ich mir nicht vorstellen will. Ihn mit Mädchen ohne Namen und ohne Kleidung. Die Bilder sind wie Mücken in der Nacht. Oder Wespen beim Essen.

»Dreyman«, sage ich schließlich. »Mein Nachname.« David nickt. »So wie der Schriftsteller aus *Das Leben der anderen*.«

»Hab den Film nicht gesehen«, sagt er.

»Wieso nur wundert mich das nicht?«, entgegne ich.

»Vermutlich, weil es ein anspruchsvoller Film ist und jemand wie ich nur dumme Sachen schaut?«

Sein Blick ist so direkt, dass ich ihm nicht standhalten kann.

»So war es nicht gemeint«, sage ich.

»Doch war es«, sagt er, und es stimmt. »Ich heiße Gerlach«, sagt er dann.

Ich bin froh, dass er das Thema wechselt.

»So wie die Düngemittel?«, frage ich.

»Ganz genau«, erwidert er. »Das ist mein Vater.«

Plötzlich ergibt es Sinn. Das mit der Kreditkarte, sein Verhalten, seine Einstellung zum Leben.

»Verstehe«, sage ich.

»Tust du nicht«, sagt er.

Ich schaue hoch. Seine Augen sind tiefblau mit grünen Sprenkeln. Sie sind nicht melancholisch, sie sind ernst und mandelförmig.

»Ich wusste nicht, dass du eine Brille brauchst«, sagt er.

»Ich trage sonst Linsen«, antworte ich.

Er runzelt die Stirn. »Durchgehend?«

»Ja«, sage ich.

»Moment, du schläfst sogar mit den Dingern?«

Ich nicke. »Diese Art der Linsen trägt man einen kompletten Monat. Tag und Nacht.«

»Klingt ätzend«, sagt er.

»Man gewöhnt sich an alles«, sage ich.

Wir sehen einander an und schweigen. Es ist eine Stille, die ich beenden und nicht beenden will.

Dann tut er es.

»Die Brille steht dir«, sagt er.

»Du findest es besser als ohne?«

Er schüttelt den Kopf. »Ich finde beides gut.«

Ich spüre Franks Anwesenheit, bevor ich ihn sehen kann. David und ich sitzen unter der Baumkrone, er geht den Gehweg hinunter. Ich sehe erst seine Schuhe, dann die Beine, dann die Papiertüten in seinen Händen, dann sein Gesicht. Als seine Augen meine finden, kommt das schlechte Gewissen – und das, obwohl gar nichts passiert ist.

Frank

Es riecht nach Kaffee, die Luft ist kühl im Schatten des Baumes, Rosa greift nach dem Pain au Chocolat, weil sie fast immer die Süßigkeit zuerst isst, David belegt sich ein Brötchen. Ich hatte gehofft, er kommt etwas später, viel später, um ehrlich zu sein. Andererseits hatten wir die ganze Nacht. Das ist ein Anfang.

»Wie war es gestern noch?«, frage ich.

Rosa schaut in ihre Kaffeetasse, David sagt: »War ganz okay.«

»Nur ganz okay?«

Er antwortet nicht gleich, beißt erst von seinem Brötchen ab, irgendwann nickt er und sagt: »Es war wie immer.«

Für gewöhnlich erzählt er davon, von den Mädchen, von der Musik, wie es im Bett mit ihnen war. Er erzählt, und ich höre zu. Es ist eine Art *Morgen-danach*-Ritual, ein kurzer Einblick in eine Welt, zu der ich keinen Zugang habe und die ich durch seine Worte betreten kann. Diesmal nicht.

Rosa schaut auf. »Was machen wir heute?«, fragt sie und stellt die Tasse weg.

»Ihr kennt ja eigentlich schon alles«, antwortet David. »Daher schätze ich, ich werde allein losziehen.«

Er sieht in meine Richtung, zwinkert mir zu. Rosa bekommt es nicht mit.

»Was soll das?«, fragt sie. Sie hat Schokolade am Kinn.

»Was soll was?«, fragt David zurück.

»Ich dachte, wir wollten herausfinden, ob wir zusammen weiterreisen möchten.«

»Das wollen wir auch«, sagt David mit vollem Mund.

»Und wie bitte finden wir das heraus, wenn wir alles getrennt voneinander unternehmen?« Rosa trinkt einen Schluck Kaffee.

»Nicht alles«, sagt David, »nur ein paar Dinge.«

Rosa legt den Rest des Pain au Chocolats auf den Teller.

»Frank und ich waren schon hier«, sagt sie. »Meinetwegen hätten wir nicht noch mal herkommen müssen.«

David mustert sie. »Deswegen wollte ich ja auch allein losziehen«, erwidert er, »damit ihr nicht alles noch mal anschauen müsst.«

»Wisst ihr was?«, sagt Rosa. »Wir können uns auch einfach jetzt hier und heute voneinander verabschieden. Dann kann jeder machen, was er will.«

»Warum bist du so sauer?«, fragt David.

»Das frage ich mich auch«, sage ich.

Rosa zögert, schüttelt kurz den Kopf, sagt schließlich: »Wir sind schon seit Wochen unterwegs, sind aber immer noch nicht wirklich losgefahren.« Sie macht eine Pause. »Ich will endlich weiterkommen, weg aus Sydney!«

David isst den letzten Bissen seines Brötchens.

»Okay«, sagt er. »Wann willst du los?«

»Morgen«, sagt Rosa. »Spätestens übermorgen.«

»Ich bin für übermorgen«, sagt David. Er schaut in meine Richtung. »Was ist mit dir?«

»Übermorgen klingt gut«, sage ich. »Wir könnten nach Brisbane fahren. Das sind knapp tausend Kilometer. Danach sollten wir wissen, ob wir zusammen weiterreisen wollen.«

Den zweiten Teil sage ich hauptsächlich zu David, er nickt

minimal, gerade so, dass ich es sehen kann. Sein Blick sagt: *Hab verstanden.*

»Okay«, sagt Rosa. »Dann übermorgen.«

»Dann übermorgen«, sagt David, und ich nicke.

Zwei Stunden später: David

Rosa wollte schwimmen gehen. In diesem Zusammenhang kamen mir zwei ziemlich entgegengesetzte Gedanken. Den an M. habe ich verdrängt, der andere war sie im Bikini. Ein schönes Bild und verdammt dünnes Eis. Aber Frank war dafür und ich eigentlich auch, zumindest war ich nicht dagegen, vermutlich aus denselben Gründen: Wir wollten, dass sie glücklich ist und einen Bikini trägt.

Der Pool am Bondi Beach war unfassbar voll, also sind wir nach einer Pizza am Strand wieder mit der U-Bahn in Richtung Hafen gefahren. Zum North Sydney Olympic Pool. Es war eine Empfehlung in Franks Reiseführer. Er und seine Reiseführer.

Jedenfalls sind wir jetzt hier. Rosa zieht ihre Bahnen, ich sitze da und beobachte sie dabei, über mir der blaue Himmel und die Harbour Bridge. Ich sehe winzige Menschen, die auf die Brücke klettern, sie sind klein wie Insekten. Als ich zu Frank rüberschaue, um es ihm zu zeigen, liegt er neben mir und schläft. Den Unterarm übers Gesicht gelegt, die Beine gekreuzt. Er ist entspannter als noch vor ein paar Tagen. Obwohl er jetzt eigentlich mehr Grund dazu hätte, angespannt zu sein. Doch davon weiß er nichts. Er hat gefragt, ob ich auf Rosa stehe, und ich habe Nein gesagt. Und das tue ich nicht. Auf sie stehen, meine ich. Sie ist interessant. Und sie ist anders. Was vielleicht noch viel schlimmer ist.

Ich suche sie im Becken, entdecke sie am Ende der Bahn, sehe ihr dabei zu, wie sie eine Rolle unter Wasser macht und sich von der gekachelten Wand abstößt. Sie hat uns mehrmals gefragt, ob wir mitkommen wollen, wenigstens kurz abkühlen. Aber ich gehe in keinen Pool. Wenn ich Chlor rieche, muss ich würgen. Hier oben bin ich weit genug weg, der Geruch von Sonnencreme überdeckt alles andere.

Es war seltsam, als Frank und Rosa vorhin am Strand über Weihnachten gesprochen haben. Davon, dass sie gemeinsam dort waren, dass sie Pizza gegessen haben. *Weißt du noch?*, hat sie gesagt, *Die Pizzastücke in Christbaumform?*, und er hat sie auf eine Art angelächelt, die ich bei ihm nicht kannte. Da habe ich gewusst, dass ich nicht hätte herkommen sollen. Sein Anblick war wie der Beweis. Vielleicht wären Rosa und er längst zusammen, wenn ich weggeblieben wäre. Wenn ich mich nicht für hier, sondern für Deutschland entschieden hätte. Es wäre einfach, es wiedergutzumachen. Irgendeine Ausrede und ein Flug zurück.

Rosa steigt aus dem Wasser. Lange dunkle Haarsträhnen kleben an ihren Armen und an ihrem Rücken, das Bikini-Oberteil ist verrutscht, ich sehe den Ansatz ihrer Brust. Sie greift nach ihrem Badetuch und trocknet sich oberflächlich ab. Das Gesicht, die Arme, dann wickelt sie es sich um die Hüften, steigt die Stufen hoch und kommt auf uns zu. Sie sagt nichts, als sie sich neben mich setzt, lächelt nur. Ihr Atem geht schnell, ihre Schlagader pulsiert in ihrem Hals. Sie riecht nach Chlor. Ich muss nicht würgen.

»War es gut?«, frage ich leise.

Sie nickt.

Die Geräuschkulisse erinnert mich an zu Hause. Ans Freibad. An Sommernachmittage mit Frank. Das Kreischen von Mädchen, Jungs, die sie ins Wasser schubsen. Wir haben nicht mitgemacht, weder Frank noch ich. Vor dieser einen Nacht hätte ich das. Da wäre ich einer dieser Jungs gewesen. Seitdem nicht mehr.

Ich will nicht daran denken. Wenn ich damit anfange, höre ich nicht mehr damit auf. Also fange ich nicht an.

»Schläft er?«, fragt Rosa und nickt in Richtung Frank.

»Ja«, sage ich. »Schon seit einer Weile.«

»Es wundert mich, dass du nicht schläfst«, sagt sie. »Bist du denn gar nicht müde?«

»Nicht wirklich«, sage ich. »Ich brauche nicht viel Schlaf.«

»Ich liebe schlafen«, sagt sie, und ich muss schmunzeln. »Was ist?«

»Nichts«, sage ich. »Ich hab mich nur gefragt, wie man etwas lieben kann, bei dem man de facto nicht bei Bewusstsein ist. Etwas, das man also eigentlich gar nicht mitbekommt.«

»Vielleicht ist es ja gerade die Tatsache, dass man es nicht mitbekommt«, sagt Rosa.

»Also ich bin lieber wach«, sage ich, aber ich sage nicht, warum.

»Warum?«, fragt sie.

Die Stimme in meinem Kopf sagt: *Es geht sie nichts an.*

Ich sage: »Ich habe öfter mal Albträume.«

Nicht mal Frank weiß von den Albträumen – zumindest nicht, weil ich ihm davon erzählt habe. Er hat es mitbekommen, das war nicht zu vermeiden, aber er hat nie danach gefragt. Ich glaube, wir wollten beide nicht darüber sprechen.

»Was für Albträume?«, fragt Rosa.

»Einfach Albträume«, sage ich.

Wir sehen einander an, es ist ein zu langer Blick. Ich bin froh, dass Frank schläft. Trotzdem schaue ich weg. Rüber zu den zwei jungen Frauen, die die ganze Zeit über neben uns lagen und die jetzt aufstehen und ihre Sachen zusammenpacken. Handtücher, Wasserflaschen, Handys, Sonnencreme. Die Zeitschrift, in der sie gelesen haben, lassen sie liegen. Als sie weit genug weg sind, greife ich danach. Nicht, weil mich die Scheißzeitschrift interessiert, sondern weil ich einen Grund brauche, woanders hinzuschauen.

Auf dem Cover des Magazins steht in großen pinken Lettern: *21 questions to get to know him.*

Rosa beugt sich in meine Richtung und schaut mir über die Schulter. Eine nasse Haarsträhne berührt meinen Arm.

»Die nehmen wir mit«, sagt sie.

Ich scanne die Fragen. Ein paar davon sind albern, manche unangenehm. Frank wird auf keine davon Lust haben, so viel ist sicher. In seiner Welt gibt es nur richtige und falsche Antworten, und er will auf keinen Fall die falschen geben. In meiner sind es eher Wahrheit und Lüge, wobei ich kein Problem damit habe, die Wahrheit auch mal zu strapazieren. Es ist okay für mich, sie so abzuändern, dass sie besser klingt. Anderen irgendeinen Scheiß zu erzählen ist vielleicht nicht unbedingt ein feiner Zug, aber es ist auch nicht wirklich schlimm. Ich schulde ihnen nichts.

»Wenn Frank wach ist, können wir das wegen mir gerne machen«, sage ich und reiche Rosa die Zeitschrift.

»Was können wir dann machen?«, fragt Frank, seine Stimme klingt brüchig und müde.

»O gut«, sagt Rosa, »dann können wir ja anfangen.«

Frank

Rosa senkt den Blick auf die Zeitschrift und liest die erste Frage vor. Ich habe keine Lust auf so etwas, genau genommen hasse ich diese Art von Test.

»Okay«, sagt sie. »What is the most important object you own?« »Müssen wir das wirklich machen?«, frage ich.

David zeigt auf Rosa. »Es war ihre Idee, nicht meine.«

»Aber es war deine, auf mich zu warten.«

David legt den Kopf schräg. »Dir wäre also lieber gewesen, wir hätten das ohne dich gemacht?«, fragt er, eine Zweideutigkeit in der Stimme, die mir nicht verborgen bleibt.

»Nein«, sage ich mit einem gereizten Unterton.

»Das dachte ich auch nicht«, murmelt David.

»Zurück zur Frage«, sagt Rosa. »Was ist der wichtigste Gegenstand, den du besitzt?«

Ich denke darüber nach. Das Privateste, was ich besitze, sind zweifelsohne meine Notizbücher. Doch sind sie auch das Wichtigste? Und würde ich sie als Gegenstand bezeichnen? Sind sie nicht vielmehr ein Teil meiner selbst? Und was bedeutet *wichtig* in dem Zusammenhang überhaupt? Mir persönlich wichtig? Wichtig, weil es einen Zweck erfüllt? Was?

»Du sollst die verdammte Frage beantworten«, sagt David, »nicht totdenken.«

»Das versuche ich ja, aber es ist gar nicht so einfach«, entgegne ich.

»Doch, das ist es«, sagt Rosa. »Sag einfach das, was dir als Erstes einfällt.«

»In Ordnung. Die Uhr meines Großvaters. Zufrieden?«

Rosas Blick fällt auf meine uhrlosen Handgelenke, sie fragt: »Warum trägst du sie nicht?«

»Weil sie nicht mir gehört. Es war seine Uhr, nicht meine.«

»Aber er hat sie dir doch vermacht, oder?«

Sie sieht mich an, ich erwidere den Blick, überlege, was ich antworten soll.

»Ich will ja nicht stören«, sagt David. »Aber wenn wir für jede Scheißfrage so lang brauchen, dann sitzen wir in drei Jahren noch hier.«

»Okay, du bist dran«, sagt Rosa.

»Das Tattoo an meinem Handgelenk«, sagt David.

»Ein Tattoo ist kein Gegenstand«, sage ich.

»Ich habe keine wichtigen Gegenstände. Jedenfalls nichts, das man nicht ersetzen könnte.«

»Trotzdem ging es um einen Gegenstand«, sage ich stur.

»Warum ist dir die Tätowierung so wichtig?«, fragt Rosa.

»Das war nicht Teil der Frage«, sagt David. »Du bist dran.«

»Bei mir ist es ein Stoffbär«, sagt Rosa.

»Ein Stoffbär?«, sage ich.

»Ja, ich habe ihn, seit ich ein Baby bin.«

Ich hatte mit vielem gerechnet, aber nicht mit einem Stoffbären. Auch David scheint erstaunt über diese Antwort. In meiner Vorstellung war Rosa nicht der Stofftier-Typ.

»Aber du hast ihn nicht dabei, oder?«, fragt David.

»Natürlich hab ich ihn dabei«, sagt sie. »Er ist der wichtigste Gegenstand, den ich besitze.«

»Und warum habe ich ihn dann noch nie gesehen?«, frage ich.

»Weil ich ihn jeden Morgen im Fußende meines Schlafsacks

verstecke«, sagt Rosa. »Er ist mein wichtigster Gegenstand, und ich schäme mich für ihn.«

»Wieso?«, fragt David verständnislos. »Es ist doch nur ein Stoffbär?«

»Er ist schmutzig und alt. Und er hat nur noch ein Auge.« David presst die Lippen aufeinander, um nicht zu lachen. »Abgesehen davon ist man irgendwann zu alt für Stoffbären.«

»Sagt wer?«, frage ich.

»Das frage ich mich auch«, sagt David.

»Dann habt ihr beide also auch eure Stoffbären dabei?«, fragt sie zurück.

»Ich hatte nie einen Stoffbären«, sage ich.

»Ich auch nicht«, sagt David. Kurz ist es still. »Wie heißt er denn? Quasimodo?«

»Nicht witzig«, sagt Rosa.

»Ach komm schon, es ist ein bisschen witzig«, sagt David, aber Rosa reagiert nicht. »Okay, tut mir leid. Wie heißt er wirklich?«

»Rüdiger«, sagt sie.

»Warum Rüdiger?«, frage ich.

»Das musst du meinen Bruder fragen. Der hat ihn so getauft. Und damit meine ich wirklich getauft. Mit Wasser und allem.« Sie macht eine Pause. »Er hat damals gern *Der kleine Vampir* gelesen. Vielleicht deswegen.«

»Du hast einen Bruder?«, fragt David. »Das wusste ich gar nicht.«

»Ich habe auch noch eine vierjährige Schwester«, erwidert Rosa. »Und ich bin allergisch auf Haselnüsse.« Pause. »Wir wissen so gut wie nichts voneinander.«

»Also, so würde ich das nicht sagen«, sagt er.

»Ach nein?« Sie hebt die Augenbrauen, ihr Handtuch verrutscht, als sie die Zeitschrift zur Seite legt. »Okay«, sagt sie. »Ich beiße an. Was weißt du von mir?«

Ich lehne mich zurück, David nimmt einen Schluck Wasser,

dann schraubt er den Deckel wieder auf die Flasche und sagt:»Du trinkst deinen Kaffee schwarz, obwohl er dir so nicht schmeckt, ich glaube, weil dir das Image gefällt. Du hast ein Faible für schwermütige Filme und die Rolling Stones, überhaupt Musik aus den Siebzigern, *echte* Musik, wie du es nennst. Du nimmst immer die Essiggurke von deinem Cheeseburger, weil sie dir zu labbrig ist, und dann machst du zusätzlich Ketchup drauf, obwohl dir Mayo lieber wäre, aber die haben sie hier nicht.« Er macht eine kurze Pause.»Und wenn du denkst, dass wir nicht hinschauen, schneidest du dir immer mit der kleinen Schere von deinem Taschenmesser die kaputten Haarspitzen weg.«

Rosa sieht ihn an, ihr Blick etwas zwischen ungläubig und beeindruckt. David reißt eine Ecke des Papieretiketts von der Wasserflasche und rollt es zwischen Daumen und Zeigefinger zusammen. Alles, was er über Rosa sagt, stimmt. Sie ist überrascht, ich bin es nicht. Ich kenne David, daher weiß ich, wie aufmerksam er sein kann, wie aufmerksam er eigentlich immer ist, was er alles bemerkt, während er so tut, als würde es ihm entgehen. Er weigert sich dagegen, die Erwartungen anderer zu erfüllen, lieber gibt er sich unachtsam. Weil es einfacher ist. Weil Menschen unersättlich sind. Weil Erwartungen stets steigen.

»Jedes Mal, wenn du zu Hause anrufst«, fährt David fort,»bist du danach für eine Weile komplett still, als wärst du so tief in dich gekehrt, dass du nicht gleich wieder rausfindest.« Er reißt ein weiteres Stück des Etiketts ab.»Du trinkst ausschließlich Cola, keine Diät-Cola, nicht Zero, kein Pepsi. Du magst Pain au Chocolat, sonst aber lieber Chips und salziges Zeug. In Adelaide hast du sogar die Pringles vor mir versteckt, damit ich sie nicht aufesse. Du dachtest, ich habe es nicht bemerkt.« Sie schaut kurz weg, es ist ein ertappter Blick, dann wieder zu ihm zurück.»Und wenn es eine Sache gibt, die du in Australien wirklich vermisst, dann ist es Brot. Echtes Brot mit Körnern.«

Während er spricht, spielt Rosa geistesabwesend mit ihren Fingernägeln, ich beobachte sie dabei. Sie mustert ihn. Es ist eigentümlich, wie ähnlich David und sie sich sind und doch komplett verschieden. Von außen wie von innen, voller Gegensätze und Überschneidungen.

»Kann sein, dass ich nicht wusste, dass du Geschwister hast«, sagt David, »aber das bedeutet nicht, dass ich nichts von dir weiß.«

Rosa blickt von ihm zu mir. Ich lächle schwach und zucke mit den Schultern, eine Geste, die sagt: *Tja, das ist David.*

Er schaut auf die Uhr. »Für die restlichen Fragen haben wir leider keine Zeit mehr. Wir müssen jetzt los.«

»Los?«, frage ich. »Wohin?«

Er grinst breit. »Das verrate ich nicht.«

Drei Stunden später, am selben Abend: Rosa

Zwischen uns und dem Boden liegen 1332 Stufen. Karabiner halten uns an einem Drahtseil, das am Geländer entlang befestigt ist. Die Harbour Bridge streckt sich eisern über den Hafen, riesig wie ein Wal. Und wir sind wie Ameisen auf ihrem Rücken. Ich stehe da und kann nicht denken. Als wäre das, was ich sehe, zu viel und zu weit weg von allem, was ich kenne, zu weit von meinem Leben. Als wäre ich in ein anderes gesprungen. 1332 Stufen hoch. Der Himmel umgibt mich wie ein Mantel. Wie ein Gemälde aus Rot und Lila, mit etwas Orange und Gold. Er ist ganz knapp über unseren Köpfen, die Farben sind verwischt, als wäre der Wind ein Pinsel, der mit ihnen malt. Das Meer liegt tintenblau unter uns, kleine Boote und große Schiffe fahren in den Hafen hinein, andere verlassen ihn und stechen in See, hinter uns Sydneys Wahrzeichen: das Opernhaus. Aus dieser Perspektive haben seine Dächer etwas von ineinandergesteckten Haifischflossen. Sie ragen vom Sonnenlicht rötlich gefärbt aus dem dunklen Wasser in den Abendhimmel.

Es gibt viele Dinge, die man mit Geld nicht kaufen kann, aber manche Dinge kann man mit Geld kaufen. Und ein paar davon sind unbezahlbar. So wie das hier. Wir auf dieser Brücke, gefühlt nur eine Handbreit vom Himmel entfernt. Die Stadt, die sich neben uns ausbreitet wie ein Teppich aus Häusern und Licht. Im Zentrum der goldene Fernsehturm.

Erst haben Frank und ich protestiert. Anfangs aus vollem Herzen, dann halbherzig und irgendwann gar nicht mehr. David hatte die Tickets bereits bezahlt, unsere Namen standen schon auf der Liste, die Gruppe war vollzählig. Ich wusste nicht, was ich sagen soll, weiß es noch immer nicht. Wie sagt man Danke zu so etwas? Ein Danke reicht nicht aus für diesen Anblick.

Vielleicht war es falsch, aber es hat sich richtig angefühlt. Jeder Schritt nach oben. Jede einzelne Stufe. Wir zu dritt, ich in der Mitte. 1200 Dollar für ein paar Stunden, die wir nie vergessen werden. Für ein Gefühl der Freiheit, das mich restlos ausfüllt. Ich bin so voll davon, dass ich überlaufe. Tränen steigen mir in die Augen, als hätten sie keinen Platz mehr in mir drin. Als würde das Glück sie an meinen Rand drängen.

Frank hält sich mit beiden Händen am Geländer fest. Ich wusste, dass er es nicht so mit der Höhe hat, aber Stahlkonstruktionen vertraut er. David kennt ihn sehr viel besser als ich. Manchmal vergesse ich das. Die Geschichte, die sie haben. Ungleiche Brüder, die einander ergänzen wie Tag und Nacht. Frank ist die Nacht, David der Tag, wir stehen genau dazwischen in der Dämmerung. Vielleicht bin das ja ich, weder das eine noch das andere. Die Stadt beginnt zu leuchten, die Dunkelheit setzt sich durch.

David sagt: »Ich will ein Foto machen.«

Bei diesem Satz muss ich lächeln, es erinnert mich an die Zwölf Apostel, an unser erstes Foto zu dritt. Dieses Mal macht Frank das Bild, und David steht in der Mitte. Ich berühre Franks Rücken und Frank meine Rippen, Davids Arm liegt um meine Schultern. Wir sind nicht länger drei Menschen, wir sind mehr wie einer. David ist muskulöser als Frank, sein Arm ist schwerer, Franks Hände sind graziler, seine Berührungen vorsichtig. Ich mag, wie sie sich an mir anfühlen.

Dann lässt Frank das Handy sinken und dreht es um, David nimmt es, und wir sehen die Fotos an. Wir drei in dieser albernen

Overalls, mit grauen Sturzhelmen und Gesichtsausdrücken, die mehr sagen, als in einen Ausdruck passt. Hinter meiner Schulter ragt die Oper in einen Himmel, die Wolken sind verwischt, unsere Augen leuchten.

Wenn eines Tages jemand anders dieses Foto betrachtet – meine Mutter, mein Bruder, Pia oder wer auch immer –, sie werden alle dasselbe sehen: uns drei, die Oper, den Himmel.

Aber nur wir werden wissen, wie es sich angefühlt hat.

Fünf Minuten zuvor: David

Die Abendstimmung erinnert mich an die Zeit auf der Jacht. Das dunkle Wasser, die durchsichtigen Wolken, die Farben, die nur in einem Himmel zusammenpassen, sonst aber zu viel wären. Ich sehe zu Rosa hinüber und dann zu Frank, und da weiß ich, dass es ein verdammt gutes Abschiedsgeschenk ist. Etwas, das sie nicht vergessen werden.

Wir stehen nebeneinander, um uns herum sind ein paar Fremde, aber die tun nichts zur Sache, sie sind einfach nur da. Zwei Pärchen, eins aus Kanada, eins aus Sydney, und ein älterer Typ, Mitte fünfzig vielleicht. Sie kümmern sich um ihren Scheiß und wir uns um unseren. Frank und Rosa schauen übers Geländer und schweigen, und ihre Gesichter sagen alles. Wir sind wieder zu dritt und trotzdem allein, aber dieses Mal ist es nicht ätzend, es ist das Gegenteil. Nicht wie bei der London Bridge, wo ich mich so verfickt einsam gefühlt habe, dass ich dachte, ich muss kotzen.

Wenn ich mich anstrenge, kann ich das Gefühl zurückholen, es ist irgendwo tief in mir vergraben, mit ein paar anderen Sachen, an die ich nicht denken möchte. Aber ich will es nicht zurückholen. Ich will es unter diesem neuen Gefühl ersticken wie einen Brand unter einer Decke. Unter der Gewissheit, dass ich ein Teil dieser Reise war. Dass ich eine Rolle gespielt habe, wenn auch keine entscheidende. Ich hatte einen kleinen Auftritt, kurz bevor es losging. Wenn Rosa und Frank sich an Sydney erinnern, werden sie auch an das hier denken. An uns drei hier oben. Und an dieses unfassbar geile Gefühl, frei zu sein. Auch ich werde mich daran erinnern. Es war ein verdammt guter Tag für einen guten Tag.

Rosa schaut mich an und lächelt. Und dieses Lächeln macht mich fertig. Viele Mädchen lächeln, und meistens lächle ich zurück. Es ist zwanglos, simpel. Wir reden, wir trinken, wir vögeln. Mit Rosa rede ich nur. Manchmal trinken wir was. Und das war's. Die Tatsache, dass mir das reicht, ist besorgniserregend. Es ist besser, wenn ich gehe. Noch ist alles okay. Ich habe nichts kaputt gemacht. Aber ich bezweifle, dass das so bleiben würde. Diese Geschichte ist so alt wie die Welt. Zwei Typen und ein Mädchen. So was geht niemals gut.

»Ich will ein Foto machen«, sage ich.

Rosas Blick verrät, dass sie an die Zwölf Apostel denkt. Daran, dass ich denselben Satz auch dort gesagt habe. Es ist noch nicht lange her, aber es fühlt sich ewig an. Als ich es damals sagte, mochte sie mich nicht. Ich glaube, das ist jetzt anders.

Dieses Mal will ich in der Mitte stehen. Es ist das Ende meiner Reise, und daran will ich mich erinnern. An Franks Grinsen, und daran, wie ihm der Wind einzelne Haarsträhnen unter dem Helm ins Gesicht weht. Und an Rosa, die mich direkt ansieht mit diesem tiefen Ausdruck in den Augen, für den ich gern ein Wort hätte. Ihre Haare riechen nach Chlor. Ich frage mich, ob ich diesen Geruch von nun an auch mit ihr verbinden werde und nicht mehr ausschließlich mit dem, was vor vier Jahren passiert ist.

Ich stelle mich zwischen die beiden, reiche Frank das Handy und lege erst ihm und dann ihr meine Arme um die Schultern, meinem besten Freund und dem ersten Mädchen, das ich gern wirklich gekannt hätte. Vollkommen angezogen. Frank streckt die Hand aus, und wir schauen in die kleine Linse, dann macht er ein paar Fotos, drei oder vier, ich weiß es nicht.

Ich habe mal irgendwo gelesen, dass es wichtiger ist, mit wem man reist als wohin. Dass der Weg das Ziel ist und das Ziel egal. Für mich war das immer esoterische Scheiße. Einer von diesen saublöden Sprüchen, die man auf Tassen und T-Shirts druckt, und irgendwelche Vollidioten kaufen sie dann.

Aber in dem Moment, als wir die Fotos anschauen und ich unsere Gesichter sehe, weiß ich, dass es stimmt. Im Hier und Jetzt waren wir zusammen.

Und für den Moment waren wir richtig.

Zwei Stunden später: David

Ich weiß nicht, wie ich das Thema anschneiden soll. Die Laune ist zu gut, ich will sie nicht verderben. Vielleicht mache ich es lieber morgen. Morgen Vormittag, kurz bevor ich losmuss.

»Wollen wir die Fragen weiter beantworten?«, fragt Rosa. »Ich hab die Zeitschrift mitgenommen.«

Vermutlich ist doch jetzt ein guter Zeitpunkt. Wir sitzen auf dem Dach des Campers, ich mit einem Bier in der Hand, Rosa mit einem Plastikbecher Rotwein, Frank mit einer Flasche Mineralwasser. Ein paar Kerzen brennen, im Hintergrund läuft Musik, die Straßenlaterne macht es hell, aber nicht zu hell. Ich schätze, besser wird es nicht.

Sie will gerade aufstehen und die Zeitschrift holen, da sage ich: »Warte mal kurz.« Rosa schaut mich fragend an, bleibt aber sitzen. »Ich muss erst noch mit euch reden.«

Irgendwie hatte ich es mir einfacher vorgestellt. Ich dachte, ich sage, dass ich gehe, und das war es dann. Plötzlich ist es schwierig.

»Ist alles okay?«, fragt Frank.

Ich reiße eine Ecke vom Etikett meiner Bierflasche ab und rolle das Papier zwischen Daumen und Zeigefinger zusammen. *Sag es einfach*, denke ich, und dann sage ich es: »Ich fliege morgen nach Deutschland zurück.«

Rosas Augen sind große schwarze Löcher, ungeschminkt und leer. »Was?«, sagt sie, Frank sagt nichts. Vielleicht ist er zu überrascht, vielleicht ist er aber auch einfach froh, dass ich ihm die

Entscheidung abgenommen habe. Er hätte nie gesagt, dass ich gehen soll. Viel eher hätte er mir im Nachhinein vorgeworfen, dass ich geblieben bin. Dass es ohne mich besser gewesen wäre. Dass er eine Chance mit Rosa gehabt hätte, dass ich sie zerstört habe. Nicht, dass ihm der Mut gefehlt hat, nicht, dass er niemals den entscheidenden Schritt gemacht hätte – es wäre meine Schuld gewesen. Und auf diese Scheiße habe ich keinen Bock.

»Du kannst nicht einfach gehen«, sagt Rosa und stellt ihren Becher ab, Plastik trifft hohl auf Metall, es ist eine Art Ausrufezeichen hinter ihrer Aussage. Als bliebe mir jetzt gar nichts anderes übrig, als zu bleiben.

»Natürlich kann ich das«, sage ich. Ich schaffe es sogar, kalt zu klingen, obwohl ich mich nicht so fühle.

Rosa schüttelt den Kopf, ihre Augen glänzen. So sieht sie also aus, wenn sie enttäuscht ist. Das war ich. Im Enttäuschen bin ich gut. Es wundert mich, dass sie so reagiert. Ich hatte nicht damit gerechnet. Eher mit einem *Echt? Warum?*, aber nicht mit mehr. Nicht mit einem Gespräch darüber und erst recht nicht mit einer Diskussion. Vielleicht ein *Schade, aber okay* und dann ein letztes Bier.

»Wieso?«, fragt sie.

Ich atme tief ein. »Weil mein Vater die Kreditkarte gesperrt hat, wenn du's genau wissen willst.«

Ich weiß, dass Frank weiß, dass es eine Lüge ist. Mein Vater ist ein Arschloch, aber das würde er nicht tun. Nicht aus Größe oder Freundlichkeit, nicht weil ich sein Sohn bin, nicht weil er plötzlich ein Herz hat, sondern weil man es ihm vorwerfen könnte. *So viel Geld und trotzdem so geizig, und das mit dem eigenen Sohn.*

»Wann?«, fragt Rosa skeptisch.

»Wann was?«, frage ich.

»Wann hat er sie gesperrt?«

Sie glaubt mir kein Wort.

»Es muss kurz nach der Buchung der Harbour-Bridge-Tour gewesen sein«, sage ich. »Das hat noch funktioniert. Danach konnte ich kein Geld mehr abheben.«

Sie verschränkt die Arme vor der Brust. »Und womit willst du dann den Rückflug bezahlen?«

Ich muss grinsen. »Ich wüsste zwar nicht, was dich das angeht«, sage ich, »aber ich habe noch zweitausend Euro auf dem Konto. Ich schätze, das sollte reichen.«

Ein paar Sekunden ist es still, sogar die Scheißmusik ist ausgegangen. Rosas Blick ist ein einziger langer Vorwurf. Irgendwann schaue ich weg, rüber zu Frank, der mich aus zusammengekniffenen Augen mustert. Ich sehe viele Fragen darin, aber er stellt keine einzige. Er sagt gar nichts. Ganz im Gegensatz zu Rosa, die gar nicht mehr aufhört.

»Ich verstehe nicht, warum du dir nicht einfach ein Work-and-Travel-Visum holst«, sagt sie, »dann kannst du arbeiten.«

»Vielleicht will ich ja gar nicht arbeiten.«

Dieser Satz macht sie wütend. Richtig wütend. »Und das ist alles?«, fragt sie laut. »Du willst nicht arbeiten? Ist das dein Ernst?«

Ich schaue noch mal zu Frank. Ein bisschen Hilfe wäre ganz nett. Immerhin tue ich das hier seinetwegen. Aber der sagt nichts, sitzt nur da und schaut mich an. Vollidiot. Dann eben anders.

»Das ist nur einer der Gründe«, sage ich.

»Okay, was ist es noch?«, fragt Rosa, als würden wir der Sache nun endlich näher kommen. Sie greift nach ihrem Becher, aber der ist leer.

»Wenn wir zu dritt weiterfahren, wird es zu Problemen kommen«, sage ich.

Rosa schaut zu Frank und zuckt mit den Schultern. »Tut es das nicht zwangsläufig, wenn man so nah aufeinanderhockt?«, sagt sie.

»Ich meine nicht diese Art von Problemen«, entgegne ich.

»Sondern? Welche dann?«

»Ich denke, du weißt, welche ich meine.«

»Nein«, sagt sie. »Tu ich nicht.«

»Zwei Jungs und ein Mädchen, Rosa«, sage ich, »du und wir. Das geht niemals gut.«

Frank atmet hörbar ein, er lebt also noch. Gut zu wissen.

»Was willst du damit sagen?«, fragt Rosa.

Ich ziehe die Augenbrauen hoch. »Muss ich dir das wirklich erklären?«

Frank

Er klingt irgendwie anzüglich, als er das fragt. Rosa schaut von ihm zu mir. Ich mag die Richtung nicht, in die dieses Gespräch geht. Wie ein Fuß über dem Abgrund.

»Ich dachte, wir sind Freunde«, sagt Rosa.

»Freunde?«, sagt David und lacht auf. »Hast du nicht vor ein paar Stunden noch gesagt, wir kennen uns kaum? Und jetzt sind wir plötzlich Freunde?«

Sie schaut weg, dann wieder hoch, greift erneut nach dem Becher, setzt ihn an, aber er ist nach wie vor leer.

Ich frage: »Soll ich noch Wein holen?«

Sie sagt: »Nein, danke«, ein kleines Lächeln, dann blickt sie wieder zu David. »Warum willst du wirklich weg?«

David trinkt einen Schluck Bier. »Ich bin pleite, ich will nicht arbeiten, und drei sind einer zu viel. Ich finde, das sind genug Gründe.«

»Für mich klingt das nach einem Haufen Ausreden«, sagt Rosa.

»Wie gut, dass ich dir keine Rechenschaft schuldig bin«, erwidert er.

Rosa macht ein abschätziges Geräusch.

»Okay«, sagt er und setzt sich aufrecht hin, »nehmen wir mal an, einer von uns will mehr als nur Freundschaft, irgendeiner von uns dreien.« Er zeigt erst auf mich, dann auf sich, dann auf Rosa. »Was dann?«

David schaut zu mir, ich schaue beschwörend zurück. Mein Blick fragt: *Was soll das?* Doch er antwortet nicht, auch nicht mit den Augen. Er hätte bei seiner Kreditkartenlüge bleiben können, dabei, dass er nicht arbeiten will. Sie hätte es hingenommen, ihn vielleicht dafür verachtet, es ihm aber letzten Endes geglaubt. Ich frage mich, warum er davon abgerückt ist.

»Nehmen wir mal an, ich will was von dir und du willst was von Frank«, sagt David, und ich werde hellhörig. *Will er was von ihr? Hat er mich angelogen?* »Und jetzt stell dir vor, Frank will auch was von dir.«

Was macht er? Und warum macht er es? Mein Atem wird flach, meine Handflächen beginnen zu schwitzen, das Plastik der Wasserflasche ist auf einmal rutschig.

»Was dann?«, fragt David.

»Dann gar nichts«, sagt Rosa. »Weil du nichts von mir willst.«

Die Stille knackt, ich halte die Luft an, warte auf seine Reaktion, darauf, was er antworten wird, auf die Art, wie er schaut, ob sein Blick etwas verrät.

»Stimmt«, sagt David. »Trotzdem.«

Ich atme langsam aus, ganz langsam, als hätte ich ein winziges Loch, durch das ich Luft verliere. Was er sagt, klingt nicht nach einer Lüge, es klingt aufrichtig, es klingt so, wie David klingt, wenn er ehrlich ist. Doch den Ausdruck in seinem Gesicht kann ich nicht recht deuten, er könnte beides sein, die Wahrheit oder eine Lüge. Ich wische mir die feuchten Handflächen an meiner Hose ab.

»Was trotzdem?«, fragt Rosa.

David schaut wieder zu mir, aus einer Sekunde werden zwei, ich weiche ihm aus. Rosa mustert uns beide, erst ihn, dann mich.

»Was ist hier los?«, fragt sie.

Eine wirklich gute Frage. Will David mir helfen? Ist es das, was er gerade tut? Ein weiterer Versuch, es wiedergutzumachen? Schneidet er dieses Thema deswegen an? Weil er davon ausgeht, dass ich es niemals selbst tun würde? Weil er um meine Feigheit weiß?

Als ich nicht antworte, sagt er: »Ich bin nicht besonders scharf darauf, mir mit einem Pärchen das Bett zu teilen.«

»Wieso mit einem Pärchen?«, fragt Rosa. »Frank und ich sind nicht zusammen.«

»Ich bitte dich«, erwidert David, »das ist nur eine Frage der Zeit.«

Kurz höre ich nichts mehr, nur meinen Herzschlag, das dumpfe Rauschen von Blut. Ich schaue zu David, Rosa sieht in meine Richtung, ich zwinge mich, ruhig zu bleiben, zähle innerlich bis drei, dann frage ich: »Was soll das alles?«

»Ich erkläre Rosa hier nur gerade, warum ich abreise.«

Wir mustern einander, er und ich, sitzen vollkommen reglos da, und doch fühlt es sich an, als würden wir uns umkreisen wie Wölfe, kurz davor anzugreifen. Davids Blick ist irgendwo zwischen wütend und verständnislos. Als müsste ich wissen, dass er das alles für mich tut, und ich falle ihm zum Dank in den Rücken. Schweige statt zu sprechen. Vielleicht hat er recht. Vielleicht tut er es tatsächlich für mich, und vielleicht falle ich ihm wirklich in den Rücken. Ich will, dass er geht. Und er darf nicht gehen. Beide Impulse sind gleich stark. Auf der einen Seite ein *Verschwinde*, auf der anderen ein *Bleib hier.*

Bevor er ankam, gab es keine Lücke, es gab einen Anfang, es gab Rosa und mich. Jetzt gäbe es eine. Er würde sie hinterlassen, und wir würden versuchen, sie mit uns zu füllen, doch es würde nicht gelingen. Sein Humor würde fehlen, seine Stimme, sein lautes Wesen, seine Ideen, die Bewegung, die er in unsere Trägheit bringt.

»Er reist meinetwegen ab«, sage ich schließlich.

Rosa sieht mich an. »Wieso deinetwegen?«, sagt sie.

Ich antworte nicht. Ich kann ihr nicht sagen, was ich sagen sollte, was ich vielleicht auch sagen will. Es würde alles verändern, nur ein einziger Satz. Oder auch zwei. Erstens: *Ich bin in dich verliebt.* Und zweitens: *Ich werde den entscheidenden Schritt niemals wagen.*

Der zweite Punkt trifft mich hart, vielleicht, weil er so deutlich macht, wo ich gerade stehe. Nicht bei mir und nicht bei ihr. Kein Vor und kein Zurück.

Die Stille zwischen uns schwillt an, Rosa wird ungeduldig, David scheint im Gegensatz dazu verständnisvoller zu werden. Als wüsste er, dass mein Schweigen nichts mit Nicht-Wollen zu tun hat, sondern mit Nicht-Können. Mit zu vielen Worten und zu wenigen – oder einfach nicht den richtigen.

Irgendwann, schätzungsweise sind es nur Sekunden, ringe ich mich endlich dazu durch, doch noch zu sprechen. Ich atme ein, meine Stimme wehrt sich, dann gibt sie nach.

»David hat recht«, sage ich schwach, mehr nicht, den Rest lasse ich offen, erkläre nicht, was genau ich damit meine, behalte in mir, was so dringend aus mir heraus möchte, kämpfe dagegen an wie gegen einen Würgereiz. Ich will mich nicht übergeben – auch nicht mit Worten. Und so schlucke ich alles hinunter: meine Gefühle für Rosa, meine Angst vor ihnen, meine Angst vor dem, was kommen könnte, wenn David ginge. Davor, dass nichts kommen könnte, selbst wenn er geht. In meinem Kopf schwankt ein Turm aus Fragen, der sich immer höher baut. Was, wenn nicht David das Problem ist, sondern ich? Wenn Rosa einfach nichts von mir will? Was, wenn sie doch etwas von mir will, ich aber nicht weiß, wie ich mich verhalten soll?

Ich war nie unsicher. In meinem ganzen Leben nicht. Ich wusste, wer ich bin, meine Mitte lag in mir, ich wusste wo. Zumindest bis ich Rosa traf und sie ins Wanken brachte. Mit Worten, mit Blicken, mit ihrem Wesen und ihren Augen, mit ihrer Art zu denken. Es ist, als hätte sie einen Teil meiner Selbstsicherheit weggewischt und dabei meine Mitte verschoben. Das ist gut und grauenhaft zugleich.

David legt mir die Hand auf die Schulter, eine tröstende Berührung, wie ein Versuch, mir Gleichgewicht zu geben. Ich nicke, er nimmt seine Hand weg, ich weiche Rosas Blick aus, spüre ihn trotzdem laut und deutlich. Sie denkt nach, zündet sich eine Zigarette an, sitzt vollkommen still da, zwischen David und mir.

Irgendwann schaue ich wieder hoch. Ich will das Richtige sagen, will der Richtige sein, aber ich bin nur ich. Und im Moment weiß ich nicht mal, wer das ist.

Dann sieht Rosa auf. Ich halte dem Drang stand wegzusehen, ihre Augen sind ernst und fokussiert, ihr Gesicht wirkt blickdicht, als wäre es ein Vorhang, der ihre Gedanken vor uns verbirgt. Wir schauen einander an, sie ihn, sie mich, wir sie. Das Kerzenlicht flackert in der Dunkelheit.

Schließlich sagt sie: »Lasst uns einen Deal machen.« Ihre Stimme klingt fest und unnachgiebig. Wäre sie eine Farbe, wäre sie dunkles Anthrazit. »Wir reisen zusammen weiter«, sagt Rosa. »Wir drei. Bis zum Schluss. Als *Freunde*.« Rosa wartet einen Moment, als wollte sie uns die Möglichkeit geben zu widersprechen. Doch weder David noch ich tun es. Wir warten. Ich weiß nicht worauf. »Es wird nichts laufen«, sagt sie, »rein gar nichts. Weder zwischen uns« – sie schaut mich an – »noch zwischen uns« – sie schaut zu David. »Wir machen das hier nicht kaputt.« *Das hier* sind wir. »Deal?«

Ich will Nein sagen, den Kopf schütteln, doch ich nicke. Erst ich, dann David. Als wäre mein Nicken die Voraussetzung für seines gewesen.

»Okay«, sage ich.

»Okay«, sagt David.

Damit endet der Schwebezustand. Und irgendwie bin ich traurig und glücklich darüber.

Drei auf Reisen.

Vier Tage später: Rosa

Wir sitzen in einer wildfremden Küche in irgendeinem Haus am Stadtrand von Brisbane. Genau genommen sitze nur ich, David und Frank stehen am Herd und unterhalten sich mit der Frau, der das Haus gehört: Grace. Ich kenne noch nicht mal ihren Nachnamen, ich weiß nicht, wie alt sie ist oder was sie beruflich macht. Alles, was ich weiß, ist, dass sie einen Hund namens Gizmo hat – einen winzigen weißen Malteser mit runden schwarzen Augen und einer Nase wie ein Knopf – und die sauberste Toilette, die ich seit Wochen gesehen habe.

An und für sich ist es verdammt unwahrscheinlich, dass wir hier sind. Vor nicht mal eineinhalb Stunden waren wir noch im Supermarkt und haben fürs Abendessen eingekauft. Nudeln, Sahne, Lachsfilets und ein paar Tomaten. Wir wollten gerade unseren Campingkocher auf einem abgelegenen Gehweg aufstellen, als Grace neben uns angehalten hat. Ein weißer Pick-up mit voller Ladefläche. Gartenzubehör, ein Rasenmäher, Schaufeln, Blumenerde. Ich war mir sicher, sie würde uns sagen, dass das nicht geht, dass man am Straßenrand nicht kochen darf. Stattdessen hat sie gefragt, ob wir unser Abendessen nicht vielleicht lieber bei ihr zubereiten wollen. In einer richtigen Küche.

Wir haben dagestanden und sie angestarrt. Und nichts gesagt. Keiner von uns. Nicht mal David. Nur große runde Augen und sehr viel Stille. Als hätten wir noch nie Freundlichkeit erlebt. Und das hatten wir nicht. Jedenfalls nicht so. Dass einem mal die

Schlüssel runterfallen, und jemand anders hebt sie auf, ja, das kenne ich, das ist mir schon passiert. Oder dass jemand mal nicht nach einer halben Sekunde hupt, wenn die Ampel auf Grün geschaltet hat und man noch nicht losgefahren ist. Aber nicht so etwas. Nicht diese Art von Freundlichkeit. In Deutschland versuchen wir, Leute aus unseren Wohnungen und Häusern rauszuhalten. Wir würden nie auf die Idee kommen, Fremde zu uns zum Kochen einzuladen.

Dementsprechend misstrauisch haben wir Grace angesehen, und Grace hat nur gelacht. Vielleicht war es dieses Lachen, oder die Aussicht auf eine saubere Toilette, jedenfalls haben wir Ja gesagt. Und jetzt sind wir hier. In diesem Haus irgendwo am Stadtrand von Brisbane.

Grace ist vorausgefahren, und wir sind ihr gefolgt. Die gesamte Fahrt über habe ich die Schaufeln auf der Ladefläche ihres Pick-ups betrachtet und mich gefragt, ob unsere Reise so enden wird. Wir zu dritt in einer ausgehobenen Grube irgendwo in Australien. Vielleicht haben David und Frank dasselbe gedacht wie ich. *Drei deutsche Backpacker spurlos verschwunden.* Wenn es so ist, haben sie es für sich behalten. Genau wie ich.

Das Haus ist komplett aus Holz, innen wie außen, die Fenster sind groß und fast überall, wie eine Umarmung aus Glas. Vom Wohnzimmer aus geht es auf eine Veranda, die in einen Garten führt. Er sieht aus wie ein Schlachtfeld. Das Haus selbst ist einfach, aber gemütlich. Die Einrichtung aufs Wesentliche reduziert. Grace hat nur wenige Möbel, aber die, die sie hat, sind schön. Besonders den Küchentisch mag ich. Rechteckig und lang, eine Platte aus dunklem Holz mit Kerben und Kratzern. Er erinnert mich an zu Hause. Wenn es einen Ort gibt, der uns als Familie die längste Zeit zusammengehalten hat, war es unser Esstisch. Nach dem Mittagessen sind wir oft länger sitzen geblieben, und jeder hat von seinem Tag erzählt, Mama von ihrem, Julian von seinem und ich von meinem. An diesem Tisch haben wir Hausaufgaben gemacht, gelernt und gestritten. Wir haben Diskussionen geführt und Karten gespielt, Schlachtpläne geschmiedet und wieder verworfen. Ich saß heulend dort, nachdem Simon Schluss gemacht hat. Und spät nachts zusammen mit meinem Bruder, wenn wir an den Wochenenden weggegangen sind und danach Spiegeleier und Speck gegessen haben. Dieser Tisch war wie eine Insel, auf der wir stranden durften. Ein bisschen Verlass in einer ungewissen Welt. Ich frage mich, wie viele Tagebucheinträge ich dort wohl geschrieben habe. Hundert? Mehr? Manchmal saß ich auch nur da und habe mit Pia gemalt, und Mama hat währenddessen irgendwas zu essen gemacht. Die Dunstabzugshaube war an oder es lief Radio oder wir haben uns unterhalten. Es war immer lebendig, auf eine gute Art laut. Genauso wie hier in diesem Moment. Eine Wohnküche. Bei uns war sie der Mittelpunkt des Hauses und die Sitzbank neben dem Tisch mein liebster Schlafplatz nach dem Mittagessen. Manchmal hat sich unsere Katze auf meinen Brustkorb gelegt. Es war schwer und angenehm.

Heute gibt es diese Katze nicht mehr, und Julian ist längst ausgezogen. Und einige Jahre davor mein Vater. Zu einer Frau, die Sabine heißt und die alles sagt, was er hören will. Wir sind nach und nach zerbröckelt wie zu trockener Putz. Und jetzt bin ich am anderen Ende der Welt an einem Tisch, der aussieht wie unserer, der es aber nicht ist.

Ein Teil in mir findet das traurig, ein anderer ist froh, dass es nicht nur einen solchen Tisch gibt.

Zwanzig Minuten später: David

Grace spricht Deutsch. Ziemlich gut sogar. Sie hat eine Weile in einem Hotel gearbeitet, in dem viele Deutsche abgestiegen sind. *Obviously it was a very expensive hotel*, sagte sie. Irgendwann hat die Geschäftsführung allen Mitarbeitern einen Deutschkurs bezahlt. *Because tourists just love it, if someone speaks a little of their language.* In einen dieser deutschen Touristen hat sie sich verliebt. Ein Jonas aus Karlsruhe, vier Jahre älter als sie. Sein ursprünglicher Plan war es, für ein paar Wochen in Australien zu bleiben. Daraus wurde ein ganzes Jahr. Er ist ihretwegen geblieben, sagt Grace.

»Then again, he also left because of me«, fügt sie hinzu. »Fled the country.« Sie lacht auf, wir lachen mit. »Ich war ihm zu kompliziert«, sagt sie dann. »Und er mir zu langweilig.«

»Schade«, sagt Rosa.

»Well«, entgegnet Grace. »It was for the best. Wir haben nicht zusammengepasst. Und er hat ein paar Dinge von zu Hause zu sehr vermisst.« Sie dreht Spaghetti auf ihre Gabel. »Vor allem das Brot. Davon hat er dauernd geredet.«

Frank und ich schauen gleichzeitig zu Rosa, Grace bemerkt es, wir grinsen.

»Ist es bei dir auch so?«, fragt sie. »Das mit dem Brot?«

»Manchmal«, sagt Rosa.

»Immer«, widerspricht Frank. »Sie vermisst Brot wie einen Menschen.«

Grace öffnet eine Flasche Rotwein. Wir essen und unterhalten uns, erzählen ihr von unserem Camper und davon, wie wir uns kennengelernt haben.

»Dann kanntet ihr euch davor gar nicht?«

»Frank und ich kannten uns«, sage ich.

»Und die Kombination von euch dreien ist nicht« – sie macht eine Pause, sucht nach einer passenden Formulierung – »schwierig? Ich meine, zwei Jungs und ein Mädchen?« Sie fragt es mit einem Grinsen im Blick.

»Wir sind Freunde«, sagt Rosa.

»Right«, erwidert Grace. »How's that working out so far?«

Rosa kratzt an der Haut ihres Daumennagels herum, ein sicheres Zeichen dafür, dass sie das Thema wechseln will.

»Also ab und zu haben wir schon Sex«, sagt Frank. »Wenn der Druck zu groß wird. Manchmal auch zu dritt. Das kommt ganz darauf an.«

Er sagt es trocken und neutral, als würde er jemanden um einen Salzstreuer bitten. Grace starrt ihn an. Und nicht nur sie, auch wir.

»Ich hoffe, es war in Ordnung, das zu erzählen«, sagt er dann an uns gerichtet.

Ich nicke, Rosa grinst, Grace steht auf, zeigt auf einen Schrank. »Do you want some more wine?«, fragt sie und nimmt eine zweite Flasche heraus.

Wir schauen zu Frank. Es war die perfekte Reaktion. So nüchtern und ernst, wie ich es nie hätte rüberbringen können. Ich wäre wahrscheinlich ausfallend geworden oder laut, hätte sie gefragt, was die Scheiße eigentlich soll. Dass es sie einen Dreck angeht. Aber nicht Frank. Frank war vollkommen entspannt, ein souveräner Gesichtsausdruck, ein durchdringender Blick, der niemandem ausweicht. Frank hat genau das gesagt, was Grace hören wollte – nur, dass sie niemals damit gerechnet hätte, dass er es wirklich sagen würde.

Sie setzt sich wieder an den Tisch und schenkt uns Wein nach – allen, bis auf Frank, der trinkt Wasser.

»Sorry for that«, sagt sie. »That's really none of my business.«

»Kein Problem«, entgegnet Frank. Rosa und ich nicken.

»Okay then«, sagt Grace. »Wie findet ihr die Ostküste bisher?« Sie trinkt einen Schluck. »Gibt es etwas, das euch besonders gut gefallen hat?«

Ich bin kurz davor, etwas Zweideutiges zu sagen, irgendwas in die Richtung, wie *Ja, der Dreier neulich am Strand*, aber ich tue es nicht. Stattdessen sage ich: »Putty Beach war ziemlich gut.«

Drei Tage zuvor, früher Abend, Putty Beach: Frank

Es war nicht der Plan hierherzukommen, an diesen Strand, der einsam auf uns gewartet hat, breit und menschenleer mit nahezu glatt gezogener Wasseroberfläche und den ruhigen flachen Wellen, die mit einem leisen Rauschen an Land rollen. Wir sind nur ein Mal falsch abgebogen. Und dann geblieben.

Die Luft ist warm, Rosa sitzt zwischen uns, sie trägt ihr neues T-Shirt. Es ist weiß und anliegend mit einem Schriftzug in Brusthöhe, *Same white shirt* steht darauf. Sie hat noch ein anderes gekauft. Ärmellos, auf der Vorderseite zwei Sprechblasen, in der linken die Frage: *What did you make today?* und in der rechten die Antwort: *Mistakes.* Ich kann mich nicht daran erinnern, je gesehen zu haben, dass sich jemand so über T-Shirts freut.

Wir sitzen im Sand, der Camper steht nur ein paar Meter entfernt auf einer Anhöhe, im Hintergrund läuft »Symbol In My Driveway« von Jack Johnson, ein Song, von dem Rosa meinte, er würde exakt zur Stimmung passen. Wir hören ihn zum vierten Mal und schweigen dazu, beobachten die tief stehende Sonne, die langsam im Meer versinkt und die Wolken in verschiedene Rottöne färbt. David trinkt ein Bier, Rosas Haar weht im Wind. Ich würde es gerne anfassen, doch ich schätze, Freunde tun so etwas nicht.

So vergeht fast eine Stunde. Wir im Sand mit Musik. Stille und der beruhigende Atem des Meeres, weiche Wellen, kein Gespräch, nur wir und dieser Ort, der für den Moment ganz uns gehört. Das Abendrot wechselt zu Lila-Blau, nur der Horizont wehrt sich noch gegen die bevorstehende Nacht, der restliche Himmel ist längst übersät mit Sternen. Ich lege mich hin, schaue hinauf in die Milchstraße, spüre den warmen Wind, schmecke die salzige Luft, die er zu mir trägt. Rosa lehnt sich ebenfalls zurück, liegt nun direkt neben mir im Sand, Arm an Arm, dann auch David. Es läuft »Zappel« von Fennek, ein Lied, das mich immer ein bisschen traurig stimmt. Vielleicht ist traurig das falsche Wort, wehmütig trifft es eher. Die Melodie erinnert mich an ein Ende, an etwas, das gut war und nun bald vorbei ist. Wie ein Abschied. Vermutlich höre nur ich das, denn eigentlich ist es nicht traurig. Es läuft im Hintergrund und macht den Augenblick noch größer. Gemischt mit dem Meer ist es wie ein Film, und wir drei die Hauptrollen.

Ich werde mich für immer an das hier erinnern, an die Sterne über uns, an den Song, daran, wie der Wind sich anfühlte, an uns drei in dieser Nacht. Wie wir dalagen und ins Universum schauten, drei kleine Menschen an irgendeinem Strand.

Es ist spät geworden, bereits kurz vor Mitternacht. Wir sitzen auf dem Dach des Campers, die kleine Gaslampe zwischen uns das einzig sichtbare Licht. Es ist eine Art von Dunkelheit, die man als Stadtkind nicht kennt. Kein Mond, nur die Nacht und ihre Stille. Als hätte die Welt sich zugedeckt, eingehüllt in schwarze Laken. Wenn ich mit meinem Großvater auf seiner Hütte im Gebirge war, war es genauso dunkel. Da war kein Geräusch, nur ab und zu ein Knacken in der Kälte. Hier rauscht das Meer. Als wollte es uns daran erinnern, dass es noch da ist, selbst wenn wir es nicht sehen können.

»Okay«, sagt Rosa. »Nächste Frage.«

Wir sind bei Frage fünf. David isst Pringles, er und Rosa teilen sich ein Bier, ich trinke Cola – etwas, das ich für gewöhnlich nie tue.

Rosa stellt die Flasche ab und liest die nächste Frage vor.

»How do you think you will die?«

Das Thema trifft mich unerwartet. Ich will nicht darüber nachdenken, wie ich sterben werde. Weder über die Schmerzen noch über das Ungewisse, und am wenigsten über das Danach – falls es das überhaupt gibt. In einem Roman von Robert Seethaler heißt es:

Als Lebender über den Tod nachdenken.
Als Toter vom Leben reden. Was soll das?
Die einen verstehen vom anderen nichts.
Es gibt Ahnungen und es gibt Erinnerungen.
Beide können täuschen.

Ich habe mir diese Textstelle damals herausgeschrieben, weil sie mehr zu mir gesagt hat als manch anderes komplette Buch. Ich sehe es wie der Autor. Und trotzdem denke ich immer wieder darüber nach. Über etwas, auf das ich nie eine Antwort erhalten werde. Jedenfalls nicht, solange ich noch lebe. Rosa versteckt ihren Stoffbären vor uns und ich meine Gedanken vor ihnen.

Ich spüre Rosas Blick in der Seite, also sage ich: »Am wahrscheinlichsten ist wohl Krebs.« Ich mache eine Pause. »Oder ein Herzinfarkt.«

David nickt nachdenklich, dann sagt er: »Ich sterbe vermutlich bei einem Autounfall.«

»Krebs oder ein Autounfall«, sagt Rosa. »Das klingt ja aufbauend.«

»Der Tod ist nicht aufbauend«, sage ich.

»Sagt wer?«, fragt sie.

»Ist das dein Ernst? Du findest, der Tod ist aufbauend?«, fragt David, etwas in seiner Stimme schwingt gereizt.

»Nur weil wir nicht wissen, was danach kommt, heißt das doch nicht, dass es schlimm sein muss«, sagt Rosa.

»Danach kommt gar nichts«, sagt David.

»Das weißt du nicht«, erwidert sie.

»Du glaubst an ein Leben nach dem Tod?«, frage ich. Dabei versuche ich, nicht zu erstaunt zu klingen, weiß jedoch nicht, ob mir das gelingt.

»Keine Ahnung«, sagt sie, »aber ich schließe es nicht aus.«

»Das ist doch alles Bullshit«, sagt David. Er reagiert vehement, als wäre es etwas Persönliches. Als würde Rosa ihn mit ihrer Sicht auf die Dinge angreifen.

»Was macht dich so sicher, dass danach nichts kommt?«, fragt Rosa.

David weicht ihrem Blick aus, schaut in seine leeren Handflächen, als wäre dort etwas zu sehen. Doch da ist nichts, nur leere Handflächen.

»Ich glaube einfach nicht daran, okay«, sagt er schroff. »Man stirbt, und dann ist man weg. Es kommt keiner und holt einen, es gibt einen einfach nicht mehr.«

Ich stelle mir eine Welt ohne mich darin vor und finde es eigenartig, dass ich das kann. Wie ist das möglich, obwohl ich sie doch nur durch meine Augen kenne? Wenn ich tot bin, wird sie weitergehen, ohne mich. Ein paar Menschen werden traurig sein, noch weniger werden weinen, und das war's dann, mehr ist es nicht.

Ich glaube, was mir die größten Probleme bei der Thematik bereitet, ist die Kombination aus Endlichkeit und Endgültigkeit. Das Leben ist endlich, der Tod endgültig. Wenn danach wirklich nichts mehr kommt, ist das Verhältnis zwischen am Leben und tot sein schrecklich unausgeglichen, nicht wie eine Waage, sondern wie eine Wippe, die auf einer Seite den Boden berührt. Und irgendwie ergibt das für mich keinen Sinn. Es ist zu unausgeglichen. Zu kurz und zu lang. Wie eine Verschwendung. Wovon weiß ich nicht.

David nimmt sich eine Zigarette aus Rosas Schachtel und zündet sie sich an. Er fragt nicht, aber es scheint ihr nichts auszumachen. Irgendwie wirkt er wütend, ich weiß nicht, auf wen oder worauf – auf uns? Auf etwas anderes?

David reagierte schon immer etwas seltsam, wenn es um das Thema Tod ging, das ist schon so, seit ich ihn kenne. Da ich mich jedoch auch nicht damit auseinandersetzen wollte, war es mir ganz recht, dass wir nicht darüber sprachen. Es war nicht das Einzige, worüber wir nicht sprachen, es gab andere Klammern. Wenn ich ihn jetzt so ansehe, frage ich mich, ob wir uns wirklich kennen oder womöglich doch nur eine zensierte Version, weil wir nicht mehr von uns zeigen wollten als das, was wir zeigen wollten.

»Hast du jemanden verloren?«, fragt Rosa in die Stille. Sie fragt es leise, als wäre es dann weniger schmerzhaft, falls es zutrifft.

»Nein«, sagt David.

»Warum reagierst du dann so?«, fragt Rosa.

Er zieht an der Zigarette, schaut überallhin, nur nicht zu uns. Nicht in ihre Augen, nicht in meine.

Und dann, völlig unvermittelt, fängt er an zu weinen.

David

M. ist ertrunken. Wir waren beide ziemlich high. Passiert ist es vor knapp vier Jahren in unserem Pool. Sie hat gelebt und dann nicht mehr. Ein paar Minuten zuvor haben wir noch gelacht. Für sie war es das letzte Mal. Nur, dass sie es in dem Moment noch nicht wusste. Im Nachhinein ist es fast absurd. Ich kannte M. nicht besonders gut. Wenn ich ehrlich bin, war sie mir egal, ein Mädchen von vielen, irgendeine Bettgeschichte, mehr nicht. Wäre sie damals nicht ertrunken, wüsste ich wahrscheinlich nicht mal mehr ihren Namen. Melissa. Ich hätte sie vergessen so wie die anderen auch. Es gab genug Mädchen, die mit einem schlafen, weil man einen Pool hat und viel Geld. Melissa gehörte dazu.

Ich erinnere mich an ihre Augenfarbe – ein kaltes Blau – und daran, dass sie blond war. Die Art von blond, für die sich andere Mädchen die Haare färben. Sie hatte ein Lachen, das schnell hysterisch klang, aber nicht an diesem Abend. An diesem Abend war es anders. Weniger aufgesetzt. Keine Ahnung. Jedenfalls hat sie mich nicht genervt.

Wir waren zu acht oder zu neunt bei mir zu Hause. Mein Vater war bei irgendeiner Tagung, meine Mutter hat ihn begleitet. Alles war okay. Es lief Musik, wir haben Pizza bestellt und gekifft, ein paar haben rumgemacht, ein paar haben was getrunken. Es war alles wie immer. Ein Samstagabend, irgendwelche Freunde und irgendwelche Mädchen.

Ein Kumpel von mir, mit dem ich seit jener Nacht nicht mehr gesprochen habe, ist mit einer von ihnen in einem der Gästezimmer verschwunden. Es wurde später und wir betrunkener. Alle haben sich irgendwohin verzogen, übrig blieben Melissa und ich. Die anderen waren woanders, wir waren im Pool. Erst haben wir was geraucht, wegen jedem Scheiß gekichert, dann haben wir rumgemacht. Irgendwann hat Melissa mir einen runtergeholt. Ich hab den Kopf in den Nacken gelegt und zu den Sternen geschaut. Dann bin ich gekommen. Danach hatte ich kein Interesse mehr an ihr.

Wenn ich an mein fast fünfzehnjähriges Ich zurückdenke, will ich es einfach nur schlagen, ihm die selbstgerechte Scheiße aus dem Hirn prügeln. Melissa war high, und sie hatte zu viel getrunken, aber ich war viel zu breit, um das zu kapieren. Mir war alles egal. Mein Sperma, das im Wasser herumtrieb, die Tatsache, dass sie da war. Irgendwann schaltete jemand die Poolbeleuchtung aus, es muss einer von den Jungs gewesen sein. Ein dummer Spaß. Vielleicht war es auch ein Versehen.

Ich fand die Dunkelheit gut, es war verdammt friedlich. Ich lag auf der Wasseroberfläche und blickte in den Himmel, in die schwarze Unendlichkeit über mir. Ich erinnere mich noch, wie beruhigend das Geräusch meines Atems auf mich wirkte. Alles andere war still. Dunkles Wasser und der Geruch von Chlor. Ich fühlte mich leicht. Und gut. So wie man sich eben fühlt, wenn man gerade gekommen ist und keine Sorgen kennt.

Dann streifte mich plötzlich etwas am Bein, ich schreckte hoch. Erst dachte ich, es wären meine Freunde, dass sie mich ärgern wollen, doch es war Melissa – genauer gesagt ihr Arm. Sie trieb neben mir im Wasser wie eine Luftmatratze, leblos mit dem Gesicht nach unten. Ich dachte, es wäre ein Scherz, ein geschmackloser, morbider Witz, in den alle eingeweiht waren, nur ich nicht. Ich weiß nicht, worauf ich gewartet habe. Dass sie auftaucht, dass alle lachen, dass das Licht angeht, dass es nicht wahr ist. Aber es war niemand da, nur sie neben mir. Mit dem Gesicht nach unten.

Ich habe nach ihrem Arm gegriffen, sie gepackt und umgedreht, war plötzlich nicht mehr high, sondern so sehr da, wie man es nur sein kann, ein Moment völliger Klarheit, ein paar Minuten zu spät. Ihr Gesicht war ausdruckslos, so leer wie ein weißes Blatt Papier. Ein Blick in ihren Augen, der durch alles hindurchging. Durch mich. Und bis in den Himmel. Ein totes Hellblau, das nichts mehr sehen konnte. Und das ich niemals vergessen werde. Sie ist nur ein paar Meter neben mir ertrunken. Nur Minuten nachdem sie mir einen runtergeholt hatte.

Ich kann einfach nicht aufhören, darüber nachzudenken, dass es das Letzte war, was sie je getan hat.

Putty Beach, eine halbe Stunde später: David

Ich hatte nicht vor, es ihnen zu erzählen. Ich wollte auch nicht weinen. Beides ist einfach passiert. Wie ein plötzliches Unwetter, das niemand hat kommen sehen. Als hätten es die beschissenen Wörter keine Sekunde länger in mir ausgehalten. Ich habe angefangen zu heulen. *Ich.* Ich heule nie. Das ist die eine Sache, die mich laut meinem Vater immer zu einem Jungen gemacht hat. Vielleicht sogar zu seinem.

Ich habe versucht, die verfickten Tränen zurückzuhalten, aber diesmal ging es nicht. Nicht mehr. Mein Vater hat damals alles geregelt. Ein paar Telefonate, ein längeres Gespräch mit seinen Anwälten, danach war das Thema vom Tisch. Ein Menschenleben weniger, aber was macht das schon? Irgendwann gehen wir schließlich alle, nicht wahr? Er hat mich nicht gefragt, was passiert ist. Er hat nur dafür gesorgt, dass es weggeht.

Eine Woche später wechselte ich die Schule. Ein Eliteinternat. Dort wusste niemand, wer ich bin oder was vorgefallen war. Ein Neuanfang. *Das wird dir guttun,* hat meine Mutter gesagt. Und sie hatte recht. Aber noch besser hätte es mir getan, wenn sie mich mal in den Arm genommen hätte. Wenn sie gefragt hätte: *Wie geht es dir damit?* oder *Wie kam es dazu?* oder *Denkst du etwa, es war deine Schuld?* Stattdessen hat sie mich zum Bahnhof gefahren und mir eine gute Reise gewünscht. Melissas Tod hatte keinerlei Folgen, keine Auswirkungen. Bis auf meine Schuldgefühle, und von denen habe ich nie jemandem erzählt.

Ein paar Wochen später habe ich meinen Vater nach der genauen Todesursache gefragt. Es war ein Sonntag, und wir saßen beim Mittagessen. Er sagte: *Du warst doch dabei. Sie ist ertrunken.* Danach wechselte er das Thema, er erzählte irgendwas von seiner Arbeit, so wie immer. Dieser verdammte Heuchler.

Ich wische mir mit dem Handrücken über die Wangen. Über Tränen und Rotz, mein Gesicht ist nass und heiß.

»Warum hast du mir nichts davon erzählt?«, fragt Frank irgendwann. Es ist kein Vorwurf, nicht mal versteckt, es ist nur eine Frage.

»Ich weiß es nicht«, antworte ich und klinge wie ein Idiot, weil meine Nase so verstopft ist.

»Aber du weißt, dass es nicht deine Schuld war«, sagt Rosa.

»Meistens«, sage ich. »Aber irgendwas in mir drin sieht das anders.«

»Wie?«, fragt sie.

»Wenn ich nicht so sehr mit mir selbst beschäftigt gewesen wäre, würde sie noch leben.«

»Du warst high«, sagt Frank. »Du hast es gar nicht mitbekommen.«

»Ich hab auf sie geschissen«, sage ich. »Und nicht nur auf Melissa. Eigentlich auf alles.«

Rosa legt ihre Hand auf meinen Arm. »Aber so bist du nicht mehr«, sagt sie. »Du bist jetzt anders.«

»Bin ich das?«, frage ich, aber eigentlich ist es keine Frage und wenn doch, dann nur an mich selbst.

»Ja«, sagt Frank. »Du bist der beste Mensch, den ich kenne.«

Er sagt es ruhig und nüchtern, als wäre es eine simple Feststellung, doch es ist das Gegenteil. Nichts daran ist simpel. Wenn jemand, von dem du so viel hältst, so etwas zu dir sagt, bedeutet das was. Es ist mehr als nur ein Satz. In seinen Augen ist es wahr. Sie sind schwarz und glänzen. Es ist ein trauriger, ehrlicher Blick.

Ich schaue nicht weg, und er schaut nicht weg. Rosas Hand liegt auf meinem Arm. Mein Atem wird flacher, ich spüre, wie mein Kinn anfängt zu zittern.

Ich bin der beste Mensch, den er kennt.

Und dann weine ich wieder, obwohl es mich ankotzt. Obwohl ich nicht will. Frank legt seinen Arm um meine Schultern, und das macht es noch schlimmer. Dann weine ich nicht nur, ich heule. Wie vorhin, wie ein kleiner Junge, ungehemmt und laut.

Am Anfang ist es mir unangenehm, es ist peinlich, aber dann ist es mir egal. Ich sitze da und weine, die Hände vorm Gesicht, die Beine angezogen. Rotz quillt mir aus der Nase, ich schluchze und sage immer wieder: *Ich wollte das nicht* und *Es tut mir leid.*

Rosa und Frank halten mich fest. Ihre Körper sind wie eine Zwangsjacke um meinen. Rosa sagt: *Ich weiß* und *Es ist okay.* Sie sagt es immer wieder, ganz leise, in einem beruhigenden Flüstern, so wie man mit Kindern spricht. Und Frank sagt: *Es war ein Unfall.* Er sagt es so oft, bis der Satz keinen Sinn mehr ergibt. Bis es in meinem Kopf nur noch einzelne Wörter sind, die nicht zusammenhängen. So oft, bis ich es glaube. Rosa streicht mir über den Rücken, Franks Kopf lehnt an meinem.

Ich dachte, ich weiß, was Nähe ist, aber ich hatte keine Ahnung davon. Für mich war Sex Nähe, nackt sein, ich in irgendeinem Mädchen, Schweiß, Stöhnen, so etwas. Aber das war keine Nähe. Es war gar nichts.

Nicht im Gegensatz zu dem hier.

In derselben Nacht, nur etwas später: Frank

Wir sitzen noch immer auf dem Dach, nicht in einem Dreieck so wie sonst, sondern in einer Reihe, David in unserer Mitte, Rosa und ich wie zwei menschliche Krücken neben ihm.

Es ist seltsam, wenn man genauer darüber nachdenkt. Wir sind nur hier, weil es zwei andere Menschen nicht mehr sind. Mein Großvater und Melissa.

Ich bin an Davids Schule gekommen, weil mein Großvater es so wollte. Weil er dafür gesorgt hat. Wäre er nicht gestorben, wäre ich wohl nie aufs Internat gegangen. Und David hätte die Schule nicht gewechselt, wenn Melissa nicht ertrunken wäre. Dieser leere Spruch *Das Leben geht weiter* ist vielleicht gar nicht so leer, wie ich immer dachte.

»Ich habe Hunger«, sagt Rosa.

»Ich auch«, sage ich.

Wir schauen beide zu David, sie von links, ich von rechts.

»Ich habe immer Hunger«, sagt er.

Es ist zwei Uhr morgens, und wir machen Spaghetti mit Käsesoße. Wir reden nicht, es sind stille Abläufe, jeder ist für sich, kümmert sich um irgendwas anderes. Wir hören wieder Jack Johnson, dieses Mal »Times Like These«. Rosa würzt die Soße, ich seihe die Nudeln ab, David holt Teller und Besteck.

Ich dachte, ich kenne ihn. Ich dachte, ich kenne ihn fast so gut, wie ich mich selbst kenne. Doch so ist es nicht, ich lag falsch damit. Es gibt Dinge in seiner Vergangenheit, von denen ich nichts weiß. Keine Kleinigkeiten, sondern sprichwörtliche Leichen. Und die gibt es auch bei mir. Vielleicht kann man einen Menschen niemals wirklich kennen, vielleicht bleiben immer blinde Flecken übrig. Einen davon hat er uns heute gezeigt.

Ich verteile die Spaghetti, Rosa die Soße, David holt zwei Flaschen Wasser. Dann klettern wir aufs Dach zurück, Rosa reicht uns die Teller, wenig später sitzen wir wieder da und essen, schweigsam und irgendwie erschöpft, jeder auf seinem Platz im Dreieck, die Gaslampe zwischen uns wie ein Lagerfeuer, das nicht flackert. Nebenher läuft »Everything's Not Lost« von Coldplay. Die Stimmung ist eine Mischung aus traurig, schön und entspannt. Ein ruhiger Frieden nach einem Sturm.

Wir essen und schweigen. Rosa hat Soße im Mundwinkel. Sie blickt auf, ich gebe ihr ein Zeichen, sie schleckt sie weg. David schaut in meine Richtung, sein Gesicht ist aufgequollen, seine Augen rot, das Blau wirkt dadurch noch intensiver. Er sieht nicht unglücklich aus. Keiner von uns tut das. Als wäre dieser Abend ein erstes Kapitel. Der Anfang von etwas. Von uns, von echter Freundschaft, von dieser Reise, von was auch immer. Es fühlt sich an, als würde es erst jetzt wirklich beginnen, als wären wir davor getrennt nebeneinander hergegangen, und jetzt gehen wir gemeinsam.

Vielleicht waren es Davids Tränen oder seine Ehrlichkeit, vielleicht war es unsere Umarmung, eine Einheit aus Körpern, die geistig weiterging.

Was es auch war, jetzt sind wir wir. Und das ist erst der Anfang.

Putty Beach, 4:16 Uhr morgens: Rosa

Da ist ein Geräusch, das mich aufweckt. Ein Knallen und Kratzen, Metall gegen Metall. Mein Herzschlag geht schnell, mein Verstand nur langsam. Ich schaue zu Frank und David hinüber, die beide senkrecht neben mir im Bett sitzen, körperlich wach, geistig nicht ganz, genauso wie ich. Es ist dunkel, ich erkenne nur ihre Umrisse. Von draußen dringt Scheinwerferlicht in den Bus. Meine Augen sind trocken von zu viel Wein und zu wenig Schlaf. Noch ein Geräusch. Reifen auf Asphalt. Dann Blaulicht. Scheiße. Es ist verboten, hier zu campen. Wir wussten das.

Ich frage mich, was es kostet, wenn man erwischt wird. Hundert Dollar? Zweihundert? Noch mehr? Zu meiner Schande denke ich sofort an die Kreditkarte von Davids Vater und schäme mich im selben Moment.

David schaut mich an, als hätte er dasselbe gedacht. Sein Gesicht wechselt zwischen Schatten und blau.

»Meint ihr, wir sollten aussteigen?«, fragt Frank leise.

»Auf keinen Fall«, sage ich kaum hörbar.

Wir sitzen da, angespannt und still, warten auf ein Klopfen, das nicht kommt. Ich weiß nicht, was schlimmer ist: die Stille oder das Warten. David späht aus einem Spalt zwischen Rollo und Karosserie.

»Siehst du etwas?«, fragt Frank im Flüsterton.

»Nein«, flüstert David zurück.

Ein Rascheln wie eine Plastiktüte, dann wieder Metall, ein

228

Quietschen, als müsste ein Scharnier geölt werden. Mein Bein ist eingeschlafen, aber ich traue mich nicht, es auszustrecken. Als würden sie den Bus nur dann wahrnehmen, wenn ich ein Geräusch mache. Als wäre er ansonsten unsichtbar.

Ich höre etwas direkt neben mir. Schuhsohlen, Schritte. David gibt mir ein Zeichen, dass ich auf meiner Seite nach draußen schauen soll. Ich will es nicht tun, aber ich tue es trotzdem, rücke näher an die Scheibe, blicke durch den Spalt. Blaues Licht leuchtet auf und verschwindet wieder.

Es ist ein Müllwagen.

Ich atme auf, nur daran merke ich, dass ich die Luft angehalten hatte.

»Und?«, fragt Frank.

»Ein Müllwagen«, sage ich.

»Was?«, sagt David. »Um vier Uhr morgens? Ein Müllwagen? Mit Blaulicht?«

Ich nicke. Es ist vollkommen absurd. Zwei Männer in Overalls, einer hat einen schwarzen Plastiksack in der Hand, der andere ist schon wieder eingestiegen. Es ist der einzige Mülleimer weit und breit.

Im Anschluss schlafen wir nicht mehr richtig ein. Erst lachen wir und können nicht mehr aufhören, danach sind wir zu wach. Eine Weile bleiben wir noch liegen, um halb sechs stehen wir auf und machen Kaffee. Davids Augen sind geschwollen, meine sind rot, und ich habe Frank selten so müde gesehen.

Wir sitzen nebeneinander auf dem Dach und beobachten den Tag, wie er gegen die Nacht gewinnt, so wie wir gestern der Nacht dabei zugesehen haben, wie sie sich dunkel über den Tag gelegt hat. Die Helligkeit wischt die Sterne weg. Es ist ein mattes kühles Licht, das langsam wärmer wird. Ein Haufen Pastelltöne, die ineinanderfließen, dazu das leise Rauschen der Wellen und ein Kaffee. Mehr kann man nicht wollen. Besser kann ein Tag nicht beginnen. Wir sitzen wie in einer Postkarte. Das Rosa ist so zart und sanft, dass ich meinen Namen zum ersten Mal mag. Ein Ton ganz nah an Weiß. Milchig und verwaschen.

»Ich wäre gerade nirgends lieber als hier mit euch«, sagt David.

»Geht mir genauso«, sage ich.

»Mir auch«, sagt Frank.

6:47 Uhr: David

Zwei alte Frauen kommen runter zum Strand, ich schätze sie auf fünfundsiebzig, vielleicht auch achtzig, beide sind im Schlafanzug, die eine trägt einen flatternden Morgenmantel, die andere nicht. Die mit dem Morgenmantel hat zwei Kaffeebecher dabei, die andere eine Drohne. Bei dem Anblick muss ich lachen. Ein menschenleerer Strand, und dann wir fünf.

Sie mustern uns, und wir mustern sie. Es ist offensichtlich, dass wir ihr Terrain betreten haben, nicht umgekehrt. Ich nehme an, sie kommen oft hierher. Immerhin tragen sie Schlafanzüge.

Rosa lächelt und sagt: »Good morning.«

Die zwei Damen lächeln zurück.

»Good morning«, sagen beide mit alten Stimmen, ein bisschen kratzig und ein bisschen hoch. Ich mag den Klang. Er erinnert mich an Kuchen.

Die zwei gehen an uns vorbei, bleiben ein paar Meter von unserem Camper entfernt stehen, die eine zündet sich eine Zigarette an, die andere startet ihre Drohne. Es ist ein absurdes Bild. Ich kann nicht aufhören zu grinsen. Irgendwann klettere ich vom Dach und gehe zu ihnen hinüber. Ich wollte immer mal eine Drohne fliegen, also stelle ich mich zu ihnen und schaue ein bisschen zu.

Die beiden Frauen heißen Netty und Jean, sind verwitwet und treffen sich seit Jahren jeden Morgen hier unten. Früher zum Laufen, irgendwann dann nur noch zum Spazierengehen. Inzwischen stehen sie die meiste Zeit, sagt Netty. Sie kennen sich seit ihrer

Jugend, seit der Zeit auf dem Gymnasium. Da waren sie vielleicht vierzehn oder fünfzehn, sagt Jean. Irgendwie ist es ein schöner Gedanke, dass sie da angefangen haben, wo wir jetzt sind. Sie erzählen, dass normalerweise so gut wie niemand herkommt – *wegen den Quallen*, sagt Netty und seufzt –, und wenn mal jemand da ist, dann nicht um diese Uhrzeit. *Sonst würden wir uns was anderes anziehen*, sagte Netty. Sie ist die ältere von beiden, *aber nur zwei Jahre*, meinte Jean. Sie haben beide diese papierartige, durchscheinende Haut – gebräunt, aber irgendwie auch grau – und Adern, die sich auf ihren Handrücken abzeichnen wie blaugrüne Würmer. Trotzdem wirken sie irgendwie jung, fast schon kindlich mit ihrer Drohne. Vielleicht, weil sie so viel lachen.

Rosa kommt zu uns und fragt, ob noch jemand Kaffee will. Netty, Jean und ich nicken. Ich schaue zu Frank, der neben dem Camper steht und das Frühstück vorbereitet. Ich bemerke, dass er fünf Teller und fünf Satz Besteck aus dem Camper holt. Dann greift er nach der großen Packung Toast und dem Toasteraufsatz für den Gaskocher, den er in Sydney kurz vor unserer Abreise gekauft hat. Er hat es nicht für sich getan – Frank isst auch labbrigen Toast –, er hat den Aufsatz für Rosa gekauft, weil sie labbrigen Toast nicht ausstehen kann. Ich habe nichts deswegen gesagt. Ich fand es eine nette Geste. Es war sehr Frank.

»I'll be right back«, sage ich zu den Ladies.

Jean lächelt mich an, Netty ist mit ihrer Drohne beschäftigt, dann gehe ich zu Frank rüber und neben ihm in die Hocke. Er sieht verdammt müde aus, aber auch gut gelaunt. Diese Beschreibung trifft gleichermaßen auf Rosa und mich zu. Augenringe, blasse Haut. Als wären wir körperlich verkatert, aber ansonsten erleichtert.

Frank legt zwei Toastscheiben auf den Aufsatz, es gehen nur zwei auf einmal, dann warten wir. Als er sie wenig später wendet, sind sie goldbraun und knusprig. Sie sehen aus wie aus dem

Toaster. Als die ersten fertig sind, buttere ich sie, und Frank macht die nächsten.

Zehn Minuten später essen wir zu fünft Toast mit Erdbeermarmelade und trinken Kaffee. Frank hat Musik angemacht. »In a Song« von den Kids of Adelaide. Ich dachte, die Band kommt aus Australien, vermutlich wegen dem Namen, aber sie kommen aus der Nähe von Stuttgart. Jetzt hören wir sie hier. Und irgendwie ist es, als hätten wir sie damit nach Hause geholt, als wäre die Musik jetzt endlich da, wo sie hingehört. Vielleicht sind aber auch einfach nur wir da, wo wir hingehören, und die Musik passt einfach nur ziemlich gut dazu.

Rosa beißt in ihren Toast, und bei dem Crunch-Geräusch, das er macht, sieht sie so zufrieden aus, dass ich grinsen muss. Frank schaut in ihre Richtung, ich in Richtung Strand. Da hin, wo wir gestern Abend nebeneinander lagen und in den Himmel geschaut haben. Es waren viel mehr Sterne als in der Nacht, in der Melissa ertrunken ist, aber es hat mich daran erinnert. An den Moment, kurz bevor ich es wusste. Kurz bevor ihr Arm mich gestreift hat. Ich denke an vergangene Nacht, an die Musik und an die Wellen und an Rosa und Frank, die mich zusammengehalten haben.

Wenn wir weiterfahren, gehe ich anders, als ich angekommen bin. Irgendwie leichter und irgendwie mehr ich. Ich werde diesen Ort nicht vergessen. Es war ein ziemlicher Umweg hierher, aber vielleicht musste ich den nehmen, um weiterzukommen.

»Come on, David«, sagt Netty und nickt in Richtung Drohne. »Now you have a go with the drone.« Ihr Lächeln ist süßlich und wissend, ein Oma-Lächeln. »I know you want to.«

Und wie ich will.

Zwei Tage später, morgens, Nelson Bay Golf Club: Rosa

Die Kängurus liegen überall. Im Schatten der Bäume, unter Sprinkleranlagen, die meisten schlafen. Ein Typ namens Harry fährt uns mit einem Golfcart über das Gelände. Außer uns ist niemand da. Es ist zu früh, meinte er. Die Nachmittagstouren wären immer ausgebucht, die morgens eher nicht. Den Tipp mit dem Golfclub haben wir von Netty. Sie hat uns gestern beim Abendessen davon erzählt. *There are Kangaroos everywhere*, sagte sie. *I mean it. Everywhere.*

Wir waren die letzten beiden Abende bei ihnen zu Hause, am ersten bei Jean, am zweiten bei Netty. Sie haben für uns gekocht. Vorgestern gab es Lammkoteletts mit Rosmarinkartoffeln. Und beides war so gut, dass ich am liebsten niemals aufgehört hätte zu essen. Jean hat einen Laib Brot dazu gebacken – es war ein Brot, das die Bezeichnung Brot verdient hat, und es war noch warm, mit einer reschen Kruste und luftigem, weichem Teig, in den die Kräuterbutter hineingeschmolzen ist. Den Rest davon hat sie uns mitgegeben. Ich habe heute Morgen, bevor wir losgefahren sind, Brote belegt, mit Schinken und Käse und Tomaten. Ich freue mich jetzt schon darauf, sie später zu essen.

An unserem Abschiedsabend hat Netty einen original australischen Meat Pie für uns gemacht. Sie sagte: *You can't leave Australia without having had a Meat Pie at least once.* Ich muss zugeben, dass ich anfangs etwas skeptisch war, man könnte auch sagen dumm, denn dieser Meat Pie war der Himmel auf Erden. Blätterteig, weich und knusprig und darin versteckt ein Fleischragout in Bratensoße. Die Füllung war cremig und würzig mit einem Schuss Rotwein, der Teig schmeckte nach Butter. Manchmal ist etwas so verdammt gut, dass es keine Worte dafür gibt, nur Laute, Seufzen und geschlossene Augen. Ich freue mich auf den nächsten Meat Pie, doch ich bezweifle, dass er so gut sein wird wie der von Netty. Es war schön mit den beiden. Sich mit ihnen zu unterhalten, über ihre Liebes- und Lebensgeschichten. Ausgefüllt mit Ehemännern und Kindern und Enkeln. Netty und Jean kennen sich seit fast fünfundsechzig Jahren. Ich frage mich, wie mein Leben mal aussehen wird, wenn ich darauf zurückschaue.

Harry bremst, und das Golfcart kommt zum Stehen.

»Here we are«, sagt er, und wir steigen aus.

Ich glaube, ich werde mich nie an diese Farben gewöhnen, daran, wie intensiv sie sind. Fast unecht. Oder aber genau so, wie sie aussehen sollten, es aber sonst nicht tun. Nicht wie Jeans, die zu oft gewaschen wurden, sondern neu. Die Wiesen liegen auf rollenden Hügeln wie dicke grüne Decken, der Himmel ist endlos blau, das Laub der Bäume raschelt im Wind, es sieht aus, als würde es glitzern.

Harry erzählt uns etwas über die Eastern Grey Kangaroos, die hier wild leben. Wie groß und wie alt sie werden, wo sie vorkommen – ich höre nur mit einem halben Ohr hin, bin zu fasziniert davon, wie zutraulich sie sind, dass sie sich kein bisschen vor uns fürchten, dass sie einfach liegen bleiben.

»You can touch them. But you don't want get too close to the Joeys«, sagt Harry.

»Wo sollen wir nicht zu nah hingehen?«, fragt David.

»Zu den Jungtieren«, antwortet Frank. »Die Australier nennen sie Joeys.« David grinst. »Was ist?«, fragt Frank. »Das stand in meinem Reiseführer.«

»Ich hab nichts gesagt«, sagt David amüsiert.

»Ach, leck mich doch«, sagt Frank, muss aber lachen.

Ich entferne mich von den beiden, Harry reicht mir etwas Futter, und ich gehe zu einem der Kängurus. Es ist schwer zu sagen, wie groß es ist, aber es ist ausgewachsen, kein Joey. Das Känguru blickt auf, bleibt aber vorerst noch im Schatten des Baumes liegen. Es mustert mich aus runden schwarzen Augen, seine Ohren erinnern mich an die von Hasen. Dann rappelt es sich auf und macht einen Satz auf mich zu. Es ist kleiner, als ich dachte, sein Kopf reicht mir gerade mal bis zum Ellenbogen. Ich gehe in die Hocke und strecke ihm vorsichtig meine Hand entgegen. Das Känguru schnuppert am Futter, es scheint den Geruch zu erkennen, denn dann fängt es an zu fressen, hält dabei meine Hand fest, als wollte es sichergehen, dass ich sie nicht wegziehe. Ich spüre seinen warmen Atem auf meiner Haut und streichle sanft über seinen Kopf. Es überrascht mich, wie weich sein Fell ist. Es fühlt sich an wie das unserer Katze damals. Das war genauso weich.

Wir bleiben über eine Stunde dort, füttern die Tiere und streicheln sie, sehen ihnen beim Schlafen und Herumspringen zu. David mögen sie am liebsten, sie behandeln ihn, als wäre er einer von ihnen, er darf sogar mit den Kleinen spielen. Jetzt steht Frank wieder bei Harry. Sie unterhalten sich. Und ich liege einfach nur da.

Eigentlich ist es albern. Jeder, der nach Australien kommt, will Kängurus und Koalabären streicheln. Es ist vermutlich das Touristischste, was man tun kann. Aber irgendwie sind diese Tiere wie ein Beweis dafür, dass wir wirklich hier sind – nicht nur weit weg, sondern so weit weg. So weit wie möglich.

Genau das wollte ich. Ich wollte irgendwohin, wo niemand meinen Namen kennt. Wo ich anders sein kann, weil ich nicht versuche, die Person zu sein, die ich im Laufe der Jahre geworden bin, sondern die, die ich wirklich bin. Nicht Mona Chopsis, sondern Rosa Dreyman. Ich glaube, ich war selten so nah an mir dran wie jetzt. Auf dieser Wiese zwischen den Kängurus.

Und dann sage ich mir, dass ich alles in mich aufnehmen muss, jedes einzelne Wort und jede Sekunde, weil es irgendwann vorbei sein wird, weil das hier nur auf Zeit ist. David, Frank und ich, diese Reise, das alles. Wir werden genauso auseinandergehen, wie wir zusammengefunden haben, wir werden uns verabschieden und jeder in sein Leben zurückkehren – ein Leben, das nichts mit dem hier zu tun hat. Und das trotzdem vollkommen anders ist als vorher.

Weil ich anders bin.

Zurück in Brisbane: Frank

Die Zeit mit Grace ist etwas Besonderes. Wir sind seit drei Tagen hier. Die Nächte verbrachten wir in unserem Camper — er stand auf einer freien Fläche neben dem Haus —, die restliche Zeit in Gesprächen. Es wurden viele und viele Flaschen Wein, für sie, nicht für mich. Ich kann auf eine Art mit Grace reden, die ich so nicht kannte. Auf eine Art, auf die ich gern mit meiner Mutter gesprochen hätte. Wir telefonieren nur, wenn es sich nicht vermeiden lässt, aber wir reden nicht, tauschen nur Informationen aus. Ja, ich bin gesund, nein, ich brauche kein Geld, Ja, ich melde mich wieder.

Grace ist erwachsen, ohne alt zu sein. Ich wünschte, diese Beschreibung würde auch auf mich zutreffen, doch ich befürchte, bei mir ist das Gegenteil wahr: Ich bin nicht erwachsen, nur zu alt.

Manchmal ertappe ich mich bei der Frage, ob es wirklich so gut war, bei meinem Großvater aufzuwachsen. Ob seine überholten Werte womöglich zu weit weg waren vom Jetzt, von einer Realität, in der ich mich nicht ganz zurechtfinde.

Meine Mutter war jung Mutter geworden, sie hätte sein können wie Grace. Eine Freundin, eine Vertraute, eine Stimme in meinem Kopf, nicht die Leerstelle in meinem Leben. Und wieder der Konjunktiv. Viel hätte und wäre, doch sie war nicht — vor allem nicht da. Und wenn doch, dann nur körperlich. In Gedanken war sie stets woanders: bei sich, bei meinem Vater, gefangen in der Unfairness ihres Lebens.

238

meine Mutter leidet, Grace lacht die meiste Zeit. Laut und ansteckend. Jedoch nicht, um laut zu lachen. Sie tut es nicht, damit andere sie bemerken, sie tut es, weil sie so lacht. Grace ist direkt, aber nicht taktlos, sie hört zu, interessiert sich, kann sich in andere hineinversetzen. Ich wünschte, meine Mutter wäre so. Ich wünschte, ich wäre so.

»Was machst du da?«, fragt Rosa.

Ich schlage das Notizbuch zu. »Nichts weiter«, antworte ich.

»David und ich fahren zu dieser Lagune im Zentrum, von der Grace gestern erzählt hat. Willst du mitkommen?«

Sie hat ihn zuerst gefragt. Und sie werden gehen, unabhängig davon, ob ich mich ihnen anschließe. Warum kümmert mich das? Dürfen wir nur zu dritt unterwegs sein? Und warum fragt sie mich überhaupt? Weil ich sonst beleidigt wäre? Oder weil sie mich gern dabeihätte?

»Ich bleibe lieber hier«, sage ich.

Das ist gelogen. Ich will mitgehen, aber noch mehr will ich, dass sie versucht, mich umzustimmen, dass sie mich überredet. *Bitte überrede mich.*

»Bist du dir sicher?«, fragt sie.

Ich nicke kurz. *Bitte, überrede mich.*

»Na gut, wie du willst«, sagt Rosa. »Wir sehen uns dann später.«

Sie lächelt und geht weg. Einfach so. Ich schaue ihr nach, allein auf der Veranda sitzend, der Garten wie ein Kriegsgebiet zwischen uns, aufgetürmte Erde, Löcher, unvollendete Beete. Ich könnte es mir noch anders überlegen, ich könnte ihr nachrufen, ein simples *Warte!*, das mir jedoch nicht über die Lippen kommt. Es steckt tief in meinem Hals wie eine Fischgräte, an der ich fast ersticke. David winkt mir zu, ich winke widerwillig zurück, dann steigen die beiden in den Camper und fahren weg.

Wir haben einen Deal, wir haben ihm alle zugestimmt. Nur Freunde, mehr nicht. Ich habe Ja dazu gesagt, weil ich wollte, dass es funktioniert, dass *wir* funktionieren. Aber so simpel es auch klingt, so schwierig ist es. Ich kann nicht beeinflussen, wie ich empfinde, es gibt keinen Knopf dafür, keinen Kippschalter, mit dem ich die Gefühle abstellen könnte. Es gibt bloß wieder Zeit und heilende Wunden.

Die Schiebetür zum Wohnzimmer geht auf, und Grace betritt die Veranda.

»Hey there«, sagt sie und setzt sich zu mir. »Ich dachte, ihr wolltet zur Lagune?« Sie trinkt einen Schluck Kaffee und stellt die Tasse ab.

»David und Rosa sind gerade gefahren«, erwidere ich.

»Was ist mit dir? Wolltest du nicht mit?«

»Nein«, sage ich.

»Warum?«, fragt Grace.

Ich spiele mit dem Kugelschreiber herum, schaue überallhin, nur nicht zu ihr, mein Blick würde ihrem nicht standhalten. Als ich nicht antworte, greift Grace nach dem Kaffeebecher und steht auf, ich schaue hoch.

Sie sagt: »Ich lasse dich dann mal allein.«

»Ich will nicht allein sein«, sage ich. Ich sage es schnell, es ist wie ein *Bitte bleib hier*, das ich nicht ausspreche.

Einen Moment steht sie neben mir, dann setzt sie sich wieder. So vergehen ein paar Sekunden, in denen ich wieder zu viel denke und wieder nichts sage.

»You're in love with her, aren't you?«, sagt Grace.

Ich weiche ihrem Blick aus, zögere, als hätte es irgendeinen Sinn, es zu leugnen, als hätte dieser eine Satz nicht schon gezeigt, dass sie mich durchschaut hat. Ich halte mich an dem

Kugelschreiber fest, so fest, dass meine Knöchel weiß hervortreten. Dann nicke ich. Es ist ein kurzes, kaum sichtbares Eingeständnis.

»Hast du es ihr gesagt?«

»Nicht direkt«, sage ich. »Aber sie weiß es.«

»Und da bist du dir sicher?«

Bin ich das? Ich denke schon.

»Ja«, sage ich. »Sie weiß es.«

Grace trinkt noch einen Schluck Kaffee. »Du hast also zu ihr gesagt: ›Ich bin in dich verliebt‹«, fragt sie.

»Nein«, sage ich. »Das nicht.«

»Dann weiß sie es nicht.«

»Doch das tut sie«, erwidere ich. »Sie ist nur nicht an mir interessiert.«

»Na ja, sie schläft mit dir«, sagt Grace. »So desinteressiert kann sie nicht sein.«

Ich weiche ihrem Blick aus, antworte nicht, betrachte die feinen Linien der Holzmaserung des Tisches, fahre sie mit dem Finger nach.

»Glaub mir«, sagt Grace nach einer Weile, »ein Mädchen wie Rosa geht nicht mit einem Jungen ins Bett, für den sie nichts empfindet.«

»Kann sein«, sage ich. »Nur, dass zwischen uns nichts lief.« Ich schaue hoch, direkt in Graces Augen. »Da habe ich gelogen.«

Sie legt die Stirn in Falten, der Ausdruck in ihrem Gesicht eine Mischung aus ungläubig und beeindruckt.

»Really?«, fragt sie.

»Ja«, sage ich. »Es stimmt nicht. Nichts davon.«

»Du warst sehr überzeugend«, murmelt sie.

Ich lächle gegen meinen Willen. »Und du sehr neugierig«, sage ich.

Grace nickt. »Fair enough«, sagt sie und dann: »Also war nichts zwischen euch?«

Ich denke an die Nacht zurück, in der David angerufen hat und ich drangegangen bin, an die Nacht außerhalb von Melbourne, an Rosa und mich und diesen Kuss, der beinahe geschehen ist, nur beinahe, ihre Lippen auf meinen, meine Zunge so kurz davor, ihre zu berühren. Es fühlt sich an, als wäre nichts davon wirklich passiert.

»Also war doch etwas zwischen euch«, sagt Grace. Es ist keine Frage, es ist eine Feststellung. Ich habe zu lang geschwiegen.

Und dann fange ich an zu reden. Erst einzelne Sätze ohne erkennbaren Zusammenhang, dann wird es ein Netz, etwas, das langsam Sinn ergibt, und irgendwann ist es die gesamte Geschichte, vom ersten Moment bis ins Jetzt. Von meinen Gefühlen für Rosa, meiner Faszination für sie, die alles übersteigt, von der Anziehung, die sie auf mich ausübt, so körperlich, dass ich mich davor fürchte und auch dafür schäme.

Grace macht frischen Kaffee, eine ganze Kanne, wir trinken sie aus, während ich rede und sie zuhört, während es langsam dunkel wird und die Temperatur erträglicher.

Ich erzähle ihr von meiner Unerfahrenheit, von meinem Kopf, der mir immer im Weg stand, von der unbändigen Angst, dass ich irgendwo tief in meinem Inneren gefangen bin und nicht aus mir herauskomme, weil mein Großvater mir beigebracht hat, dass souveräne Menschen sich nicht produzieren, dass sie sich nicht in den Mittelpunkt drängen, dass sie wissen, wer sie sind, und niemanden brauchen, um allein stehen zu können – zu sich und zu ihrer Meinung. Dass sie es nicht nötig haben, laut zu sein, weil das Außen keinen Einfluss auf sie hat, weil nur das Innen zählt. Ich wollte seinen Erwartungen entsprechen, ihm gerecht werden, jemand sein, auf den er stolz sein kann.

»Denkst du denn nicht, das wäre er?«, fragt Grace und öffnet eine Flasche Rotwein.

»Ich weiß es nicht«, sage ich. »Ich hoffe es.«

»Welchen Teil von dir versteckst du?«, fragt sie und reicht mir ein Glas Wein. Ich nehme es und trinke einen Schluck. Ich weiß nicht, warum ich dieses Mal nicht Nein sage, vermutlich, weil es mir mit ihr allein erwachsen und kultiviert erscheint. Der Wein schmeckt fruchtig und herb, hinterlässt ein warmes Gefühl in meinem Magen, wie eine kurze Umarmung, die man trinken kann. Vielleicht hat mein Vater deswegen so gern getrunken.

»Ich weiß es nicht«, sage ich. »Ich wäre gerne lauter.«

»Dann sei lauter«, sagt sie. »Du bist jung, du bist am anderen Ende der Welt, wenn du dich hier nicht ausprobieren kannst, wo dann?«

Ich sage nichts, schaue sie nur an, diese Frau, die ich kaum kenne und zu der ich offener war als zu den meisten Menschen, vielleicht sogar zu allen.

»Was ist, wenn ich diesen anderen Frank nicht mag?«, frage ich und klinge wie ein Kind. Ein Kind mit einem Glas Rotwein in der Hand.

»Dann lässt du ihn hier«, sagt sie. »Weißt du, du musst überhaupt nichts tun. Ich sage nicht, schlaf mit tausend Frauen, ich sage nicht, Rosa ist es nicht wert und sie sollte dir egal sein. Ich sage nur, du darfst dich verändern. In jede Richtung. Und wenn dir die Richtung nicht gefällt, kehrst du einfach um.«

Sie sagt es, als wäre es ganz einfach. Und vielleicht ist es das. Vielleicht hat sie recht. Nicht die Lösung ist das Problem. Das Problem ist der erste Schritt. Er und die Überwindung, die es kostet, ihn zu gehen.

»Du bist ein außergewöhnlicher Junge, Frank«, sagt sie, trinkt ihren Wein aus und schenkt uns beiden etwas nach. »Du bist schwer zu durchschauen, deine Fassade zeigt so gut wie nie, was in dir vorgeht, du bist undurchsichtig und nachdenklich. Das ist faszinierend, aber es schüchtert Menschen auch ein.«

»Du hast mich durchschaut«, sage ich.

»Ich bin achtunddreißig«, sagt sie, »Rosa ist erst achtzehn.«

»Und? Ich bin siebzehn«, sage ich.

»Nein, das bist du nicht. Aber genau das solltest du sein.«

Drei Stunden zuvor, Southbank Lagoon: Rosa

»Weißt du, warum Frank nicht mitgekommen ist?«, fragt David. Die Art, wie er die Frage stellt, verrät nicht, ob er es weiß oder ob er es selbst gern wüsste.

»Keine Ahnung«, sage ich, »er hatte wieder diese seltsame Laune. Ein Gesicht wie eine Wand.«

David lacht. »Er wollte, dass du ihn überredest.«

»Was?«, sage ich. »Niemals.«

»Garantiert«, sagt David. »Das passt zu Frank.«

Ich schaue weg, zur Skyline, die direkt vor uns liegt, gefühlt nur ein paar Meter hinter meinen ausgestreckten Beinen. Die Hochhäuser sehen so aus, als würden sie aus dem Wasser wachsen, wie zu hohe Bäume aus Beton, davor stehen echte. Es gibt sogar Palmen. Ein perfekter Sandstrand mitten in der Stadt, der nichts kostet – dementsprechend voll ist es.

»Was meinst du damit?«, frage ich. »Wieso passt das zu Frank?«

»Er testet Menschen«, sagt David. »Ob er ihnen wirklich wichtig ist, ob sie Wert auf ihn legen, ob er ihnen vertrauen kann, solche Sachen.«

»Aber er weiß, dass er mir wichtig ist«, entgegne ich.

»Vielleicht«, sagt David, »vielleicht auch nicht.«

Ich schaue zu ihm rüber, wie er daliegt, auf die Ellenbogen gestützt, den Kopf in den Nacken gelegt, seine Augen sind geschlossen, die Sonne scheint ihm ins Gesicht und auf den Oberkörper. Die Badehose ist halblang und blau – ein ähnlicher Farbton wie seine Augen. Er ist zufrieden mit sich selbst, zumindest mit seinem Körper und seinem Aussehen. Ich habe selten jemanden getroffen, der sich so wohl in seiner Haut fühlt. Jede Bewegung, die Art, wie er geht und wie er sitzt, die Tatsache, wie oft er nur in Boxershorts oder Badehosen herumläuft. Ich kenne so etwas sonst nur aus Dokumentationen über Naturvölker. Wo Menschen völlig unbefangen halb oder ganz nackt durch die Gegend laufen. David ist genauso. Ich glaube, er zieht sich nur etwas an, weil er muss. Und dann nur so wenig wie möglich. Kurze Hose, Flipflops, ein offenes Hemd – oft nicht mal das.

Er öffnet die Augen und sieht zu mir, bemerkt meinen Blick, bevor ich seinem ausweichen kann. Ich tue es dann trotzdem, schaue zu den spielenden Kindern mit dem Wasserball.

»Ist etwas zwischen euch gelaufen, zwischen Frank und dir?«, fragt er.

Ich schüttle den Kopf und denke an den Abend zurück, die Nacht außerhalb von Melbourne. An diesen einseitigen, halbfertigen Kuss, den er nicht erwidert hat.

»Du weißt, dass er auf dich steht«, sagt David. »Du musst es wissen.«

»Ich glaube, er weiß selbst nicht so recht, was er will«, antworte ich.

David lacht auf. »Ich glaube eher, du weißt nicht so recht, was du willst«, erwidert er.

Ich setze mich auf und sehe ihn an.

»Wie kommst du darauf?«, frage ich. Die Frage klingt schroffer, als ich wollte.

»Frank ist in dich verliebt, Rosa«, sagt er. »Das ist so.«

»Und das weißt du, weil?«, frage ich.

»Weil ich ihn kenne«, sagt David.

»Du kennst ihn, also …«

»Ja«, sagt er.

»Okay«, sage ich, etwas zu laut und eindeutig wütend, »wenn du ihn so gut kennst und wenn er so verliebt in mich ist, wie du sagst, warum hat er dann meinen Kuss nicht erwidert?«

David runzelt die Stirn und rappelt sich auf.

»Du hast ihn geküsst?«, fragt er, irgendwie erstaunt und irgendwie noch etwas anderes.

»Ich wollte es«, sage ich, »aber er wollte nicht.«

»Er wollte garantiert«, sagt David, und sein Tonfall lässt keinen Zweifel daran, dass er es so meint.

»Und warum ist er dann ans Handy gegangen, anstatt mich zu küssen?«

David hebt die Augenbrauen. »Das hat er nicht getan.«

»Doch«, sage ich. »Es war in der Nacht, als du ihn aus Sydney angerufen hast.«

David sagt nichts, er schaut mich nur an.

»Und du bist dir sicher, dass er kapiert hat, dass du ihn küssen willst?«, fragt er nach einer Weile. »Ich meine, Frank ist klug, aber manchmal ...«

»Meine Lippen lagen auf seinen«, falle ich ihm ins Wort. »Ich würde also sagen, ja.«

»Was für ein Vollidiot«, murmelt David.

»Die Tage davor hat er deine Anrufe immer ignoriert. Und dann auf einmal nicht mehr. Und das in *so einem* Moment.« Pause. »Also, sag mir noch einmal, wer hier nicht weiß, was er will?«

David schaut mich an, es ist ein langer direkter Blick. »Dann willst du ihn?«, fragt er.

Die Antwort sollte mir leichtfallen, aber sie tut es nicht. Sie ist irgendwo zwischen Ja und Nein, pendelt hin und her.

Bevor David aufgetaucht ist, gab es kein Pendel, da gab es nur ein Ja.

Auf dem Rückweg zu Grace: David

Dass sie versucht hat, ihn zu küssen, stresst mich. Und irgendwie hat es mich überrascht. Keine Ahnung warum. Es hätte mich nicht überraschen sollen. Außerdem geht es mich einen Scheißdreck an.

Rosa fährt, und ich schaue auf die Straße. Die Musik erweckt den Eindruck, dass die Stimmung gut ist, aber eigentlich ist nur die Musik gut. »Clint Eastwood« von den Gorillaz. Ich habe es seit Jahren nicht mehr gehört. Rosa liebt den Song. Aus dem Augenwinkel sehe ich, wie sie mit den Händen den Takt aufs Lenkrad klopft.

Wenn ein Typ gut genug für sie ist, dann ist es Frank. Daran besteht kein Zweifel. Sie passen gut zusammen, zwei tiefe Wesen. Vielleicht ist er ein bisschen unerfahren, aber er würde schon draufkommen, was sie im Bett mag – etwas, woran ich nicht denken will. Auch nicht, ob sie Erfahrung hat. Ich will an nichts davon denken. Außerdem weiß Frank vielleicht genau, was er tut. Er hat bestimmt einen Haufen Bücher darüber gelesen. *Die Mysterien des weiblichen Körpers, Das Wunder des vaginalen Orgasmus* – ich würde es ihm zutrauen. Wahrscheinlich weiß er ganz genau, was zu tun ist. Es wäre ein Fehler, Frank zu unterschätzen. Es heißt nicht umsonst, stille Wasser sind tief. Und stiller als Frank geht nicht.

Ich erinnere mich noch, dass wir vor ein paar Jahren mal auf einer Party waren. Im Seehaus von Gregor, einem Typen aus unserer Stufe, mit dem ich nur ab und zu zu tun hatte. Ich bin relativ bald mit meiner damaligen Freundin in einem der Gästezimmer verschwunden, und wir haben gevögelt. Als ich eine Stunde später ins Wohnzimmer zurückkam, hat Frank auf dem Sofa mit Gregors Schwester rumgemacht. Ich kann mich nicht an ihren Namen erinnern – es war irgendwas Italienisches, Laura, Isabella, etwas in die Richtung, ich weiß es nicht mehr –, aber ich weiß noch, dass sie verdammt hübsch war. Lange dunkle Haare, ein Gesicht wie ein Reh und einen Arsch zum Niederknien. Selbst zwei Jahre nach dieser Party hat Laura/Isabella noch davon geschwärmt, wie gut Frank geküsst hat. Sie meinte, dass sie nie wieder so geküsst wurde wie von ihm in dieser Nacht – dem kleinen unerfahrenen Frank, der keine Ahnung von Mädchen hat.

Die Playlist ist zu Ende. Bis auf den Straßenlärm und die Geräusche der Stadt, die durch die offenen Fenster zu uns dringen, ist es auf einmal still. Ich hole mein Handy aus der Tasche und suche nach neuer Musik. Beim Durchscrollen sticht mir ein Titel ins Auge: »Lick Your Wounds«. Irgendwie passt das, also wähle ich ihn aus. Hauptsache nicht reden.

Eigentlich müsste ich gut gelaunt sein. Immerhin war ich mehrere Stunden in der Nähe von Chlor und habe nicht gekotzt. Und nein, ich bin nicht ins Wasser gegangen, aber ich war so nah an einem Pool wie seit Jahren nicht mehr, das ist doch schon was.

Wenn ich den Tag im Zeitraffer in meinem Kopf abspiele, war er gut. Rosa und ich haben uns unterhalten und zusammen gegessen. Seit heute weiß ich, dass sie Marie mit zweiten Namen heißt und dass ein australischer Kebab nichts mit einem Döner Kebab zu tun hat. Er sieht aus wie ein Dürüm, aber sie benutzen keine Joghurtsoße, sondern Ketchup, und dann hauen sie noch einen Haufen Käse drauf. Nicht Schafskäse oder so was, sondern geriebenen Gouda. Es hat verdammt geil geschmeckt. Und trotzdem bin ich scheiße drauf. Weil sie ihn küssen wollte. Sie wollte ihn küssen.

»Ist bei dir alles okay?«, fragt Rosa mit einem Blick zu mir. »Klar«, sage ich und grinse. Mein Gesicht macht mit, was soll es auch sonst tun? Es wurde im Laufe der Jahre darauf abgerichtet wie ein Hund. Wenn jemand gut gelaunt aussehen kann, ganz egal, wie beschissen es ihm geht, bin ich das. Ganz der Sohn meiner Mutter. Da hat sie gute Arbeit geleistet. Ich schaue wieder aus dem Fenster, und Rosa zurück auf die Straße.

Zehn Minuten später kommen wir bei Grace an. Rosa parkt den Camper auf dem frei stehenden Grundstück neben dem Garten, stellt den Motor ab und schaltet die Scheinwerfer aus. Das Haus ist dunkel, nirgends brennt Licht, nur auf der Veranda. Ich höre jemanden lachen, einen Mann.

Rosa zieht die Schlüssel ab und streift sich eine Haarsträhne hinters Ohr. Ich mag es, wenn sie das macht. Vielleicht, weil es so mädchenhaft ist, keine Ahnung, irgendwie schüchtern, jedenfalls mag ich es. Sie greift nach ihrer Tasche – einem Jutebeutel mit langen Henkeln, in den sie ihr Handtuch und eine Wasserflasche gestopft hat. Auf der Vorderseite steht *Emotional Baggage*. Ich steh auf ihren Humor. Und ich steh darauf, wenn sie meinetwegen lacht. Rosa öffnet die Fahrertür, das Licht im Wagen geht an. Sie hat wirklich lange Beine.

Wenig später gehen wir durch den Garten, scannen den Boden vor uns, damit wir nicht in eins der Erdlöcher fallen, die Grace ausgehoben hat. Die Schiebetür zum Wohnzimmer steht offen, aus dem Haus ist Musik zu hören. Es ist derselbe Song, den Grace gestern zum Kochen angemacht hat. Ich habe ihn auf unserer Playlist gespeichert, als eine Art Erinnerung an sie. »Sing About It« von The Wood Brothers.

Ich stolpere fast über eine Schaufel, Rosa hält mich am Arm fest. Dann lacht plötzlich jemand. Es klingt nach Frank. Aber es kann unmöglich Frank sein. Dann noch mal. Es war eindeutig sein Lachen, aber viel zu laut. Als hätte es jemand an einen Verstärker angeschlossen und aufgedreht. Rosa sieht in meine Richtung, ihr Blick besteht fast nur aus Schatten, wir stehen nebeneinander im Garten und schauen auf die Terrasse, sie hält mich noch immer am Arm fest.

Frank und Grace sitzen zusammen am Tisch, zwischen ihnen eine fast leere Flasche Rotwein und zwei Gläser. *Zwei* Gläser. Frank hat getrunken. Frank trinkt nie. Grace sagt irgendwas, und sie kichern los. Frank kichert. Er klingt wie jemand anders.

»Ist er betrunken?«, fragt Rosa leise.

»Keine Ahnung«, sage ich. »Er ist jedenfalls sehr fröhlich.«

Wir gehen weiter, Rosa lässt meinen Arm los, die Stelle, die sie berührt hat, bleibt warm. Wir betreten die Terrasse, auf dem Tisch steht nicht nur Wein, da sind auch zwei leere Teller. Es riecht noch nach Essen. Nach Fleisch mit Braten- oder Tomatensoße. Ich hab schon wieder Hunger.

Eine Bodendiele knarzt, dann schauen Frank und Grace hoch.

»Da seid ihr ja wieder«, sagt sie. »Hattet ihr einen schönen Tag?«

Rosa und ich nicken. Wir schauen beide zu Frank. Und er sieht irgendwie anders aus als vor ein paar Stunden. Nicht äußerlich. Äußerlich ist alles wie immer. Die Jeans, das dunkelblaue T-Shirt, die Birkenstocks, seine halblangen, fast schwarzen Haare. Der Blick ist glasiger, aber das meine ich nicht. Es ist etwas anderes. Keine Ahnung was.

Lauter.

Zwei Tage später, unterwegs: Frank

Den Camper zu fahren ist eigentlich ganz einfach. Das Problem waren weder die Handhabung noch der Linksverkehr, das Problem war mein Perfektionismus. Ich versuchte nicht einfach zu fahren, ich versuchte, keine Fehler zu machen, ohne es je wirklich ausprobiert zu haben. Etwas, das bei genauerer Betrachtung reichlich töricht ist. Wäre ich als Kind genauso gewesen, ich hätte niemals laufen gelernt. Ich wäre sitzen geblieben, um ja nicht umzufallen.

Das Muster, Dingen auszuweichen, weil ich Fehler machen könnte, begann bei mir bereits im Grundschulalter. Ich war noch nicht ganz sieben Jahre alt und in der ersten Klasse, wir spielten regelmäßig ein Spiel, das die meisten meiner Mitschüler mochten, das ich jedoch verabscheute. Es hieß *Der Rechenkönig* und lief folgendermaßen: Unsere Klassleitung, Frau Basinger, wählte vier Schüler aus, von denen sich jeder in jeweils eine Ecke des Klassenzimmers zu stellen hatte. Dann formulierte sie einfache Rechenaufgaben. Derjenige, der sie als Erster korrekt beantwortete, rückte eine Ecke weiter und nahm damit den Platz des Schülers ein, der zuvor dort gestanden hatte. In etwa wie bei *Mensch ärgere dich nicht*. Irgendwann war dann nur noch ein Schüler übrig: der Rechenkönig.

Ich verlor das Spiel jedes Mal, von der ersten bis zur vierten Klasse. Das lag nicht etwa daran, dass ich die Antworten nicht gewusst hätte, ich hatte lediglich zu große Angst davor, dass sie falsch sein könnten. Was sie nie waren. Ich hatte die Lösung schon im Kopf, lange bevor sie ein anderer der drei Mitspieler sie in den Raum rief. So schaffte ich es über Jahre, ein Spiel zu verlieren, in dem ich eigentlich der Beste war.

Das ist nur ein Beispiel, das erste, das mir einfällt, das erste, an das ich mich bewusst erinnern kann. Seither gab es noch andere Dinge, die ich gern getan hätte, aber nicht getan habe. Die Gründe dafür waren stets dieselben gewesen: Meine Gegner könnten besser sein als ich und ich einfach nicht gut genug. Als wäre man erst dann ein Versager, wenn es jemand mitbekommen hat, wenn es Zeugen gibt. Als wäre nicht die Tatsache, es nie zu versuchen, das größte Versagen von allen.

Würde ich eine Liste darüber führen, was ich bereue, nicht getan zu haben – was ich nicht tue, aber würde ich es doch –, es stünden folgende Punkte darauf:

1. Laufen. Ich war ziemlich gut in Leichtathletik, meine besten Leistungen erzielte ich im Laufen, auf Zeit und auf Strecke. Mein damaliger Sportlehrer meinte, ich hätte Talent. Er sprach sogar mit meinem Großvater darüber, sagte, er wolle mich fördern, mich unter seine Fittiche nehmen. Er war der Auffassung, ich hätte Chancen, bei Wettbewerben anzutreten und zu gewinnen. Mein Großvater fragte mich, ob ich daran Interesse hätte. Ich war neun Jahre alt und sagte Nein. Als er wissen wollte, weshalb, log ich ihn an und behauptete, Laufen mache mir keinen Spaß. Ich frage mich bis heute manchmal, ob er damals wusste, dass ich ihn belüge. Zuzutrauen wäre es ihm. Trotzdem sprach er das Thema nie wieder an. Und ich hörte auf zu laufen, weil ich unter keinen Umständen Mittelmaß sein wollte. Mein Sportlehrer war enttäuscht. Ich auch. Doch ich sprach nicht darüber. Und nach dem Tod meines Großvaters wusste niemand mehr von meinem vermeintlichen Talent. Er nahm es mit ins Grab, und ich

verdrängte es. David denkt, ich hasse Sport, aber so ist es nicht. Meine Angst zu verlieren, war einfach größer als meine Liebe zum Laufen.

2. Schreiben. Nicht ganz ein Jahr, nachdem mein Großvater mich zu sich geholt hatte, begann ich, Tagebuch zu führen. Anfangs tat ich es, weil er es tat, weil Kinder unweigerlich das kopieren, was sie sehen, im Guten wie im Schlechten. Letztendlich blieb ich dabei, weil ich es mochte. Anfangs notierte ich alles, was ich an einem Tag erlebt und getan hatte, dann alles, was ich dachte, und dann alles, worüber ich nicht nachdenken wollte. Irgendwann kamen Geschichten dazu, kleine Märchen, Gedichte, einzelne Sätze, die mir gefielen. Wenn ein Notizbuch voll war, schenkte mir mein Großvater ein neues, es waren die gleichen, die auch er verwendete. Und dann saßen wir gemeinsam am Esstisch, jeder vertieft in seine Worte, ich mit einer heißen Schokolade, er mit einer Tasse Tee. Diese Tradition blieb bestehen, bis er starb. Danach führte ich sie alleine fort, hielt meine Gedanken fest, nicht mehr täglich, nicht mehr mit heißer Schokolade, nur noch in den gleichen Notizbüchern. Sie gaben mir das Gefühl, er wäre noch da. In ihrem Papier, in ihrem Einband. Ein paar Jahre nach seinem Tod las ich von einem Kurzgeschichten-Wettbewerb. Das Thema lautete *Zeit*. Ich war fünfzehn Jahre alt und schrieb die kommenden vier Wochen wie besessen an einem Beitrag, den ich dann jedoch niemals einreichte. Nicht, weil ich überzeugt davon war, dass er nicht gut genug wäre, sondern weil ich Angst davor hatte, ein anderer könnte besser sein.

3. Isabella. Ich machte mir nie wirklich viel aus Mädchen. Nacktheit, Küsse, Zungen, das alles war mir suspekt. Ich verstand es nicht. Doch wie es so häufig ist, gab es eine Ausnahme, das eine Mädchen, das die Regel bestätigte und das ich vielleicht hätte

mögen können, wenn ich es denn jemals wirklich kennengelernt hätte. Der Abend, an dem ich sie traf, liegt ein paar Jahre zurück, irgendeine Party bei irgendeinem Freund von David, ein Typ namens Gregor, mit dem ich nichts gemeinsam hatte. David nahm mich auf die Party mit – mich und seine damalige Freundin Valerie. Ich war das dritte Rad und er mit ihr recht bald verschwunden, nackt in irgendeinem fremden Bett, während ich auf dem Sofa saß und mich fragte, was ich dort eigentlich tat. Allein auf einer Couch, auf einer Party, bei der ich niemanden kannte. Es dauerte nicht lang, und Isabella setzte sich zu mir – die jüngere Schwester des Gastgebers, was ich zu jenem Zeitpunkt jedoch noch nicht wusste –, ein bildschönes Mädchen mit großen braunen Augen und einem Mund, der eigentlich zu klein war für ihr Gesicht. Wie ein kleiner roter Kreis. Er erinnerte mich an eine Chinesin, der Rest ihres Gesichts war italienisch und die Kombination faszinierend. Diese großen Augen und dieser kleine Mund. Wir unterhielten uns, und es war einfach, ein Satz, der zu einem anderen führte, ein Thema, das das nächste ergab. Nach etwas über einer halben Stunde sagte sie mir ihren Namen – ich hatte vergessen, sie danach zu fragen. Sie sagte: *Ich heiße Isabella,* und dann küsste sie mich. Ohne jede Vorwarnung, kein Moment des Nachdenkens oder Zögerns, keine Sekunde, in der ich mir über alle Folgen hätte bewusst werden können. Nur ihre Lippen auf meinen und ihre Zunge, die nach meiner suchte.

Der Rest ist wie ein Film hinter beschlagenem Glas. Ich weiß noch, wie schnell ich hart wurde und dass ich irgendwann auf ihr lag, unter uns das Sofa, dann sie, dann ich zwischen ihren Beinen. Ich erinnere mich, wie fest ich sie hielt und wie mein Körper gegen ihren rieb. Er tat es einfach, es hatte nichts mit mir zu tun. Ich spürte ihre Hände auf meiner Haut und ihre Haut unter meinen. Weich und glatt. Ich küsste sie, als würde ich darum kämpfen, nicht zu ertrinken. Als wäre sie Sauerstoff. Ich kam in meiner

Hose und David wieder nach unten. Ich weiß nicht mehr, was danach passierte. Ich weiß nur, dass das auf dieser Couch mit Isabella die körperlichste Erfahrung war, die ich je hatte – die einzige ihrer Art. Sie war viel intensiver gewesen als der Sex später aus Neugierde. Trotzdem habe ich seit Jahren nicht mehr an Isabella gedacht. Erst als Grace mich fragte, ob es denn wirklich nie ein anderes Mädchen für mich gegeben habe. Da fiel sie mir wieder ein. Sie und alles, was vielleicht hätte sein können.

Wenn ich an diese Nacht zurückdenke, ist sie noch immer erregend, doch die Erinnerung fühlt sich nicht an, als würde sie mir gehören. Sie fühlt sich an, als hätte ich sie geliehen, wie etwas, das ich gelesen habe, eine Textstelle, zu der ich mich selbst befriedige, die ein anderer erlebte und die ich mir nur ausleihe, wenn meine Triebe stärker werden als mein Verstand und ich schließlich dem Bedürfnis nachgebe, die Augen schließe und mir unter der Dusche einen runterhole. Ich sprach nie wieder mit Isabella – jedenfalls nicht wirklich. Mal ein Hallo, ein Tschüss, ein paar höfliche Floskeln, wenn wir ihren Bruder trafen und sie dabei war. Ich glaube, ich hätte sie gemocht, wenn ich sie gekannt hätte. Doch ich wusste nicht, was zu tun ist, ich wusste nicht, wie es von dem Punkt, wo wir waren, weitergehen sollte. Darum mied ich sie, und es ging gar nicht weiter, nur jeder von uns in eine andere Richtung.

Diesen Camper zu fahren, ist also für mich keine belanglose Kleinigkeit, es ist ein Schritt aus mir heraus. Etwas, das nicht nach viel aussieht, aber viel ist. Ich bin diesen Bus nur gefahren, als Rosa und ich in dem Wohngebiet in Melbourne geübt haben. Auf dunklen Straßen, ohne Verkehr und andere Teilnehmer. Danach nicht mehr. Es fiel nicht weiter auf, weil Rosa gerne fährt und weniger gern mitfährt. Jetzt schläft sie. Ich sitze am Steuer, und sie schläft. Ich hatte befürchtet, mich blöd anzustellen, dachte, ich würde versehentlich in den Gegenverkehr abbiegen, den Motor absterben lassen, den Schleifpunkt nicht finden. Aber nichts davon ist passiert. Ich fahre einfach. Es ist ganz leicht. Wir sind seit knapp zwei Stunden unterwegs. Der Bruce Highway liegt breit und recht leer vor mir. Unser nächstes Ziel lautet Fraser Island. Grace meinte, es sei ein magischer Ort, wenn man von den Touristen und den Saufgelagen der Engländer absieht. Ein Ort, den man nicht vergisst.

Natürlich hatte ich bereits im Vorfeld einiges über Fraser Island in meinem Reiseführer recherchiert – die größte Sandinsel der Welt mit mehr als einhundert Süßwasserseen, der bekannteste davon ist der Lake MacKenzie; die Insel liegt knapp zweihundertneunzig Kilometer nördlich von Brisbane; in der Sprache der Aborigines heißt sie K'gari, was so viel wie Paradies bedeutet; Fraser Island ist der einzige Ort, an dem man Regenwälder auf sandigem Untergrund findet; außerdem Eukalyptusbäume, Mangrovensümpfe, Heideland und Wildblumen; es gibt freilebende Dingos, Opossums, Süßwasserschildkröten; seit 1992 Teil des UNESCO-Weltkulturerbes und etwa doppelt so groß wie Rügen.

Grace meinte, ich solle das alles vergessen, nichts mehr recherchieren, einfach nur dort sein, ein Teil davon werden, an einem der Seen liegen und die still stehenden Wolken ansehen. Sie sagte: *Als ich das erste Mal dort war, war es, als gäbe es keine Zeit mehr. Da habe ich verstanden, dass der Mensch sie erfunden hat.* Ich packte meinen Reiseführer in den Rucksack und holte ihn seither nicht wieder heraus – sehr zu Rosas und Davids Erstaunen.

Ich sehe zu den beiden hinüber, wie sie halb aufeinanderliegend schlafen, Rosa mit dem Kopf am Fenster, David auf ihrer Schulter, sein nacktes Knie berührt ihres. Ein Anblick, der mich stört und nicht stört. Der mir vielleicht sogar gefällt. Vorgestern hätte ich diesen Gedanken noch verdrängt, heute denke ich ihn, und es ist in Ordnung. Als hätte Grace mir die Erlaubnis dazu gegeben. Ich frage mich, ob sie weiß, dass sie eine Rolle in meinem Leben gespielt hat, dass sie wichtig war. Und hoffe es.

Ich kurble das Fenster etwas weiter herunter, der Wind ist warm wie ein Föhn, die Sonne brennt senkrecht auf den Camper, ich mache Musik an, »Dry The Rain« von The Beta Band.

Zum ersten Mal gehört habe ich den Song in dem Film *High Fidelity* basierend auf dem gleichnamigen Roman von Nick Hornby. Ich liebte das Buch, David den Film. Er las das Buch, wir schauten den Film. Am meisten mochte ich die Top-Fünf-Aufzählungen des Protagonisten. Musik, Freundinnen – er hatte für alles eine Top Fünf.

Für den Moment wäre meine:
1. unterwegs sein
2. selbst fahren
3. das Ziel kennen und nicht kennen
4. wir drei
5. die Begegnung mit Grace

Sechsunddreißig Stunden später,
Fraser Island: Rosa

Es fühlt sich so an, als hätte Frank mit mir Schluss gemacht. Als wäre ich auf einmal die eifersüchtige Ex-Freundin, die ihn bei Partys beobachtet, wie er mit anderen Mädchen flirtet. Mit einem ganz besonders: Natalie. Eine Französin, wie sie im Buche steht. Helle Haut, fast schwarze Haare, schulterlang, leicht gewellt. Große braune Augen und einen Schmollmund. Sie könnte seine Schwester sein mit ihrem melancholischen Blick und diesen perfekten Zähnen. Natalie ist gerade neunzehn geworden – vor drei Wochen, hat sie gesagt, sie haben ihren Geburtstag in Sydney gefeiert. Sie sieht nicht aus wie neunzehn, eher wie sechzehn, mehr Mädchen als Frau. Wobei man das über mich vermutlich auch sagen könnte.

Natalie ist mit ihren besten Freundinnen in Australien. Sie kommen alle aus Paris und sprechen so Englisch, wie Französinnen eben Englisch sprechen, verspielt und irgendwie erotisch. Ich erinnere mich daran, wie Frank auf den Akzent von Joëlle und Magali reagiert hat. Er hat es offensichtlich mit Französinnen.

Wir sitzen an einem von fünf langen Tisch und essen zu Abend. Um uns herum eine Horde Backpacker, die denselben Trip wie wir gebucht haben. Ein paar Nächte in Zelten und die Tage irgendwo auf der Insel bei einem der Seen oder am Strand.

Unmittelbar nach unserer Ankunft wurden wir in Gruppen eingeteilt. Immer fünf bis sieben Personen. Wir fahren zusammen in einem Jeep und schlafen in benachbarten Zelten. Und wie es aussieht, essen wir auch gemeinsam. Was mich, offen gestanden, ziemlich nervt.

Ich glaube, mir wäre jede andere Gruppe lieber gewesen – vielleicht mit Ausnahme der Engländer, die jetzt schon so betrunken sind, dass sie laut singen und nicht mehr richtig sprechen können. Es dauert nicht mehr lang, dann fangen sie an zu kotzen, und morgen sind sie dann alle verkatert. Die Kanadier wären gut gewesen, zwei Pärchen in unserem Alter. Jeder hätte sich um seinen eigenen Scheiß gekümmert. Aber die sind mit den anderen Deutschen zusammengelegt worden. Drei Typen und ein Mädchen aus Berlin, die sich vorher nicht kannten, ähnlich wie Frank, David und ich – zumindest in Bezug auf mich. Eine Gruppe mit denen wäre auch okay gewesen. Stattdessen sind wir jetzt fünf Mädchen und David und Frank. Dass diese Kombination genau Davids Vorstellung von Spaß entspricht, war irgendwie klar, aber dass es sich bei Frank genauso verhält, hätte ich nicht gedacht.

Er hat sich verändert. Als wäre er vor ein paar Tagen als er eingeschlafen und dann am nächsten Morgen als jemand anders aufgewacht. Er sieht noch aus wie er, aber er ist es nicht. Der alte Frank war in drei Worten *interessant, tiefgründig* und *still*. Mit einem Gesicht, das meistens mehr gesagt hat als er. Nicht unbedingt, *was* in ihm vorgeht, aber *wie viel* in ihm vorgeht. Es ist ein Gesicht, an das man sich erinnert. Ein Gesicht, das man in einer Menschenmenge wahrnimmt. Sein Gesicht ist gleich geblieben, aber der Inhalt ist anders.

Vor Kurzem war Frank noch der Beobachter, einer, der alles mitbekommt, aber nicht wirklich Teil der Handlung ist. Wie ein Kameramann oder ein Lichtassistent. Jetzt spielt er die Hauptrolle. Immer noch ein bisschen schlaksig, immer noch nicht so muskulös wie David, doch auf einmal mit einer Schwere im Blick, die ihn älter wirken lässt, männlicher. Als hätte er es plötzlich sattgehabt, ein Junge zu sein, ein ewiger Schatten, jemand, der nur zusieht. Jetzt lässt er seine Intelligenz für sich sprechen und sein Wissen und seinen Wortwitz. Mal auf Deutsch, mal auf Französisch, denn natürlich spricht Frank Französisch. So gut wie akzentfrei und fast fließend.

Auch David unterhält sich mit den Französinnen, er tut es ausschließlich auf Deutsch und hauptsächlich mit Cecile. Sie ist groß und schlank mit einem strengen Bob, der als scharfe Kante genau an ihrem Kiefer endet. Blondiert und glatt zu ausdrucksstarken braunen Augen und rot geschminkten Lippen. Auch David bringt sie zum Lachen, aber er schaut sie nicht an, als würde er am liebsten gleich von ihr abbeißen. Das tut nur Frank. So hat er bisher mich angesehen. Nicht besonders oft, genau genommen fast nie, aber es kam vor, und dann war es *mein* Blick. Hungrige dunkle Augen, die sich angefühlt haben wie Hände. Jetzt fasst er Natalie damit an, ein Miststück, das ich unter anderen Umständen vielleicht sogar mögen würde.

»Du musst aufhören, sie so anzustarren«, sagt David leise.

»Ich starre niemanden an«, sage ich und schaue zu ihm.

»Doch, das tust du«, erwidert er. »Was ist mit dir?«

»Was soll sein?«, frage ich.

»Das frage ich dich«, sagt er.

»Es ist nichts«, sage ich.

Ich blicke auf meinen Teller und schweige. Das Steak ist kalt geworden, ich habe es gegrillt, ein Stück davon abgeschnitten und es dann vergessen.

»Du bist eifersüchtig«, flüstert David. Sein Atem riecht leicht nach Bier.

»Bin ich nicht«, sage ich.

»Klar bist du das.«

Er legt den Arm um mich, zieht mich zu sich und gibt mir einen Kuss auf die Wange.

»Wofür war der?«, frage ich.

»Den hast du bekommen, weil du so verdammt schlecht gelogen hast.«

Ich muss lachen. Und das, obwohl ich sauer bin. Davids Gesicht ist ganz nah an meinem. So nah, dass nur noch seine Augen scharf sind.

Dann sagt er: »Wir Menschen sind schon seltsam.«

»Was meinst du?«, frage ich.

»Wir wollen immer das, was wir nicht haben können.«

Ich schaue zu Frank, der schaut zu mir und dann sofort wieder weg. Es sind zwei Blicke, die sich für den Bruchteil einer Sekunde treffen und aneinander abprallen wie zwei Billardkugeln.

»Lass uns gehen«, sagt David.

»Ich hab noch nichts gegessen«, sage ich.

»Ich weiß«, sagt er, »ich habe drei Stangen Pringles im Zelt.«

Zehn Minuten später: David

Bis auf das kleine Campinglicht, das zwischen uns auf dem Boden liegt, ist es dunkel. Rosas Gesicht wirkt schwarz-weiß, ein bisschen wie eine Bleistiftzeichnung. Sie sitzt mir im Schneidersitz gegenüber und isst Pringles. Ich schaue ihr dabei zu.

»Frank verhält sich komisch«, sagt sie mit vollem Mund.

»Warum? Weil er mit einem Mädchen spricht?«

Sie isst noch mehr Pringles, ein Stück bricht ab und fällt ihr in den Schoß. Ich würde es gerne aufheben, aber es liegt zu nah an ihrem Oberschenkel, also lasse ich es sein.

Rosa kaut eine Weile, dann schluckt sie und sagt: »Es stört mich nicht, *dass* er mit ihr redet, es stört mich, *wie* er mit ihr redet.«

»Wie redet er denn mit ihr?«, frage ich.

»Ach, keine Ahnung«, sagt Rosa und fischt mit den Fingern die letzten Chips aus der ersten Rolle.

»Dir ist aber schon klar, dass diese beschissene *Nur-Freunde-Nummer* deine Idee war, oder?«, frage ich.

Sie antwortet nicht.

»Ich wäre nach Deutschland geflogen, ihr hättet zu zweit weiterfahren können, du hättest ihn ganz für dich gehabt.«

Rosa schaut mich an. »Ich bin froh, dass du nicht geflogen bist«, sagt sie.

»Warum?«, frage ich.

»Du weißt warum.«

266

Kann sein. Vermutlich tue ich das.

»Warum?«, frage ich trotzdem noch mal. Sie antwortet nicht.

»Ich habe gewusst, dass es zu Problemen kommen wird«, sage ich.

»Ja, das hast du«, sagt sie.

Ich hole die zweite Rolle Chips aus meinem Rucksack, mache sie auf und greife hinein. Bevor ich mir die ersten drei in den Mund schiebe, frage ich Rosa: »Reagierst du deswegen so auf die Sache mit Natalie, weil Frank dich ignoriert, oder weil es dich verletzt, ihn mit einer anderen zu sehen?«

Sie denkt kurz nach, dann sagt sie: »beides« und nimmt mir die Packung Chips aus der Hand.

Ich war noch nie in dieser Situation. Mit einem Mädchen allein in einem Zelt, ohne dass was läuft. Nur reden kenne ich nicht. Schon gar nicht so. Nicht über einen anderen. Erst recht nicht über Frank.

»Weißt du was?«, sagt Rosa. »Vergiss, was ich gesagt habe. Frank kann tun und lassen, was er will.«

»Kann er das?«, frage ich.

»Ja«, sagt sie.

»Das heißt also, wenn er heute Nacht mit dieser Natalie vögelt, dann ist dir das egal.«

Sie schaut mich an. »Denkst du, das wird er tun?«

Ich zucke mit den Schultern. »Ich weiß es nicht, kann sein.«

Sie schaut weg, isst noch mehr Chips.

»Falls er es tut, bedeutet das nicht zwangsläufig, dass er auf sie steht«, sage ich und weiß nicht, warum ich es tue.

»Was bedeutet es dann?«, fragt Rosa.

»Keine Ahnung. Dass er scharf auf sie ist.«

»Verstehe«, sagt Rosa.

»Das hat nichts mit dir zu tun. Ich war mit vielen Mädchen im Bett, die mir nichts bedeutet haben.«

»Ich weiß«, erwidert sie, »aber Frank ist nicht wie du.«

Dieser Satz trifft mich unerwartet hart. Aber es stimmt. Er ist nicht wie ich. Und ich tröste eigentlich keine Mädchen.

»Lass uns einen Film schauen«, sage ich.

»Einen Film?«, fragt Rosa.

»Ja, einen Film.« Ich lege mich hin und breite einen Arm aus. »Komm her zu mir«, sage ich, »ich hab ein iPad und verdammt viel Datenvolumen.«

Sie stellt die Pringles-Rolle weg und legt sich zu mir.

»Und was schauen wir an?«, fragt Rosa.

»*Das Leben der anderen*«, sage ich. »Ich will endlich wissen, was es mit diesem Schriftsteller auf sich hat.«

Nach dem Film: David

Rosa ist eingeschlafen, sie liegt in meinem Arm, eine Hand auf meiner Brust, ihre Brust an meinen Rippen. Ich habe noch nie so mit einem Mädchen einen Film geschaut. Sie hat einen Großteil verpasst, und mir war es egal. Es hat sich angefühlt, als wäre sie meine Freundin. Da schaut man auch irgendwas zusammen an und schläft dabei ein.

Als der Film aus war, hatte ich Tränen in den Augen. Weil es gute Menschen gibt. Weil ich keine Probleme habe. Weil ich frei bin. Ich liege irgendwo in Australien in irgendeinem Zelt auf irgendeiner Sandinsel. Als hätte ich die Tür meines Lebens einfach aufgemacht und wäre ausgestiegen. Das kann man nur, wenn man frei ist. Manchmal verfolgt mich noch die Erinnerung an Melissa, aber sonst verfolgt mich niemand.

Rosa bewegt sich im Schlaf, spannt ihre Muskeln an, reibt ihr Gesicht gegen meine Schulter. Wie eine Katze, die sich streckt. Ihre Haare riechen gut. Frisch gewaschen. Ich mache die Augen zu und atme den Duft ein, bis ich ihn nicht mehr wahrnehme, dann bleibe ich ruhig liegen. Das Camp um uns herum ist wach, die meisten haben zu viel getrunken, sie reden auf diese Art laut, die ihnen selbst gar nicht auffällt, dazwischen lachen und grölen sie. Vor Kurzem wäre ich auch noch da draußen gewesen und Frank hier drin bei Rosa.

Ich bin lieber hier als dort. Selbst wenn Rosa für immer angezogen bleibt.

Dann schreit auf einmal irgendjemand, Rosa zuckt zusammen und schreckt hoch. *Verdammter verfickter Vollidiot.* Ich ziehe Rosa fest an mich, ihr Herz schlägt schnell. »Es ist okay, alles ist gut«, sage ich leise, und sie schläft wieder ein.

Früher dachte ich, diese ganze Scheiße von wegen Beschützerinstinkt hätte sich irgendjemand ausgedacht. Zwischen damals und jetzt liegen eine dünne Zelthaut und das richtige Mädchen. Man weiß eben nichts, bis man es weiß. Man denkt es nur. Melissa zum Beispiel. Ich dachte, ihr Tod hätte mich verändert, und das hat er irgendwie, aber eben nicht so, wie ich dachte. Ich habe keine Partys mehr gegeben, aber ich bin noch hingegangen – und dann abgehauen, wann immer ich wollte. Ich habe weniger getrunken und kaum noch gekifft. Aber ich hatte deswegen nicht weniger Sex. Und die Mädchen haben mir auch nicht mehr bedeutet. Ich habe mich abgelenkt. Ich dachte, ich mag es so. So mittendrin. Als Teil von etwas, das sich gut anfühlt, solange es da ist. Aber eigentlich ist es nur die Oberfläche. Verdammt viele Menschen und niemand, der einen kennt. Keiner, mit dem man wirklich über etwas spricht, nur ein Haufen Leute, mit denen man sich unterhält. Fremde, die eben da sind.

Vielleicht ist nicht nur Frank nicht so wie ich. Vielleicht bin ich es ja auch nicht mehr.

In derselben Nacht,
zwei Stunden später: Frank

Wenn Natalie lacht, hält sie sich die Hand vor den Mund, als wollte sie ihre Zähne verstecken. Vielleicht waren sie früher mal schief, jetzt hat sie ein abgemessenes Zahnspangenlächeln. Und sie tut es trotzdem. Jeder Zahn ist genau da, wo er sein soll, ein kieferorthopädisches Meisterwerk. Natalie ist hübsch, viel mädchenhafter als Rosa, auf den ersten Blick auch jünger als sie. Selbst auf den zweiten noch. Sie ist unschuldiger und Rosa herber. Wie ein Reh im Vergleich zu einer Katze.

Ich will nicht an Rosa denken. An Rosa, die in diesem Moment keine fünf Meter neben mir in Davids Armen liegt. So wie sie in meinen Armen lag, liegt sie jetzt in seinen. Von wegen nur Freunde. Bestimmt galt das nur für mich, vermutlich war es ihr Weg, mir zu sagen, dass ich meine Chance verspielt habe, damals in jener Nacht bei Melbourne. Hätte es einen Unterschied gemacht, wenn ich sie geküsst hätte? Wäre alles genauso gekommen oder vollkommen anders? Es sind diese Fragen, die mich am meisten umtreiben. Die Fragen, auf die es nie eine Antwort geben wird. So oder so wünschte ich, ich hätte sie geküsst. Dann wäre vielleicht sonst nichts anders, aber ich hätte sie geküsst, und damit wäre es das doch.

Vorhin beim Essen waren sie plötzlich weg. Kurzes Flüstern, ein paar Blicke und dann *Pouf!* – verschwunden. Ich wollte nach ihnen sehen, sehen, was sie machen, jetzt weiß ich es: auf eine andere Art miteinander schlafen. Unschuldig und angezogen, doch bei David ist nichts unschuldig, nicht mal angezogen. Ich versuchte, es zu ignorieren, wie Rosa David ansah. Seinen Oberkörper, den er so gern nackt zeigt, seine muskulösen Arme, die Körperlichkeit, die er hat, die mir fehlt – oder die Rosa bei mir einfach nicht wahrnimmt. Natalie tut es. Sie steht vor mir, ganz klein und schaut mich von unten an. Ihre Augen sagen, dass ich sie küssen soll. Schwere Lider mit langen Wimpern, geöffnete Lippen, kein Lächeln. Ein Schlafzimmerblick auf einem Campingplatz. Sie sieht, was Rosa nicht sieht, was vielleicht gar nicht da ist, nur in Natalies Vorstellung. Doch es fühlt sich gut an, so gesehen zu werden.

Wir stehen vor ihrem Zelt in halber Dunkelheit. Ich bin leicht angetrunken, vielleicht auch mehr als das. Es ist ein angenehmes Gefühl, wie ein Umhang aus falschem Mut. Dann küsse ich sie. Es kostet mich keine Überwindung. Es kostet mich gar nichts. Vielleicht sollte mir das etwas sagen. Falls es das sollte, interessiert es mich nicht. Natalie legt die Arme um meinen Nacken, wir sind Körper an Körper. Sie küsst gut, vielleicht ein bisschen aufgeregt, die Bewegungen ihrer Zunge sind zappelnd und schnell, sie erinnern mich an einen Fisch im Netz. Trotzdem werde ich hart.

Natalie fasst zwischen uns, ertastet blind meine Gürtelschnalle. Ich höre auf zu denken, berühre ihre Brüste, weil ich Lust darauf habe. Meine Hose ist offen, wir stehen noch immer vor dem Zelt, sie gleitet mit der Hand in meine Boxershorts und fängt an, mir einen runterzuholen. Ich atme schwer, genieße die Vorstellung, dass sie mich in der Hand hat, im wahrsten Sinne des Wortes, küsse sie mit geschlossenen Augen, berühre ihre Haut unter dem T-Shirt, dann den rauen Spitzenstoff des BHs. Sie schiebt mich zum Zelt, ich denke nicht nach, gehe einfach mit. Mit ihr. Sie nimmt ihre Hand aus meiner offenen Hose, verschwindet im Zelt. Ich folge ihr. Im Inneren ist es dunkel, kurz frage ich mich, wo ihre Freundinnen schlafen werden, wenn wir hier sind, doch dann küssen wir uns wieder und ich verliere den Faden.

Es dauert nicht lang, und wir sind nackt, zwei verletzliche Körper, fast Fremde, nur Haut und etwas Scham. Natalie ist komplett rasiert, kein einziges Haar, überall glatt. Wir liegen nebeneinander, sie auf dem Rücken, ich auf der Seite, auf einen Ellenbogen gestützt. Mein Herz schlägt etwas schneller, doch ich bin nicht aufgeregt, zeichne Kreise auf ihre Brüste, spüre, wie sich ihre Muskeln anspannen, ihr flacher Bauch wird hart, dann wieder weich. Sie drängt mir ihr Becken entgegen, mein Penis reagiert darauf. Es ist wie ein Spiel, ganz simpel, Finger und Haut, mehr ist es nicht. Sie spreizt die Beine wie Schmetterlingsflügel, erst geschlossen, dann offen. Ich berühre die Innenseiten ihrer Schenkel, male Muster in ihre Leisten, berühre sie überall, nur nicht da, wo sie es am meisten will. Ihr schwerer Atem ist entweder gelogen oder ein gutes Zeichen. Er wird flacher und ich mutiger. Ohne die eineinhalb Gläser Wein würde ich sie vermutlich nicht mit den Fingern befriedigen. Ich würde nachdenken, wie es geht, und es dann lassen. Jetzt denke ich nicht, bewege einfach die Fingerkuppen, Zeigefinger und Mittelfinger, höre dabei zu, wie ihr Atem zu einem Stöhnen wird. Wie er immer mehr Raum in ihrem Brustkorb beansprucht, wie flehend es klingt, ein Betteln ohne Worte. Sie greift nach meinem Unterarm, hält sich daran fest, es ist beinahe schmerzhaft, und es gefällt mir. Dass ich das bewirke. Dass ich das bin. Dass meine Finger über ihren Körper und ihre Kehle zu diesem Laut werden. Nur meine Kuppen. Natalie bewegt ihr Becken, ihre Augen sind geschlossen, ihr Gesicht aufs Schönste verzerrt, nichts Unschuldiges mehr. Gar nichts. Ich will mit ihr schlafen. Es ist mir egal, dass ich sie kaum kenne. Dann kommt sie. Ein Körper wie unter Strom.

Und dann will ich auch.

Ich will sie. Ich will *in* sie.

Ein paar Minuten zuvor: Rosa

Ich wache auf. Erst weiß ich nicht warum, es ist mitten in der Nacht, doch dann wird es mir klar. Ein Seufzen nur ein paar Meter von mir entfernt. Flehend und weiblich. Zwei Zeltplanen und dazwischen ein bisschen Luft. Ich halte den Atem an und warte. Und ich warte nicht lang. Das Seufzen kommt wieder und wird lauter. Ich setze mich auf, meine Augen sind trocken und müde, so als würden die Linsen die Tränenflüssigkeit trinken. Ich greife nach meinem Handy und schalte die Taschenlampe ein. David liegt da und schläft. Bis eben lag ich in seinen Armen. Mein Blick fällt auf Franks leeres Kissen. Er ist nicht zurückgekommen. Ich weiß, wo er ist. Und ich weiß, was er tut. Und offensichtlich weiß er es auch, denn sie stöhnt so, als hätte er sie fast so weit. Das Geräusch kommt von rechts. Es ist erregend und verletzend. Mich hat er abgewiesen. Sie nicht.

Dann kommt sie. Und es klingt nicht gespielt, sie kommt wirklich. Und ich höre ihr zu.

Mich hat er abgewiesen.

Ich brauche eine Zigarette. Angezogen bin ich, weil ich mich nicht ausgezogen habe – nicht so wie sie. Seltsam, wie schnell ich Natalie zum Problem mache, obwohl er es ist. Und vielleicht ist es nicht mal er, vielleicht bin es nämlich ich. Weil David recht hat und ich das will, was ich nicht haben kann.

Ich binde mir die Haare zu einem Knoten zusammen und finde meine Zigarettenschachtel neben meinen Schuhen. Ich schlüpfe hinein und klettere nach draußen. Die Luft ist noch warm, eine Nacht so heiß wie ein Sommertag. Ich setze mich neben das Zelt, ein Stück entfernt vom Eingang, damit der Rauch nicht ins Innere zieht, dann zünde ich mir eine Zigarette an.

Alle scheinen zu schlafen. Allein oder miteinander. Nur ich nicht. Ich sitze in der Stille und lecke meine Wunden mit einer Zigarette. Warum bin ich so enttäuscht von Frank? Er gehört mir nicht. Man gehört niemandem. Nur sich selbst. Und vielleicht nicht einmal das. Was er tut, ist kein Betrug. Wenn hier jemand jemanden betrügt, dann ich mich selbst. Er tut nur, worauf er Lust hat. Das ist sein gutes Recht.

Ich frage mich, ob ich gern an ihrer Stelle wäre. Mit ihm nackt in diesem Zelt, versuche, es mir vorzustellen. Ihn auf mir, mich auf ihm. Keine Ahnung, ob ich das will. Ich will ihn jedenfalls nicht auf einer anderen. Und keine andere auf ihm. Trotzdem ist es so.

Ich ziehe an der Zigarette, und ihr Rauch hängt wie silberne Locken im Halbdunkel. Dann ist es nicht mehr still. Seufzen und schweres Atmen. Der schwere Atem ist Frank. Es war meine Idee, als Freunde weiterzureisen. Es war meine Idee. Ich war das. Weil ich nicht wollte, dass David geht. Weil ich wollte, dass er bleibt. Weil ich nicht mit Frank allein sein kann. Weil ich nicht mehr wusste, was er für mich ist.

Ich wünschte, Frank und David wären eine Person.

Aber sie sind zwei. Und wir nur Freunde.

Im selben Moment: Frank

Vielleicht bin ich doch etwas mehr als angetrunken. Ich schließe die Augen und ihr Körper sich um mich. Ganz fest, wie ein Würgegriff, der guttut. Es ist intensiv und überall, ein Gefühl, als würde ich zerreißen. Haut und Schweiß und Reibung. Ich bin kurz davor zu kommen. Keine Gedanken mehr, nur Sein, ich in ihr und einzelne Wörter.

Puzzle. Schlüssel. Schloss. Verschmelzen. Tiefe. Rosa.

Bei Rosa komme ich.

Früh morgens, 7:21 Uhr,
Lake McKenzie: David

Sie ist scheiße drauf, sagt aber nichts. Noch schlimmer als Leute, die scheiße drauf sind, sind Leute, die so tun, als wären sie nicht scheiße drauf. Bei aufgesetzter Fröhlichkeit könnte ich im Strahl kotzen. Meine Mutter hat das perfektioniert. Nicht das Im-Strahl-Kotzen, das mit der Fröhlichkeit. Bloß niemanden wissen lassen, wie es wirklich in einem aussieht, immer schön lächeln, immer die Erwartungen erfüllen, niemals den Einsatz verpassen, auch über schlechte Witze lachen, nicht zuhören, es sich aber nicht anmerken lassen, an der richtigen Stelle nicken und abends die Leere des Tages mit ein paar Drinks füllen – die gibt es in den richtigen Kreisen reichlich.

Rosa sitzt neben mir und starrt aufs Wasser. Auf dieses unfassbare Motiv vor uns, das eigentlich viel zu viel ist. Ein See, der aussieht wie karibisches Meer, Süßwasser, am Ufer kristallklar und in der Mitte eine Farbe, als wäre es die Definition von Tiefblau. Am Strand stehen keine Palmen, es sind Bäume, deren Namen ich nicht kenne, klein und mit heller Rinde. Der Sand ist wie Puderzucker. Er ist so verdammt weiß, dass er einen blendet.

Als Frank und ich vor ein paar Monaten beschlossen haben, diese Reise zu machen, hat er mir in den Wochen danach dreitausend Dinge über Australien erzählt. Das meiste habe ich vergessen, aber eine Sache ist mir in Erinnerung geblieben. Dass die Aborigines sich früher am Lake McKenzie versammelten, um Entscheidungen zu fällen. Wie der See in ihrer Sprache heißt, weiß ich nicht mehr, aber übersetzt bedeutet es so viel wie *Wasser der Weisheit.*

Genau da sitzen Rosa und ich in diesem Moment. Kein bisschen weise. An einem Ort, den die meisten Menschen in ihrem ganzen Leben niemals zu sehen bekommen werden. Weil sie zu wenig Zeit haben, oder zu wenig Geld, oder zu viele Kinder, oder zu viel Angst. Irgendeinen Grund dagegen gibt es immer. Aber wir sind hier, und sie ist nicht da, und das ist eine noch viel größere Verschwendung, als nie hier gewesen zu sein. Rosa sitzt neben mir auf einem Handtuch, ein Buch auf dem Schoß, aber sie hat seit einer halben Stunde nicht umgeblättert. Sie meinte vorhin, sie wäre müde, legt sich aber nicht hin. Sie sitzt einfach nur da. Wie ausgestopft. Es kotzt mich an.

Als ich heute Morgen um kurz nach fünf aufgewacht bin, war sie nicht im Zelt. Sie saß draußen und hat eine geraucht. Ich weiß nicht, ob der Rauch mich geweckt hat oder der Sex, jedenfalls war ich dann wach. Wir waren alle drei wach, alle drei auf nicht mal zehn Quadratmetern: Frank in Natalie, ich in unserem Zelt und Rosa zwischen uns. Irgendwann bin ich zu ihr rausgegangen, ich glaube, da war es halb sechs. Frank hat geschlafen, und wir sind in der Morgendämmerung hierher gegangen.

Es wird nicht mehr lang dauern, dann werden sie alle kommen. Mit ihren Go Pros und ihren Handys und ihren Selfie-Sticks. Sie werden sich im Sand rekeln und wie Meerjungfrauen unter Wasser schwimmen, so lange, bis sie die perfekte Aufnahme davon haben. Es wird tausend Fotos geben, die beweisen, dass sie hier waren, obwohl sie es eigentlich nicht waren, weil sie die ganze Zeit damit verbracht haben, sich hier festzuhalten, anstatt einfach hier zu sein. Ich dachte, Rosa wäre besser als diese Vollidioten, aber gerade ist sie es nicht, gerade verpasst sie nur eine spektakuläre Einsamkeit.

Im Grunde geht mich das alles nichts an. Ich sollte nichts

sagen, ich sollte einfach die Klappe halten. Aber mir stehen die Worte schon bis zum Hals. Am oberen Rand der Unterlippe. Und dann kann ich sie nicht mehr zurückhalten.

»Hast du vor, den ganzen Tag so scheiße drauf zu sein, oder ist das nur jetzt?«, frage ich. »Nur damit ich Bescheid weiß.«

Rosa schaut sich zu mir um, nur der Kopf, nicht der Körper. »Wie kommst du darauf, dass ich scheiße drauf bin?«, fragt sie.

»Gott, bitte«, murmle ich. »Du hast die beiden heute Nacht gehört, ihn und Natalie.« Sie weicht meinem Blick aus. »Ich habe sie auch gehört. Jeder, der wach war, hat sie gehört.«

»Und?«, sagt Rosa.

»Ich weiß auch nicht. Komm drüber weg, schrei ihn an, mach irgendwas. Aber nicht das.«

»Was mache ich denn?«

»Mit mir hier sein und nicht hier sein. Und das ist nicht okay.«

»Ich habe kein Wort über ihn gesagt«, sagt sie.

»Du hast nicht nur kein Wort über ihn gesagt, du hast überhaupt nichts gesagt«, sage ich. »Nicht ein Wort, seit wir hier sind.« Ich setze mich auf. »Auf genau diese Scheiße hatte ich keine Lust, Rosa«, sage ich. »Auf genau *das*.«

»Ja, denkst du etwa ich?«, fragt sie laut.

»Keine Ahnung. Aber es war deine Entscheidung.«

»Meine Entscheidung«, wiederholt sie abschätzig.

»Ja, Rosa, deine Entscheidung«, sage ich. »Ich wäre nämlich geflogen.«

»Aber ich wollte nicht, dass du fliegst!«

»Warum nicht?«, frage ich laut.

»Ich weiß es nicht«, erwidert sie genauso laut.

»Ihr hättet ohne mich weiterfahren können«, sage ich. »Und dann wärst das heute Nacht in diesem Zelt *du* gewesen.« Rosa schaut mich an. »Du weißt, dass es so ist.«

Sie sagt nichts.

»Warum wolltest du, dass ich bleibe?«

»Ich will nicht darüber reden«, sagt sie.

»Aber *ich* will darüber reden«, sage ich.

»Und ich will das Thema wechseln.«

Wir sehen einander an, ein paar Sekunden vergehen, wir blinzeln nicht mal. Dann schaut sie weg, und ich sage:»Immer wenn es schwierig wird, weichst du aus.«

»Das sagst ausgerechnet du«, sagt sie.

»Da, du tust es schon wieder.«

»Einen Scheißdreck mache ich.« Sie greift nach ihren Zigaretten und zündet eine an, sitzt mir plötzlich gegenüber.»Wie wäre es, wenn wir über etwas reden, worüber du nicht reden willst«, sagt sie.

»Wie was zum Beispiel?«, frage ich.

»Keine Ahnung. Das Geld deines Vaters?«

Rosa

»Das Geld meines Vaters«, sagt er. Sein Blick ist kälter als sonst. »Du scheinst ein ziemliches Problem mit diesem Geld zu haben.«

»Nicht mit dem Geld«, sage ich. »Nur damit, wie du es ausgibst.«

»Gebe ich es denn anders aus, als du dein Geld?«

»Ich habe mein Geld selbst verdient.«

»Das ist es also.« Seine Stimme trieft abschätzig, seine Augen verengen sich. »Du und Frank seid gut, und ich bin schlecht. Oder? Darauf läuft es doch hinaus.«

»Das habe ich nicht gesagt.«

»Klar hast du das«, erwidert er. »Das machst du dauernd.«

»Findest du es denn richtig, was du tust?«, frage ich.

»Was tue ich denn?«, fragt er zurück.

»Du redest nicht mal mit ihm, gibst aber sein Geld aus. Ich finde das nicht in Ordnung.«

»Du findest das also nicht in Ordnung«, sagt er bedrohlich ruhig. »Weißt du, was ich nicht in Ordnung finde, Rosa? Dass du dich in Dinge einmischst, die dich einen Scheißdreck angehen.« Er wird nicht laut. Ich wünschte fast, er würde es. »Du hast keine Ahnung von meiner Familie, du weißt *nichts* von meinem Leben.«

»Ich weiß, dass dich dein Vater mehrfach angerufen hat und dass du nicht drangegangen bist.«

»Das heißt, weil ich sein Geld ausgebe, muss ich mit ihm reden?«, fragt David. Er schüttelt abfällig den Kopf. Als würde er mich gerade zum ersten Mal wirklich sehen. »Weißt du, was der Unterschied zwischen uns beiden ist, Rosa?« Er wartet nicht auf meine Antwort. »Ich weiß, dass es manchmal angebracht ist, die Schnauze zu halten.«

Sein Tonfall ist wie eine Ohrfeige, ein plötzlicher Schlag ins Gesicht. David beugt sich in meine Richtung, das Blau seiner Augen kann seinen Blick nicht abkühlen.

»Das ist auch der Grund, warum ich dich damals nicht gefragt habe, warum du weinst, als dieser Song lief. Weil es mich verdammt noch mal nichts angeht. Weil es deine Entscheidung ist, ob du mit mir darüber reden willst oder nicht. Weil es okay sein muss, ein paar Dinge für sich zu behalten.«

Es fällt mir plötzlich schwer zu atmen, als würde mein Brustkorb enger und enger werden, sich immer weiter zusammenziehen, bis meine Rippen knacken und brechen. Er hat recht und ich unrecht.

»Aber dich geht alles was an, oder? Mit wem Frank vögelt, ob ich mit meinem Vater rede, was ich mit seinem Scheißgeld mache …« Meine Handflächen sind nass geschwitzt. »Und natürlich darfst du zu allem ein Urteil haben. Weil du du bist und alles weißt. Das denkst du doch, oder?«

Ich schüttle den Kopf, will Nein sagen, komme aber nicht dazu.

»Du weißt gar nichts, Rosa. Du hast keine Ahnung.« Er sieht mich an. »Das Einzige, was ich von meinem Vater habe, sind ein paar Gene, das Gefühl, eine verdammte Enttäuschung zu sein, und sein verficktes Scheißgeld.«

Davids Stimme zittert bei jedem Wort. Nicht schwach, sondern wütend. Er schaut mich an, als wäre ich das Letzte. Und vielleicht bin ich das auch.

»Es ist mir also scheißegal, ob du es in Ordnung findest, wie ich mich verhalte. Oder ob du findest, dass ich ans Handy gehen soll, wenn mein Vater anruft. Weil es dich nichts angeht. Nichts davon.«

Ich versuche zu schlucken, aber mein Hals ist zu trocken. Davids Gesicht verschwimmt vor meinen Augen. Ich habe Gänsehaut, es fühlt sich an, als wollte ich mich so klein wie möglich machen. Als wollte ich vor ihm schrumpfen.

»Ich habe für dieses Geld bezahlt, Rosa. Ich habe es genauso verdient wie Frank und du. Nur anders.«

David

Mein Vater war für mich überlebensgroß. Wie eine von diesen beschissenen Statuen, die man für einen Volkshelden aufstellt. Oder einen Diktator. Ich wusste nie so genau, was von beidem er war. Aber er war groß. Und ich neben ihm ein Fliegenschiss.

Wenn man klein ist, sind die Eltern alles. Meine waren hauptsächlich weg. Ich hätte gern Geschwister gehabt. Oder einen Hund. Dafür hatte ich einen Hamster. Ein dummes kleines Drecksviech, das immer nur nachts wach war. Sein Rädchen hat gequietscht. Ich wäre am liebsten auf ihn draufgetreten. Bei anderen Kindern sterben Hamster nach ein paar Wochen. Mein Hamster wurde sechs Jahre alt. Ich habe ihm nie einen Namen gegeben. Und als er gestorben ist, war ich traurig.

Ich hatte eine Kindheit voller Spielsachen. Ein riesiges Zimmer mit Plastikbergen. Autos und Rennbahnen und Avenger-Figuren. Ich habe eigentlich immer allein gespielt. Ab und zu mal mit meinem Kindermädchen Kristina, einer sehr strengen Spanierin, die ich mehr geliebt habe als meine Mutter. Als die irgendwann mitbekommen hat, dass ich Kristina Mama nannte, hat sie sie entlassen. Am nächsten Morgen war sie weg. Ich habe sie nie wiedergesehen. Ein paar Monate lang habe ich jeden Abend das Gebet gesprochen, das sie mir beigebracht hat. Vielleicht dachte ich, dass sie dann zurückkommt. Kinder denken ja so. Natürlich ist sie das nicht.

In der Zeit danach war ich für eine Weile Bettnässer. Ich habe mich furchtbar deswegen geschämt und es niemandem erzählt.

Ich schätze, da war ich fünf oder sechs. Aus heutiger Sicht einfach ein kleiner Junge. Aber damals war es schrecklich für mich. Ich wollte unter keinen Umständen, dass jemand davon erfährt. Jemand war in dem Fall mein Vater. Aber natürlich hat er es herausgefunden. Meine Mutter hat es ihm erzählt. Ich erinnere mich noch genau an seinen Blick. Es war ein *Mein Sohn pisst ins Bett*-Blick. Er hat mich auch später noch oft so angesehen. Aus enttäuschten Augen, die meinen so verdammt ähnlich sind.

Ich weiß, dass andere Kinder es viel schlimmer haben. Zu wenig zu essen, kein Zuhause, Gewalt. Andererseits ist ohne Nähe aufzuwachsen auch eine Form von Gewalt. Eine, die nur innen Spuren hinterlässt.

Als ich das erste Mal Sex hatte – es war kurz nach meinem dreizehnten Geburtstag –, bin ich nach ungefähr vier Sekunden gekommen. Ich glaube, ich war gerade erst richtig drin, da war es schon wieder vorbei. Der Orgasmus war mir scheißegal, den konnte ich auch allein haben, das Besondere war, Haut auf Haut zu spüren. Berührt zu werden. Ich wurde beinahe süchtig danach. Und weil die meisten anderen Jungs auch so waren wie ich, war es irgendwie okay. Jungs wollen eben Sex. Das liegt in ihrer Natur. Ich wollte Haut, ich wollte Hände, ich wollte mich durch jemand anders spüren. Vielleicht hat das eine mit dem anderen nichts zu tun, aber irgendwie glaube ich das nicht.

Wenn einen nie jemand anfasst, macht das was mit einem. Kein Über-den-Kopf-Streicheln, keine gehaltene Hand, keine Berührung der Wange, kein Auf-dem-Schoß-Sitzen und Gehaltenwerden. Meine Eltern haben mich nie umarmt. Auch sich gegenseitig nicht. Sie sind mit einem höflichen Sicherheitsabstand durchs Leben gegangen. Auf Partys hakte sich meine Mutter bei meinem Vater unter, das war's. Eltern müssen einen nicht schlagen, um einen kaputt zu machen. Mir hat es an nichts gefehlt. Und an allem.

Wenn ich zurückschaue, war mein Vater der einzige Mensch, den ich für mich einnehmen wollte. So wie man ein Schiff einnimmt. Ich wollte, dass er mir gehört. Aber das tat er nie. Er hat für mich gesorgt und auf mich geschissen. Wenn ich mich danebenverhalten habe, hat er mich zur Seite genommen und zurechtgewiesen. Das war auch eine Art von Aufmerksamkeit. Ich habe sie zu schätzen gelernt.

Mit Frank wurde es dann anders. Nicht sofort, aber mit der Zeit. Und eigentlich recht schnell. Ein Bruder mit fremdem Blut, den mein Vater sofort geliebt hat. Fleißig, klug, zurückhaltend, belesen. Alles, was ich nicht war. Er hat Frank so angesehen, wie ich von ihm gesehen werden wollte. Frank musste dafür nichts tun. Ich hätte ihn hassen können, ich habe sogar darüber nachgedacht, aber ich habe es nicht getan.

Als Frank das erste Mal bei mir übernachtet hat, hat er mir von seinem Großvater erzählt. Davon, wie er bei ihm aufgewachsen ist. Davon, dass er ihn jeden Abend ins Bett gebracht und ihm vorgelesen hat. Es gab eine Geschichte und eine heiße Milch mit Honig. Ich erinnere mich, wie Frank sagte: *So endete jeder Tag schön.* Ich habe ihn darum beneidet und mich für ihn gefreut.

Meine Mutter hat mich so gut wie nie ins Bett gebracht. Bei meinem Vater kann man das *so gut wie* streichen. Es gab Angestellte für so was. Für mich, für den Haushalt, für all die lästigen Dinge, um die man sich nicht selbst kümmern will.

Aber ich kannte es nicht anders. Als Kind dachte ich, das gehört so. Genauso wie ich dachte, dass mein Vater im Anzug schläft. Davor dachte ich, er schläft gar nicht, doch er und meine Mutter hatten ein Bett, also mussten sie wohl irgendwann schlafen. Sein Anzug war nie verknittert. Ich fragte mich oft, wie er das schaffte. Zu schlafen, ohne ihn zu verknittern.

Als ich elf Jahre alt war, wachte ich eines Morgens auf, und meine Schlafanzughose war nass. Im ersten Moment dachte ich,

ich hätte wieder ins Bett gemacht, doch dann erklärte mir mein damaliges Kindermädchen Maria, dass ich meinen ersten Samenerguss gehabt hätte. Ich weiß noch, dass es ein Montagmorgen war, kurz nach sieben. Sie hat mich beim Frühstück aufgeklärt, während ich Frosties gegessen habe. Sie fragte mich, ob meine Eltern je mit mir über Sexualität gesprochen hätten. Ich wollte antworten, dass meine Eltern überhaupt nie mit mir sprachen, sagte es aber nicht. Maria nannte mich geschlechtsreif, und ich empfand es als Beleidigung. *Dir muss bewusst sein, dass du von nun an ein Mädchen schwängern könntest,* hat sie gesagt. Ich ein Mädchen schwängern? Ich war elf.

Maria war eine kühle Frau, aber sie hatte eine No-Bullshit-Einstellung, die ich mochte. Sie hat mir viel beigebracht. Mich gelobt. Mir gesagt, dass ich ein guter Junge bin. Und weil sie ehrlich war, habe ich es ihr geglaubt. Kurz nach meinem dreizehnten Geburtstag quittierte sie ihre Stellung bei uns. Es hatte irgendwas mit meinem Vater zu tun. Sie hatte ein Problem mit ihm oder er mit ihr. Keine Ahnung, worum es ging. Drei Wochen danach hatte ich das erste Mal Sex in meinem Kinderzimmer. Mit Johanna. Sie war zwei Jahre älter als ich und wohnte in derselben Straße. An ihren Namen kann ich mich erinnern – vermutlich, weil sie die Erste war, mit der ich geschlafen habe. Meine Eltern waren weg, sonst war niemand da.

Ich wollte es mir lange nicht eingestehen, aber ich glaube, meine Mutter hätte lieber eine Tochter gehabt. Das hat sie natürlich nie so gesagt, aber wenn meine Cousinen zu Besuch kamen, war sie ein anderer Mensch. Eine Mutter. Nur von anderen Kindern. Damals habe ich mich gefragt, warum ich kein Mädchen geworden bin. Das hätte alles geändert. Nur ein verdammtes Chromosom.

Ich will mich nicht beschweren. Immerhin bin ich reich. Ich werde einmal sehr viel Geld erben. Ein ganzes Düngemittel-

Imperium. Und Immobilien. Und ein paar Sportwagen, die ich dann alle gegen die Wand fahren kann, wenn ich will. Oder anzünden. Oder verrosten lassen. Nur um meinen Vater zu ärgern. Die meisten Menschen denken, reich sein ist toll. Und das ist es. Man hat dann eine Jacht. Und da sitzt man dann und ignoriert sich gegenseitig. Und man hat ein Seehaus mit eigenem Steg. Das bringt einem natürlich viele Freunde. Ein paar haben selbst einen Steg, der Rest will einfach nur deinen benutzen. Es ist also *gleich und gleich* oder ausgenutzt werden. Luxusprobleme, ich weiß. Spielt doch keine Rolle, ob Leute einen wirklich mögen. Immerhin ist man nicht allein. Man ist unter Menschen. Und das bleibt man auch, solange man dafür bezahlt. Wie Angestellte, die so tun, als würden sie dich mögen. Und vielleicht mögen sie dich wirklich, aber das weißt du nie. Weil vielleicht mögen sie auch einfach nur deinen Steg. Und den gibt es eben nur mit dir drauf.

Trotzdem sollte ich nicht undankbar sein. Ich habe zwei Pools, einen im Keller und einen im Garten. In beiden habe ich gevögelt, in einem davon ist ein Mädchen ertrunken. Aber auch das ist nicht wirklich schlimm. Wir haben gute Anwälte.

Die Wahrheit ist, reich sein ist verlogene Scheiße. Riesige Grundstücke, Partys, Autos und Aktien. Aber innen ist verdammt viel Leere.

Man sagt nicht umsonst die *Reichen und Schönen* und nicht die *Reichen und Glücklichen*.

Ich schätze, das fasst es ziemlich gut zusammen.

Zurück am Lake McKenzie: Rosa

Ich greife nach Davids Hand. Und in seinem Gesicht sehe ich den kleinen Jungen, der er nach wie vor irgendwie ist. Ich bin kein rührseliger Mensch, ich weine nicht leicht. Vermutlich, weil ich früher zu viel geweint habe. Aber dieser Blick macht mich fertig. Seine Ehrlichkeit ist entwaffnend. Glasige Augen. Sie wirken transparent und tief wie der See, neben dem wir sitzen. Er hat mir alles erzählt. Ich weiß nicht, wie so etwas geht, wie man sich so öffnet. Ich habe es noch nie getan. Die Schleusen zu meinen Gefühlen sind grundsätzlich verschlossen. Aber jetzt weine ich. Einzelne heiße Tränen, als würde ich seinen Schmerz fühlen. Als wäre es mein eigener. Ich schaue David an, sein Gesicht ist männlich und doch auch wieder nicht. Die Farben der Dämmerung verfliegen, blassrosa und pastellblau lagen wie Puder in der Luft. Die Sonne fällt auf seine Wange. Ich habe selten einen so schönen Jungen gesehen.

Damals auf dem Parkplatz in Melbourne, als er plötzlich da war und sich zu mir aufs Dach des Campers gesetzt hat, dachte ich, er wäre oberflächlich. Ein Player. Ein bisschen dumm. Einer, der weiß, was er zu einem Mädchen sagen muss, damit es die Beine breit macht, aber sonst nicht viel. Gut aussehend mit seichtem Charakter. Gut aussehend stimmt, das mit dem seichten Charakter nicht.

Ich stelle es mir befreiend vor, wirklich zu sich zu stehen. Dinge zu sagen wie: *Ich war ein Bettnässer. Ich war neidisch. Ich wollte ein Mädchen sein.* Das auszusprechen, was die meisten Leute als Leichen in ihren Kellern begraben. Vielleicht besteht die Macht der Leichen darin, dass man über sie schweigt, anstatt sie ans Licht zu bringen. Ich wüsste es gerne, aber mir fehlt der Mut dazu. Ich hasse meine Leichen zu sehr. Und meine Angst vor ihnen. David schaut mich an und ich ihn. Wir sitzen einander noch immer gegenüber. Ich wische mir die Tränen weg und rapple mich auf, dann stehe ich vor ihm. Er sieht zu mir hoch, es ist ein fragender Blick. Ein *Was hast du vor?* in seinen Augen.

Ich antworte nicht darauf, denke nicht weiter nach. Manchmal weiß man, was zu tun ist, man weiß nur nicht, woher. David stützt sich auf die Hände und lehnt sich leicht zurück. Ich setze mich auf seinen Schoß, unsere Gesichter sind nur noch ein paar Zentimeter voneinander entfernt. Er umarmt mich nicht, bleibt regungslos sitzen, schaut mich nur an. Ich verschränke meine Beine hinter ihm, lege meine Arme um seinen Nacken, spüre seine Wange an meiner, berühre ihn mit der Hand am Hinterkopf, streiche ihm übers Haar.

Dann legt er doch die Arme um mich. Und ich halte ihn fest. So sitzen wir eine ganze Weile da. Mehrere Minuten lang. Als wären wir nur Arme. Viele Arme, die sich halten. Aber irgendwann werden wir wieder zu Körpern. Zu Haut. Und Händen. Erst da wird mir unsere Nacktheit bewusst. Sein Bauch an meinem, meine Brust an seiner. Meine Beweggründe waren unschuldig. Ich wollte für ihn da sein.

Aber war das wirklich alles? War das der einzige Grund? Ich spüre Davids Herzschlag. Und dann seine Erektion in meiner Leiste. Uns trennen nur ein paar Millimeter Stoff. Der meines Bikini-Unterteils und der seiner Badehose. Ich atme flach. Er auch. Die Nähe zwischen uns verhält sich wie Wasser, das man erhitzt hat. Ich habe den Moment verpasst, als es noch lauwarm war, noch nicht zu heiß. Jetzt ist es kurz davor zu kochen.

Ich sollte aufstehen, aber ich tue es nicht. Ich tue gar nichts. Davids Hand zuckt an meinem Rücken, und die Berührung wird zu Gänsehaut. Ich schließe einen Moment die Augen, öffne sie wieder, weiche ein Stück zurück. Ich sollte wirklich aufstehen. Die Luft zwischen uns scheint zu zischen. Als wären wir ein Behälter, der unter Druck steht. David sieht mich an, sein Blick fällt auf meine Lippen, nur ganz kurz, nicht mal eine Sekunde lang. Er denkt dasselbe wie ich. Wir sollten das nicht denken.

Ich kann nicht sagen, wer von uns beiden anfängt, plötzlich sind seine Lippen auf meinen Lippen, oder meine auf seinen. Es ist etwas, das zu schnell geht, um es aufzuhalten, zu schnell, um es zu begreifen. Nur noch Zungen und Haut. Auf einmal liege ich auf dem Rücken und David auf mir. Es ist ein Moment, der sich verselbstständigt, als hätte uns jemand gestartet, und wir wüssten nicht, wie man es stoppt. Mein Bikini-Oberteil ist weg, Davids Bein zwischen meinen Beinen. Zwei Körper, die ein Eigenleben führen. Und alles, was David tut, fühlt sich gut an. Es fühlt sich so gut an, dass ich vergesse, dass es falsch ist. Dass wir das nicht tun dürfen. Dass es aus so einem Jetzt kein Zurück mehr gibt.

Dann hört David auf. Nicht wir, sondern er. Nur er. Als wäre mein Gedanke sein Gedanke gewesen.

Ich öffne die Augen, sehe sein Gesicht, darüber den blauen Himmel. Ich atme schwer. Er auch. Davids Blick sagt, dass er weitermachen will, sein Körper sagt dasselbe, aber er tut es nicht, er setzt sich auf, zieht sich zurück, wie ein Boxer in seine Ecke des Rings.

»Das können wir nicht machen«, sagt er heiser.

Ich denke: *Das haben wir bereits*, spreche es aber nicht aus. Erinnere mich an das empfindliche Gleichgewicht, das längst keins mehr ist.

Als ich mich auf den Händen abstütze, zittern meine Ellenbogen. Ich schaue ihm in den Schritt, obwohl ich es nicht tun wollte. David sieht mich nicht an, ich setze mich neben ihn, greife nach dem Bikini-Oberteil, bedecke meine nackte Brust.

»Lass uns einfach so tun, als wäre das nicht passiert«, sagt er.

Ich weiß nicht, wie das gehen soll, nicke aber.

»Frank darf nie davon erfahren«, sagt David. »Niemals.«

»Okay«, sage ich.

Danach sagen wir nichts mehr.

Keine fünf Minuten später erreichen die ersten Jeeps den Strand. Und in einem davon sitzt Frank.

Einsam.

Sechs Tage später, früher Abend, in der Nähe von Rockhampton: Frank

Fraser Island hat eine Wunde hinterlassen. Irgendetwas, das offen ist. Ich weiß nicht was. Wir sind noch immer David und Rosa und Frank, aber irgendwie auch nicht mehr. Was ich mit Natalie gemacht habe, war nicht richtig. Das weiß ich. Aber da war auch etwas zwischen David und Rosa, irgendwas ist vorgefallen, auch wenn beide behaupten, dass dem nicht so ist.

Wir sind seit vier Tagen wieder auf dem Festland, zurück in unserem Camper. Alles wirkt normal, doch es fühlt sich nicht normal an. Vielleicht liegt das an mir. Vielleicht liegt es daran, dass ich unsere Gruppe verlassen habe. Oder an Natalie, die mir jeden Tag schreibt, immer dasselbe, immer ins Leere, weil ich längst damit begonnen habe, sie zu vergessen, während sie noch an mir festhält.

Vom richtigen Mädchen wären es gute Nachrichten, von ihr sind es Erinnerungen an ein schlechtes Gewissen.

Ich blicke auf das Handy-Display, auf ihre Worte, auf die Sehnsucht in jeder Silbe und die schlecht kaschierten Vorwürfe dazwischen. Es war ein Fehler, ihr meine Nummer zu geben, ich hätte mich einfach mit einem langen Kuss von ihr verabschieden sollen. Das wäre mir am liebsten gewesen. Ein: *Danke für die schöne Zeit,* und: *Hab noch ein gutes Leben.* Unser Abschiedskuss war kein Abschiedskuss, nur ein letzter Kuss. Ein Punkt hinter einem Satz, aus dem sie mit jeder neuen Nachricht drei Punkte macht. Ein Füllzeichen. *Natalie Dumont schreibt etwas.* Und ich antworte nicht. Trotzdem hört sie nicht damit auf.

Man kann sich nicht allein voneinander verabschieden, es müssen beide tun. Sie weigert sich dagegen, und ich bin nicht gut im Ignorieren. Mein Großvater war der Auffassung, Ignoranz wäre die niederste Form der Respektlosigkeit. *Man sagt, was zu sagen ist, und dann nichts mehr*, sagte er.

Ich lege das Handy zur Seite und schaue nach draußen. Es ist bewölkt und seltsam farblos, als hätte sich unsere Stimmung auf den Himmel übertragen. Wir stehen auf einem Rastplatz, außer uns ist niemand da. David liegt auf dem Dach des Campers und hört Musik, Rosa hat sich mit Unterleibsschmerzen ins Bett verzogen, ich sitze mit dem Rücken zum Fenster und ausgestreckten Beinen auf der Beifahrerseite und fühle mich auf eine ungekannte Art einsam – und ich war oft allein, kenne also den Unterscheid zwischen einsam und allein.

Ich dachte, so wie David zu sein würde Spaß machen, doch das tut es nur bedingt. Genau genommen ist es ziemlich anstrengend. Ich war aufrichtig mit Natalie, machte ihr keine Versprechungen, sagte nicht, dass ich etwas fühlte, das ich nicht fühlte. Es gab keine Andeutungen, keine Gespräche über ein Später, keine Rede von mehr. Ich fühlte mich zu ihr hingezogen, das war alles. Genoss, was sie in mir sah, *wie* sie mich sah. Wie jemanden mit einem Geschlecht und nicht nur einem Gesicht. Es hatte von meiner Seite nichts mit Gefühlen zu tun, und wenn doch, dann lediglich mit meinen Gefühlen zu mir. Ich mochte den Frank, den sie mir spiegelte. Ich mochte ihn lieber als den, der ich bin.

Ich frage mich, ob ich mich anders hätte verhalten sollen. Eindeutiger. Wobei mir noch eindeutiger unverschämt erschienen wäre. Ich dachte, wir wollten dasselbe. Aber sie wollte mehr. Ich wollte nur mit ihr schlafen. Es ging mir dabei nicht ausschließlich um mich, es ging mir auch um sie, dass sie es genießt, doch es ging mir mehr um ihren Körper als um ihr Wesen. Darum, wie ich mich mit ihr fühlte.

Am ersten Abend war sie so selbstsicher, sie lachte, zeigte sich so, wie ich sie sehen wollte. Zumindest denke ich das im Nachhinein, denn danach wurde sie anhänglich. Ein klebriger Schatten ihrer Selbst. Ich ging auf Abstand, hörte auf, mit ihr zu schlafen. Doch das schien es nur noch schlimmer zu machen. Als würde ich mit jeder Abweisung interessanter. Und sie immer mehr zur Klette. Ich fing wieder an, mit ihr zu schlafen, und ihr Verhalten normalisierte sich. Was wir taten, war wie gegenseitige emotionale Erpressung. Ich weiß nicht, wer von uns beiden damit anfing.

Ich versuchte, mit Rosa darüber zu sprechen, doch sie blockte ab. Sie sagte, sie wäre wohl kaum die richtige Ansprechpartnerin für dieses Thema. Für mich war sie die Einzige, die infrage kam, immerhin suchte ich nach jemandem mit weiblicher Einsicht. Als David sich wenig später zu uns setzte und fragte, worum es ginge, erzählte ich ihm davon. Er meinte, Mädchen wären eben so. Seine genauen Worte lauteten: *Wenn du dich ihnen gegenüber wie ein Arschloch verhältst, stehen sie auf dich. Wenn du nett bist, kannst du's vergessen.*

Da begann die Diskussion.

»Dann sind also die Mädchen das Problem?«, fragte Rosa. »Sie wollen also schlecht behandelt werden?«

»Keine Ahnung«, erwiderte David in einem seltsam abweisenden Tonfall, »sag du es mir.« Ich schaute zu Rosa, sie schaute zu ihm. Ihr Blick voll mit Subtext, den ich nicht verstand. Als wären es Untertitel in einer mir fremdem Sprache. »Zeig mir das Mädchen, das auf den netten Kerl steht«, sagte David. »Und ich nehme alles zurück.«

Rosa sagte nichts. Sie sah ihn an, als wollte sie ihm widersprechen, tat es aber nicht. Ich saß neben den beiden und fragte mich, ob es noch um mich ging oder um etwas völlig anderes. Als liefe neben der Realität, in der wir uns befanden, noch eine zweite, von der ich nichts wusste.

An jenem Abend merkte ich zum ersten Mal, dass wir nicht länger wir waren, sondern sie beide und ich. Und dass sie einander nicht sonderlich mochten. Wir sind zu dritt auf Fraser Island angekommen, aber abgereist ist jeder für sich. Ich frage mich, ob ich der Keil war, ob meine Nächte in Natalie uns entdreit haben. Vielleicht. Vermutlich. Sie haben sicher nicht positiv dazu beigetragen. Zu viel Nähe mit einem Menschen bedeutet unweigerlich Distanz zu anderen. Aber es ist mehr als das. Seit einigen Tagen beschleicht mich immer häufiger dieses unbestimmte Gefühl, dass die beiden mir etwas verheimlichen. Dass sie mir etwas nicht sagen.

Ich schaue über die Rücklehne zu Rosa. Sie liegt da und schläft. Zusammengerollt wie ein Ball. Direkt über ihr liegt David. Ich kann ihn nicht sehen, aber ich weiß, dass er da ist.

An unserem ersten Abend auf Fraser Island kam es mir so vor, als würden die beiden einander näherkommen. Als würde meine Abwesenheit eine Lücke zwischen ihnen schließen. Am nächsten Abend war es nicht mehr so. Es war mehr als nur Schweigen, eher ein Meiden.

Irgendetwas ist in den Stunden dazwischen vorgefallen. In der Nacht, als sie in seinen Armen lag.

Oder am Lake McKenzie.

Einige Stunden später, 4:02 Uhr morgens: Rosa

Es klingelt zwei Mal, dann nimmt Julian ab.

»Rosa, hey«, sagt er, »geht's dir gut?«

Bei ihm laufen im Hintergrund die Nachrichten. Ich laufe über den Parkplatz.

»Hallo«, sage ich. »Hast du kurz Zeit? Können wir reden?«

»Sicher«, sagt er und schaltet die *Tagesschau* auf Stumm. »Ist alles okay bei dir?«

»Ich weiß nicht«, antworte ich. »Nicht wirklich.« Ich bleibe stehen, schaue mich um in Richtung Camper. Von hier aus wirkt er klein wie ein Spielzeug. »Ich habe Scheiße gebaut, Julian«, sage ich.

»Oh, oh«, sagt er, als wäre das alles nur ein Witz.

»Ich meine es ernst.«

»Okay«, sagt er. »Was ist passiert?«

Ich erzähle ihm alles. Fange in Sydney an und höre auf dem Rastplatz auf. Ich erzähle ihm von dem Fast-Kuss mit Frank und dem ganzen mit David, von unserer Dreiecksbeziehung, die mehr ist als Freundschaft, aber weniger als mehr. Ich erzähle ihm, dass die beiden sich schon vorher kannten, dass sie die besten Freunde sind, vielleicht sogar mehr als das, so etwas wie Brüder. Und dass ich zwischen ihnen stehe, obwohl ich das nicht will. Ich erzähle ihm von dem Song, bei dem ich wie jedes Mal geweint habe, und davon, dass David mich getröstet hat. Dass er da war, Arme und Körper und Verständnis. Ich erzähle Julian, wie gut ich mit Frank

299

reden konnte – bis David aufgetaucht ist. Ich erzähle ihm, dass ich Frank und mich vermisse, wie wir vorher waren. Ich erzähle ihm, wie viel Frank weiß, wie klug er ist. Wie aufmerksam, zu alt für sein Alter und doch so jung. Ich erzähle ihm, wie verwirrt ich bin. Und irgendwie eifersüchtig. Und dass es mir mit David genauso geht, obwohl er so anders ist. Vollkommen anders. Julian sagt nichts, hört nur zu, während ich auf den weißen Parklinien entlanggehe und rede und rede, als müsste sich meine Seele leeren. Als wäre ich verstopft mit den Dingen, die ich vor Frank und David verschweige, weil ich sie nicht sagen kann, ohne das kaputt zu machen, was wir sind. Was auch immer das sein mag.

Als ich fertig bin, bleibe ich stehen, beide Füße auf der weißen Linie.

»Bei welchem Song hast du geweint?«, fragt Julian.

»Du weißt, bei welchem«, sage ich.

Ein paar Sekunden lang höre ich ihn nur atmen.

»Okay«, sagt er dann. »Das heißt also, du hast diesen Frank geküsst, aber er hat dich nicht geküsst. Richtig?«

»Ja«, sage ich.

»Wenn er nichts von dir will, hast du kein Problem«, sagt Julian. »Außer, du willst was von ihm.« Pause. »Und du willst was von ihm. Oder?«

»Keine Ahnung«, sage ich. »Vielleicht.«

»Du wolltest jedenfalls nicht, dass er mit der Französin schläft.«

»Nein, das wollte ich nicht. Danke fürs dran Erinnern.«

»Also ist da was zwischen euch«, sagt er.

»Von meiner Seite schon, sonst hätte ich ihn ja wohl kaum geküsst«, sage ich schroff.

»Aber das war vor – wie hieß er noch?«

»David«, sage ich. »Und ja, war es.«

»War es mehr als ein Kuss?«

»Du meinst das mit David?«

»Mit wem denn sonst? Ich dachte, mit Frank gab es keinen Kuss. Oder ist da noch ein Typ, von dem ich wissen sollte?«

»Ha, ha«, sage ich.

Und Julian: »Und? War es mehr?«

»Ein bisschen«, antworte ich ausweichend.

»Aber du hast nicht mit ihm geschlafen.«

»Nein«, sage ich, »ich habe nicht mit ihm geschlafen.«

»Okay, ich muss das jetzt einfach fragen«, sagt Julian. »Hattest du was mit David wegen Frank? Weil er mit dieser Französin im Bett war?«

»Denkst du das?«, frage ich.

»Ich weiß es nicht«, antwortet er. »Dann war es nicht deswegen?«

»Nein«, sage ich. »Du stellst mich hin wie ein Flittchen.«

»Ich stelle Fragen, Rosa. Was du aus diesen Fragen raushörst, ist deine Sache.«

Ganz mein Bruder.

»Das mit David hatte nichts mit Frank zu tun«, sage ich schließlich.

»Du magst ihn«, sagt Julian.

»Ja«, sage ich und weiß nicht, wen er meint.

»Und Frank magst du auch«, sagt er.

Ich antworte nicht darauf, stehe einfach nur auf der weißen Linie und schaue in die Nacht.

»Ich wollte auch mal was von zwei Mädchen gleichzeitig«, sagt Julian irgendwann. »So was kommt vor.«

»Kann sein«, sage ich. »Aber ich schätze mal, ihr wart nicht mehrere Monate lang zusammen in einem Camper unterwegs.«

»Nein, das waren wir nicht«, gibt er zu.

»Ich weiß nicht, was ich tun soll«, sage ich. »Ich will ihre Freundschaft nicht kaputt machen.«

Julian seufzt. »Dann hast du eigentlich nur zwei Möglichkeiten. Erstens: Ihr fahrt weiter als Freunde, und es passiert nichts mehr, verstehst du, rein gar nichts. Keine Lügen und keine Geheimnisse. Und du verlierst kein einziges Wort über das, was zwischen dir und diesem David passiert ist.«

»Was ist die andere Möglichkeit?«, frage ich.

»Du lässt dir deinen Anteil für den Camper auszahlen und machst, dass du wegkommst«, sagt Julian.

»Ich finde beide Lösungen scheiße«, sage ich.

»Kann ich mir vorstellen«, sagt er.

»Ich wünschte, sie wären eine Person.« Ich sage das mehr zu mir selbst als zu ihm.

Trotzdem antwortet er: »Das verstehe ich. Aber es sind nun mal zwei.«

Es sind nun mal zwei.

In derselben Nacht, 4:56 Uhr: David

Sie sitzt im Schneidersitz auf dem Asphalt. Vierzig, fünfzig Meter von unserem Camper entfernt. Der Rand des Lichtkegels der Parkplatzbeleuchtung schneidet sie in der Mitte durch, eine Hälfte ist hell, die andere dunkel.

Rosa bemerkt meinen Schatten. Er kommt bei ihr an, kurz bevor ich es tue. Sie schaut nicht auf. »Ist alles okay?«, frage ich und setze mich zu ihr. Meine Stimme klingt rau und müde.

»Nichts ist okay«, sagt sie leise. »Aber wir können es nicht ändern.«

Ich mustere sie. »Würdest du es denn ändern wollen?«, frage ich.

Sie sieht mich an. »Du etwa nicht?«

»Ich hasse es zu lügen«, antworte ich. »aber ich bereue nicht, dass es passiert ist.«

»Du bereust nicht, dass es passiert ist?«

Ich schüttle den Kopf. »Nicht wirklich, nein.«

Rosa schaut auf ihre Hände. »Die ganze Situation ist so zum Kotzen«, sagt sie.

»Vielleicht sollten wir es ihm doch sagen«, erwidere ich.

Rosa steht auf. Eine schnelle, plötzliche Bewegung, mit der ich nicht rechne. »Wir sagen gar nichts, David.« Ein schroffes Flüstern. »Es hat nichts bedeutet.«

Ich stehe auch auf.

»Das ist Bullshit, und das weißt du.«

Sie sieht mich an. Und sie hat diesen Blick. Ich wusste nicht, dass es solche Blicke gibt. Jedenfalls nicht für mich. Dass jemand einen so anschauen kann. Und was es dann mit einem macht. Feuchte Hände und Herzrasen, ein trockener Hals, ein Gefühl wie Panik. Aufregung. Vorfreude. Eingeweide, die sich zusammenziehen, flacher Atem. Angst. Früher war es einfacher. Früher fand ich ein Mädchen scharf, bekam einen Ständer, und wir haben gevögelt. Das war simpel. Etwas, von dem ich wusste, wie es geht. Ein Vorgang, den ich beherrsche. Von dieser Sache hier habe ich keine Ahnung. Ich kann mir nicht mal vorstellen, wie es wäre, mit Rosa zu schlafen. Was es mit mir machen würde. Sie anzufassen, in ihr zu sein. Wie es wäre, wenn sie kommt.

Wir stehen da, sagen kein Wort, zwischen uns eine weiße Parkplatzmarkierung. Sie ist wie eine Linie, die wir nicht überschreiten dürfen.

»Dann hat es etwas bedeutet?«, fragt Rosa.

Ich schlucke. »Das weißt du ganz genau.«

Wir bewegen uns nicht. Sie sich nicht und ich mich nicht. Stillstand. Weil wir wissen, was wir kaputt machen würden. Uns drei, Frank und mich, die Zeit, die wir noch haben. Die, die wir hatten.

»Wir müssen es ihm sagen«, sage ich.

Rosa schüttelt den Kopf.

»Dann soll es etwa für die nächsten Wochen so bleiben? Willst du das?«

Sie schaut weg, steht vor mir mit ihren langen nackten Beinen und diesem beschissenen Top, durch das man alles sehen kann.

»Ich hab die letzten Nächte fast gar nicht geschlafen«, sage ich.

»Ich auch nicht«, sagt sie.

»Weißt du, was das Problem ist? Nicht das, was wir gemacht haben. Ja, das war falsch, aber wir haben aufgehört. Und außerdem waren es nur ein paar Sekunden.« Ich mache eine Pause. »Das eigentliche Problem sind die Scheißlügen.«

Und dass ich es wieder tun will. Aber das sage ich nicht, das denke ich nur.

»*Du* hast gesagt, Frank darf nie davon erfahren. Das warst du, nicht ich.«

»Weil es ihn umbringen würde, wenn er es wüsste.« Ich flüstere, es klingt seltsam gepresst.

»Genau deswegen sagen wir es ihm ja auch nicht.«

Ich schüttle den Kopf. »Es ist falsch, ihn zu belügen.«

»Ihm die Wahrheit zu sagen auch.«

»Wir hätten nie zu dritt weiterfahren dürfen. Es war klar, dass es so kommen wird.«

»Was willst du damit sagen?«, fragt sie.

»Ich weiß, was du ihm bedeutest. Er hat es mir gesagt. Er hat gesagt, dass er mich umbringen würde, wenn ich was mit dir anfange. Und ich habe dich trotzdem geküsst.« Ich schüttle den Kopf. Über mich selbst. Über die Situation. Über das alles. »Aber das Schlimmste ist, dass wir ihn anlügen.«

»Wir können es ihm nicht sagen, David«, sagt Rosa.

»Er weiß es doch längst«, sage ich.

Fünf Minuten zuvor: Frank

Als ich aufwache, liege ich allein im Camper. Links und rechts neben mir zwei verwaiste Kopfkissen. Ich blicke auf die Uhr, es ist kurz vor fünf. Eine Uhrzeit für Schlaflosigkeit und Lügen. Ich rapple mich auf, schiebe die Jalousie ein Stück nach oben, schaue nach draußen und sehe David und Rosa im Lichtkegel einer Parkplatzlaterne. Sie sind zu weit weg von unserem Schlafplatz, als dass es sich mit reiner Höflichkeit erklären ließe. Wenn man jemanden nicht wecken will, entfernt man sich ein bisschen. Eine solche Distanz wählt man nur, wenn man unter keinen Umständen gehört werden möchte.

Ich öffne die Schiebetür, sie war nur angelehnt, taste blind nach meinen Schuhen, finde sie und schlüpfe hinein. Ich gehe in Boxershorts und oben ohne über den Parkplatz. Es ist geisterhaft ruhig. Keine Geräusche, nur David und Rosa, und ich, der auf sie zugeht. Mein Herz schlägt schneller, meine Handflächen sind feucht, ein unbehagliches Gefühl begleitet mich, geht neben mir her wie ein Schatten.

Ich höre ihre Stimmen, noch keinen Inhalt, nur den Verrat. Ein Flüstern, er heiser, sie verunsichert. Ich weiß, was ich sehe, und höre zu wenig, um zu wissen, ob es stimmt. Doch ich weiß es trotzdem. Gänsehaut lügt nicht. Sie sprießt an meinen Armen, auf meinem Rücken, schließt mich ein wie eine Kälte, die von innen kommt, in einer Nacht, die heiß ist wie ein Tag.

Ich wusste, dass es passieren würde. Und jetzt ist es passiert.

Das weißt du nicht, denke ich.

O doch, das tue ich.

Genauso hat sie mich angesehen, jetzt ihn, meinen besten Freund, einen Verräter, den ich liebe wie einen Bruder. Den ich hassen will und auch hasse, aber nicht so, wie er es verdient hätte, nicht so, wie ich ihn hassen könnte, wenn er mir nicht so wichtig wäre. Oder hasse ich ihn nur deswegen? Weil Liebe und Hass nur von einer Haaresbreite getrennt werden? Vom fragilen Unterschied zwischen Richtig und Falsch? Will ich wissen, was passiert ist? Genügt nicht das, was ich sehe?

Ich will die Einzelheiten. Ich will alles wissen.

Will ich das? Reicht nicht dieser Auszug? Diese Einsicht. Dieser Moment zwischen zwei Menschen, die sich auf eine Art ansehen, wie Freunde sich niemals ansehen würden? Diese Blicke, eine Mischung aus verboten und hungrig. Schuldbewusst. Blicke, die zur Uhrzeit passen, zu dieser verlogenen Stunde. Panik. Sehnsucht. Unendliche Zuneigung. Es wäre schön, wenn es nicht so schrecklich wäre, wenn es nicht um sie ginge und um mich. Wenn es Liebe wäre wie im Film, wie in einem Buch, wenn man sie mitfühlt und nicht darunter leidet.

Ich sollte umkehren. Ich sollte nicht weitergehen, doch ich gehe weiter, angezogen von der Wahrheit und vom Schmerz. Einem Schmerz, von dem ich wusste, dass er kommen würde – nicht wann, nur dass.

Der Moment sieht aus wie Liebe. Wie alles, was ich befürchtet hatte und noch mehr, weil David nicht nur mit ihr spielt, weil er es ernst meint, weil es mehr ist. Zum ersten Mal mehr. Für ihn und für mich.

»Das Schlimmste ist, dass wir ihn anlügen«, höre ich David sagen.

Ich stehe neben ihnen. Oder neben mir, irgendwo in der Dunkelheit, auf irgendeinem Rastplatz.

»Wir können es ihm nicht sagen, David«, erwidert Rosa. *Es.* Da beginnt der Schmerz. Genau da, wo die Unsicherheit endet und die Gewissheit anfängt. Wie ein Messer zwischen meinen Rippen, das sie langsam umdrehen.

»Er weiß es doch längst«, sagt David.

»Was weiß ich längst?«, frage ich tonlos.

Es ist die größte Stille, in der ich je stand. Leere Augen, leere Gesichter, ein ertapptes Schweigen, so laut, das es kaum zu ertragen ist. Ich fühle mich wie damals vor dem Sessel meines Großvaters. Er war da und nicht mehr da, so wie wir in diesem Moment.

Rosa, David und ich stehen wie ein Dreieck im kalten Schein der Straßenlaterne. Wie drei Kegel, die nicht getroffen wurden. Aber von uns ist nichts mehr übrig.

Wir sind nicht mehr da.

David

»Was weiß ich längst?«, fragt er noch einmal. Es ist derselbe leere Tonfall, aber sein Blick passt nicht dazu. Seine Augen sind glasig. Frank schluckt, und ich weiß nicht, was ich tun soll. Rosa sagt nichts, ich auch nicht, ich wüsste nicht was. Egal, was ich sage, es ist falsch. Es sagt nicht das, was ich sagen will. Es sagt nur irgendwas. Und irgendwas ist nicht gut genug. Nichts ist gut genug.

Frank schaut mich an. Ich habe diesen Blick verdient. Zum ersten Mal habe ich ihn wirklich verdient. Enttäuschung. Er hat mich nie enttäuscht. Mich nie hängen lassen. Ich hätte Frank geliebt, wenn er ein Mädchen gewesen wäre. Das wusste ich immer. Ich habe es mir nur nie eingestanden.

»Es war ein Kuss«, sage ich irgendwann, »ein paar Sekunden. Mehr war es nicht.«

Frank starrt mich an, oder durch mich hindurch, ein schwarzer irrer Blick, als könnte er nicht mehr denken. Nicht nur nicht klar, sondern gar nicht. Er sagt nichts, steht einfach nur da, in Boxershorts und Birkenstocks, er wirkt seltsam nackt und verletzlich. Seine Haut ganz blass im kalten Licht der Lampe.

Eine halbe Minute Stille, vielleicht sogar eine, ich weiß es nicht, dann sagt er: »Das hast du nicht getan.«

Er sagt es nur zu mir, als wäre Rosa gar nicht da. Als wären es nur wir beide. Er und ich. Als wären es immer nur wir gewesen.

»Das hast du nicht getan«, sagt er noch einmal.

»Es tut mir leid«, sage ich.

Und das tut es. Vielleicht sogar mehr als das. Aber das ist nicht alles. Der andere Teil ist genauso wahr: dass ich Rosa küssen *wollte*. Dass ich sie nicht nur küssen wollte. Und auch nicht nur mit ihr schlafen. Es wäre nur ein Anfang gewesen, ein Anfang von etwas, das ich bisher nicht kannte. Ich habe das Richtige getan, ich habe aufgehört. Trotzdem hat es sich nicht richtig angefühlt. Sollte sich das Richtige nicht richtig anfühlen? Es hat sich richtiger angefühlt, sie zu küssen. Auf ihr zu liegen. Sie zu spüren. *Das* ist die Wahrheit. Nicht, dass es mir leidtut. Mir tut nicht der Kuss leid, mir tut leid, dass wir dasselbe Mädchen wollen. Dass wir uns im Weg stehen. Er mir und sich selbst, ich ihm, wir uns. Aber das kann ich nicht sagen. Ich kann nicht sagen: *Es tut mir nicht leid, dass ich sie geküsst habe.* Weil es mir irgendwie leidtun muss. Weil er zuerst da war, und weil ich wusste, was er für sie empfindet.

Die Wahrheit macht mich also zu einem Arschloch. Und vielleicht bin ich das. Vielleicht sind wir das alle drei. Verlogene Arschlöcher.

Dann sagt er es noch einmal: »Das hast du nicht getan.«

Und ich antworte: »Doch, das habe ich«, weil mir der Kragen platzt, weil es mich ankotzt, dass er sich so im Recht sieht, obwohl es seine Entscheidung war, sie nicht zu küssen, und meine, es doch zu tun. Er hätte es tun können, er hatte so viele Möglichkeiten. Ich hatte eine.

Er schüttelt nur den Kopf, immer wieder schüttelt er den Kopf.

»Du hättest ihr sagen sollen, was du mir gesagt hast«, sage ich. »Ihr. Nicht mir.«

»Aber ich habe es dir gesagt«, sagt er. »Du hast es gewusst.«

»Und du hast nichts getan«, antworte ich. »Und das hättest du auch nicht, weil du nie irgendwas tust. Weil du immer nur denkst.«

Ich gehe zu weit. Warum gehe ich zu weit? Ich weiß es nicht. Keine Ahnung, was mich so wütend macht. Ich? Er? Die Situation? Dass wir so viel geredet haben und noch mehr verschwiegen? Dass ich dachte, wir wären echte Freunde, und jetzt feststellen muss, dass wir es nicht sind? Vielleicht nie waren? »Du hattest sie die ganze Zeit vor deiner beschissenen Nase«, sage ich. »Sie wollte dich. Du weißt, dass sie dich wollte. Und du wolltest sie. Aber du hast den Schwanz eingezogen, so wie du immer den Schwanz einzieh...«

Weiter komme ich nicht. Sein erster Schlag trifft mich hart unterm Auge, Knochen auf Knochen, seine Faust in meinem Gesicht. Mein Kopf schnellt zur Seite, schneller als der Rest meines Körpers, mein Bild verschmiert, Rosas aufgerissene Augen, in der Ferne der Camper. Ich fange mich wieder, spüre den Anfang von Schmerz und das Adrenalin in meinem Blut. Da kommt der nächste Schlag. Dieses Mal in die Rippen.

Frank schreit mich an. Immer wieder: *Du Arschloch! Du Arschloch!* Immer wieder. Er brüllt es in die Nacht, hört nicht auf, geht auf mich los. Rosa geht dazwischen, wir schieben sie weg, ringen, schlagen einander, er mich, ich ihn. Es ist das Ehrlichste, was wir seit langer Zeit getan haben. Es ist gerechter als reden, es ist unmittelbar und der Schmerz verdient. Wir reißen die Mauern ein, die zwischen uns stehen und uns gleich mit. Meinen Neid, seine Wut, die Enttäuschung. Mein Mund schmeckt metallisch, mein Kopf dröhnt, mein Körper wird nicht müde. Ich weiß nicht, ob es nur ein paar Minuten sind, es fühlt sich ewig an, ich rieche unseren Schweiß, treffe Frank im Gesicht, meine Hand tut weh, meine Knochen, mein Brustkorb. Er hört nicht auf. Ich höre nicht auf. Er schlägt mich weiter. Als müsste alles raus. Als wäre es viel zu lange in ihm gefangen gewesen. Unter seiner trügerischen Ruhe, versteckt unter guten Manieren und dem richtigen Tonfall. Er weiß sehr wohl, wie man jemanden schlägt.

Er könnte nie jemanden schlagen, hat er mal gesagt. Nie. Aber mich kann er schlagen. Es fällt ihm leicht, ich habe es ihm leicht gemacht.

Irgendwann hören wir auf. Genauso plötzlich, wie wir angefangen haben. Der Morgen dämmert, es wird hell. Frank und ich atmen schwer, etwas zwischen Ächzen und Stöhnen, schmerzhafte Laute, die uns verbinden. Ich richte mich auf. Rosa steht zwischen uns, wie sie immer zwischen uns stand. Sie schaut von Frank zu mir, ihr Gesicht eine Maske aus Fassungslosigkeit.

Ich halte mir die Seite und denke, wir haben uns gut geschlagen. Frank blutet aus der Nase, es tropft auf seine Brust und läuft über seinen Bauch. Ich spucke auf den Asphalt, es ist mehr Blut als Spucke, ein Schneidezahn fühlt sich locker an, hält aber.

Frank sieht in meine Richtung, als wäre es das letzte Mal.

Dann dreht er sich um und geht.

Leiser.

Drei Tage später: Rosa

Ich verstehe, dass Frank nicht mit mir reden will. Er hat allen Grund, nicht mit mir zu reden. Trotzdem rufe ich ihn immer wieder an. Und er drückt mich immer wieder weg.

Ich stehe neben David, der regungslos im Camper liegt und schläft, beide Schiebetüren sind offen, damit er etwas frische Luft bekommt. Aber da ist kein Wind, nichts, nur staubtrockene Spätnachmittagshitze. Davids Haare sind nass geschwitzt, das Fieber geht einfach nicht runter. Vorhin war es bei 40,7 °C. Ich nehme den Waschlappen von seiner Stirn und tauche ihn wieder in kaltes Wasser, befeuchte sein Gesicht damit, es ist rot und heiß.

David hat die ganze Nacht geschwitzt und gezittert, ich hab ihn festgehalten. Und an Frank gedacht. Mich gefragt, wo er ist. Ich weiß nicht, was ich tun soll. Meine Mutter hat gesagt, Wadenwickel helfen. Also habe ich welche gemacht. *Wenn das Fieber trotzdem steigt, fährst du ihn ins Krankenhaus,* meinte sie. Ich messe halbstündlich Davids Temperatur – bisher ist sie nicht gestiegen – und zwinge ihn, Wasser zu trinken, damit er nicht dehydriert.

Gestern Abend habe ich ihm eine Suppe gekocht, ich dachte, Salz wäre nicht schlecht. Er saß da mit glasigen Augen, die immer wieder zugefallen sind, aber er hat sie gegessen. Einen Löffel nach dem anderen.

Ich rede mit ihm, erzähle ihm irgendwelche Sachen – was

meine Mutter gesagt hat, wie es meinem Bruder geht –, aber er reagiert nicht. Ab und zu murmelt er etwas, hauptsächlich unverständliches Zeug. Das Einzige, was ich immer wieder heraushöre, ist: *Frank*. Immer wieder Frank.

Ich habe David vorgelesen, ich hatte viel Zeit die vergangenen zwei Tage. Erst den sechsten Band von Harry Potter, für mich das dritte Mal, danach *Die Gabe* von Naomi Alderman, und dieses Ende hat mich völlig umgehauen. Ich hätte mich gern mit jemandem darüber unterhalten, aber David war nicht ansprechbar. Zwei Mal ist er kurz wach geworden, ein Mal davon hat er gelächelt. Ansonsten war ich allein auf einem Rastplatz, auf dem niemand sonst rastet. Nur wir. David und ich.

Bisher ist das hier der Tiefpunkt. Ich bin wieder Mona Chopsis, und Frank ist weg. Meine Ängste bauen sich vor mir auf wie Berge, sie werden größer und ich kleiner. Ich könnte einen Film anschauen. Oder Julian anrufen. Er meinte, ich soll mich melden, wenn ich jemanden zum Reden brauche. Ich wünschte, Frank würde drangehen. Dann wüsste ich, wie es ihm geht. Seit drei Tagen sind wir jetzt hier. Ich habe Tee gemacht und Suppe. Bücher gelesen, in mein Tagebuch geschrieben und Frank angerufen. David hat die meiste Zeit geschlafen. Er war da und nicht da. Aber ich war bei ihm.

Das mit dem Fieber hat angefangen, kurz nachdem Frank gegangen ist. Nur ein paar Stunden später. Ich hätte nicht gedacht, dass Frank gehen würde. Im Nachhinein wundert es mich. Was hätte er sonst tun sollen? Bleiben? Wäre ich an seiner Stelle geblieben? David und ich haben versucht, ihn aufzuhalten. Aber Sätze halten einen Menschen nicht davon ab zu gehen. Ich hätte gern etwas getan, aber ich wusste nicht was. Also wurden es Worte, die leer klangen, aber ernst gemeint waren.

Komm schon, bitte.

Frank, bleib hier, lass es uns erklären.

Es war ein Fehler.

Aber er ist nicht geblieben. Frank hat seine Jeans angezogen und sein dunkelblaues T-Shirt. Seine Nase hat geblutet. Erst als er seinen Rucksack aus dem Kofferraum geholt hat, habe ich begriffen, dass es ein Abschied ist. Dass er es ernst meint, dass er wirklich geht. Dass ich den ersten Menschen, der sich nach so vielen Jahren nach Zuhause angefühlt hat, vertrieben habe.

Das war ich. Nicht David. Und auch nicht deren Streit. Es war meine Schuld, dass er gegangen ist. Auch wenn ich es nicht wollte. Meine Eifersucht, meine Gefühle für David, die Anziehung, die ich so lange versucht habe zu ignorieren. Die Lügen. Die Zerrissenheit zwischen meinem Verstand und meinen Emotionen, alles, was ich für Frank empfinde und ihm nie gesagt habe. Weil ich dachte, wir müssen Freunde sein. Weil mehr nicht geht. Weil wir zu dritt sind, einer zu viel.

Der Waschlappen ist schon wieder heiß, ich tränke ihn in kühlem Wasser. Es ist nicht mehr wirklich kalt, nur noch im Vergleich zu Davids Körper. Sein Wangenknochen ist von Franks Schlag noch geschwollen, der Bluterguss geht fast bis zu seinem Ohr, eine Mischung aus Grün und Lila. Ich bin zu gut davongekommen. Ganz ohne Wunden, die man sehen kann. Und das, obwohl die Probleme mit mir angefangen haben. Oder ich war das Problem.

Es wird langsam dunkel, und die Luft kühlt endlich etwas ab. Ich lege David den Waschlappen auf die Stirn, spreche mit ihm, sage ihm, dass ich da bin, dass ich ihn nicht allein lasse, dann mache ich Nudeln für mich und eine Suppe für ihn. Erst die Suppe, die dauert länger. Am liebsten würde ich einfach weiterfahren, einfach so tun, als wäre es nicht, wie es ist. Aber das geht nicht. Wegen David. Und wegen Frank. Und weil es so ist.

Während ich darauf warte, dass das Wasser kocht, messe ich Davids Temperatur. *Scheiße.* 41,1. Ich fluche laut, aber keiner hört es. Und dann fange ich an zu weinen. Ich stehe neben dem Camper und weine wie ein kleines Kind. Ich wünschte, meine Mutter wäre hier. Meine Mutter wüsste, was zu tun ist. Soll ich ihn ins Krankenhaus fahren? Ich will ihn nicht in einer Klinik lassen. Aber allein mit ihm hierbleiben kann ich auch nicht. Ich bin müde. Was, wenn ich nachts nicht mitbekomme, dass es ihm schlechter geht? Ich stehe da mit dem Thermometer in der Hand und warte auf eine Entscheidung. Als müsste nicht ich sie treffen, sondern jemand anders.

Und dann schreibe ich Frank. Ich rufe ihn nicht an, ich schicke ihm eine Nachricht. Nur einen Satz: *David ist krank.*

Ein paar Minuten lang passiert nichts, dann hat er sie gesehen. Es steht darunter in kursiver Schrift. Zwei blaue Häkchen und keine Reaktion. Irgendwann vibriert das Handy dann doch.

> Frank Lessing: Karma würde ich sagen.

> Rosa Dreyman: Er hat verdammt hohes Fieber. Ich weiß nicht, was ich tun soll.

> Frank Lessing: Du könntest ihn küssen, vielleicht hilft das ja.

Ich starre auf seine Nachricht, dann schreibe ich: *Fick dich, Frank* und lege das Handy weg.

Es wird niemand kommen und mir helfen. Weder Frank noch sonst jemand. Ich bin allein.

Mein Blick fällt auf David, auf sein erhitztes Gesicht, die Schweißperlen auf seiner Stirn. Wenn das Fieber in einer halben

Stunde nicht wieder gesunken ist, fahre ich ihn ins Krankenhaus. Das nächste ist keine zwanzig Minuten von hier. Ich speichere es bei Google Maps unter meinen Favoriten, dann mache ich Suppe. David braucht Salz. Und ich etwas zu tun.

Zur selben Zeit in irgendeinem Hostel in Rockhampton: Frank

Ich führe seit drei Tagen Backpacker-Gespräche. Wie ich heiße, wo ich herkomme, wo ich hinwill, ob ich allein reise. Die ersten drei Male beantwortete ich die letzte Frage falsch, seither sage ich korrekt: *Ja, ich reise allein.* Ich hörte dann meistens, wie mutig das sei, wurde gefragt, ob ich mich nicht manchmal einsam fühle. Ich sagte, es gefiele mir gut, eine Lüge, die mir erstaunlich glaubwürdig über die Lippen kam. *Man trifft unterwegs so viele interessante Menschen.* Was für eine Plattitüde. Doch die meisten nickten, gingen wohl davon aus, sie wären gemeint. Ich korrigierte sie nicht.

Einen Großteil der Zeit blieb ich im Hostel, mied Gespräche, die keine waren, dachte an Rosa und an David, an echte Gespräche, an Menschen, denen ich etwas zu sagen hatte. Ich versuchte, mich abzulenken, meine Gedanken zu sortieren, einen Plan zu entwickeln. Doch dann lag ich meist nur in meinem Bett, das sich nicht wie mein Bett anfühlte und starrte an die Decke. Fragte mich, weshalb die Gegenwart diese schlechte Angewohnheit hatte, einen immer an Vergangenes zu erinnern. Die schmutzige Küche beispielsweise ließ mich an Sydney denken. An das Omelett mit Käse, das Rosa uns damals gemacht hatte. Mehr Käse als Ei. Ich hatte sie genau vor mir, wie sie dasaß auf ihrem Stuhl, ein Bein angezogen, mit ihrer Gabel in der Hand.

Es gibt viele solcher Bilder. Von ihr, von uns, von David und mir. Sie sind wie Scherben, in die man tritt.

Ich bin in einem Viererzimmer untergebracht. Drei befreundete Jungs und ich. Klamotten bedecken den Boden, leere Bierflaschen stehen auf den Ablagen, Flipflops und Badehosen liegen herum, daneben Zigarettenschachteln, schmutzige Schuhe, Socken. Ladekabel hängen aus den Wänden wie einzelne weiße Haare, neben dem Röhrenfernseher türmen sich Pappteller mit Essensresten und angetrocknetem Ketchup. Leere Chipstüten, volle Aschenbecher, Krümel auf dem Boden. Ich widerstehe dem Bedürfnis aufzuräumen, dem fast zwanghaften Verlangen danach, versuche, mich abzulenken, widme mich Büchern, nehme jedoch nichts auf, es bleiben Worte ohne Inhalt, Sätze, die ich wieder und wieder lese, ohne sie zu behalten. Meine eigene Geschichte lässt keinen Raum für andere, keinen Raum für Fiktion – obwohl ich mich gern in ihr verkriechen würde. Im versteckten Winkel einer ausgedachten Welt, die nichts mit meiner zu tun hat.

Ich schätze, ich habe es die ganze Zeit gewusst, es zumindest geahnt, mir nur nicht eingestehen wollen. Es war ein vages Gefühl, das rational nicht zu erklären ist. Ein Bauchgefühl bis in den Kopf.

Als ich David und Rosa vor einigen Tagen das erste Mal darauf ansprach, ob zwischen ihnen etwas vorgefallen sei, sagten sie, es wäre nichts passiert. Rosa meinte: *Von meiner Seite ist alles okay,* David stimmte ihr zu: *Hier genauso. Bin nur müde.*

Irgendwann wurde ich direkter. Ich sagte: *Ich werde das Gefühl nicht los, dass ihr mir etwas verschweigt.* Ich hatte recht, nur, dass mir das nichts bringt. Recht haben macht nichts besser.

Im Nachhinein wünschte ich, ich hätte es nie erfahren. Unwissenheit ist angenehm. Ein Zustand wie Watte. Ich zöge sie dem Jetzt vor.

Als ich vergangene Nacht wach lag, fragte ich mich, wann sie es mir hätten sagen sollen. Unmittelbar danach? Am nächsten Abend, als wir zusammensaßen? Gibt es einen richtigen Zeitpunkt für Bomben? Oder ist jeder Zeitpunkt geeignet, weil es keinen geeigneten gibt?

Ich lese Rosas Nachricht wieder und wieder. *Er hat verdammt hohes Fieber. Ich weiß nicht, was ich tun soll.* Es ist ihr Problem, nicht meins.

Ich betrete den Garten des Hostels, wobei *Garten* in diesem Zusammenhang ziemlich übertrieben ist. Es gibt keinen einzigen Baum und nur ein paar vertrocknete Sträucher. Im Grunde ist es nicht mehr als ein liebloses Stück staubiger Wiese mit ein paar festgeschraubten Bänken und Tischen.

Ich setze mich an einen davon. Nicht freiwillig, sondern weil mich einer meiner Mitbewohner mit einem Augenzwinkern fragte, ob ich ihm für eine Stunde das Zimmer überlassen könnte. Ich wollte Nein sagen, doch vermutlich hätte er dann in meinem Beisein mit diesem seltsamen Mädchen aus dem Nachbarzimmer geschlafen, und so bin ich gegangen.

Er hat verdammt hohes Fieber. Ich weiß nicht, was ich tun soll, lese ich ein weiteres Mal. Irgendwelche Leute hinter mir hören schlechte Musik. Charts. Ich denke an unsere Musik und dann an Rosa und David, wie sie sich küssen, ein gestohlener Moment, ausgekostete Sekunden, die ich mit Natalie verbrachte. Ein paralleles Leben, als wäre es nicht meines, sondern das eines anderen, der mir davon erzählt. Ein anderer Backpacker, ein weiteres Gespräch. *Es gab da diese Französin.* Natalie hat aufgehört, mir zu schreiben. Es ist besser so.

Die Gruppe hinter mir trinkt und lacht, ihre Oberflächlichkeit widert mich an. Ich könnte mich umdrehen und ein Teil davon werden, mich von der aufgesetzten Freude anstecken lassen. Bei ihnen sieht sie so echt aus, vielleicht ist sie es, vielleicht haben sie wirklich Spaß. Vielleicht hätte ich ihn auch, wenn ich so lange trinken würde, bis es nicht mehr wehtut. Doch womöglich würde ich dann nie wieder damit aufhören. Ich wäre eine jüngere

Version meines Vaters, ebenso traurig wie tragisch. Nur irgendwo anders. Mit meinen Sorgen, nicht seinen. Nein, ich trinke nicht. Mein Blick fällt wieder auf Rosas Nachricht. Erst die eine, dann die letzte: *Fick dich, Frank.*

Ich denke an David. Daran, wie er mir vor einigen Jahren von seinem psychischen Fieber erzählte. Davon, dass er es als Kind öfter gehabt hatte. Sehr plötzliches, sehr hohes Fieber. Es trat immer auf, wenn Dinge passierten, die ihn außerordentlich belasteten. Dann brannte sein Körper. 39, 40, 41 °C Fieber. Es passierte, wenn er zu lang allein gewesen war. Und als sein Kindermädchen entlassen wurde. Und als er befürchtete, seine Eltern könnten sich scheiden lassen, weil alle Eltern seiner Klassenkameraden sich scheiden ließen. Das letzte Mal passierte es, als er in der Schule einen Jungen mobbte, den er eigentlich mochte. David wollte nicht mitmachen. Doch er tat es, weil alle es taten. Ein Mitläufer mit Gewissen. In derselben Nacht kam das Fieber. Lebensbedrohlich hoch. Er musste ins Krankenhaus.

»Hey du«, sagt jemand hinter mir. Schätzungsweise bin ich gemeint, doch ich reagiere nicht.

Dann noch einmal: »Hey. Duhuu.«

Ich drehe mich um.

»Ja, du. Sprichst du Deutsch?« Er lallt.

»Ja«, sage ich nüchtern.

»Komm schon, trink was mit uns.« Er hält mir eine Flasche Bier entgegen. »Und? Wo kommst du her?«

Es ist der Anfang eines weiteren Backpacker-Gesprächs. Und damit das Ende meines Aufenthalts.

Ich stehe ohne ein Wort auf und gehe zurück ins Hostel.

Das Bier nehme ich mit.

Fast zwei Stunden später: Frank

Rosa hockt auf einer kleinen Decke neben dem Camper und kocht Pasta. Sie ganz klein auf dem riesigen Rastplatz. Sie rührt die Nudeln um, es läuft Musik, Jack Johnson, ein Album, das ich nicht kenne. Rosa sagt etwas, sie spricht mit David, doch der antwortet nicht. Er liegt im Bus und schläft einen toten, reglosen Schlaf.

Ich komme näher, sie bemerkt mich nicht, die Dunkelheit verbirgt mich, Rosa nimmt den Deckel von einem zweiten Topf, schaut hinein, probiert, sagt: »Die Suppe muss noch etwas abkühlen. Aber sie ist gut geworden.«

Der Geruch erinnert mich an meinen Großvater. Er machte die besten Suppen, ließ sie stundenlang kochen, oft sogar über Nacht. Das ganze Haus roch dann danach, die Polster und Kissenbezüge, das Sofa, alles war getränkt in diesem Duft. Manchmal noch Tage später. Salzig und würzig und fettig. Dazu gab es immer ein Stück dunkles Brot mit Butter. Ich tunkte es in die Suppe und sah dabei zu, wie es sich vollsaugte und die Butter langsam schmolz.

Ich liebte die Farbe, eine Mischung aus Gold und Bernstein, und die verschiedenen Schichten, die sich nach und nach absetzten. Besonders die oberste mit den Fettaugen. Ich sah dabei zu, wie sie sich verbanden, wie die großen die kleinen nach und nach schluckten. Es wurden immer weniger, und die wurden immer größer. Manchmal half ich mit dem Löffel nach. Die Fleischbrühe mochte ich am liebsten. Sie schmeckte nach Geliebtwerden. Die Erinnerung daran ist so real, dass mein Magen knurrt. Ich vermisse meinen Großvater.

Ich gehe auf Rosa zu, halte weiter Abstand. Für sie gibt es heute nur Nudeln mit Butter und Salz. Und einen Rest geriebenen Käse. Das Gemüse ist in der Suppe. Tomaten, Karotten, etwas Lauch. Ich hatte vergessen, dass sie ein guter Mensch ist. Einer der besten, die ich kenne. Vielleicht spricht es für mich, dass ich sie liebe.

Rosa schöpft etwas von der Suppe in eine kleine Schüssel, dann steht sie auf. »Jetzt ist sie gut«, sagt sie. David liegt wie ein Verwundeter im Lazarett, einen Waschlappen auf der Stirn, Wadenwickel, ein weißes Leintuch auf dem nackten Oberkörper, verschwitzte Haare. Rosa weckt ihn, nimmt den Waschlappen weg, hilft ihm dabei, sich aufzusetzen. Ich sehe ihr dabei zu, wie sie David füttert, einen Löffel nach dem anderen, wie sie ihm Suppe vom Kinn wischt, mit ihm spricht. Seine Augen sind glasig und rot, sie fallen immer wieder zu, er sieht sich kaum ähnlich, so schwach. Erst da wird mir klar, wie sehr seine Energie ihn ausmacht. Wie lebendig er sonst ist und wie leer jetzt. Leblos und müde, ein Schatten, ein kleiner Rest, nicht er.

David murmelt etwas, ich verstehe nicht was. Dann wiederholt er es. Nur ein Wort: *Frank*. Mehr nicht.

»Ja«, sagt Rosa, »mir fehlt er auch.«

Plötzlich schaut David genau in meine Richtung, direkt zu mir, zu meinem Platz in der Dunkelheit. Ich kann mir nicht vorstellen, dass er mich sehen kann, aber vielleicht tut er es doch. Vielleicht denkt er, er träumt mich. Ich lächle ihn an.

»Frank«, sagt er noch einmal, dieses Mal zu mir.

»Ich rufe ihn morgen wieder an. Okay?«, sagt Rosa.

David nickt und isst weiter Suppe.

Es fällt mir schwer zu glauben, dass mein Weggehen, mein

Fehlen, das hier ausgelöst haben soll. Dass es nicht nur einen Unterschied macht, sondern *was* es für einen Unterschied macht. Sie sind nicht noch in derselben Nacht weitergefahren, glücklich darüber, mich los zu sein, verliebt und zu zweit. Sie sind geblieben, stehen auf demselben Parkplatz, als hätten sie auf mich gewartet. Sprechen über mich, ich bin noch da. In ihren Gedanken. Und auch wirklich.

Ich wusste, dass ich David nicht egal bin, dass ich ihm etwas bedeute, so wie er mir etwas bedeutet, mehr als ich in einzelnen Sätzen sagen kann. Doch ich wusste nicht, dass ich ihm so viel bedeute, dass ich ihm so wichtig bin. Ihn so zu sehen, zeigt es mir. Dass ich wieder hier bin, zeigt es ihm. Vielleicht nicht gleich, vielleicht erst irgendwann.

David nickt ein, es passiert immer wieder, Rosa weckt ihn, lässt nicht locker, zwingt ihn, nach der Suppe noch ein Glas Wasser zu trinken. Als es leer ist, wendet sie sich ab. David schläft sofort ein, sie räumt das Geschirr weg, streut Käse über ihre lieblosen Nudeln, setzt sich vor den Camper wie eine wachsame Krankenschwester. Rosa nimmt die erste Gabel, führt sie in Richtung Mund, dann sieht sie mich und gefriert mitten in der Bewegung.

»Frank«, sagt sie, legt die Gabel weg, stellt den Teller auf den Asphalt, steht auf, steht vor mir, uns trennen eine Armlänge und eine seltsame Distanz. Wie eine unsichtbare Wand aus nicht bereinigten Missverständnissen. Ich habe Rosa nie so müde gesehen, so vollkommen erschöpft, so unschön und doch schön, trotz fettiger Haare, trotz der Augenringe. Ihr Gesicht ist mehr grau als blass, Äderchen scheinen grünblau hindurch. Sie steht vor mir und weint ohne Laut, kein Schluchzen, nichts, nur Tränen, die ihr über die Wangen laufen.

Wir stehen einige Sekunden so da, reglos, als wüssten wir nicht, wie es von hier aus weitergeht. Dann fällt sie mir um den Hals, eine plötzliche Bewegung, die mich überrascht. Ihr Körper trifft auf meinen, als wäre ich die Rettung, als hätte ich sie nach Jahren auf einer einsamen Insel gefunden. Sie hält sich an mir fest. Und ich mich an ihr, ziehe sie an mich, wir sind Herzschlag an Herzschlag, es ist ein Moment wie ein längst überfälliges Gespräch. Nähe in jeder Hinsicht, körperlich und seelisch, ich heile ein bisschen von ihr und sie ein bisschen von mir. Dann weicht sie zurück, ihr Gesicht glänzt, ich küsse sie auf den Mund, lang und ohne Zunge. Sie erwidert den Kuss. Lippen auf Lippen, ihre spröde, meine nicht. Es ist mir egal, was dieser Kuss bedeutet: Liebe, Freundschaft, etwas anderes. Er war wichtig. Etwas, das ich tun musste. Genauso, wie zurückkommen. Ich bin wieder hier. Bei ihr. Bei David. Und bei mir.

Wenig später: Rosa

Wir wechseln Davids Wadenwickel, der Frotteestoff ist feucht und heiß. Wir reden nicht dabei, sehen einander nur ab und zu an. Frank hat einen Dreitagebart. Ich habe ihn noch nie mit Bart gesehen, immer nur frisch rasiert. Es steht ihm, aber sein Kinn fehlt mir. Wie ein Bart ein Gesicht verändern kann. Ich hole frisches Wasser, es gibt nur kaltes, aber mehr brauchen wir nicht. Die Toiletten und Duschen sind ziemlich sauber, und ich bin einmal mehr dankbar dafür, dass auf so vielen Rastplätzen in Australien kostenlose sanitäre Einrichtungen zur Verfügung stehen. Auch wenn es immer mal wieder zu Problemen mit der Warmwasserversorgung kommt. So auch hier. Auf den Armaturen ist ein kleiner roter Punkt abgebildet, aber das Wasser wird nicht heiß, egal wie lange man wartet. Ich wollte gestern duschen, habe es dann aber gelassen. Ich hatte die Horrorvorstellung, dass es David ganz plötzlich schlechter geht und dass er stirbt, während ich mir die Haare wasche. Ich konnte nicht aufhören, daran zu denken. An mich, wie ich aus der Dusche komme und mich gut fühle, endlich nicht mehr klebrig und verschwitzt, irgendwie wieder ich, mit einem Handtuch um den Kopf und einem um den Körper. Und wie er daliegt mit offenen Augen und einem Blick, den nur Tote haben. Also habe ich nicht geduscht. Ich bin bei ihm geblieben. Ich war nur ein paarmal auf dem Klo, öfter als sonst, weil ich immer noch meine Tage habe, aber immer nur kurz, ich habe mich beeilt.

Als ich wenig später mit einer Plastikwanne voll Wasser zum Camper zurückkomme, läuft nach wie vor Jack Johnson. Eines meiner Lieblingsalben von ihm. *Brushfire Fairytales*. Das andere ist *On And On*. Ich liebe diese Musik, und ich werde sie immer lieben. Es gibt Musik für den Moment, und es gibt Musik, die bleibt. Von der man sich verstanden fühlt, wenn man sie hört. Ein paar dieser Lieder sind wie meine Freunde.

Frank steht neben David und hält seine Hand. Es sind dieselben Hände, die sich vor ein paar Tagen noch gegenseitig ins Gesicht geschlagen haben. Jetzt sind sie sanft, sagen: *Es wird alles wieder gut.* David zuckt kurz, als das kalte Wasser auf seine Haut trifft, verzieht schmerzhaft das Gesicht, dann schläft er weiter.

Frank ist zurück. Ich weiß nicht, ob damit alles geklärt ist oder gar nichts, aber ich weiß, dass ich heute Nacht schlafen werde. Weil er da ist. Weil es anders ist, wenn er da ist. Besser.

Ich decke David mit dem Leintuch zu, dann setzen Frank und ich uns nebeneinander auf die kleine Decke und teilen meine Nudeln. Ich mache sie noch mal warm, der Käse schmilzt und zieht Fäden. Kurz denke ich an Sydney, an unser Käseomelett. Es ist lange her, und das Jetzt fühlt sich anders an. Irgendwie tiefer. Als wären wir zusammen untergetaucht, weit weg von allem, ganz nah bei uns. Drei Menschen, vielleicht Freunde, vielleicht mehr. Es ist mir egal. Frank ist wieder da.

Ich lächle ihn an, und er lächelt zurück auf diese schüchterne Art, jungenhaft und echt, als würde er dasselbe denken. Zwischen uns liegt diese heilige Stille, wie nur wir beide sie können. Kurze Blicke, ein Lächeln, Schweigen. Wir benutzen dieselbe Gabel. Mein Lieblingslied des Albums beginnt. »It's All Understood«. Es ist traurig und wunderschön auf diese melancholische Art, die ich sofort im Magen spüre. Der Song ist wie dieser Augenblick, wie die Dunkelheit, in der wir drei uns befinden, nur dass sie mir jetzt keine Angst mehr macht, jetzt ist sie wie eine Decke.

Frank reicht mir die Nudeln, ich esse ein paar und halte ihm wieder den Teller hin. Sie sind wie eine Friedenspfeife. Wir essen und hören Musik. Alles ist ruhig, in mir und um mich herum.

Dann sage ich: »Ich bin froh, dass du wieder da bist.«

Und Frank antwortet: »Das bin ich auch.«

Mehr sagen wir nicht. Mehr müssen wir nicht sagen.

Fünf Stunden später,
mitten in der Nacht: Frank

Rosa liegt da und schläft, ihren Stoffbären in der Hand. Er sieht mich aus seinem einen Auge an. Mit ihm hat Rosa uns ein Stück von sich selbst gezeigt. Ein Stück unvollkommene Kindheit Vielleicht erzählt sie uns eines Tages den Rest, vielleicht sogar den Grund, warum sie damals bei diesem Song so weinen musste. Vielleicht auch nicht. Beides ist in Ordnung.

Ich schaue von Rosa zu David, fühle mich wie ein Wächter, ein Soldat, der auf sie aufpasst. David liegt auf dem Rücken, die Arme neben dem Kopf, sein Gesicht vollkommen entspannt. Rosa liegt neben ihm, an seiner Seite, so wie sie die vergangenen Tage an seiner Seite war. Jetzt bin ich an ihrer. Ich trinke ein Bier, es schmeckt mir immer noch nicht, aber es passt zu meiner Vorstellung des Augenblicks. Zu dem Gefühl, angekommen zu sein. Zurückgekommen. Ein Feierabendbier nur ohne Feierabend.

Ich lehne an der offenen Schiebetür, beinahe zu Tränen gerührt, weswegen weiß ich nicht. Vielleicht ist es dieser Anblick. David und Rosa schlafend. Sie liegen da wie eine alte Erinnerung. Als wären sie eine Fotografie, die ich zufällig in einer Schublade wiederfinde, als hätte ich den Moment festgehalten, als wäre das gerade nicht echt, sondern ein Blick zurück. Vielleicht weil sie so reglos daliegen, so ruhig. Als läge das hier schon lange zurück.

Eines Tages wird es so sein, das alles vorbei und wir viel älter. Ich werde auf Wochen zurückblicken, die Jahre her sind. Auf eine Reise, die gerade ist und dann gewesen sein wird. Ich werde viel vergessen haben, doch nicht diesen Moment. Nicht, wie sie hier liegen und schlafen und ich auf sie aufpasse.

Ich denke, David wird bleiben, er mir und ich ihm. Bei Rosa weiß ich es nicht. Dem ersten Mädchen, das ich wahrhaftig liebte. Dem Mädchen, das David und ich gleichzeitig liebten. Vielleicht aus denselben Gründen. Oder auch aus anderen. Ich sehe sie an. Zusammengebundene dunkle Haare, ein Schlaf-Top, eine Unterhose. Lange Wimpern, lange Beine, schöne Haut, unendlich müde. Vor drei Stunden verließen sie die Kräfte. Sie wollte noch duschen, Haare waschen, doch sie konnte kaum noch sitzen. Schlief auf meiner Schulter ein. Ich ließ sie, bewegte mich nicht, bis das Vibrieren meines Handys mich daran erinnerte, dass es Zeit war, Davids Temperatur zu messen.

Ich weckte Rosa, sagte ihr, sie könne sich hinlegen. Sie fragte verschlafen: *Was ist mir dir?* Ich sagte: *Ich bleibe wach.*

Sie kletterte in den Camper, legte sich auf ihren Schlafsack, griff nach Rüdiger und schlief ein. Als hätte jemand den Stecker gezogen. Ich wechselte Davids Wadenwickel und den Waschlappen, stand neben der offenen Schiebetür und sah die beiden an. Die Musik lief immer weiter, ich trank mein Bier und begann in einem Buch zu lesen, das ich auf dem Beifahrersitz fand. *Die Gabe* von Naomi Alderman. Ein Roman, der mich fesselte. Irgendwann wachte David plötzlich auf. Es war halb fünf, mitten in der Nacht. Ich legte das Buch weg, er sagte: »Du bist zurückgekommen.«

Ich sagte: »Ich bin zurückgekommen.«

Dann schlief er wieder ein. Um zwanzig vor sechs hielt ich die Müdigkeit kaum noch aus. Sie lag auf meinen Lidern, auf meinen Schultern, in meinem Kopf. Alles in mir wollte schlafen, die Augen schließen, mich zu ihnen legen, dazwischen oder daneben. Doch ich blieb wach, machte Kaffee, ging auf und ab, hoffte auf einen Sonnenaufgang, der auf sich warten ließ.

Es ist fast sieben Uhr, als David aufwacht, diesmal richtig.

Er sieht wieder mehr aus wie er, noch nicht ganz, eher wie ein Cousin. Ich reiche ihm wortlos das Thermometer, er steckt es sich ins Ohr, eine Sekunde später piept es, und ich nehme es ihm aus der Hand.

»38,1«, sage ich.

»Es tut mir leid«, sagt er. »Alles.«

Ich sehe ihn an. »Nicht alles«, erwidere ich.

»Du weißt, was ich meine«, sagt er.

Seine Stimme klingt trocken, ich reiche ihm eine Flasche Wasser.

»Ja, ich weiß. Dass wir dasselbe Mädchen lieben«, sage ich.

Er setzt die Flasche an, trinkt, schaut zu Rosa, die sich nicht bewegt.

»Das auch«, sagt David.

»Was noch?«, frage ich.

»Dass ich dich verletzt habe.« Er schraubt den Deckel auf die Flasche und hält sie mit beiden Händen fest. »Dich liebe ich nämlich auch.«

»Ich weiß«, sage ich. »Ich dich auch.«

David

Ich trinke Suppe, Frank trinkt Kaffee, Rosa schläft. Es beginnt, hell zu werden, wir sitzen auf der kleinen Decke, die Rosa in den vergangenen Tagen irgendwann neben der offenen Schiebetür ausgebreitet haben muss. Ich habe nichts davon mitbekommen. Frank ist gegangen und ich irgendwie mit ihm. Meinen Körper habe ich hiergelassen. Bei Rosa. Sie hat auf ihn aufgepasst.

Mein Blick fällt auf das Tattoo auf der Innenseite meines rechten Handgelenks. Ich habe Frank nie gesagt, was es bedeutet. Er hat nie danach gefragt. Irgendwie war es mir peinlich und gleichzeitig wichtig genug, es mir stechen zu lassen. Ich fahre mit dem Finger über die Zahlen. Das Schwarz ist nicht mehr ganz schwarz, eher ein mattes, tiefes Grau.

»Weißt du, was das ist?«, frage ich, und Frank schaut auf die Tätowierung.

»Nein«, sagt er.

»Koordinaten«, sage ich. Sein Blick ist ernst. Meiner auch. »Gib sie ein.«

Frank zögert einen Moment, dann greift er nach seinem Handy und öffnet Google Maps. Ich halte ihm mein Handgelenk hin, und er tippt die Zahlen ein. 47.443503, 11.646684. Die Karte lädt, ich werde nervös. Natürlich erkennt er den Ort, es dauert nur einen Augenblick, keine zwei Sekunden.

Er schaut hoch.

»Warum?«, fragt er.

»Weil mein Leben nach diesem Wochenende besser war.«

Frank blickt auf die Karte.

»Meins auch«, sagt er dann.

Einige Monate zuvor: Frank

Ich machte den Vorschlag, weil David unbedingt wegwollte. So dringend, dass ich begann, mir Sorgen zu machen. Seine Leere wurde lauter und mit ihr meine Bedenken.

Ich weiß nicht, weshalb ich erst zögerte, vielleicht, weil mir der Ort heilig ist, vielleicht, weil ich mich aus irgendeinem Grund für ihn schämte. Die Schlichtheit, die ich eigentlich mochte, das Einfache, das mir für David zu einfach schien. Für jemanden, für den Luxus normal war, das Beste gerade gut genug. Davids Eltern besitzen Häuser auf der ganzen Welt, Immobilien, die die meiste Zeit leer stehen, Anwesen, um die sich Angestellte kümmern, ein paar davon werden vermietet, andere sind einfach da – für den Fall, dass jemand in der Nähe ist. Eine Anlage, in der man übernachten kann.

Mit meinem Großvater verreiste ich nicht, wir waren immer nur im Gebirge, auf seiner Hütte, so einsam, wie man nur sein kann. Ich war gerne dort. In der Stille, in diesem Geruch aus Nadelbäumen, unter dem Nachthimmel. Es war ein Stück Erde ohne Menschen, ohne Probleme. Ich fühlte mich wie ein Teil davon, als wären meine Füße mit dem Boden verwachsen und mein Kopf mit den Sternen verbunden. Ich liebte das Haus meines Großvaters, doch die Hütte war ich, sie war mein Ort, eine Zuflucht.

Als er starb, vermachte er sie mir. Sie hatte kaum finanziellen Wert, war jedoch reich an Erinnerungen. In den Jahren nach seinem Tod fuhr ich oft an den Wochenenden dorthin, effiziell verbrachte ich die schulfreie Zeit bei meiner Mutter. In Wahrheit war ich nie bei ihr. Es war uns beiden lieber so. Anfangs blieb ich nur Tage, später dann mehrere Wochen. Doch ich nahm nie jemanden mit, war stets allein. Es störte mich nicht. Seine Seele zeigt man auch nicht jedem.

Irgendwann erzählte ich David von meiner Familie, von meinem Großvater, dass ich bei ihm aufgewachsen war, dass ich meinen Vater kaum kannte, dass er vermutlich verdrängt hatte, dass es mich gab. Und er erzählte mir von den vielen Wochenenden und Ferien, die er allein in dem riesengroßen Haus seiner Eltern verbrachte. Ich fuhr immer seltener ins Gebirge, blieb immer häufiger bei David, lernte seine Eltern kennen, sie waren netter zu mir als zu ihm. Sie waren schlechte Eltern, wie meine, nur anders. Ich sagte ihm das nie, man spricht nicht so über andere Eltern. Das wäre anmaßend.

Von da an nahm David mich in den Ferien meistens mit in den Urlaub. Manchmal waren seine Eltern dabei. Manchmal nicht. Ich fühlte mich unpassend in dieser perfekten Welt. Wie die einzige Fälschung zwischen echten Gemälden. Für David war sie völlig natürlich, und er war Teil von ihr. Ich versuchte, nicht zu zeigen, dass mir das alles nicht entsprach, dass ich kein Teil davon war, sondern ein Anhängsel. Es lag nicht an den Häusern, nicht an David, nicht an seiner Welt, es war *ich* in dieser Welt. Wie ein Riss in einer frisch verputzten Wand, ein Fleck auf einem weißen Hemd, eine Delle in einem neuen Wagen.

David ließ es mich nie spüren, und trotz des seltsamen Gefühls genoss ich die Zeit wie ein Hochstapler den Smoking und die Zigarre. Doch das war nicht ich.

Diese Hütte war ich. Alter Stein, zwei Zimmer, eine Wohnküche, Holzöfen. Ich war zu einfach für den Glanz, zu rau, zu sehr Gebirge. Ein schroffer Felsen im Vergleich zu einem Infinity-Pool.

Ich fürchtete mich davor, David meine Welt zu zeigen. Teil seiner zu sein war eine Sache, ein Spiel, etwas, das mir auf Zeit gelang, manchmal sogar gefiel. Ich las die richtigen Bücher, konnte mich ausdrücken, war immer bewandert im Bezug auf Themen, über die Davids Eltern und deren Freunde sich gern unterhielten. Das Parkett Politik, Kultur, Literatur war mir vertraut. Ich musste David nicht peinlich sein. Das verdankte ich meinem Großvater.

Es waren Jahre vergangen, David hatte sein Leben vor mir ausgebreitet, mich eingeladen, mich bei ihm zu Hause zu fühlen. In seiner Gegenwart tat ich es, ansonsten gab ich es vor. Meine Welt hingegen blieb ihm größtenteils verschlossen. Bis zu jenem Tag, als ich ihm anbot, mit mir ins Gebirge zu fahren.

Er hatte bereits den Führerschein, ich nicht. Wir fuhren mit seinem Auto, ich machte uns Brote für die Fahrt, genauso wie mein Großvater sie immer für uns gemacht hatte. Dunkles Brot mit dicker Kruste, Butter, Schinken, Essiggurken. Trotzdem schmeckten meine anders. Als hätte es eine Zutat gegeben, die er immer vor mir verheimlicht hatte.

Als ich David auf einem Rastplatz eines der Brote reichte, befürchtete ich, er würde sich über mich lustig machen, über mich und meine Brote, doch das tat er nicht, er bedankte sich.

Wir verbrachten vier Tage auf der Hütte. Danach waren wir so oft wie möglich dort. David sagte irgendwann, dass er diesen Ort liebte, weil er so weit weg wäre von seiner Welt wie irgend möglich. Ich fragte mich, ob ihm damals klar war, dass er nicht nur von diesem Ort sprach, sondern auch von mir. Denn dieser Ort war ich. Und als ich ihn ihm zeigte, zeigte ich ihm mich.

Wir kannten uns schon lange, doch erst nach diesem Wochenende waren wir wir. So etwas wie Brüder. Etwas mehr als Freunde. Etwas, für das ich keinen Begriff brauchte, weil ich ihn hatte. Jemanden, dem ich blind vertraute.

Den ich vielleicht sogar liebte.

Am nächsten Tag, kurz nach elf: Rosa

Ich wache auf und bin allein. Ein stiller, friedlicher Morgen mit mir selbst. Ich schaue durch das offene Fenster nach draußen. Die Wolken stehen reglos und groß am Himmel. Weiß auf Dunkelblau. Wie eine Tatsache.

Ein paar Minuten bleibe ich noch liegen. Ich denke an Mona Chopsis und den Tagebucheintrag von gestern Morgen. Es muss eine ähnliche Uhrzeit gewesen sein. Ein früher Mittag nach einer durchwachten Nacht. Ich lag hier, genau da, wo ich jetzt liege, David hat neben mir geschlafen. Ich habe immer wieder genau hingehört, ob er noch atmet, und dann habe ich mich gefragt, wie es weitergehen wird, wenn es ihm erst mal besser geht, was wir machen, wenn Frank nicht zurückkommt. Ob wir uns dann auch trennen. Ich habe mir uns drei vorgestellt, drei versprengte Einzelteile irgendwo auf demselben Kontinent, unendlich weit voneinander entfernt. Jeder auf seinem Weg, weg von den anderen.

Ich schlage mein Notizbuch auf, es liegt neben meinem Kopfkissen, blättere zum letzten Eintrag. Die Bleistiftskizzen sind nicht so gut wie sonst, weniger detailliert. Ich war zu müde, aber ich wollte nicht vergessen, wie es sich angefühlt hat, hier zu sein. Auf diesem gottverdammten Rastplatz. Ich habe ihn gezeichnet. So wie der Rastplatz uns. Daneben ein Suppentopf, darunter ein halb toter David und bei ihm eine weinende Version von mir, zwischen uns nur die Leere, die Frank hinterlassen hat, eine Lücke so groß wie ein Mensch. Wie eine ganze Welt.

Mein Handy vibriert. Es liegt neben Rüdiger, der mich ein-
äugig ansieht. Ich greife danach, mache das Notizbuch zu und lege
es weg. Meine Mutter hat vor ein paar Stunden geschrieben. Und
eben mein Bruder. Wir haben seit vorgestern einen Gruppen-Chat.

> 6:41 Uhr, Mama: Wie geht es David?
> Kommst du klar? Meld dich,
> wenn du wach bist. 🐱
>
> 11:27 Uhr, Julian: Alles okay bei dir?
> Ruf an, wenn du reden willst.

Ich antworte ihnen, schreibe, dass es mir gut geht und dass ich sie
nach dem Duschen anrufen werde. Und zuletzt: *Danke für alles.
Ihr habt mir sehr geholfen. Ich bin froh, dass es euch gibt.*

Dann klettere ich aus dem Bus. Die Nacht hatte viele Stunden, und ich habe keine davon mitbekommen, ich war irgendwo
anders, ganz weit weg, nur nicht hier. Zum ersten Mal seit Lan-
gem bin ich richtig wach. Ich liebe schlafen. Verschwinden und
dann wiederkommen, einen neuen Tag beginnen.

Ich gehe um den Camper herum, und da sitzen sie: Frank und
David. Schulter an Schulter, Schläfe an Schläfe, Davids Hand auf
Franks Unterarm. Sie sind blass, David vom Fieber, Frank vom
Wachsein, doch ihre Gesichter sind friedlich. Geschlossene Augen
und regelmäßiger Atem. Tiefer, fester Schlaf.

Ich mache ein Foto von den beiden. Und danach Kaffee. Ich
weiß nicht, wie es von hieraus weitergeht, aber ich weiß, dass es
weitergeht. Dass wir weitergehen.

Unsere Geschichte ist noch nicht vorbei.

Ein paar Kapitel kommen noch.

Anders.

Fünf Tage später: Frank

Ich hätte nicht gedacht, dass Rosa uns diese Zeichnungen jemals zeigen würde. Wir drei in Bildern, ihr Blick auf uns, mal nachdenklich, mal erregend, oft traurig, jedes Mal echt. Sie hat alle Höhe- und Tiefpunkte unserer bisherigen Reise festgehalten. Und die Kleinigkeiten. Meine Schuhe, die Pringles, unsere Playlist. Alles mit einem harten Bleistift von Faber Castell. 2H. Die hat mein Großvater auch benutzt.

Wir sitzen zu dritt auf dem Dach des Campers, das Notizbuch liegt aufgeschlagen zwischen uns. Für Rosa steht es auf dem Kopf, David und ich sehen es richtig. Ich frage mich, was heute anders ist als gestern. Davor war ihr Tagebuch tabu, ein offenes Geheimnis, das sie vor uns beiden hatte. Jetzt nicht mehr. Ich wüsste gern weshalb.

Rosa greift nach ihrem Kaffee, trinkt einen Schluck. Er ist lange nicht mehr heiß, nur noch warm, und der Wind um uns kaum kühler.

Der riesige Parkplatz ist wie ausgestorben. Ein endloses Meer aus schwarzem, silbernem und weißem Metall. Dazwischen ein paar Bäume. Wir sitzen unter einem davon, und außer uns ist niemand da. Die Luft riecht salzig, und die Wellen rauschen bis zu unserem Platz im Schatten. Der Strand muss voll sein. Im Morgengrauen hatten wir ihn für uns allein.

Mein Blick fällt wieder auf Rosas Tagebuch, und ich blättere weiter. Auf der nächsten Seite sitzt sie da und weint, David hinter

345

ihr, seine Arme um ihren Körper geschlungen, er hält sie fest, ich stehe im Hintergrund, sehe wütend aus. Wütend und verletzt. Dunkle, leere Augen – meine Augen. *Adelaide*, denke ich. Es fühlt sich so weit weg an, aber ich kann es noch fühlen, das Damals. Wie ich sie gedrängt habe. Dass ich unbedingt wissen musste, was los ist. Die Eifersucht war überall und ich nicht ich selbst, nur meine schlechten Seiten. Ich wollte Rosa für mich allein, so wie ein Einzelkind seine Eltern. Wollte alles für sie sein, hatte Angst, ich wäre nichts. Und wenn nicht nichts, dann doch zu wenig.

Ich schaue sie an und sage: »Tut mir leid, wie ich mich an dem Abend verhalten habe.«

Sie schüttelt den Kopf. »Das muss es nicht«, sagt sie und zieht an ihrer Zigarette. »Du wolltest für mich da sein.«

Das trifft es nicht ganz, doch ich sage es nicht. Mir ist lieber, sie behält es so in Erinnerung.

»Das Lied, das damals lief«, sagt sie plötzlich, spricht aber dann nicht weiter, schaut stumm auf ihre Handflächen. David und ich warten, es sind nur Sekunden. Sie kommen mir ewig vor. »Das Lied erinnert mich an meinen Vater. Er hat es oft gehört.« Rosa schluckt, und wir schweigen. Es ist eine Stille, in der sie denkt und wir sie ansehen. Nach einer Weile sagt sie: »Eigentlich ist es lächerlich.« Sie weicht unseren Blicken aus, zieht an der Zigarette. »Das, was mir passiert ist, passiert in fast jeder Familie.«

»Das macht es nicht lächerlich«, sagt David.

Rosa presst die Lippen aufeinander, ihre Augen sind dunkel und weit.

»Meine Eltern haben immer gestritten«, sagt sie. »Jahrelang. Sie hätten sich viel früher trennen sollen. Das wäre für alle Beteiligten besser gewesen.« Rosa drückt die Zigarette aus und zündet die nächste an. »Julian und ich haben in unserem Zimmer gespielt und so getan, als würden wir es nicht hören. Wie sie schreien und was sie zueinander sagen. Aber so etwas kann man nicht nicht hören. Wir haben alles gehört.«

Ich stelle mir eine kleine Rosa vor, im Schneidersitz in der Dunkelheit ihres Zimmers, die Schwere einer ganzen Welt auf den Schultern, neben ihr ein großer Bruder, der sein Bestes versucht, die kleine Schwester abzulenken.

»Mein Vater ist kein schlechter Mensch«, sagt sie. »Ich wünschte fast, er wäre es. Das würde vieles einfacher machen.«

Ich kenne diese Gedanken, genauso wie David, es sind verschiedene Geschichten, aber dasselbe Gefühl. Rosa spielt mit ihren Haarspitzen. In ihrem Kopf akustische Fetzen aus einer Zeit, die wir nicht mithören können. Stimmen und Stimmlagen, Bilder ohne Kontext, Streit, Erinnerungen, teils echt, teils ergänzt durch Kinderaugen.

Es ist seltsam mit Eltern. Dass wir ihnen erlauben, uns wie Scheiße zu behandeln, nur weil wir sie lieben. Nur weil wir aus ihnen entstanden sind. *Wenn zwei Menschen sich ganz arg lieb haben …* Was für eine Lüge. Vielleicht sind wir alle die logische Konsequenz unserer verworrenen Kindheit. Vielleicht tragen wir unser kleines Selbst in uns spazieren wie eine Bürde der Vergangenheit, und es stellt die immer selben Fragen, hat auch nach Jahren noch dieselben Ängste. Wir werden älter, aber das Fundament, auf dem wir gebaut sind, bleibt unverändert. Der Nährboden, aus dem wir erwachsen sind. Was unsere Eltern zu uns gesagt haben, wie sehr sie uns liebten, wie gut sie es uns zeigen konnten, welches Grundgefühl sie in uns hinterlassen haben.

Mein Vater hat nichts hinterlassen, und dieses Nichts füllte mich komplett aus, von ganz unten bis ganz oben in den Verstand. Ohne meinen Großvater wäre ich ein Nichts geblieben.

Rosa schaut hoch, und über jede Wange läuft eine einzelne

Träne. Es ist ein Anblick, der mir fast das Herz bricht. Ich nehme ihre Hand.

»Wisst ihr, was das Schlimmste ist?«, fragt sie dann.

»Was?«, sagt David.

»Manchmal wünschte ich, er wäre tot. Dann könnte ich wenigstens sein Grab besuchen.«

Rosa

Meine Eltern haben sich kurz vor meinem dreizehnten Geburtstag getrennt. Ich habe mehr Geschenke bekommen in dem Jahr. Es gab zwei Kuchen und zwei Feiern. Die Stimmung war bei beiden scheiße. Ich erinnere mich noch, wie ich mich damals gefühlt habe, so zwischen den Welten und den Stühlen. Kein Kind mehr, aber irgendwie doch, jedenfalls niemand, den man ernst nimmt. Ich hatte den Ansatz einer Brust, zwei kleine Speckdreiecke an einem ansonsten kindlichen Oberkörper. Hütchen mit Brustwarzen. Ich wollte einen BH kaufen, aber ich habe mich nicht getraut. Und meine Mutter war auf einmal alleinerziehend und hatte andere Sorgen. Ich habe jeden Tag darauf gewartet, das erste Mal meine Periode zu bekommen, weil meine damalige beste Freundin Sarah sie schon hatte. Ich fand, es war an der Zeit zu bluten. In meiner Vorstellung wäre es aus einem Riss in meinem Herzen gekommen und dann zwischen meinen Beinen aus mir herausgetropft. Ein Zeichen dafür, dass ich erwachsen werde. Damals habe ich mich das erste Mal gefragt, ob ich überhaupt erwachsen werden will. Ich wollte es nicht. Aber das hat keinen interessiert.

Wir waren einmal eine perfekte Familie. Dieses Märchen habe ich mir lange erzählt. Und es geglaubt. In meinem Kopf war es die Wahrheit, ich habe es ausgeschmückt wie einen Weihnachtsbaum. Mutter, Vater, zwei Kinder, ein Junge und ein Mädchen in der Reihenfolge, ein altes Haus, mit Garten drumherum. Ich hatte sogar ein Himmelbett mit rosa Vorhängen. Rosa, so wie ich. Eigentlich peinlich.

Ich weiß nicht, ob die Dinge, an die ich mich aus meiner Kindheit erinnere, wirklich passiert sind, oder ob ich sie mir ausgedacht habe. Die Urlaube am Strand, die Sandburgen, die unser Vater mit uns gebaut hat, Geburtstagskuchen mit Smarties oben drauf, die unbeschwerten Tage, das Lachen meiner Eltern, wir beim Abendessen, vier glückliche Gesichter und schöne Geschichten, im Sommer ein Eis, im Winter Lebkuchen. Alles war so gut. Und dann nicht mehr.

Dann war es so schlecht, dass nichts mehr gut war. Unser Vater meistens weg und unsere Mutter meistens traurig. Julian sagte: *Es gibt eine andere.* Ich habe nicht verstanden, was es bedeutet. Irgendwann habe ich sie dann kennengelernt, diese andere. Papa hat Julian und mich übers Wochenende nach Würzburg mitgenommen und sich dann kaum um uns gekümmert. Wir saßen in einer fremden Wohnung und haben gewartet, bis er und die andere aufgewacht sind. Und am Abend sind wir in den Biergarten gegangen. Ich glaube, das war schön. Bin mir aber nicht sicher.

Ein paar Monate später lernte Mama Edgar kennen. Es war bei einem Tanzkurs. Das hat Papa nicht gefallen. Er hat nie mit ihr getanzt. Er fand das spießig. Er ist auch nie mit ihr nach Venedig gefahren. Edgar schon. In ein Palazzo-Hotel am Canale Grande. Julian und ich wollten Edgar nicht mögen, aber irgendwie mochten wir ihn dann doch. Vielleicht, weil Mama wieder gelacht hat. Oder weil er nicht versucht hat, uns zu gefallen. Er war einfach da, und er ist geblieben. Ein paar Jahre danach kam meine kleine Schwester Pia zur Welt. Sie war wie ein letzter Beweis, dass Mama und Edgar zusammengehören. Ein finaler Punkt anstelle des Fragezeichens, das deren Beziehung bis dahin für mich blieb.

Nach der Trennung unserer Eltern verbrachten Julian und ich jedes zweite Wochenende bei unserem Vater, unter der Woche waren wir bei Mama. Die beiden haben nicht miteinander gesprochen, sie haben ausschließlich über uns kommuniziert. Eine Art Flüsterpost, die meistens schiefgegangen ist.

Wir hatten bei unserem Vater auch nach über einem Jahr noch keine Matratzen. Wir erzählten Mama nichts davon, sie hätte sich nur aufgeregt. Und die Isomatten waren wie Camping. Am Anfang hat es noch Spaß gemacht. Doch dann haben Julian und Papa immer mehr gestritten. Und irgendwann war dann nur noch ich bei ihm. Julian hat die Wochenenden lieber mit seinen Freunden verbracht. Ich habe ihn vermisst.

Meinen Geburtstag feierten wir weiterhin doppelt, Weihnachten und Silvester waren Ping-Pong-Veranstaltungen, die ich mal bei Mama und mal bei Papa verbrachte. Ein Kinder-Austauschprogramm – mit nur einem Kind.

Irgendwann zog mein Vater um, und ich bekam mein eigenes Zimmer, die Möbel suchte er aus. Ich mochte das Zimmer nicht. Die Möbel auch nicht. Aber am wenigsten mochte ich seine Freundin. Sie war freundlich, wenn er dabei war, und ein Miststück, sobald er den Raum verließ. Ein halbes Jahr später war sie schwanger, und mein Zimmer wurde das Kinderzimmer. Die neuen Möbel suchte sie aus, und ich schlief fortan auf der ausziehbaren Couch im Wohnzimmer. Zumindest bis ich es nicht mehr tat. Denn die Wochenenden bei meinem Vater endeten wie eine Serie, die ziemlich plötzlich und ohne erkennbaren Grund eingestellt wird. Im Nachhinein betrachtet war es natürlich nicht wirklich plötzlich und der Grund mehr als offensichtlich: Mein Vater hatte sich eine neue Familie gemacht. Eine, die funktionierte. Nicht wie bei seinem ersten Versuch.

Nach der Geburt seines neuen Kindes wurde Papa immer

mehr zur Vaterfigur in meinem Leben. Wie einer von diesen mannshohen Pappaufstellern, die im Kino herumstehen. Wie ein entfernter Verwandter, der ab und zu zu Besuch kommt oder zu Weihnachten Geld schickt, weil er einen nicht gut genug kennt, um zu wissen, was einem gefällt.

Er weiß nicht, dass ich in Australien bin, ich habe es ihm nicht erzählt. Und er hat nicht gefragt. Er war nicht auf meiner Abifeier. Er hat Geld überwiesen. Sie waren zu der Zeit mit den Mädchen im Urlaub. Er sagte, es tut ihm leid.

Manchmal schreibt mir mein Vater eine Karte zum Geburtstag. Letztes Jahr kam keine. Im Jahr davor war es der falsche Tag, und ich habe versucht, mir einzureden, dass es an der Post lag. Dass mein Vater die Karte bestimmt pünktlich abgeschickt hat und sie nur zu spät ankam. Aber in der Karte stand 25. September in seiner Handschrift. Welcher Vater vergisst das Geburtsdatum seiner eigenen Tochter? Und warum ist mir das überhaupt wichtig?

Mein Vater ist ein Fremder. In seiner Welt gibt es mich nicht mehr. Ich bin nicht mal eine Lücke oder ein Phantomschmerz. Vielleicht tut gerade das so weh – dass ich noch an ihn denke. Dass es ihn in meiner Welt noch gibt, weil ich nur einen Vater habe und er zwei neue Töchter. Susanne und Laura. Ich wette, ihre Geburtstage vergisst er nicht.

Ich bin eine offene Wunde. Die offene Wunde unserer Familie. Die Einzige, die uns nachtrauert, dem, was wir mal waren, der guten alten Zeit, die es vielleicht nur in meinem Kopf gab. Den Sandburgen und dem Eis, den glücklichen Gesichtern, die alle längst wieder glücklich sind. Alle bis auf eins.

Ich habe jahrelang in einem Käfig gelebt, bei dem die Türen weit offen standen. Meine Mutter, mein Vater und mein Bruder sind längst gegangen, nur ich bin dortgeblieben. Ich habe darauf gewartet, dass wir zurückkommen. Das ist mir erst aus der Entfernung klar geworden. Als ich weit genug weg war, um es zu erkennen.

Jetzt steht der Käfig leer.

Nur die Wunde ist noch da.

Zwei Wochen später, Mission Beach: David

Das mit dem Filmfestival war natürlich Franks Idee. *Ein bisschen Kultur*, waren seine genauen Worte. Wenn ich so was schon höre. Ich glaube ja, es gilt nur dann als Kultur, wenn man sich danach so richtig scheiße fühlt. Aber wahrscheinlich verstehe ich einfach nichts davon. Als Frank den Vorschlag gemacht hat, dachte ich an Open-Air-Kino. Und das ist es auch. Nur leider mit europäischen Arthouse-Filmen. Wir schauen eine französisch-spanische Co-Produktion aus den Nullerjahren. »L'Auberge Espagnole«. Sogar der Titel ist scheiße. Sie reden Englisch und Französisch, dazwischen fallen ein paar Brocken Deutsch. Ich bin die meiste Zeit am Lesen. Verfickte Untertitel.

Eigentlich hätte ich es wissen müssen. Frank steht auf so was. Auf Filme mit Substanz. Auf Handlungen, die manchmal so pseudo-intellektuell sind, dass ich kotzen könnte. Für Frank ist das Kino. Für mich ein Albtraum.

Wir sitzen in irgendeinem australischen Kaff kurz vor Cairns, von dem ich den Namen immer wieder vergesse, in einem kleinen Park auf unserer karierten Autodecke. Und die Wiese um uns herum ist voll mit Leuten, die winzige belegte Brötchen essen und Rotwein aus passenden Gläsern trinken. Natürlich trinkt man hier Rotwein. Bier aus Pappbechern wäre viel zu schäbig für Arthouse-Fans. Rosa und ich trinken genau das: Bier aus Pappbechern. Frank trinkt Wasser.

Ich gebe es zu: Ich will den Film nicht mögen. Anfangs gelingt mir das auch noch ganz gut. Aber dann nicht mehr. Irgendwann sitze ich da und lache. Der Typ, um den es geht, heißt Xavier. Er lebt in Paris, hat seit ein paar Jahren eine Freundin und eine Öko-Mutter, die ihn in den Wahnsinn treibt. Er studiert Wirtschaft im letzten Jahr – nicht weil es ihn interessiert, sondern weil es vernünftig ist. Als Kind wollte er Schriftsteller werden, aber dann ist er erwachsen geworden und hat es vergessen. Ein Freund seines Vaters rät ihm dazu, Spanisch zu lernen, weil das seine Chancen auf dem Arbeitsmarkt erhöhen würde. Also beschließt Xavier, für ein Jahr nach Barcelona zu gehen. Damit fängt alles an.

Er zieht nach einigem Hin und Her in eine WG, eine *Auberge Espagnole,* wie er sie nennt. Es ist das reinste Chaos. Und irgendwie ist es großartig. Wie eine Familie aus Fremden, zu der er irgendwann gehört. Es ist wie bei uns. Nur anders. Man kommt als ein Jemand und geht als ein anderer zurück.

Als Xavier und seine Freundin Martine sich trennen, geht mir das seltsam nah. Und als er sie dann nach seinem Auslandsaufenthalt in Paris wiedersieht und an ihren ersten Kuss zurückdenkt, schlucke ich schwer. Vielleicht liegt es an der Erinnerung, vielleicht liegt es aber auch an »No Surprises« von Radiohead. Ich weiß es nicht.

Schon irgendwie komisch, wie man mitfühlt. Ich weiß, dass es nur ein Film ist, eine Geschichte, die sich jemand ausgedacht hat. Und trotzdem sitze ich da und habe Tränen in den Augen. Weil Teile davon mich an uns erinnern. An das hier. Weil ich weiß, wie es sich anfühlt.

Zu Beginn des Films sagt Xavier: *Nach einer Weile wird alles ein Teil von dir. Und genau das stand mir bevor. Aber ich wusste es noch nicht.*
Genau so ist es.

Ich schaue zu Frank und Rosa, sie schauen weiter den Film. Und dann frage ich mich, ob sie wissen, dass sie ein Teil von mir geworden sind. Dass mir niemand so wichtig ist wie sie.

In dem Moment, als ich das denke, sieht Rosa in meine Richtung. Ihr Gesicht ist dunkel und ihre Augen schwarz.

Es heißt, ein Mensch kann dein Leben verändern.

Bei mir waren es zwei.

Nach dem Film: Frank

Es ist nicht mehr Abend, sondern Nacht. Und unsere Decke eine karierte Insel auf einer dunkelgrünen Wiese. Das Grün wirkt schwarz, die Leere unwirklich. Wir sind der Rest, der geblieben ist, alle anderen sind gegangen.

David, Rosa und ich liegen da und reden über den Film. Über einzelne Szenen, über die Figuren, über Unterschiede und Überschneidungen zu unserer eigenen Geschichte – und irgendwann reden wir über Sex. Wer von uns damit anfing, weiß ich nicht, nur dass danach keiner von uns wieder aufhört. Es ist seltsam, darüber zu sprechen. Erregend und schamhaft.

Rosa sagt: »Für Jungs ist es leicht, beim Sex zu kommen. Für Mädchen nicht.«

»Das ist Blödsinn«, sagt David. »Ich war mit einigen Mädchen im Bett, und die sind fast alle gekommen.«

»Sie könnten es auch gespielt haben«, entgegne ich.

»Könnten sie nicht«, antwortet er und trinkt einen Schluck Bier. »Man spürt, ob ein Mädchen gekommen ist.«

»Wie meinst du das, man spürt es?«, frage ich.

David setzt sich auf, greift nach Rosas Zigaretten, zündet sich eine an.

»Wenn du noch in ihr drin bist, spürst du es«, sagt er. »Muskelkontraktionen. Ein Pulsieren. Du spürst es.«

Ich denke an Natalie, an ihren Gesichtsausdruck, die Anspannung in ihrem Körper. Sie ist gekommen. Aber habe ich es gespürt? Ich weiß es nicht. Möglicherweise. Mit Isabella hätte ich es nicht spüren können – in jener Nacht kam ich in meiner Hose –, und bei Miriam war ich zu sehr mit dem Akt an sich beschäftigt, um darüber hinaus noch etwas anderes wahrnehmen zu können.

Ich habe davon gelesen, von Kontraktionen des Beckenbodens. Die Erinnerung ist vage, aber da. Trotzdem blicke ich zu Rosa und frage:»Stimmt das, was er sagt?« Sie nickt.

Ich versuche, es mir nicht vorzustellen: Mich in ihr, wie es sich anfühlen würde, die Enge, ihre Haut unter meinen Händen, warm und feucht. Dann sehe ich sie mit David, zwei nackte Körper, er bewegt sich, sie kommt, ich schaue ihnen zu.

Die Stille wird lauter, ist voll mit dem, was wir denken, irgendwann breche ich sie und sage:»Ich habe keine Ahnung von Mädchen.«

»Du weißt mehr, als du denkst«, erwidert David.

»Ja«, sage ich,»aus Büchern.«

Rosa sieht mich an, so direkt, dass ich wegschauen will, doch ich tue es nicht.

Dann sagt sie:»Du hast Bücher darüber gelesen?«

»Er hat über alles Bücher gelesen«, sagt David.

»Was für Bücher waren das?«, fragt Rosa.

Ich zögere einen Moment, meine Wangen werden heiß, die Dunkelheit verbirgt es.»Über die weibliche Anatomie«, sage ich, »den Orgasmus, erogene Zonen, den G-Punkt.«

Meine Stimme bleibt unberührt, mein Körper nicht. Ich fange an zu schwitzen, mein Herz schlägt schnell, Rosas Blick ist eine Aufforderung. Zu was, kann ich nicht sagen. David umschließt den Hals seiner Bierflasche unnötig fest, so als wollte er sie erwürgen, er sieht erst Rosa an, dann mich. In einem anderen Leben würde genau jetzt etwas passieren. Einer von uns würde den Mut einer minimalen Annäherung aufbringen. Zentimeter, die jeder von uns richtig deuten würde. Als ersten Schritt von zu weit. Als ersten Schritt von *endlich*.

Ich schaue zuerst weg. In meinen Schoß, dann auf meine Hände. Ich habe eine Erektion und einen trockenen Mund, trinke einen Schluck Wasser, der jedoch keinen Unterschied macht. Die Trockenheit bleibt. Die Erektion auch. Rosa bewegt sich kaum merklich von uns weg. Erhöht den Abstand zwischen uns. Die Stimmung bleibt aufgeladen, ich trinke noch mehr Wasser, David stellt seine Bierflasche weg.

»Dem Typen, mit dem ich mein erstes Mal hatte, hätte auch mal jemand so ein Buch geben sollen«, sagt Rosa nach einer Weile.

»Wieso, war er so schlecht?«, fragt David und grinst.

»Es hat wehgetan«, sagt sie, und sein Blick wird ernst.

»Was hat wehgetan?«, fragt er.

Rosa zündet sich eine Zigarette an. »Als Tobias in mich eingedrungen ist, habe ich geweint. Ich habe geweint, bis er fertig war.«

»Warum hast du ihm nicht gesagt, dass er aufhören soll?«, fragt David gereizt.

»Keine Ahnung«, sagt sie. »Ich habe mich nicht getraut.«

Sie hat sich nicht getraut.

Ich male mir aus, wie sie daliegt und weint, er auf ihr, in sie eingedrungen, sie verletzlich und unsicher unter ihm, er zu sehr mit sich selbst beschäftigt, um es zu bemerken. Bei der Vorstellung balle ich die Hände zu Fäusten.

»Du hast dich nicht *getraut*, ihm zu sagen, dass er dir wehtut?«, fragt David.

»Was hätte ich denn sagen sollen?«, fragt sie.

»Ähm. *Hör auf!*«

David ist wütend, seine Körperhaltung, die angespannten Muskeln, der Blick, die Stimmlage. Er ist mein Spiegel. In Gedanken breche ich Tobias jeden einzelnen Knochen. Ich höre erst auf, als er nackt und wimmernd vor mir liegt.

»Ich hatte Ja gesagt«, sagt Rosa.

»Und?«, fragt David.

»Tobias war ein netter Kerl.«

»Hörst du eigentlich, was du da sagst?« David klingt angewidert.

»Du bist ja wohl kaum der Richtige, um mir Vorträge zu halten, wie man sich von Jungs behandeln lassen sollte«, sagt Rosa. »Du behandelst Mädchen wie Scheiße. Sie bedeuten dir gar nichts.«

»Das ist nicht wahr«, sagt er. »Und außerdem entjungfere ich sie nicht.«

»Wie überaus nobel von dir«, sagt Rosa.

David schüttelt den Kopf, sein Gesichtsausdruck eine Mischung aus ungläubig und überfordert. »Abgesehen davon ist es mir nicht egal, ob es ihnen gefällt. Ich will, dass es ihnen gefällt.«

»Aber danach willst du nichts mehr von ihnen wissen.«

David macht sich ein weiteres Bier auf.

»Wieso geht es eigentlich plötzlich um mich?«, fragt er. »Wir haben über dich geredet. Und über diesen Wichser, der nicht gemerkt hat, dass du weinst.«

»Ich wette, deinetwegen haben genug Mädchen geweint«, sagt Rosa.

»Möglich. Aber sicher nicht währenddessen.«

Die beiden sehen einander an, ich bin außen vor, der stille Beobachter, doch ich sehe es wie David.

»Wieso verteidigst du ihn?«, frage ich.

»Ich war total angespannt, okay?«, sagt sie. »Ich hatte bis dahin nur Mini-Tampons benutzt! Und die kamen mir schon groß vor!« Sie schaut uns wütend an, dunkle zusammengekniffene Augen, eine Linie statt Lippen. »Ihr habt keine Ahnung, wovon ihr redet. Ihr wisst nicht, wie es ist, jemanden in sich rein zu lassen, wie es ist, wenn man das erste Mal jemanden in sich spürt.« Sie macht eine Pause. »Tobias war nicht grob. Er hatte nur keine Ahnung,

was er tun soll. Und ich hatte keine Ahnung, was ich sagen soll.«
Sie weicht unseren Blicken aus, schaut stur auf ihre Hände, fügt
irgendwann hinzu:»Außerdem hatte ich Angst, dass er mich für
prüde hält.« Den letzten Teil sagt sie leise, ein geflüstertes Ge-
ständnis, auch vor sich selbst. Ich verkneife mir einen Kommen-
tar. Von Davids Gesichtsausdruck ausgehend, tut er es auch.»Ich
habe mit Tobias geschlafen, weil ich in ihn verliebt war«, sagt
Rosa.»Aber das war nicht der einzige Grund.«
»Sondern?«, fragt David.
»Ich wollte wissen, wie es ist. Sex, meine ich.«
Ein paar Sekunden lang ist es vollkommen still. Eine Stille, die
sich zwischen uns ausbreitet und weiter anschwillt.
»Und danach mit dem Typ?«, frage ich.»Wie war es mit dem?«
Rosa schaut mich direkt an, ein durchdringender langer Blick.
»Mit welchem Typ?«, fragt David.
»Mit Simon«, antwortet Rosa, sieht jedoch weiterhin zu mir.
»Es war gut«, sagt sie.»Ich habe wirklich gern mit ihm geschlafen.«
Sie hat gern mit ihm geschlafen.
Nach diesem Satz sagen David und ich nichts mehr. Er hält
sich an seinem Bier fest und schaut Rosa an, irgendwie blass und
irgendwie wütend. Ich sehe weg und versuche, an etwas anderes
zu denken. An alles, nur nicht an sie mit ihm. Nicht daran, dass
es gut war. Nicht daran, dass sie gern mit ihm geschlafen hat.
Wirklich gern.
Das Bild von Rosa und dem Typ ist hartnäckig, wird jedoch
irgendwann abgelöst von ihr unter Tobias. In meinem Kopf liegt
sie da und weint. Und er macht weiter.
In diesem Moment muss ich mir eingestehen, dass ich nie
so weit gedacht habe. Dass es in meiner Vorstellung keinen wirk-
lichen Unterschied machte, ob jemand in jemanden eindringt,
oder ob jemand jemanden in sich eindringen lässt. Doch der
Unterschied ist gewaltig. Wie Tag und Nacht. Gegensätze, die

gegensätzlicher kaum sein können. Weil man eine andere Person, wenn auch nur auf Zeit, mit einem Teil von sich selbst ausfüllt, in sie hineinschlüpft, sich in ihr bewegt.

Ich denke an Miriam und weiß nicht, ob das mit mir ihr erstes Mal war. Ich fragte nicht nach. Es war mein erstes Mal, vermutlich tat ich es deswegen nicht. Ich ging davon aus, sie wäre erfahren. Erfahrener als ich. Ich hätte sie fragen sollen. War es gut für sie? Ich kann es nicht sagen. Ich weiß noch, dass ich zu viel nachdachte und zu wenig für sie empfand. Nahezu nichts. Im Grunde kannte ich sie kaum. Ich schlief zwei Mal mit ihr, ohne etwas von ihr zu wissen. Das zweite Mal ging von ihr aus, das erste Mal von mir. An Muskelkontraktionen kann ich mich nicht erinnern. Geweint hat sie nicht. Wir sprachen danach nie wieder miteinander.

Auf einmal habe ich Mitgefühl mit diesem Tobias. Ich schätze, ich war nicht viel besser als er.

»Es tut mir leid, dass dein erstes Mal nicht schön war«, sage ich irgendwann.

Und Rosa antwortet: »Ich hätte etwas sagen sollen. Heute würde ich das.«

In derselben Nacht, 4:36 Uhr: David

Das Wasser ist kalt, aber in ihr ist es warm. Ich höre sie stöhnen. Ich weiß nicht, ob es ein echtes Stöhnen ist, und es ist mir auch egal. Ihr Atem ist heiß an meiner Wange. Wir vögeln. Eigentlich vögle nur ich. Sie spreizt bloß die Beine. Ich stemme mich gegen Melissa, sie klemmt irgendwo zwischen mir und der gefliesten Wand des Pools, ihre Brustwarzen sind so hart, dass sie sich in meine Haut bohren. Ich werde schneller. Melissa hält sich an mir fest, Wasser spritzt hoch, ich schlucke etwas, aber nicht viel. Eigentlich ist der Pool zu tief an dieser Stelle, ich erreiche kaum den Boden. Aber ich komme jeden Augenblick, also ist es mir egal. Es dauert nicht mehr lang. Ein paar Mal rein und raus. Ich bewege mich in ihr, eine warme Enge, die gut tut. Ich habe die Augen zu. Melissa hält sich nicht mehr an mir fest, ich muss uns beide oben halten, ihre Arme sind schlaff. Ich rutsche mit den Zehenspitzen über den Boden, rutsche fast aus ihr raus. dann dringe ich wieder in sie ein. Sie stöhnt nicht mehr, gibt keinen Laut von sich, aber in ihr ist es warm. Ich halte sie fest, versinke in ihrem Körper, schiebe mich ein letztes Mal ganz tief in sie hinein. Und komme. Meine Muskeln sind steif und angespannt, wir sind wie ein Standbild, erstarrt im Moment. Ich pulsiere in ihr, lehne meine Stirn gegen ihre Wange. Ich atme schnell, denke nicht, will die Augen noch kurz zulassen, aber Melissa wird zu schwer, sie hängt zwischen mir und der Wand mit schlaffen Muskeln und schweren Armen. Ich bin noch in ihr drin und trotzdem wütend auf sie. Dass sie sich nicht festhält, weder an mir noch an der Scheißwand, dass sie nicht mithilft.

Das Wasser ist verdammt kalt. Ihre Arme treiben neben mir auf der Oberfläche.

Dann schaue ich sie an. In ihr Gesicht. In farbloses Weiß mit toten Augen. Ein Hellblau, das eiskalt durch mich hindurchsieht. In ihr ist es noch warm. Aber sie lebt nicht mehr.

Ich wache auf, weil jemand schreit. Ein heiseres, dumpfes Schreien. Und dann kapiere ich, dass ich es bin. Ich spüre eine Hand auf meiner Schulter und eine zweite auf meinem Arm. Rosa und Frank versuchen, mich zu beruhigen, ich spüre, dass sie da sind, aber es ist zu dunkel, um sie zu sehen. Ich bin schweißgebadet, alles ist nass, meine Haut, meine Haare, die Boxershorts, der Schlafsack, der Kissenbezug. Ich bin so nass, als wäre ich im Wasser gewesen.

Rosa sagt: »Beruhige dich.« Und dann noch mal: »Beruhige dich, David.«

Ihre Stimme ist laut und müde. Ich habe sie geweckt. Erst da höre ich auf zu schreien. Mein Hals ist trocken, er ist das einzig Trockene an mir. Ich zittere, die Arme, die Beine, mir ist eiskalt, eine Kälte, die nicht nachlässt. Herzrasen, vibrierende Adern, ich bekomme nicht genug Luft, atme immer wieder ein, dann wird mir übel.

Ich reiße die Schiebetür auf und übergebe mich, ein riesiger Schwall Essen und Galle. Melissa ist tot. Sie ist tot. Ich habe sie gefickt, und sie ist tot. Ich weiß, dass es nicht so war. Aber sie war mir egal.

Ich würge, versuche, dazwischen zu atmen, würge wieder, aber es kommt nichts mehr. Meine Arme zittern unter meinem Gewicht, ich wische mir mit dem Handrücken über den Mund, Tränen mischen sich in den Schweiß. Sie war mir egal. Vollkommen egal. Frank zieht mich in den Wagen zurück. Zumindest glaube ich, dass er es ist. Ich mache mich klein, lege den Kopf auf meine

Knie, wimmere wie ein kleines Kind. Ich habe kein Recht dazu. Sie ist tot. Es hätte mich treffen sollen. Meine Zähne klappern aufeinander. Rosa rückt näher an mich heran, sie und Frank halten mich fest.

»Beruhige dich, David«, sagt sie. Sie sagt es immer und immer wieder. *Beruhige dich.* Und irgendwann wird es besser. Das Zittern hört auf. Aber nicht das Frieren.

»Es war nur ein Traum«, sagt Frank. »Du hattest einen von deinen Träumen.« Seine Arme liegen um mich, ich spüre seinen Herzschlag. »Alles ist gut. Du hast nur geträumt.«

Eine halbe Stunde später: Frank

Die Nacht ist lautlos, als wäre alles Leben eingeschlafen. Wir gehen nebeneinander durch leere, baumgesäumte Straßen, das Licht der Laternen kommt kaum zu uns hindurch, Blätterschatten ziehen sich über den Boden. Wir reden nicht. David ist in der Mitte, Rosa links von ihm, ich rechts. Er hat gesagt, in dem Traum ging es um Melissa, so wie es immer um Melissa geht. Doch was genau passiert ist, hat er für sich behalten. Ich hätte gern die richtigen Worte, etwas, das die Schwere in ihm aufhebt. Wenn er leidet, leide ich mit. Vielleicht ist das so, wenn man jemanden liebt.

Auf einmal bleibt Rosa stehen, sie hält David am Arm fest.

»Was ist?«, frage ich.

Sie zeigt in die Dunkelheit des Gartens neben uns. Ich folge ihrer ausgestreckten Hand.

»Nein«, sagt David, noch bevor ich etwas erkennen kann. »Auf keinen Fall.«

Der Pool ist pechschwarz, das Wasser glatt gezogen wie ein Laken. In der Oberfläche spiegelt sich eine der Straßenlaternen. Ohne ihr Licht wäre er eins mit dem Rasen. Undefinierbare Schatten, die ineinander übergehen.

Rosa zögert einen Moment, dann lässt sie David los und steigt über den Gartenzaun. Er ist leicht zu überwinden, geht ihr nur bis zu den Knien. David und ich bleiben auf der anderen Seite zurück, er reglos, ich unentschlossen.

Rosa zieht sich aus, das Top, die kurze Jeans, die Unterhose. Übrig bleibt eine dunkle, doch sichtbare Nacktheit. Ich sehe sie an. Davids Atem klingt nach Angst, flach und angespannt. Er greift nach meiner Hand, ich halte seine fest. Sie ist zwischen klamm und feucht, meine ist warm.

Rosa wartet neben dem Pool. Nichts an ihrer Haltung ist ungeduldig. Sie steht einfach nur da. Eine stille Einladung. Irgendwann macht David einen Schritt auf sie zu, zögerlich, seine Beine wirken schwer wie Blei.

Ich weiß nicht, wie lange es dauert, bis wir schließlich bei ihr sind, ich schätze, es vergehen ein paar Minuten. Rosa steht uns gegenüber. Ihre Nacktheit ist entwaffnend, etwas, das den Augenblick noch ernster macht, noch dringlicher.

Wir stehen am Beckenrand, ziehen uns ebenfalls aus. Ich mache den Anfang. David zittert. Rosa steigt auf die Leiter und dann langsam ins Wasser. Ihr Körper durchbricht die Oberfläche und macht sie unruhig. Viele kleine Wellen, die sich ausbreiten. Ich sehe zu David, er sieht zu mir, sein Blick sagt: *Geh voraus*, also tue ich es.

Das Wasser ist angenehm warm, fast wie eine Decke. Ich genieße das Gefühl auf meiner Haut, von der Wärme umschlossen zu werden. Die Luft riecht nach Chlor, nicht stark, aber eindeutig. Ich höre, wie David würgt. Seine Silhouette zittert, ein verletzlicher starker Körper in der Dunkelheit.

Rosa hält sich am Beckenrand fest, David setzt sich hin, seine Beine hängen ins Wasser, sie legt eine Hand auf sein Knie.

»Es ist okay«, sagt sie leise. »Wir sind bei dir.«

An der Art, wie David atmet, höre ich, dass er weint. Abrupt und abgehackt.

»Wir sind bei dir«, sagt Rosa wieder. Dann noch einmal: »Wir sind bei dir.«

Stille umgibt uns, eine seltsam friedliche Ruhe liegt in diesem fremden Garten. David sitzt reglos da, schließt einen Moment die Augen. Ein paar Sekunden Überwindung, während der wir warten. Doch die Nacht ist geduldig. Und wir sind es auch.

Irgendwann atmet David tief ein, nickt sich Mut zu und gleitet ins Wasser.

Einige Minuten später: David

Ich liege im Wasser und schaue in die Sterne. Es sind mehr als in jener Nacht. Und auch mein Herz schlägt schneller. Ich höre meinem Atem zu und spüre Rosas Hand in meiner. Und Franks in meiner anderen. Ich halte mich an ihnen fest und denke an Melissa. An die Minuten, kurz bevor es sie nicht mehr gab. Daran, wie sie mir einen runtergeholt hat und ich gekommen bin.

Sie war in mich verliebt. Das habe ich jetzt verstanden. Ich glaube, ich wusste es auch damals schon. Aber ich wusste nicht, was es bedeutet. Dass sie alles tut, was sie tut, um mir zu gefallen. Dass sie deswegen mit mir schläft, dass sie mir deswegen immer wieder einen runterholt. Sie wollte meine Aufmerksamkeit, und so hat sie sie bekommen.

Ich schaue nach oben, überall sind Sterne. Wie Sommersprossen. Ich weiß nicht, ob Melissa Sommersprossen hatte, ich habe nicht darauf geachtet. Ich weiß nicht, welche Musik sie mochte. Oder ob sie gern gelesen hat. Ich weiß nichts von ihr. Sie ist ein Geist. Und das war sie immer. Ich wünschte, sie wäre nicht gestorben. Ich wünschte, ich hätte mich anders verhalten.

Dieser Moment ist dem von damals so ähnlich: meine Ohren unter Wasser, mein Atem ruhig und gleichmäßig. Aber die Hände, die ich halte, sind anders. Und ich bin anders. Eigentlich ist alles anders.

Und dann flüstere ich in Richtung Sterne: »Es tut mir leid, Melissa ... Es tut mir leid.«

Aufs Ende zu.

Sieben Wochen später, Archer River, Frank:

Ein paar Gedanken.

Der April ist fast vorbei. Und irgendwie kommt es unerwartet. Wie ein Streich, den die Zeit uns spielt. Zusammengeraffte Wochen, die zu schnell vergehen. Ich kann schon lange nicht mehr sagen, welcher Wochentag gerade ist. Weil es keine Rolle spielt. Es ist einfach ein Tag. Irgendeiner nach dem anderen.

Wir waren auf einem Segelboot. Wochenlang auf dem Meer und unter freiem Himmel. David wusste, was zu tun ist. Wir folgten seinen Anweisungen. Ich angelte, Rosa nahm die Fische aus, sie hatte kein Problem damit, ekelte sich nicht, abends wurden sie gegrillt. Wir aßen sie mit den Händen und unterhielten uns.

Die Nächte auf dem Wasser waren so voller Sterne, dass der Himmel manchmal wirkte, als wäre er weiß und nicht schwarz. Und wir lagen an Deck, in einem Gefühl der Freiheit, das so übermächtig wurde, dass es mich irgendwann vollkommen ausfüllte. Eine ungekannte Art der Dankbarkeit. Ich lag da und spürte, wie mein Horizont sich weitete und meine Perspektive sich verschob.

Den letzten Abend verbrachten wir an einem Strand. Ich fand eine Stelle, an der man Feuer machen durfte. David und ich sammelten Stöcke und getrocknete Palmblätter. Rosa holte die Zeitschrift mit den einundzwanzig Fragen aus ihrem Rucksack. Dieselbe Zeitschrift, die uns seit Sydney begleitet hatte. Ohne die uns David womöglich niemals von Melissa und jener Nacht erzählt hätte. Wir standen zu dritt in der matten Dunkelheit und rissen sie Seite für Seite auseinander, warfen sie und die restlichen Fragen in die Flammen.

Wir haben uns auch ohne ihre Hilfe kennengelernt.

Am nächsten Tag erreichten wir Cairns. Dort endeten unsere Pläne, doch die Route ging weiter. Ich konsultierte zum ersten Mal nach langer Abstinenz wieder meinen Reiseführer, Rosa studierte Pinterest, und David fragte jeden, den er traf, nach persönlichen Empfehlungen. Wir erstellten eine Liste. Und mit jedem Punkt, den wir hinter uns ließen, wurden es weniger Touristen, weniger Backpacker und mehr Natur.

Wir verbrachten ganze Tage in den Regenwäldern des Daintree Nationalparks, standen unter zylindrisch geformten Palmblättern. Perfekte Kreise. Ein Dach aus Grün, das die Sicht auf den Himmel versperrte. Wie riesige Fächer, die aus Stämmen wuchsen.

Wir fuhren weiter zum Cape Tribulation, lagen an menschenleeren Stränden so breit wie Landebahnen. Nur Meer und Stille. Wir sind zu weit gegangen und dann einfach dort geblieben. Eine Woche hier, ein paar Tage woanders, wir hatten es nicht eilig, fuhren über steinige Straßen und fanden Orte, die wir nicht gesucht hatten.

An einem davon, einer Art Teich mit spiegelglatter Oberfläche, durchsetzt von abgerundeten Steinen, die wie die Rücken von urzeitlichen Tieren blassgrau aus dem Wasser ragten, umfing mich dieselbe heimelige Ruhe, die mein Großvater stets ausgestrahlt hatte. Und mir war, als wäre er dort. Als hätte er mich gefunden, so wie ich mich selbst gefunden hatte an diesem Teich am anderen Ende der Welt.

Rosa und David standen dicht neben mir, und wir schwiegen, als wäre jeder mit seinen eigenen Gedanken beschäftigt.

Anders kann ich den Moment nicht erklären, das Gefühl nicht festhalten. Diesen seltsamen Frieden, der sich in mir breitmachte. Die Zuversicht, dass ich genügte.

Ich stand in der versonnenen Ruhe unter einem Himmel, der zu dämmern begann, und dachte an meinen Großvater. An seine letzten Worte und wie wahr sie waren. Bei ihm vergangen, bei mir im Jetzt: Es ist ein gutes Leben. Und ein Großteil liegt noch vor mir.

Zwei Wochen danach.
Irgendwo im Northern Territory: Rosa

Der Himmel hat die Farbe von pinken Grapefruits. Mehr als Rosa. Lebendiger und irgendwie frischer als ich. Ich fühle mich genauso. Genauso wie diese Farbe. Sie mischt sich mit Lila und Orange und breitet sich immer weiter aus. Wie Saft, den jemand auf dem Himmel verschüttet hat.

Simon hat sich letzte Woche gemeldet. Ganze vier Nachrichten in drei Tagen. So viele waren es nicht mal zu unseren besten Zeiten.

Als er die erste geschickt hat, waren David, Frank und ich gerade irgendwo im australischen Busch unterwegs. Auf einer holprigen Straße in einem Camper mit Vierradantrieb, den wir für eine Woche gemietet hatten, weil unserer für dieses Gelände nicht geeignet gewesen wäre. Ironischerweise haben wir in dem Moment, als Simons Nachricht kam, »Sympathy For The Devil« von den Rolling Stones gehört. Ich weiß das deswegen so genau, weil die Vibration der eintreffenden Nachricht den Song mitten im Refrain unterbrochen hat.

David hat sie mir dann vorgelesen, weil ich gefahren bin. Es war nur ein Satz: *Ich denke an dich.* Da war es endlich, das *Ich*, auf das ich so lange gewartet hatte. Ich denke an dich. Er an mich. Simon an Rosa. Aber ich nicht mehr an ihn. Vor ein paar Monaten hätte ich alles für diesen Satz gegeben. Jetzt ist es nur noch ein Satz.

Als ich vorhin den ersten Eintrag in diesem Notizbuch gelesen habe, war es, als würde ich in den Spiegel schauen und jemand anders schaut zurück. Als würde ich mich selbst objektiv betrachten. Als würde ich mich plötzlich so sehen, wie andere mich damals bereits sahen. Es waren meine Worte und meine Schrift, aber der Inhalt passt nicht mehr. Als wäre ich aus mir rausgewachsen. Es ist schon eine seltsame Sache mit der Zeit. Je länger ich hier bin, desto klarer wird mir das. Wie abstrakt sie ist. Und wie sehr wir versuchen, so viele Leben wie möglich in das eine zu quetschen, das wir haben. Zeit ist das Einzige, was wir nicht verlängern können. Und wir verschwenden sie. Während wir Wege gehen, die wir gar nicht gehen wollen, und versuchen, Leuten zu gefallen, die wir nicht einmal kennen. Weil wir denken, dass wir das sollten. Weil wir gelernt haben, dass wir das sollten. Einen guten Abschluss machen, ausziehen, studieren, während des Studiums jemanden kennenlernen, danach Karriere machen oder Kinder, vielleicht eine Immobilie kaufen, für den unwahrscheinlichen Fall, dass wir eine finden, die wir bezahlen können. Wir tun alles, um einer Norm zu entsprechen, und wollen gleichzeitig außergewöhnlich sein. Kein Wunder eigentlich, dass so viele Menschen unglücklich sind.

Ich bin es nicht mehr. Weil ich verstanden habe, dass ich gar nichts muss. Dass Möglichkeiten Möglichkeiten sind. Nichts weiter. Ich muss nicht studieren, ich muss nicht mit jemandem zusammenleben, ich muss keine Wohnung kaufen, nicht heiraten und auch keine Kinder kriegen. Ich muss nichts davon tun. Und ich muss auch jetzt noch nicht wissen, was ich mit dem Rest meines Lebens anfangen soll. Er hat gerade erst angefangen.

Wenn ich wollte, könnte ich für immer so weitermachen. So wie jetzt. In einem Camper schlafen und zu viel rauchen und mir nachts auf irgendwelchen Supermarktparkplätzen Nudeln kochen. Zumindest solange ich dazwischen arbeite und es finanzieren kann. Ich kann tun, was ich will. Und plötzlich mag ich den Gedanken. Weil ich endlich die Freiheit dahinter verstehe.

Vor ein paar Monaten war ich noch überzeugt davon, dass ich niemals über Simon hinwegkomme. Dass ich an gebrochenem Herzen sterben und für immer einsam sein würde. Aber so ist es nicht. Das Leben geht weiter. Und irgendwann geht man mit, weil stehen bleiben auf lange Sicht keine Option ist.

Als ich mich damals entschieden habe, nach Australien zu gehen, hatte ich einen Plan. Und dann kam alles anders. Ohne die Bettwanzen in meinem ersten Hostel in Sydney wäre ich heute nicht hier. Ich wäre Frank nie begegnet. Und auch David nicht. Vielleicht hätte ich mir allein einen Camper gekauft. Oder doch einen früheren Flug zurück nach Deutschland genommen. Vielleicht hätte ich andere Leute getroffen und wäre mit denen weitergereist. Oder ich hätte mich beim Arbeiten in irgendeinem Kaff in einen Australier verliebt und wäre die restliche Zeit dort geblieben. Ich werde nie wissen, was passiert wäre, wenn. Ich werde nie erfahren, welche alternativen Reiserouten ich hätte nehmen können und wen ich unterwegs kennengelernt hätte.

Aber ich weiß, dass nichts von dem, was passiert ist, mit meinem Plan zu tun hatte. Sondern nur mit meiner Entscheidung zu gehen.

Ich sitze auf dem Dach eines Campers unter einem grapefruitfarbenen weiten Himmel und warte darauf, dass Frank und David aufwachen – zwei Menschen, die vor nicht mal fünf Monaten noch Fremde waren. Jetzt sind wir verflochten. Und das subtile, aber beständige Gefühl, fehl am Platz zu sein, ist nicht mehr da.

Ich gehöre dazu. Zu was auch immer wir sind.

Ich bin ein Teil davon.

Fünf Tage später, Katherine: Frank

Ich sehe ihnen dabei zu, wie sie tanzen, sitze abseits auf einem der Sofas, die mitten im Garten stehen, während sie neben dem Feuer die Arme in Richtung Himmel strecken und sich wiegen, die Augen geschlossen, die Stimmung wie ein Film. Ein Moment zum Erinnern, nostalgische Schönheit bereits im Jetzt. Es läuft sogar die passende Musik. »I'm Writing a Novel« von Father John Misty. Ein Lied, das mich fröhlich und zur selben Zeit melancholisch stimmt. Wie ein Tauziehen unter meinen Rippen zwischen zwei gegensätzlichen Gefühlen, die in diesem Augenblick seltsam harmonieren. Ich trinke einen Schluck Cola und lächle mit nassem Blick. Rosa und David nehmen sich an den Händen, drehen sich im Kreis, Rosa lacht, ich lache mit, trinke noch einen Schluck. David zieht sie an sich, sie schlingt die Arme um seinen Nacken. Ihre Becken berühren einander. Es ist ein Anblick, der mich erregt. Man merkt es mir nicht an, ich sitze nur da und trinke Cola, ein Voyeur mit Tränen in den Augen, gerührt und voll vom Moment, angetrunken von der Atmosphäre, von uns, von diesem Abend, von der Gastfreundschaft.

Ich frage mich, ob es Menschen wie Marc und Travis auch in Deutschland gibt. Begegnet sind mir noch keine. Wir haben sie und ihre Freundinnen Susie und Jess vor ein paar Tagen in einem Irish Pub kennengelernt. Am Ende waren es nur noch wir und sie.

Als der Laden schließlich zumachte, fragten sie, ob wir noch mit zu ihnen kommen wollten. Wir sagten Ja, kochten zusammen Spaghetti in Öl mit geriebenem Käse und zu viel Knoblauch, ein Essen für Betrunkene, viel Fett und wenig Nährwert – ich genoss es auch nüchtern. Wir saßen zu siebt im Wohnzimmer und aßen, der Fernseher lief, ein riesiges altes Ding, beinahe so tief wie breit. Wir schauten wie hypnotisiert eine Dokumentation über den Amazonas, bis die Müdigkeit unsere Augen schloss.

Das Haus ist aus Holz, kaum Einrichtung, sehr zweckmäßig, nichts, womit man Leute beeindrucken könnte. Genau das beeindruckte mich. Das Wenige, die Offenheit. Marc und Travis sagten, wir könnten bei ihnen im Haus schlafen, in dem leer stehenden Zimmer mit den dünnen Matratzen und dem Bügelbrett. Sie meinten, es blieben oft Freunde über Nacht. Auch wir blieben, schliefen Körper an Körper ein. Rosa und David wachten am kommenden Tag verkatert auf. Ich war nüchtern, holte Brötchen und machte Frühstück. Dabei dachte ich an meinen Großvater, daran, dass ihm diese Geste gefallen hätte. *Das ist höflich und zuvorkommend*, sagte seine Stimme in meinem Kopf. Ich mochte den Gedanken. Und dann mochte ich auch seine Werte wieder, alt und altbekannt, so sehr Teil von mir, dass ich sie nicht abstellen kann. Und jetzt auch nicht mehr will.

Mittags aßen wir Spiegeleier und Speck, die Gesichter waren müde und fahl. Und die Musik gut. Eine Runde fast Fremder, die sich sofort nach Freundschaft anfühlte. Inzwischen sogar noch mehr, weil manchmal bereits ein paar Tage genügen, um zu wissen, dass man aus demselben Holz geschnitzt ist. Dieser Freundeskreis, der ist wie wir, nur anders. Vor allem größer.

Mit etwas mehr Zeit hätten wir ein Teil davon werden können, wirklich dazugehören. Die Australier machen es einem leicht, sie zu mögen, durch diese Offenheit, mit der sie einen anstecken, mit dieser aufrichtigen Freundlichkeit, die vielen Deutschen so sehr fehlt. Ich werde das hier vermissen. Die Stimmung und die

Menschen, die Abende in diesem Garten, die Gespräche, die Leichtigkeit, die jeden Moment begleitet.

Und doch freue ich mich, dass es morgen weitergeht. Alles ist vorbereitet, der Camper fertig gepackt, der Proviant gekauft. Wir brechen auf ins Outback. In die Einsamkeit, für die wir vor ein paar Monaten noch nicht bereit gewesen waren. Jetzt warte ich darauf, würde am liebsten sofort losfahren, noch in dieser Nacht, freue mich auf uns drei in diesem roten Nichts, inmitten von Sand und Himmel.

Ich schaue zu David und Rosa, fange ihre Blicke ein. Sie sehen einander an und dann mich. Sie lächeln, ich lächle zurück. Es ist wie eine Sprache zwischen Augen und Mündern, die sonst keiner wahrnimmt.

Es beginnt ein Song, der in den vergangenen Tagen immer wieder bei Marc und Travis lief. »Gold« von Fyfe & Iskra Strings. Er ist langsam und ruhig. Ein bisschen elektrisch, ein bisschen sphärisch, ein Song für die Nacht. David und Rosa tanzen dazu, Körper an Körper, ich bin wie ein Teil davon, höre auf den Liedtext, betrachte ihre Bewegungen in der matten Dunkelheit, Davids Hände auf Rosas Rücken.

If life were a song, you're my favorite line
I wish that you could see you like I see you all the time

Ich stehe auf, das Glas stelle ich ab, gehe auf die beiden zu, das Feuer ist heiß in der abkühlenden Luft, das Rot schneidet scharf in das Dunkelblau der Nacht.

Ich lege meine Arme um David und Rosa und sie ihre um mich. Und dann tanzen wir zu dritt. Als wären wir ein Mensch. Untrennbar verbunden.

Eine Woche später, Northern Territory, auf dem Weg nach Alice Springs: Frank

Das Nichts ist riesengroß und rostrot. Wir nähern uns der Mitte des Kontinents, dringen immer weiter vor, tiefer ins Landesinnere, wo alles flach ist, der Boden durchsetzt von trockenen Büschen, der Himmel in so tiefem Blau über uns, dass er viel später wirkt, wie kurz vor der Nacht, und das mitten am Tag.

Wir fahren den Stuart Highway in Richtung Alice Springs, hören Rosas Playlist für die Straße. Sie ist sandig und schmal, nur teilweise geteert. Wir sind seit Stunden unterwegs, begegnen so gut wie niemandem. Rosas Haar fliegt im Wind, David nickt im Takt der Musik, ich schaue die beiden an und lächle, ohne zu wissen, warum.

Irgendwann halten wir, Rosa hat Hunger, und wir müssen tanken. Wir stehen im Nirgends, die Sonne brennt vom Himmel, mein Schatten ist ein Zwerg vor meinen Füßen. Es läuft »I'm Writing A Novel« von Father John Misty, der Song, der mich für immer an Rosa und David erinnern wird. An sie und ihn tanzend in der Dunkelheit. Ich werde noch oft daran denken. An diese Nacht, an die trockene Hitze des Feuers und an das hier: an David, der mit einem der orangen Kanister neben dem Camper steht und Benzin nachfüllt.

Als wir vor einigen Tagen ein Schild passierten, das ankündigte, dass in den nächsten achthundert Kilometern keine Tankstelle mehr kommen wird, sind wir ausgestiegen und haben es fotografiert so wie so viele Tausend andere vor uns. Achthundert

Kilometer. Etwas weiter als von München nach Hamburg. Fast ein ganzes Land.

Eineinhalb Kanister sind leer und der Tank wieder voll, Rosa hat in der Zwischenzeit Sandwiches gemacht. Wir fahren weiter. Ich esse und schaue aus dem Fenster, weit weg sehe ich Kängurus, dürre Bäume mit ein paar Blättern, stehende Wolken am Horizont. Die Frontscheibe ist staubig, David betätigt die Scheibenwischanlage und macht sie sauber, rostfarbene Tropfen laufen an ihr hinunter. Er hat die Wischblätter doch nicht umsonst gekauft. Wir reden nicht, es ist ein Schweigen, das alles sagt, wir sind einfach nur da und essen Sandwiches.

Ein paar Stunden später erreichen wir Alice Springs, und wir sind auf eine seltsame Art leer, als hätten wir vergessen, wie Reden geht. Die Stadt gefällt uns nicht, sie ist fremd und unfreundlich. Wir beschließen, gleich weiterzufahren, kaufen sechs Wasserkanister und füllen Benzin nach. Rosa hat Lust auf Pizza, wir kaufen drei und lassen Alice Springs hinter uns.

Knapp zwanzig Minuten später finden wir eine Art Parkplatz am Straßenrand, nicht direkt am Highway, aber fast. Es ist eine Einbuchtung ohne Büsche, sandiger Untergrund. Wir beschließen, dort zu übernachten, klettern aufs Dach und essen kalte Pizza, zwischen uns die Gaslampe, auf unseren Schößen die offenen Kartons. Wir tragen zum ersten Mal seit unserer Ankunft Pullover. Es fühlt sich seltsam an nach so langer Zeit. So viel Stoff. Dann ist es dunkel, die Nacht fällt schnell über die Wüste, als würde jemand ruckartig einen Vorhang zuziehen. Es ist seltsam kühl. Der Sommer geht zu Ende.

Auf einmal sagt David: »Ich werde das hier nie vergessen.«

Rosa und ich sehen ihn an. Ich weiß nicht, was genau er mit *das hier* meint – heute Nacht, diese Reise, uns drei, das alles? –, doch ich weiß, wie es sich anfühlt. Ein Gefühl, größer als man selbst. Eine Wahrheit, die sich den wenigsten Menschen je eröffnen wird.

Es gibt viele Momente in einem Leben, die meisten davon bedeuten gar nichts. Sie laufen spurlos an einem vorbei, durch einen hindurch, wie Wasser durch ein Sieb. Sie hinterlassen nichts. Verschwinden, als hätte es sie nie gegeben. Und dann ist man alt und hat zu wenig gelebt.

Ich habe einmal irgendwo gelesen, dass wir im Schnitt 26 000 Tage auf diesem Planeten haben. 26 000.

An die meisten mit David und Rosa werde ich mich erinnern.

Noch zehn Tage, Ayers Rock: Rosa

Als wir ankamen, war der Ayers Rock rötlich-braun und ich ein bisschen enttäuscht. Inzwischen ist er glutrot und der Horizont dahinter zwischen blau und lila. Die Sonne geht unter, und die Touristenbusse fahren weg. Einer nach dem anderen startet in Richtung Highway.

Ich hatte immer diese Vorstellung davon, wie es sich anfühlt, hier zu sein. Wenn es kein Foto mehr ist, sondern echt. Jetzt ist es echt. Und ich bin hier. Sitze mit ausgestreckten Beinen auf dem Dach des Campers und rauche eine Zigarette, David liegt mit dem Kopf auf meinem Schoß, Frank neben ihm. Er macht Musik an. »Fast Car« von Tracy Chapman. Das nächste geparkte Auto ist knapp fünfzig Meter entfernt, Wolken ziehen über den Ayers Rock, der Mond leuchtet kalt von einem gedämmerten Himmel. Es wundert mich nicht, dass dieser Ort den Aborigines heilig ist. Manche Dinge sind nicht von dieser Welt. Das hier gehört dazu. Und Frank hat recht. Ich sollte wirklich Uluru sagen.

»Ich will ein Foto machen«, sagt David.

Frank grinst. Mir steigen Tränen in die Augen, ich friere. *Diesen Satz wird er nicht mehr oft sagen*, denke ich. Dann stehen wir nebeneinander, ich in ihrer Mitte. Hinter uns leuchtet es rot, und dann weine ich. Vielleicht, weil ich beginne zu begreifen, dass ich das alles wirklich erlebt habe. Die letzten Monate und alles, was in diesen Monaten passiert ist.

Das in Byron Bay war ich. Und in Brisbane. Und in all den

kleinen Orten dazwischen und danach. In Graces Küche, in der Lagune mit David. Und auf der Harbour Bridge. Das war ich dort oben unter dem gemalten Himmel, 1332 Stufen über dem Boden. Ich war in Melbourne an meinem Bahnhof um 10:34 Uhr und am Lake McKenzie. Und später, bei einem Open-Air-Konzert in Bundaberg. Wir haben das John Butler Trio und Stella Donnelly live gehört. Ich stand da mit meinen Jungs und habe mich in ihren Song »Boys Will Be Boys« verliebt. Nach dem Konzert lagen wir zu dritt auf dem Dach des Campers und haben Sternschnuppen gezählt. Das war alles ich. In Mission Beach im Open-Air-Kino, und kurz darauf am Great Barrier Reef und auf den Whitsunday Islands. Wir zu dritt in einem Segelboot, nur wir drei und der Wind. Sonnenuntergänge, Abende an Deck, das Rauschen der Wellen, Wolken in tausend Rosa-Tönen. David meinte, sie wären nur für mich. Überall Sterne, um uns herum und gespiegelt im Meer. Das endlose Nichts, nur Weite und wir und Wasser. Eine Art von Freiheit, die größer ist als Worte, größer als meine Vorstellungskraft.

Ich dachte immer, ich wäre frei. Und das war ich auch. Mein ganzes Leben lang. Und doch war ich eingesperrt. In meinem Kopf, in einem Gedanken-Gefängnis aus Vergangenem und zu vielen Möglichkeiten. Aus Erwartungen und Werten, die nicht meine waren. Und aus Entscheidungen, die ich nicht treffen konnte, weil ich damit automatisch zu allen anderen Nein hätte sagen müssen.

Vielleicht muss man aus sich ausbrechen, um sich zu finden. So wie man manchmal ein paar Schritte Abstand zu einem Bild braucht, um das Motiv erkennen zu können. Aus der Nähe ist es Chaos, aus der Entfernung ergibt es Sinn.

David macht ein paar Fotos, dann schauen wir sie an. Unsere Gesichter sind dunkel, aber glücklich, meine Augen schimmern schwarz, hinter uns ragt der Uluru rot in den Himmel.

Vielleicht habe ich genau das getan. Vielleicht bin ich weggegangen, um mich zu finden. Und dabei bin ich Frank und David begegnet. Und über sie und ein paar Umwege irgendwie auch mir. In Sydney, in Melbourne, auf dem Highway, auf Fraser Island, nackt in einem fremden Pool, hier.

Das Mädchen, das allein nach Australien gegangen ist, bin ich. Ich habe mich gefürchtet, aber ich habe es trotzdem getan. Ich habe vieles trotzdem getan. Mir zum Beispiel mit zwei fast fremden Jungs einen Camper gekauft. Und mich dann in beide verliebt. Nacheinander und gleichzeitig.

Jetzt sind es nur noch zehn Tage. Ab morgen sind wir einstellig. Ich will nicht daran denken. Und auch nicht an die Zeit danach. Ich will einfach nur hier sein, zwischen Frank und David. Auf dem Dach unseres Campers. Irgendwo im Outback.

Etwas später: David

Der Ayers Rock wird im Rückspiegel immer kleiner und das Rot langsam Schwarz. Frank meinte, ich wäre nicht politisch korrekt. Da musste ich lachen. Ich war noch nie politisch korrekt. Und Ayers Rock konnte ich mir wenigstens merken.

Im Herbst geht Frank an die Sorbonne, die Zusage kam vor etwa einer halben Stunde per Mail. Ich hatte gehofft, dass sie ihn ablehnen. Aber einen wie Frank lehnt man nicht ab.

Ich könnte mit ihm nach Paris gehen. Sein Anhängsel werden. Der peinliche, bemitleidenswerte Freund, der als Einziger nicht kapiert, wie peinlich er ist.

Ich schaue in den Rückspiegel. Der Ayers Rock ist weg. Er und die Kata Tjuta Berge waren die letzten Ziele auf unserer Reise. Das macht das Ende irgendwie seltsam real. Rosa zündet sich eine Zigarette an und kurbelt das Fenster runter. Die Luft ist kühl. Ich atme tief ein.

»Ich habe Hunger«, sagt Frank.

»Wir haben hinten noch Kekse«, antwortet Rosa. »Nachher gibt es Nudeln.«

Wir halten kurz an, Frank holt die Kekse und eine Packung Pringles, dann fahren wir weiter.

Im Hintergrund läuft »Goin' Home« von Dan Auerbach, Frank isst Kekse, ich Pringles, Rosa raucht. Ich will nicht nach Hause. Ich will nie wieder nach Hause.

Eine ganze Weile sagen wir nichts. Es fühlt sich an, als würde die Realität mit jedem verdammten Meter näher kommen. Als hätte sie uns fast. Es ist so, wie wenn man krank wird: Es geht einem noch nicht schlecht, aber man spürt, dass etwas kommt. Oder in unserem Fall, dass etwas endet.

Frank geht nach Paris. Ich schaue zu ihm rüber. Er ist eingeschlafen. Die Kekspackung liegt leer auf seinem Schoß. In ein paar Wochen steigen wir zusammen in ein Flugzeug, aber ein paar Wochen danach trennen sich dann unsere Wege. Er nimmt seinen, und ich bleibe auf der Strecke. Wie ein überfahrenes Tier am Straßenrand.

So wie ich mich kenne, ziehe ich wieder zurück in mein altes Kinderzimmer, und alles wird wie vorher. Und irgendwann fange ich dann doch in der Firma meines Vaters an, weil ich nicht weiß, was ich sonst machen soll. Ganz unten, damit ich mich beweisen kann. Mich hocharbeiten. Zeigen, dass ich es verdient habe, in seinem Düngemittelunternehmen zu arbeiten.

Was für eine verfickt beschissene Vorstellung. Frank weg und ich da. In einem Zimmer, das schon vorher zu eng war. Dasselbe Zimmer, in dem ich als kleiner Junge ins Bett gepisst habe.

Ich nehme eine von Rosas Zigaretten und zünde sie mir an. Ich sollte ihr noch ein paar Schachteln kaufen, bevor sie fliegt. Ich habe immer bei ihr mitgeraucht.

Vor einer Dreiviertelstunde war ich noch gut gelaunt. Das war vor dieser Drecks-Sorbonne-E-Mail. Seitdem hat unsere Parallelwelt einen Riss, durch den die verdammte Wahrheit unaufhaltsam eindringt: Dass wir am Ende sind. An unserem. Und jeder an seinem eigenen Anfang.

Ich mache die Musik etwas leiser. Rosa schaut mich an.

»Was ist eigentlich dein Plan, wenn du wieder zurück bist?«, frage ich.

»Das frage ich mich seit Franks blöder Sorbonne-E-Mail auch«, sagt sie.

Ich liebe Rosa. Ich liebe sie einfach.

»Dann bin ich also nicht der einzige Loser in diesem Wagen.«

»Nein, wir bilden die Mehrheit«, sagt sie, zieht ein letztes Mal an der Zigarette und drückt sie aus.

»Warum machst du nicht irgendwas mit Kunst?«, frage ich. »Du hast Talent.«

Rosa schaut mich an, als wäre ich ein Vollidiot. »Weil man davon nicht leben kann«, sagt sie, als wäre das so.

»Es gibt Leute, die davon leben«, sage ich.

»Ja, ungefähr fünf.«

»Wenn ich erst mal das Düngemittel-Imperium meines Vaters übernommen habe, könnte ich dein Förderer werden«, sage ich. »Ich bin der einzige Erbe.«

Rosa lacht so laut, dass Frank kurz wach wird. Er schaut uns verwirrt an, dann schläft er weiter.

»Mal im Ernst«, sage ich nach einer Weile. »Was willst du wirklich machen?«

»Ich weiß es nicht«, antwortet sie. »Aber das finde ich noch heraus.« Rosa grinst, nimmt mir die Pringles-Rolle aus der Hand, klemmt sie sich zwischen die Schenkel und holt zwei Chips heraus. »Was ist denn dein Plan?«, fragt sie und steckt sie sich in den Mund.

»Ich und ein Plan«, murmle ich. *Einfach weg*, weiter habe ich nach dem Abi nicht gedacht. »Ich will nicht zurück«, sage ich.

»Dann geh nicht zurück«, sagt sie.

»Und was dann? Etwa hierbleiben?«

Sie zuckt mit den Schultern. »Vielleicht. Oder du gehst woanders hin.«

»Das ist nicht so einfach«, sage ich.

»Keiner hat was von einfach gesagt«, sagt sie. »Wenn es einfach wäre, würde es jeder machen.« Rosa schaut mich an. »Die Einzigen, die uns im Weg stehen, David, sind wir selbst.«

Sie kann das, trockene Dinge sagen, die man nicht hören will. Sie kann es besser als jeder andere.

Wir essen Chips und schweigen, irgendwann sagt sie: »Mal angenommen, du hättest keine Angst, wo würdest du hingehen?«

»Ich habe keine Angst.«

»Klar hast du die.«

»New York«, sage ich.

Rosa lächelt. »New York also.« Ich nicke. »Dann geh nach New York.«

»Und was mache ich da?« Das *ganz allein* lasse ich weg.

»Keine Ahnung«, sagt sie. »Das siehst du dann schon.«

Danach ist es still. Weil ich nicht weiß, was ich sagen soll, und weil Rosa nichts mehr sagt. Ich höre Reifen auf Asphalt und das Crunch-Geräusch, das sie beim Kauen macht. Ich in New York. Bei der Vorstellung wird mir schlecht. Rosa fängt an zu summen. Und nach ein paar Sekunden fällt mir ein, dass Frank mal gesagt hat, dass man nicht würgen kann, wenn man summt.

Die meisten interessanten Dinge, die ich weiß, weiß ich von ihm. Ich könnte es wirklich machen. Ich könnte ein paar Monate arbeiten und dann abhauen. Mein eigenes Geld verdienen, selbstständig sein. Frank geht nach Paris und ich nach New York. Klingt irgendwie besser als Frank geht nach Paris und ich in mein Kinderzimmer.

Rosa schaut in meine Richtung. »Ist alles okay?«, fragt sie.

»Ich denke schon«, sage ich, und es ist nicht gelogen.

Als »Dreamers« von Delafaye anfängt, macht Rosa lauter. Es wäre ein ziemlich guter Song für einen Abspann. Wir zu dritt auf dem Stuart Highway. Die Kamera zoomt langsam aus und steigt in den Himmel. Der Camper wird kleiner und kleiner, bis er nicht mehr ist als ein heller Punkt in einem riesigen schwarzen Nichts.

Dann erscheint der Text:

In den Hauptrollen Rosa Dreyman als Rosa,
Frank Lessing als Frank
und David Gerlach als David.

Ich werde uns vermissen, wenn ich allein weitergehe. Aber ohne uns wäre ich niemals gegangen.

Gerade noch drei Tage, 22:26 Uhr: Frank

Ich fahre rechts ran, weil Rosa aufs Klo muss, halte die Taschenlampe in die Dunkelheit und schaue in die andere Richtung. Davids Handy klingelt. Es ist schrill in der Stille. Er ignoriert es. Rosa steigt auf der Beifahrerseite wieder ein, und ich starte den Motor.

»Willst du nicht drangehen?«, fragt sie.

David schaut auf das grell leuchtende Display, dann sagt er: »Nein, eigentlich nicht.«

»Dein Vater?«, frage ich.

»Vicky«, sagt er.

Pause.

»Welche Vicky?«

»Die aus dem Club in Sydney«, antwortet er vage. »Ihr kennt sie nicht.«

»Aber nicht die, mit der du im Bett warst?«, sagt Rosa.

»Doch, genau die«, erwidert David.

Ich greife nach der Wasserflasche, öffne sie umständlich mit nur einer Hand, sage: »Na, die hat sich ja mit ihrem Anruf ganz schön Zeit gelassen.«

»Das eben war nicht ihr erster Anruf«, sagt David. »Ich gehe nur nie hin.«

Das Display wird schwarz, Vicky hat aufgelegt. Ein paar Sekunden bleibt es dunkel und still im Inneren des Campers.

Dann sagt Rosa: »Ich war so eifersüchtig damals.«

Ich schaue sie an. »Ich wusste es!«, sage ich.

»Ich nicht«, erwidert sie, ihr Blick ist entschuldigend.

»Du warst eifersüchtig?«, fragt David. »Echt jetzt?« Er grinst. »Und ich dachte, du magst mich nicht.«

»Ich mochte dich auch nicht«, sagt Rosa.

»Aber du warst scharf auf mich.«

»War ich nicht.«

»Warst du doch«, sagt er.

»Na gut, ein bisschen vielleicht.«

»Wäre gar nicht nötig gewesen«, sagt David. »Ich habe währenddessen sowieso an dich gedacht.«

»Du hast was?«, sagt sie.

Und ich: »Das wird ja immer besser.«

David lacht. Ich auch.

»Du hast an mich gedacht? Während du mit ihr geschlafen hast?«

»Ja«, sagt David.

»Dann hast du mich angelogen«, murmle ich.

»Hab ich nicht«, sagt er.

»Du meintest, du stehst nicht auf Rosa. Dein genauer Wortlaut war: *Weder auf die Farbe noch auf das Mädchen.*«

»Ich weiß, was ich gesagt habe«, entgegnet David. »Aber es war erst nach dieser Nacht gelogen. Davor dachte ich, es stimmt.«

Kurz sage ich nichts. Und dann: »Ich habe es dir ohnehin nicht geglaubt.«

»Ich weiß«, antwortet er. »Und ich weiß auch, dass Rosa nicht nur auf Vicky eifersüchtig war ...«

»Halt die Klappe«, sagt Rosa.

»Wieso? Ist doch wahr ... Wie hieß sie noch? *Natalie?*«

Ich schaue an David vorbei zu Rosa. Sie sieht mich an. Ihr Gesicht liegt im Dunkeln.

»Du warst eifersüchtig auf sie?«, frage ich. Mein Herz schlägt schneller. Schneller, als es sollte. Rosa nickt. Eine kaum sichtbare Bewegung.

»Eifersüchtig ist noch gar kein Ausdruck«, sagt David. »Du hättest sie damals einfach küssen sollen.«

Danach ist es lange still. Ich spiele die verschiedenen Szenarien durch, die Was-wäre-Wenns. Alle Konjunktive, auf die ich keine Antwort bekommen werde. Ich mag das Hier und Jetzt, den Verlauf, den unsere Geschichte genommen hat. Aus dem Jetzt betrachtet, war es richtig, ihren Kuss nicht zu erwidern.

Und doch wünschte ich, ich hätte sie geküsst. Nicht nur ihre Lippen, sondern sie. Richtig. Wenigstens ein Mal.

Noch zwei Tage, 27. Mai, 1:26 morgens, irgendwo hinter Coober Pedy: Rosa

Es ist stockdunkel. Und ich denke Dinge, die ich nicht denken sollte. Dinge, die mich nicht schlafen lassen.

Wir haben gegessen und geredet. Und nichts getrunken, weil das Bier alle war. Ich habe Nudeln für uns gemacht, und Frank und David haben danach abgewaschen. Alles war wie immer. Und doch auch wieder nicht. Es hat sich angefühlt, als läge eine seltsame Spannung in der Luft. Ein Warten auf die Nacht.

Jetzt ist es Nacht. Und wir liegen in der Dunkelheit. Frank und David sind bis auf die Boxershorts nackt. Und ich in Schlaf-Top und Unterhose zwischen ihnen. Ich wünschte, sie würden mir beides ausziehen.

Wer hat eigentlich gesagt, dass man nur einen Menschen lieben darf? Warum ist nacheinander okay und gleichzeitig nicht? Und wieso geben wir etwas auf das, was andere denken?

Wäre das die letzte Nacht meines Lebens, ich würde nicht zögern. Ich würde mich ausziehen und dann sie, ich würde sie küssen, sie anfassen, zwei so unterschiedliche Körper, die mich beide anziehen. Vielleicht würde ich sogar mit beiden schlafen. Ich würde nicht darüber nachdenken. Das Jetzt wäre alles, was ich habe. Und alles andere egal. Aber es gibt nicht nur das Jetzt. Da ist noch das Danach. Die Folgen. Das, was der Moment kaputt machen könnte.

Die Härchen von Franks Arm berühren die an meinem. Wie kleine Antennen, die wir nacheinander ausstrecken. Ein unschuldiges Abtasten, von dem ich Gänsehaut bekomme. David und ich liegen Schulter an Schulter, bewegen uns nicht. Seine Haut ist warm. Und mein Mund trocken.

Im Hintergrund läuft Franks Playlist, so wie jede Nacht. Nur noch drei Songs, dann ist sie zu Ende. Ich schließe die Augen und höre auf den Text von »Hallelujah« von Jeff Buckley. Dieses Lied wird mich für immer an Frank erinnern. An sein melancholisches Wesen, an seine Blicke, an sein Gesicht. Daran, wie angezogen ich mich von ihm fühle.

In genau dem Moment streifen Franks Finger meinen Arm. Ich schlage die Augen auf, halte den Atem an, halte vollkommen still. Seine Berührung ist zaghaft, aber nicht zufällig. Ich liege reglos da, spüre seine Hand auf meinem Bein. Warm und leicht. Frank beginnt, Muster auf meine Haut zu zeichnen. Weiche Fingerkuppen, die Kreise und Linien ziehen. Er berührt mich in der Leiste, an der Innenseite meiner Schenkel, in den Kniekehlen. Ich atme flach und angespannt, taste nach ihm in die Dunkelheit, spüre seinen festen Bauch, seine Haut, und dann Davids Hände. Er fasst mich anders an, ungeduldiger, weniger zart.

Der Moment verselbstständigt sich, dehnt sich aus. Wir sind überall. Ich nähere mich Franks Lippen, sein Atem ist flach. Und dann höre ich auf zu denken. Ich lasse mich fallen, versinke im Jetzt. Und küsse ihn. *Endlich.*

Frank

Wir sind abgeschnitten vom Rest der Welt, gestrandet in der Leere unserer Arme. Rosa in der Mitte, kein Licht, nur wir in der Dunkelheit und Massive Attack leise aus den Lautsprechern. »Teardrop«. Es ist meine Playlist. Ich in Musik. Und wir vollkommen allein. Aus dem Abend wurde Nacht, aus Lachen wurde Nähe, dann aufgeladene Stille, Erwartung, knackendes Schlucken. Wir haben nichts getrunken, sind nüchtern und nervös – ich zumindest.

Ein Tasten in die Dunkelheit, meine Hände, die Rosas Körper suchen, ihre und Davids Nähe. Ich spüre Haut und Haare, Muskeln, die sich anspannen, flaches Atmen. Ich wollte das schon lange tun, monatelang, es stand zwischen uns, unsichtbar, nur zu spüren. Jetzt liegen wir da wie eine Wahrheit, die man nicht leugnen kann. Meine Hand auf Rosas Bauch, meine Lippen kurz vor ihren, ihr Atem auf meinen. Ich begegne Davids Fingern unter Rosas Brust, er nimmt sie nicht weg, küsst sie am Hals, sie küsst mich, ihre Zunge schmeckt süß, ich spüre den Schriftzug ihrer Tätowierung unter meinen Kuppen.

Diesmal sind es nicht nur Gedanken. Nicht ich mit mir selbst unter irgendeiner Dusche. Es passiert. Weil es muss, weil wir wollen. Wir hören nicht mehr auf, gehen ineinander über und zögernd weiter. Ich denke nicht, ziehe mich aus, ziehe sie aus, ziehe David aus. Überall Hände und fehlende Kleidung. Seine Lippen lösen meine ab, küssen sie weiter. Wir sind nackt, wir waren es bereits zuvor, nur seelisch, jetzt vollkommen. Ich kann ihre Körper kaum erkennen, es sind nur Schatten, doch die Schatten sind voller Erregung. Wir sind verschlungen, Arme und Beine und Finger. Ich küsse Rosa im Nacken, berühre ihre Brüste, sie passen genau in meine Hand, füllen sie aus, warm und weich, harte Brustwarzen, ein schneller Herzschlag.

Ich hole mir einen runter, erst zaghaft, so als sollte ich nicht. Dann verdränge ich den Gedanken, spüre nur ihre Brust und mich, mache weiter, genieße das Gefühl, verliere mich darin. Plötzlich legt Rosa ihre Hand um meine. Ich erstarre, warte, nehme meine schließlich weg. Sie bewegt ihre auf und ab, langsam, fest. Ich atme schwer, schließe die Augen. Davids Hand gleitet zwischen uns und weiter zwischen ihre Beine. Wir sind Haut auf Haut, ein Geheimnis vor der Welt, sie ist draußen, wir hier drinnen. David, Rosa und ich. Zusammen sind sie der eine Mensch, den ich liebe. Ihre Kombination, geschlechtslos und beide Geschlechter, eine Vollkommenheit, die ich unter meinen Fingerspitzen spüre. Haut in der Nacht, ihre und seine.

Ich will noch nicht kommen, doch es wird jeden Moment passieren. Ich küsse Rosa, sie küsst genauso wie in meiner Vorstellung, dann spüre ich Davids Lippen, ein Kuss zu dritt, drei Zungen, überall Hände, überall wir, drei Menschen, die zusammen atmen, flach und schnell, kurz vor dem Ende, vor dem Moment, den wir wollen und nicht wollen, den wir kaum ertragen können. Seine Finger in ihr, ihre Hände um uns, Bewegungen, Reibung, Schweiß. *Liebe*. Vor allem Liebe.

Ich berühre David, er berührt mich, Rosa ist zwischen uns, es ergibt alles Sinn, wir ergeben Sinn, was wir tun, wer wir sind, der Moment. Ich atme schwerer, spüre meinen Körper zucken, meine Muskeln, meine Beine, höre Rosa seufzen, weiß, dass ich den Punkt längst überschritten habe, dass es kein Zurück mehr gibt, dass sich in den nächsten Sekunden alles entladen wird. Davids Körper spannt sich an, Rosa atmet lauter und ich gar nicht mehr.

Dann ein Augenblick absoluter Stille, tickende Sekunden, gefolgt von einer gewaltigen Explosion, die man nicht hören kann.

Der Moment danach: David

Es dauert ein bisschen, bis mein Verstand zurückkommt. Wie aus einem Rausch ohne Kater.

Wir liegen da und atmen. Ich spüre, wie sich die Muskeln in Rosas Bauch zusammenziehen und wieder entspannen. Als würden sie an meinen Fingern saugen.

Es läuft keine Musik mehr, Franks Arm liegt auf meiner Hüfte, mein Bein über seinem, dazwischen irgendwo Rosa. Ich lasse die Augen zu, während ich langsam in ihrer Hand schlaff werde. Ich wurde noch nie in irgendeiner Hand schlaff, nachdem ich gekommen bin. Das gerade ist fast intimer, als in einer Hand hart zu werden.

Keiner von uns sagt etwas, vielleicht, weil keiner das Falsche sagen will. Und alles wäre falsch. Irgendwie zu wenig. Nicht gut genug für das, was passiert ist. Es war krasser als alles, was ich kannte. Ich war nicht nur ein Auszug von mir. Ich war ganz da. Nicht nur auf der Suche nach einem anderen Körper.

Mir läuft Sperma über den Bauch, die Stelle wird kalt. Und wenn Rosa nicht bald ihre Hand wegnimmt, werde ich wieder hart.

»Kommt einer von euch beiden zufällig an ein Taschentuch?«, fragt sie leise.

Ich muss lachen. Wegen der Art, wie sie fragt, wegen der gesamten Situation. Wir drei nackt und verknotet in einem Camper irgendwo im Outback. Ich kann nicht aufhören zu lachen. Dann lacht auch Frank. Und irgendwann auch Rosa. Ihr Körper vibriert. Es ist die Art von Lachen, bei der man sich immer wieder gegenseitig ansteckt.

Irgendwann hören wir auf zu lachen, und Rosa nimmt ihre Hand weg. Übrig bleibt eine seltsame Kälte. Wir lösen uns voneinander. Franks Arm, mein Bein.

Rosa reicht mir ein Taschentuch.

»Danke«, sage ich und wische mir über den Bauch.

Als das Licht angeht, kneife ich die Augen zusammen. Eine Handy-Taschenlampe. Sie ist nicht besonders hell, trotzdem blendet sie mich.

Frank schaut in meine Richtung. Und ich in seine. Wir waren wie Wasser und Öl. Und dann kam Rosa: ein Tropfen Seife, der alles durcheinander gebracht hat. Ich hätte nicht gedacht, dass es so endet. Ich wusste, dass ich Rosa will, das war kein Geheimnis, aber ich hatte keine Ahnung, dass ich auch Frank will. Vielleicht stimmt das nicht, vielleicht wusste ich es doch und habe es mir nur nicht eingestanden.

Unsere Gesichter sind nur halb zu sehen, aber die sichtbare Hälfte reicht, um auf den Rest zu schließen. Es ist ein eigenartiger Moment. Irgendwie zu intim, um ihn zu erklären. Franks Blick ist eine Mischung aus peinlich berührt und erleichtert. Als hätte er mir gerade die Wahrheit gesagt. Und ich ihm.

Er grinst zuerst. Dann ich. Und dann Rosa.

Immer noch zwei Tage, dieselbe Nacht, 27. Mai, 3:49 Uhr: Rosa

Es fühlt sich an wie das Dach der Welt. Und wir stehen oben drauf. Ganz oben. Nebeneinander in einer mondlosen Nacht. Und das Gefühl ist so groß und laut, wie die Weite still ist. Ich war schon oft glücklich in meinem Leben, aber das hier ist anders. Wie ein Glas, das so voll ist, dass es überläuft. Die Sterne fließen langsam über den Horizont. Man kann dabei zusehen, wie sie hinter dem Rand der Welt verschwinden. Und die Milchstraße über unseren Köpfen scheint so nah, als könnten wir mit den Fingerspitzen in sie eintauchen wie in einen Teich. Unser Lagerfeuer brennt orange und rot in die Dunkelheit, es flackert in ein Blau, das fast schwarz ist, erhellt unsere Gesichter, dann sind sie wieder dunkel.

Wir stehen nackt auf dem Dach. Es ist kalt. Und es fühlt sich an, als wären wir allein auf der Welt. Drei Punkte, die man vergessen hat. Die Funken steigen in den Himmel, und der Song, den wir hören, hallt aus den Lautsprechern in das weite Nichts um uns herum. Es sind nur noch zwei Tage. Zwei Tage, dann sind wir vorbei. Dann gehen wir wieder zurück, jeder dahin, wo er hergekommen ist. Ich zuerst, sie danach.

Frank und David werden mich zum Flughafen bringen und dann ohne mich weiterfahren. Drei Wochen zu zweit, und ich allein. Sie haben versprochen, unseren Camper irgendwo stehen zu lassen, irgendwo, wo es schön ist. Als Erinnerung an uns und die Zeit, die wir zusammen hatten, wenn wir schon lange fort sind, lange wieder zurück. Auf derselben Welt, aber auf der anderen Seite. Dieser Bus war ein Zuhause. Unser Zuhause. Niemand soll ihn nach uns haben.

Noch zwei Tage, dann sind wir vorbei. Aber noch nicht. Noch sind wir hier, stehen Hand in Hand auf dem Dach unseres Campers. Verwaschene Umrisse irgendwo im Outback. Die Musik unterstreicht die Stimmung und die Farben und die vergangenen Monate. »10,000 Emerald Pools« von Børns. Es ist wie wir in diesem Moment. Als würden wir nie zu Ende gehen. Als wäre das erst der Anfang. Wir auf diesem Dach. Das Dunkelblau. Die Weite. Franks Augen und Davids Lachen.

In meiner Erinnerung werden wir so bleiben. So wie jetzt. Ich werde uns aufheben auf einem Dachboden in meinem Kopf. In einer melancholischen Kiste voll mit Dingen, die man nicht vergessen will. Ich werde uns in Mottenkugeln packen, damit ich uns später wieder herausholen kann, immer dann, wenn es sich so anfühlt, als wäre nichts von alldem wirklich passiert. Weder wir noch diese Reise. Und wenn wir mir fehlen, werde ich mich in den Staub meiner Erinnerungen setzen und mich von den Bildern verschlucken lassen. Von der Rosa, die ich hier war. Von dieser Nacht, in der wir den Rest von uns geteilt haben, als wären unsere Körper das letzte Geheimnis gewesen.

Und wenn ich dann alt bin, werde ich mir die einzelnen Kapitel meines Lebens ansehen. Und unseres wird eins der schönsten sein.

Das von Frank, David und mir.

Sieben Jahre später.

»Von meinem nächsten Gast haben Sie bestimmt bereits gehört. An ihm gibt es derzeit kein Vorbeikommen. Die Presse feiert ihn als literarisches Wunderkind, nennt ihn das Talent einer ganzen Generation. Sein erster Roman wurde in über zwanzig Sprachen übersetzt, die Filmrechte sind international verkauft, an seinem zweiten schreibt er gerade. Es ist ein kometenhafter Aufstieg, und das mit gerade einmal fünfundzwanzig Jahren. Ich freue mich ganz besonders, dass er heute gekommen ist. Bitte begrüßen Sie mit mir: Frank Lessing!«

Stürmischer Applaus.

»Es ist schön, hier zu sein.«

»Das heute ist Ihr erster öffentlicher Auftritt seit Erscheinen Ihres Romans. Sie gelten als überaus medienscheu. Interview-anfragen haben Sie bisher ausnahmslos abgelehnt. Diese nicht. Warum?«

»Wäre es Ihnen denn lieber gewesen, ich hätte abgesagt?«

Amüsierte Reaktion im Publikum.

»Natürlich nicht. Ich wüsste nur gerne, wie wir es letzten Endes doch noch geschafft haben, Sie umzustimmen.«

»Das hatte mehrere Gründe.«

»Und die wären?«

»Zum einen schätze ich Ihre Sendung.«

Verlegenes Lächeln.

»Und zum anderen?«

»Wollte der Verlag, dass ich zusage.«

Lachen im Publikum.

»Herr Lessing, Sie haben mit Ihrem Debüt ein Millionenpublikum begeistert. Selbst Jugendliche, die ja bekanntlich weniger leicht zum Lesen zu bewegen sind, lieben Ihren Roman. Warum glauben Sie, ist das so?«

»Weil ich sie ernst nehme.«

»Und das tun andere Autoren nicht?«

»Das kann ich kaum beurteilen. Ich kenne nicht alle Geschichten.«

»In Ihrer geht es um drei junge Leute und einen Road-Trip durch das Sehnsuchtsland Australien, bei dem sich die Hauptfiguren nach und nach näherkommen.«

»So würde ich es nicht unbedingt beschreiben.«

»Ach nein, wie dann?«

»Sowohl der Road-Trip als auch der Ort sind eher als Bühnenbild zu verstehen. Die eigentliche Reise findet im Inneren der Figuren statt.«

»Nun gut, der Ort mag zweitrangig sein, aber die Annäherung der drei ist doch ein zentraler Bestandteil der Handlung.«

»Ich nehme an, Sie beziehen sich auf die erotische Komponente gegen Ende des Buchs.«

»Unter anderem, ja. Immerhin nimmt die Anziehung zwischen den Figuren eine wesentliche Rolle ein.«

»Mir ging es darum, die Realität abzubilden.«

»Die Realität?«

»Ja. Die Realität. Körperlichkeit ist ein Teil davon.« Pause. »Ich schätze, das ist bei Ihnen nicht anders.« Noch mehr amüsierte Reaktionen aus dem Publikum. »Dass die drei sich schließlich auch körperlich nahekommen, ist, wenn Sie so wollen, eine logische Konsequenz.«

»Das heißt also, es *musste* passieren?«

»Ganz offensichtlich.«

»Ist das da eine Tätowierung an der Innenseite Ihres Handgelenks?«

Ein zurückhaltendes Lächeln. »Sie sind überaus aufmerksam.«

»Vielen Dank, das gehört zu meinem Beruf.« Pause. »Und? Ist es eine?«

»Ja.«

»Handelt es sich dabei um Koordinaten? Kam daher die Inspiration zu Davids Tätowierung in Ihrem Roman?«

Keine Antwort, nur ein Lächeln. Nach ein paar Sekunden:

»Herr Lessing, Sie schreiben über die Möglichkeiten, aber auch über die damit einhergehende Überforderung, mit der sich junge Leute nach dem Schulabschluss konfrontiert sehen. Denken Sie, dass es Ihre Generation schwerer hat als die vorherigen?«

»Ich glaube, dass der Druck, sich selbst zu verwirklichen und etwas aus seinem Leben zu machen, heute größer ist als jemals zuvor. Es ist quasi zur Verpflichtung geworden. Und der Wunsch zu gefallen beinahe übermächtig.«

»*Sie* gefallen. Nicht nur Ihr Roman, auch Sie als Person. Ihre Leserschaft ist überwiegend weiblich.«

»Ich habe nur eine Geschichte geschrieben.«

»Eine Geschichte, die von sehr vielen weltweit gelesen wird – wie bereits eingangs erwähnt, auch von vielen Jugendlichen. Kritische Stimmen sagen, dass Sie in diesem Zusammenhang eine Verantwortung haben, was die Vorbildfunktion der Figuren betrifft. Was würden Sie dem entgegnen?«

»Gar nichts. Es wird immer Kritiker geben.«

»Das ist richtig. Aber Rosa hätte beispielsweise nicht rauchen *müssen*, Sie hätten sie ja auch Nichtraucherin sein lassen können.«

»Aber Rosa hat geraucht.«

Pause. Wachsende Unruhe im Publikum.

»Wie meinen Sie das, Rosa hat geraucht?«

»So, wie ich es sage.«

Zunehmendes Gemurmel.

»Dann … gibt es die Figuren wirklich? Sie sind nicht fiktiv?«

409

Ein zurückhaltendes Lächeln. »Der Roman heißt nicht umsonst ›Mein Leben basiert auf einer wahren Geschichte‹ …«

Angespannte Stille.

»Soll das etwa heißen, Rosa und David existieren?«

»Selbstverständlich tun sie das.« Ein Blick in Richtung Publikum. »Sie sitzen da drüben.«

Danksagung

Neues Jahr, neues Buch. Das war lange die Gleichung. Und sie ist immer aufgegangen. Bis sie es dann nicht mehr ist. Aus diesem Grund bedeutet mir dieser Roman besonders viel. Die Tatsache, dass es ihn gibt. Dass er fertig ist. Dass ich es doch in mir hatte. Dafür bin ich dankbar. Mehr als ich in Worte fassen kann.

Frank, Rosa und *David,* ihr seid viel mehr als Figuren, viel mehr als erdachte Charaktere, viel mehr, als man von außen verstehen kann. Ihr werdet nie wissen, wie wichtig ihr wart. Mir und für mich. Und wie dankbar ich euch bin. Aber ihr wisst wofür. Ihr wisst es genau. Weil ihr immer da wart. Jeden Tag, monatelang. Die Zeit mit euch hat mich an viel erinnert, und das werde ich nicht vergessen. Es war schön so verstrickt in euren Emotionen und Gedanken, so nah an euch und an dem, was ihr fühlt. Ich war gern mit euch auf dieser Reise. Am anderen Ende der Welt und in euren Köpfen. Ich hoffe, ich habe euch das perfekte Ende geschrieben. Doch ich glaube, das habe ich.

Mama, für dich gibt es nicht genug Dank. Fürs Zuhören, fürs Dasein, fürs Immer-wieder-Aufbauen, fürs An-mich-Glauben, dafür, dass du mich verstehst, selbst wenn ich nichts sage. Und das ist nur die Spitze des Eisbergs. Nur ein Bruchteil. Da ist noch so viel mehr. Aber weil du mich verstehst, weißt du das. Du kennst diese Geschichte fast so gut wie ich, hast jeden Schritt begleitet, so wie die meisten von meinen, hast jede Version gehört, hast Ideen kommen und gehen sehen – und warst immer da. Ein guter

Geist. Den Großteil des Romans habe ich bei dir geschrieben. Es war der richtige Ort für mich und dieses Buch. Es enthält viel von dir. Von dem, wie du bist. Kein Wunder eigentlich, dass ich diese Geschichte so liebe.

Adriana, du bist wie ein Fels in einer Brandung, die mich manchmal unvermittelt erwischt. Aber dann bist du da. Und dafür kann ich dir gar nicht genug danken. Für die Telefonate, für die Tränen, die immer okay sind. Für deinen Humor, der mich selbst dann zum Lachen bringt, wenn mir nicht nach Lachen ist. Du bist ein ganz besonderer Mensch. Ich bin froh, dass es dich gibt. Und Kelly und Kell sind es auch.

Eva, ich danke dir für deine Freundschaft, für dein offenes Ohr und die vielen Antworten. Manchmal auf offensichtliche und manchmal auf weniger offensichtliche Fragen. Ich bin froh, dich in meiner Hosentasche zu wissen.

Tanja und **Nico,** so verschieden wir drei auch sind, so wichtig seid ihr mir. Ihr macht mein Leben lauter, bunter und besser – und das bereits länger, als ich bewusst denken kann. Ganz gleich, was passiert: Ihr seid da und ich bin da. Füreinander und wenn es sein muss auch gegen den Rest der Welt.

Nico und **Nadja,** ihr habt so viele Lücken meiner Roman-Reiseroute mit euren Erlebnissen und eurer Begeisterung geschlossen. Ich danke euch für die Geschichten, die Fotos und die Sehnsucht, die durch euch in mir erwacht und in dieses Buch geflossen ist.

Tina, ich danke dir für deine Begeisterungsfähigkeit und deine Liebe zum Detail. Aber am meisten danke ich dir dafür, wie wenig du in meine Texte eingreifst. Dass du sie so sein lässt, wie sie sind. Deine Hilfe und dein genauer Blick sind Gold wert.

Ich danke **allen Musikern** für ihre Musik. Ohne sie könnte ich nicht schreiben. Was sie schreiben, ist mein Treibstoff. In diesem Fall danke ich ganz besonders Jack Johnson. Und Max Richter, ohne dessen Stück »November« ich Frank vermutlich nie wirklich gefunden hätte. Dieses Stück macht etwas mit mir, das ich nicht beschreiben kann. Gott sei Dank muss ich das nicht. Für manche Dinge gibt es keine Worte – sondern Melodien.

Ich danke **Heyne fliegt** und den wunderbaren **Menschen,** die dahinterstehen und so viel und hart dafür arbeiten, tolle Geschichten zu veröffentlichen. Wir haben es wieder getan. Mit vereinten Kräften kommt der vierte Freytag. Danke dafür.

Zu guter Letzt bleibst nur noch du, **Michael.**
Du bist mein Zuhause, egal, wo wir sind. Wo du bist, will ich auch sein. An deiner Seite. An meinem Platz. Irgendwo auf der Welt.

Wann du die große Liebe triffst, kannst du dir nicht aussuchen

»Dieser Roman ist derart angefüllt mit emotionaler Wucht, dass er lange in einem nachhallt.« *Münchner Merkur*

heyne-fliegt.de

heyne›fliegt

Manche Geheimnisse
willst du nicht teilen – nicht einmal
mit denen, die du liebst

ISBN 978-3-453-27159-3

Ein Mädchen ohne Bruder, ein Junge mit Vergangenheit
und eine Nachricht, die alles verändert …

heyne-fliegt.de

heyne›fliegt

„Clint Eastwo
„Lick Your Wo
„Sing About
„Dry The Ro
„It's All Unde
„No Surprises
„I'm Writing
„Sympathy
„Gold" –Fyfe
„Fast Car" –
„Boys Will
„Goin' Hom
„Dreamers"
„Hallelujah
„Teardrop" –
„10,000 Em